LES DÉMONS DE BERLIN

Fabiano Massimi

LES DÉMONS DE BERLIN

ROMAN

Traduit de l'italien
par Laura Brignon

Albin Michel

Cette traduction est publiée
avec le soutien du Centre pour le livre
et la lecture du Ministère italien de la Culture.

CENTRO
PER IL **LIBRO**
E LA **LETTURA**

Édition originale italienne parue sous le titre :
I DEMONI DI BERLINO

Pour Lucia, la guerrière.

Ses yeux larmoient dans la chaleur ardente, il perd ses repères dans l'épaisse fumée. De l'autre côté des verrières brisées, sur la grande place éclairée comme en plein jour, les sirènes hurlent sans relâche, le ballet des autopompes attire des milliers de curieux. L'eau prélevée dans la Sprée qui entre à flots par les fenêtres n'a aucun effet sur les immenses flammes. Dans cette froide nuit de février, le Parlement brûle comme un feu de la Saint-Jean, et l'homme est coincé à l'intérieur.

Tout en observant les efforts désespérés des pompiers, il tâche d'imaginer où sont les autres. Sont-ils déjà sortis du tunnel ? Ont-ils déjà trouvé un refuge ? Quand ils ont compris qu'il voulait rester, ils s'y sont opposés. Elle, surtout. Mais sa décision était prise et ils n'avaient pas d'autre choix que de prendre la fuite devant les flammes grandissantes. Il leur a promis de les rejoindre, mais il sait bien que cela n'arrivera pas. Même s'il le voulait, il ne pourrait pas.

Un dernier regard en direction de la place, puis il s'écarte des verrières et retourne vers la salle des séances, d'où l'incendie est parti. Si son destin est de mourir dans le Reichstag, alors c'est là qu'il veut que sa mort advienne : dans le cœur de la République, en faisant tout pour la défendre. Cette pensée lui arrache un sourire. Qui aurait imaginé qu'il deviendrait un martyr ? Allons. Il peut l'accepter. Il serait prêt à accepter n'importe quoi pourvu que leur avancée soit stoppée.

Soudain, du bruit sur sa droite. Des pas. Nombreux. Pas un homme, mais plusieurs, qui comme lui se pressent vers l'hémicycle.

Il se cache juste à temps derrière un rideau, en se demandant : Qui peut être assez fou pour entrer dans un bâtiment en flammes ?

Les pas s'arrêtent à quelques mètres de lui. Un long silence, comme si les nouveaux arrivés regardaient autour d'eux. « Avez-vous idée de ce qui s'est passé ? » demande une voix métallique, célèbre dans toute l'Allemagne.

Un frisson le traverse. Son cœur s'emballe.

Lui ici ? Comment est-ce possible ?

Veillant à ne pas se faire remarquer, il écarte légèrement le rideau pour voir la scène. Elle lui coupe le souffle.

Ils sont six. Deux pompiers au visage enduit de traces de suie, un journaliste avec son calepin ouvert et trois hommes élégamment vêtus. Le premier, émacié et de petite taille, a un visage de rat et des yeux d'obsidienne. Le deuxième, plus grand et corpulent, affiche un sourire diabolique. Ce sont des têtes connues. Des politiciens. Des nazis. Il est sûr de les avoir déjà vus, même s'il est incapable de les identifier.

En revanche, il n'a aucun mal à identifier le troisième, celui qui a parlé. Impossible de faire erreur, malgré la faible lumière et la fumée : des yeux bleus de glace, une moustache inimitable. Adolf Hitler, le nouveau chancelier, s'est déplacé en personne pour voir l'incendie.

« Un complot communiste, déclare l'homme corpulent à son côté. Ça ne fait pas l'ombre d'un doute. »

Hitler opine, inspire profondément l'air saturé de gaz. Est-ce une impression ou une expression satisfaite s'affiche sur son visage ?

« Aujourd'hui s'ouvre une nouvelle ère de l'histoire allemande, annonce-t-il solennellement. Vous en êtes les témoins. » Puis, après une pause étudiée : « Cet incendie n'est que le début. »

Il a peut-être l'intention d'ajouter autre chose mais, à cet instant, la coupole de verre qui surmonte le grand Reichstag émet un craquement sinistre, pareil à la plainte d'une bête blessée.

« Elle va s'écrouler ! » s'écrie un pompier.

« Faites sortir le chancelier ! »

Rappelés à la réalité, les six hommes se précipitent vers la sortie, laissant leur observateur méditer sur la scène, seul au milieu de l'enfer.

Les mots de Hitler résonnent dans sa tête, et aussi un prénom. Son prénom à elle.

Rosa.

Le cœur débordant d'amertume et de chagrin, il comprend la vérité.

Cet incendie n'est pas le début. C'est la fin.

JEUDI 23 FÉVRIER 1933

1

Quatre jours avant

Dans la nuit, une boutique avait brûlé.

Quand Peter Rach descendit du tram dans Bochstrasse, non loin de l'appartement qu'il occupait au Karl-Marx-Hof, la fumée qui stagnait encore entre les bâtiments striait l'aube glaciale de Vienne. Les incendies étaient fréquents en ville : avec tous les poêles et les cheminées allumés nuit et jour pour chauffer les logements d'un million d'habitants, les pompiers étaient rarement désœuvrés. Mais à Döbling, le faubourg où Rach habitait depuis un an, c'était une première. Aussi, en dépit de la fatigue accumulée pendant son service de nuit à la mairie, il fit un petit crochet vers l'endroit d'où la fumée semblait provenir. *Policier un jour, policier toujours*, aimait à répéter son ancien meilleur ami. Et il avait raison.

Sur Bochstrasse, qui s'étendait sur plusieurs kilomètres en parallèle de la voie ferrée avant de s'achever à deux pas du Danube, on trouvait tous types de commerces : drogueries, merceries, épiceries, quincailleries, tout le nécessaire pour la vie quotidienne d'une petite ville. Et Döbling était véritablement une ville dans la ville. Si les ouvriers travaillaient dans des usines éparpillées dans toute la capitale, leurs familles quant à elles ne sortaient jamais du périmètre de l'arrondissement. La roue du Prater, qui surplombait les toits du haut de ses soixante mètres, ne se trouvait qu'à quelques arrêts de métropolitain, mais pour les habitants de Döbling elle était un mirage inatteignable, aussi lointain que la lune.

Plus Rach s'approchait de l'origine de l'incendie, plus ses yeux piquaient et larmoyaient. Il les essuya avec son écharpe, qu'il remonta ensuite sur son visage pour mieux protéger sa bouche et son nez. C'était une écharpe de grosse laine, aussi chaude et épaisse que le pardessus dont elle sortait. Pourtant, quand Rach reconnut le vieil homme solitaire qui fixait le désastre depuis le milieu de la rue, il frissonna.

Il ne restait de la boutique de tailleur de Nettel, une vraie institution dans le quartier, que ses briques noircies par les flammes et les éclats de sa vitrine brisée, qui jonchaient le sol. L'intérieur n'était plus qu'une caverne de cendres, rien n'avait réchappé aux flammes : ni les vêtements déjà découpés et suspendus en exposition, ni les rouleaux de tissus alignés sur les étagères, ni le mobilier modeste mais décent, qui avait vu passer des milliers de clients au fil des ans. Les lieux n'accueilleraient plus personne. Le feu avait tout dévoré, méthodiquement.

Rach s'arrêta à quelques mètres du vieux Nettel. Il n'avait pas l'intention de s'approcher plus : le tailleur et lui ne se connaissaient pas. De toute façon quel réconfort pourrait-il lui apporter ? Quels mots seraient en mesure d'apaiser le chagrin suscité par une vie entière partie en fumée ? L'incendie était éteint depuis plusieurs heures, et les deux hommes étaient seuls dans la rue : pas un policier, pas un pompier, pas même les inévitables badauds – vieillards, hommes désœuvrés, enfants –, car tout le monde savait ce qui s'était vraiment passé.

Dans une boutique de tailleur, le matériel inflammable ne manque certes pas mais rien ne peut se consumer si parfaitement en quelques heures, et puis, de nuit, qu'est-ce qui peut bien déclencher un tel enfer ?

Döbling était loin de Vienne, et Vienne loin de l'Allemagne. Néanmoins, les étincelles d'un incendie se déplacent avec le vent et peuvent couvrir de très grandes distances.

La tragédie d'Ytzak Nettel n'était pas due à un incident, mais au fait que le vieux tailleur était juif.

Troublé par ce qu'il venait de voir, comme si la fumée de la scène avait pénétré son esprit et imprégnait toutes ses pensées, Peter Rach reprit machinalement le chemin vers son domicile, tenaillé entre l'angoisse du présent et les souvenirs des événements qui avaient bouleversé sa vie un an et demi auparavant.

Bien que le Karl-Marx-Hof, où il résidait, eût été construit depuis moins de trois ans, il était déjà célèbre dans toute l'Europe. Édifié en un temps record sur la volonté du gouvernement de la ville, il se composait d'un seul bâtiment d'un kilomètre de long et de cinq étages de haut, ouvert sur une enfilade de jardins auxquels tous ses habitants avaient accès. Derrière sa façade bicolore, ocre et terre cuite, percée de quatre arcades en forme de pistons renversés faisant écho à la destination ouvrière du bâtiment, se trouvaient presque mille quatre cents appartements. Parmi eux, l'un des plus vastes avait été attribué à Rach en vertu de son travail de gardien de nuit à la mairie de Vienne. Son logement était considérablement éloigné du centre, et ses relations avec ses voisins, si différents de lui tant par leur origine que par leur vie quotidienne, n'avaient jamais été au-delà de leurs furtives salutations quand ils se croisaient dans les couloirs ou dans l'escalier. Ce trois-pièces avec salle de bains suffisait largement à ses besoins, surtout maintenant qu'il y habitait seul, et en outre il ne payait pas de loyer. Cependant, s'il avait accepté cette proposition de ses employeurs, ce n'était pas pour ces avantages mais parce que la possibilité que quelqu'un le retrouve à Döbling était presque nulle. C'était là le plus important pour lui.

« Herr Rach ! Herr Rach ! » pépia une voix enfantine dans son dos.

Il se retourna pour adresser un sourire à Greta Honecker, une fillette du voisinage âgée de onze ans, la seule avec qui il entretenait un semblant de relations. « Bonjour Gretchen, répondit-il, glissant une main dans sa poche à la recherche de la pièce qu'il lui donnait habituellement. Dis donc, que fais-tu ici à cette heure ? Il y a école, aujourd'hui...

– J'irai en courant, répondit la gamine. Je ne pouvais pas vous laisser sans votre journal ! »

Rach hocha la tête et, comme d'habitude, il s'empressa de parcourir la une, à la recherche d'informations sur les événements qui se déroulaient de l'autre côté de la frontière. Et, comme d'habitude aussi, le nom qui l'obsédait figurait dans l'un des gros titres.

« Pourquoi vous rentrez plus tard, aujourd'hui ? » s'enquit Greta, curieuse. Rach était le plus routinier des hommes, et ses voisins avaient recyclé pour lui l'anecdote que l'on racontait sur Kant : pour être sûr que sa montre soit à l'heure, inutile de la régler sur Saint-Paul, l'église du quartier ; il suffisait d'attendre que Rach sorte le soir ou rentre le matin. « Votre tramway était en retard ?

– Mon tramway n'est jamais en retard, Gretchen. Je me suis perdu en chemin. »

Greta éclata de rire comme si c'était la réplique la plus amusante du monde, puis elle leva la tête vers le ciel et adressa un sourire radieux à Rach. « Bonne journée, Herr Rach. Quelque chose me dit qu'elle sera mémorable ! » Un petit mouvement de tête, une pirouette et elle fila en courant, ses cheveux couleur de miel brillant sous le soleil froid de Vienne.

Rach la regarda s'éloigner, ému : il aurait aimé avoir une fille comme elle. Cependant, ses sombres pensées ne tardèrent pas à reprendre le dessus.

Mémorable ne signifie pas bonne, se dit-il.

Il gagna la porte 28 du bâtiment, semblable à toutes les autres, et pénétra dans le hall. L'architecte, un certain Karl Ehn, avait tout misé sur une simplicité fonctionnelle. Aussi, l'entrée et l'escalier étaient dépourvus de tout ornement : sol en pierre grise, murs blancs, rampes en fer. Les étages se distinguaient les uns des autres par le numéro en chiffres romains qui figurait sur chaque palier. Le fin miroir qui séparait les deux portes au milieu de ces derniers constituait la seule concession à des critères d'ordre esthétique. Depuis son emménagement à Vienne, Rach, qui n'avait jamais été un homme vaniteux, loin de là, croisait donc inexorablement son reflet chaque fois qu'il entrait ou sortait de chez lui. Ce jour-là comme tous les autres, l'image que lui renvoya le miroir du cinquième et dernier étage le déstabilisa un peu : des cheveux aussi noirs que la nuit bien qu'il eût plus de quarante-trois ans, une barbe longue et soignée qui masquait presque tout son visage, un embonpoint un peu trop prononcé à son goût.

Tandis qu'il tirait la clé de sa poche, il fut perturbé par une sensation indéfinissable. Quelque chose ne tournait pas rond. Rach avait pour habitude de se fier à sa raison plus qu'à son instinct, mais l'expérience lui avait appris qu'il était parfois préférable de se servir des deux. Ainsi, il resta un instant immobile sur le paillasson, les sens en alerte. Rien. Il se pencha et, comme tous les jours, il scruta la porte pour voir si le cheveu qu'il avait tendu entre l'encadrement et la poignée était encore là.

Il était tombé.

On m'a retrouvé.

Une légère nausée s'empara de lui. Il se redressa, déboutonna son pardessus et glissa sa main dans la poche intérieure de sa veste pour saisir son pistolet.

Son arme serrée dans son poing, Rach enfila le plus discrètement possible la clé dans la serrure et, millimètre par millimètre, il la tourna vers la droite. Durant les longues secondes que dura l'opération, le monde alentour disparut : la lumière, les sons, les odeurs n'étaient plus qu'un écho lointain de la réalité. Il n'existait plus que sa main sur la clé et son cœur emballé dans sa poitrine.

On m'a retrouvé.

Des minutes, des heures plus tard, la clé acheva son tour, et son déclic presque inaudible résonna aux oreilles de Rach comme un coup de tonnerre.

Il entrouvrit la porte. Le cœur au bord des lèvres, fort de la certitude que quelqu'un – *mais qui ?* – s'était introduit chez lui pendant son absence, Rach braqua le pistolet devant lui et acheva de pousser le battant.

Alors, comme si ce geste négligeable avait déclenché un mécanisme à ressort, une mélodie s'éleva dans l'appartement, un morceau de piano que Peter Rach connaissait parfaitement et qui lui coupa le souffle.

Comment est-ce possible ?

2

« Rosa ? »

La voix de Rach fut couverte par une cascade de notes.

« Rosa, c'est toi ? »

La *Sonate n° 2* de Rachmaninov envahissait les lieux dans un flot régulier, seulement interrompue de temps en temps par une note manquante, et Rach savait bien pourquoi.

Il avança d'un pas, son pistolet toujours braqué devant lui. Dans l'entrée exiguë qui accueillait les visiteurs avec une vieille gravure de Vienne assiégée par les Turcs, il y avait un guéridon où était posé un cendrier utilisé comme vide-poches : pièces de monnaie, mouchoirs, crayon à papier et, bien visible avec son reflet chromé, une clé.

À sa vue, une flamme d'espoir s'alluma dans la poitrine de Rach.

Il baissa son arme et se précipita vers la cuisine. « Rosa ! » appela-t-il plus fort. La musique ralentit, comme en réponse à son appel, mais elle reprit aussitôt. C'était un passage plus ardu, voilà pourquoi le rythme avait changé. Pourtant, Rosa n'avait jamais eu de difficultés à jouer la *Sonate*.

Rach leva à nouveau son arme. Il regarda la porte conduisant au salon, en face du poêle en fonte et de l'évier en céramique.

Il n'avait pas souvenir de l'avoir fermée la veille au soir, mais maintenant elle l'était, lui masquant la vue du piano et de la personne qui en jouait. Bien que son espérance fût tenace, Rach avait à présent la certitude qu'il ne s'agissait pas de Rosa : son parfum ne flottait pas dans l'appartement, et les doigts qui jouaient le morceau – le préféré de son père et de lui-même – manquaient d'habileté.

Qui est-ce, alors ?

Rach hésita un instant devant la porte, puis il se saisit de la poignée et l'ouvrit brusquement.

« Pas un geste ! » intima-t-il à la personne assise devant le piano : un chapeau en feutre noir, un long imperméable beige. C'étaient des vêtements masculins mais, l'inconnu étant de dos, il restait difficile de savoir s'il s'agissait d'un homme ou d'une femme.

« Avez-vous entendu ? » demanda Rach en balayant la pièce du regard à la recherche d'éventuels autres visiteurs.

Il n'y en avait pas. Le seul était le pianiste, qui continuait de jouer et de sauter des notes.

Agacé, Rach s'avança jusqu'à ce que le canon de son pistolet soit à quelques centimètres de l'imperméable. « Arrêtez. Les mains en l'air. »

Enfin, la musique cessa. Plutôt que de lever ses mains, la silhouette assise sur le tabouret les posa sur ses cuisses. « Je pensais que vous aimiez ce morceau », dit-elle sans se retourner.

Cette voix fit à Rach l'effet d'une gifle. Même s'il ne l'avait pas entendue depuis un an et demi, il la reconnut sur-le-champ.

« Julian ? » articula-t-il tandis que les questions se chevauchaient dans sa tête.

Qu'est-ce que tu fiches ici ? Comment m'as-tu retrouvé ? Comment as-tu eu les clés de chez moi ?

Le tabouret pivota avec un léger grincement. « Ça faisait un bail, dit le jeune homme avec un sourire moqueur. Mais vous m'avez l'air en forme, commissaire Sauer. »

3

Le sifflement de la bouilloire monta rapidement dans les aigus. L'homme qui se faisait appeler Peter Rach prit un torchon qu'il enroula autour de l'anse avant de la soulever du poêle, puis remplit les deux tasses posées sur la table de la cuisine.

« Je ne suis plus commissaire, déclara-t-il à Karl Julian qui, assis à table, regardait autour de lui, comme fasciné par l'austérité de l'appartement.

– Alors, comment dois-je vous appeler ? demanda le jeune homme en baissant les yeux sur sa tasse, où les fines volutes orange du thé tourbillonnaient dans l'eau, qu'elles coloraient peu à peu.

– La dernière fois qu'on s'est vus, tu m'as sauvé la vie. Tutoie-moi et appelle-moi Siegfried. »

Julian fit la moue. Il n'avait guère changé et, bien que ses gestes et sa voix aient gagné en maturité, pour Sauer il était toujours le jeune sergent amateur de livres qui les avait accompagnés, Mutti et lui, dans leur dernière enquête munichoise.

« Siegfried, c'est pour les intimes, répondit le jeune homme, légèrement narquois. D'accord pour te tutoyer, mais pour moi tu restes Sauer.

– Entendu.

– Maintenant qu'on a refait les présentations, tu permets que je te demande pourquoi il manque une touche à ton piano ? »

Sauer plissa les yeux, comme pour mieux jauger son interlocuteur, puis s'assit en face de lui, les mains autour de sa tasse. Le feu qui criait et se tordait dans le ventre du poêle comme un démon devenu fou n'arrivait pas à réchauffer l'appartement, resté sans chauffage toute la nuit, et Sauer avait les doigts gourds.

« Qu'est-ce que tu fais ici ? » finit-il par demander d'une voix lasse. Il n'avait aucune envie de répondre à des questions idiotes ou douloureuses, ni de tourner autour du pot.

Julian hocha la tête et se redressa sur sa chaise. « Je suis venu pour Rosa. »

Sauer s'efforça de maîtriser le ton de sa voix : « Rosa n'est pas là. Ça fait des mois qu'elle est partie.

– Je sais.

– Tu sais ? répéta Sauer, stupéfait.

– Quand elle a quitté Vienne, elle est revenue auprès de nous, à Munich.

– Avec la résistance.

– Oui. »

Petite sotte. C'était ce que tu voulais faire et tu l'as fait.

« Alors pourquoi tu viens la chercher ici ?

– Je n'ai pas été clair. C'est toi que je suis venu chercher. Rosa a besoin de ton aide. »

Sauer but une gorgée de thé. « Non, répondit-il sèchement.

– Non ?

– Non. Je ne me joindrai pas à vous. Ce n'est pas le meilleur moyen de les combattre. Et ce n'est pas le moment non plus. »

Julian écarquilla les yeux. « Ils viennent de prendre le pouvoir ! Hitler est chancelier depuis un mois déjà, et les élections auront lieu dans dix jours ! Si ça, ce n'est pas le moment… »

Sauer secoua la tête. « Je n'ai pas l'intention de parler politique avec toi. Dis à Rosa que je n'ai pas changé d'avis : la lutte armée n'est pas une option. Nous devons les affronter par d'autres moyens. »

Le jeune homme réfléchit quelques instants. « C'est pour ça que vous vous êtes disputés ? C'est pour ça qu'elle…

– C'est notre problème, l'interrompit Sauer. Dis-lui juste que je suis désolé, mais que je n'ai pas changé de position. »

Julian porta sa tasse à ses lèvres, puis la reposa délicatement. Quand il reprit la parole, son ton avait changé, il était plus bas, presque dolent. « Je le lui dirais, si je pouvais. Mais je ne peux pas. C'est pour ça que je suis là. »

Sauer le scruta. « Qu'est-ce que tu veux dire ?

– Rosa a disparu, et on a de bonnes raisons de penser qu'elle est en danger. On a besoin de ton aide, Sauer. On doit la retrouver avant qu'il ne soit trop tard. »

« Ces six derniers mois, nous avons travaillé à une opération plus ambitieuse que les autres, expliqua Julian tandis que leur thé refroidissait et que la lumière du jour envahissait peu à peu la petite cuisine. Je ne peux pas te révéler les détails, mais en gros tout est parti de l'idée de recourir aux mêmes armes que les nazis en les retournant contre eux.

– Les mêmes armes ? s'exclama Sauer. Ce sont des assassins !

– Certes, mais s'ils ont du succès, c'est parce qu'ils savent manipuler l'opinion publique. Ils savent faire de la propagande. Ils organisent des passages à tabac puis ils en imputent la responsabilité aux victimes. Ils attaquent des locaux communistes puis ils diffusent de faux documents selon lesquels c'est la faute d'autres communistes, que c'est un règlement de comptes entre différentes factions. Comme pour l'histoire du Schleswig-Holstein. Tu vois de quoi je parle ?

– Oui, je l'ai lu dans la presse », répondit Sauer en indiquant de la tête la pile de quotidiens qui s'élevait à côté du poêle. La police avait découvert que la vague d'attaques à la dynamite imputée au groupe subversif du Landvolk, quatorze en quatre ans, avait été orchestrée par les SA, l'armée irrégulière nazie, mais le Parti en était sorti blanc comme neige.

« On a fini par se dire : servons-nous du même mécanisme, mais contre eux. Préparons un coup d'éclat, une atteinte symbolique à la République, et faisons en sorte que la faute retombe sur le Parti. Comme ça, on arrivera peut-être enfin à attirer l'attention internationale sur ce qu'il se passe en Allemagne. »

Les cloches de Saint-Paul sonnèrent l'heure, un tintement enjoué qui tranchait avec l'ambiance lourde régnant dans la cuisine.

« Tu es train de me parler d'un attentat, conclut froidement Sauer.

– Si tu veux.

– Une action très dangereuse.

– L'idée comportait quelques risques, on le savait, reconnut Julian. Mais Rosa était sûre d'elle. Pour préparer l'opération, elle devait changer d'identité et disparaître pendant quelques semaines. On s'était mis d'accord sur une date précise où, après avoir tout mis au point, elle devait réapparaître et nous informer des détails. Le plan était parfait. On l'a revu mille fois, tout était calculé au millimètre.

– Pour preuve, tu es là », répliqua Sauer, cinglant.

Julian serra les dents. Aucun plan, si bien conçu soit-il, ne peut prévoir l'imprévisible.

« C'était quand, la date en question ? relança Sauer.

– Dimanche dernier, répondit Julian d'une voix sombre. On n'a plus de nouvelles de Rosa depuis plus d'un mois, et maintenant on a peur qu'elle ait fini entre les mains des nazis. »

Après de longues secondes de silence, Sauer émit son verdict. « Je ne peux pas vous aider. Je n'ai aucun contact avec Rosa, et j'ignore tout de votre plan. Et puis au nom de quoi je devrais te faire confiance ? »

Un sourire oblique se dessina sur les lèvres de Julian. « Je vois que finalement le commissaire Forster a réussi à t'apprendre la prudence... »

Sauer se raidit. « Mutti, dit-il comme si c'était la première fois depuis des mois qu'il repensait à ce nom, alors qu'il ne passait pas un jour sans que l'image de son ancien collègue et meilleur ami ne vienne le tourmenter. Qu'est-ce qu'il est devenu ?

– Plus tard, répondit Julian. Pour le moment, on doit s'occuper de Rosa.

– Et si elle était morte ? cracha Sauer comme si cette phrase était un poison dont il fallait se débarrasser. Vous n'avez plus de nouvelles, elle n'est pas venue au rendez-vous...

– À quatre rendez-vous. Elle en a raté quatre. Mais elle pourrait être encore vivante. Il y a cinq jours, elle l'était.

– Qu'est-ce que tu en sais ?

– J'en sais qu'il y a cinq jours elle a envoyé cette carte postale à Fritz Gerlich », répondit Julian en glissant une main dans sa veste.

Sauer prit la carte que Julian lui tendait, et il eut un pincement au cœur : c'était une photographie sépia du centre-ville de Munich, avec l'Alte Peter et le marché aux victuailles au premier plan. Cette vue qu'autrefois il pouvait admirer depuis les fenêtres de sa mansarde. Le décor dans lequel Rosa et lui s'étaient rencontrés et étaient tombés amoureux.

Il la tourna. L'adresse, rédigée avec la belle écriture ronde de la jeune femme, était celle du journaliste le plus craint par Hitler, que Sauer avait connu et aidé à Munich à l'époque de l'affaire Geli Raubal, mais le commissaire ne douta pas l'ombre d'un instant du fait qu'il était le véritable destinataire de cette carte et du court message qui y figurait :

Creuse une fosse et assieds-toi dedans.

« Tu sais ce que ça signifie ? demanda Julian.

– Non », mentit Sauer, le cœur battant la chamade.

Puis il détourna les yeux de ces mots qui lui étaient destinés et déclara : « Mais je crois savoir comment déchiffrer ce message. »

4

Une demi-heure après, ils quittaient l'immeuble.

« Il te faudra combien de temps pour le déchiffrer ? avait demandé Julian après avoir repris la carte postale.

– Ça dépend, avait répondu Sauer. J'ai besoin de livres que je n'ai pas ici.

– Alors on les trouvera plus tard. Message ou non, le plus urgent est que tu me suives. Chaque minute compte pour Rosa. Prends des affaires et partons. »

L'ancien commissaire n'avait pas beaucoup de vêtements – il était rare qu'il sorte de chez lui pour se rendre ailleurs qu'à la mairie, où il avait son uniforme de gardien –, et il aimait voyager léger. Aussi n'avait-il rempli qu'un sac à double poignée, qu'il pouvait aussi porter en bandoulière.

« C'est tout ? s'était étonné Julian.

– Si j'ai besoin d'autre chose, je sais à qui m'adresser à Munich. »

Le jeune homme avait eu un sourire amusé. « Qui a parlé de Munich ? »

Pour gagner la station du métropolitain, ils repassèrent devant la boutique détruite par l'incendie. Ytzak Nettel était toujours là, immobile, fixant les ruines de sa vie. À cette heure, la route était encombrée de bicyclettes, automobiles et fourgons qui frôlaient le vieillard sans daigner le regarder. C'était comme si le tailleur était tombé dans une faille de la réalité, ou qu'il était invisible pour tout le monde à part pour Sauer.

Moi aussi je suis tombé dans une faille, après tout.

Il glissa un regard à Julian, mais lui non plus ne sembla pas remarquer la boutique encore fumante. « Quand est-ce que tu es arrivé en ville ? s'enquit Sauer d'un ton détaché.

– Ce matin à six heures. Neuf heures de train, un trajet interminable. Mais la couchette était confortable. »

Sauer se dit que, à la gare, il lui faudrait jeter un œil au tableau des trains à l'arrivée. Il était improbable que Julian lui mente sur un détail pareil, et impossible qu'il existe un lien entre sa présence à Vienne et les déboires du pauvre Nettel, mais son ami Mutti lui avait autrefois appris à se méfier de tout le monde, ainsi que des coïncidences apparentes. Sans la carte postale de Rosa, il n'aurait jamais suivi Julian.

Il y a aussi le fait que maintenant tu te moques pas mal de vivre ou de mourir, lui susurra sa conscience. *Mais tu te sens responsable pour Rosa. Si tu avais su la retenir, elle ne serait pas en danger à cette heure.*

« Nous serons donc à destination dans l'après-midi, dit-il alors qu'ils arrivaient sur l'esplanade de la gare de Heiligenstadt.

– Ce soir, le corrigea Julian. Notre train part à neuf heures. Tu seras dans ta chambre pour l'heure du dîner.

– Ma chambre ?

– Je t'expliquerai tout quand on sera arrivés. Je préfère ne pas trop en dire dans la rue. »

Ils entrèrent dans la petite gare et traversèrent le hall en direction de la voie numéro 1, d'où partaient les trains à destination du centre-ville. Le quai était désert : Heiligenstadt était presque exclusivement fréquentée par les ouvriers de Döbling, déjà à l'usine depuis le petit matin.

Sauer et Julian montèrent à bord d'un wagon presque vide du train, qui repartit en ferraillant. Alors qu'ils roulaient en direction du sud, Julian resta collé à la vitre, profitant de la vue sur le Donaukanal et sur la grande île qui le sépare du Danube, avec les toits d'ardoise de Brigittenau au premier plan et, derrière, l'élégante Leopoldstadt d'où s'élevait la Roue. Sauer se demanda si Julian était déjà venu à Vienne, et à la pensée que c'était peut-être la première fois qu'il y mettait les pieds – neuf heures aller, deux heures pour venir le chercher, et neuf autres heures retour –, il eut un élan de compassion à son égard.

Ils descendirent à Spittelau et prirent l'escalier qui conduisait au passage surélevé menant à l'Ostbahnhof, la gare de l'Est. Ce deuxième trajet en train permit à Julian de compléter son parcours touristique express : l'opéra populaire sur la droite, les flèches ajourées de l'église votive sur la gauche, la tour de la mairie un peu plus loin, à proximité de l'ancien palais impérial, avec sa majesté d'un autre temps – un temps pas si lointain, et pourtant désormais inimaginable.

« Nous y sommes, déclara Julian quand le métropolitain atteignit la gare de l'Est, véritable cathédrale de fer et de verre. Nos chemins se séparent ici », ajouta-t-il quand ils furent sur le quai. En face d'eux se déployait le grand escalier de pierre grise qui descendait dans le hall de la gare.

« Pourquoi ? » s'étonna Sauer.

Julian se tourna vers lui et, à l'abri des regards des passagers qui marchaient la tête basse, il lui tendit une enveloppe. « Voici ton billet. Il vaut mieux qu'on évite de se montrer ensemble avant le départ. Rendez-vous à bord du train dans une demi-heure. » Il porta deux doigts à son chapeau en guise de salut et remonta prestement dans le métropolitain, juste à temps pour ne pas rester coincé entre les portes automatiques.

Sauer regarda la rame disparaître en se questionnant sur le bien-fondé de cette manœuvre, puis il mit son sac en bandoulière et se résigna à jouer le jeu.

Dans le hall de la gare, un espace tout de marbre et de stucs surmonté par un plafond voûté qui aurait pu accueillir une petite église, clocher compris, il chercha une cabine publique. Il en trouva une non loin des guichets et s'empressa de s'y rendre tant qu'elle était libre. Les quatre horloges occupant les quatre murs du hall indiquaient 8 h 20, et il avait rendez-vous avec Julian à 8 h 45. Cela lui laissait largement le temps de prévenir la mairie de son absence inopinée les prochains jours.

Tout en attendant d'être mis en communication, il ouvrit l'enveloppe et en tira son billet. En découvrant la destination, il resta bouche bée.

La capitale de la République.

La ville d'où la carte de Rosa avait été expédiée.

Et l'endroit où l'Ennemi avait élu domicile.

Petite sotte, te voilà dans de beaux draps.

L'opératrice le mit en relation avec son supérieur, qui se montra compréhensif et lui donna dix jours de vacances à compter du jour même. Du reste, Sauer n'avait jamais demandé de congés depuis qu'il travaillait là : à quoi lui auraient-ils servi ? Tout ce à quoi il aspirait était de vivre en paix, à l'écart du monde et de son carrousel emballé. Autrefois, il aurait été heureux de passer quelques jours à la maison, en tête à tête avec Rosa, se contentant du peu qu'ils possédaient, à l'abri du danger.

En fin de compte, ça ne valait que pour moi.

Il salua son supérieur et raccrocha. Puis il se dirigea vers l'affichage des trains, et vérifia que l'un d'eux correspondait à ce que Julian avait affirmé. C'était le cas, mais il restait possible qu'il s'agisse d'une couverture.

Quand Sauer rejoignit son wagon, la locomotive commençait déjà à souffler, impatiente, prête à mordre les rails. Un employé des chemins de fer l'accueillit au niveau de la première couchette et vérifia son billet. « Suivez-moi », dit-il, l'escortant dans le couloir au sol couvert de moquette rouge, élégante quoiqu'un peu élimée, et aux murs tapissés de boiseries sombres. En face de la cabine numéro 12, l'employé s'arrêta. « Nous y voilà », dit-il en inclinant la tête. Il tira une clé de sa poche, ouvrit la porte et invita Sauer à s'installer.

« Le déjeuner est à midi trente dans le wagon-restaurant. Le lavabo se trouve ici, ajouta-t-il en faisant coulisser une paroi à côté de la porte. Et il y a des couvertures supplémentaires, si jamais le chauffage ne suffisait pas.

– Je vous remercie », dit Sauer, qui se sentait déjà mollir dans la tiédeur du compartiment. De coutume, après son service de nuit, à cette heure il dormait déjà.

« Si vous avez besoin de quoi que ce soit, vous pouvez utiliser la clochette à côté de la fenêtre. Je suis à votre disposition. »

Sauer hocha la tête et donna un pourboire à l'homme, qui lui souhaita un bon voyage et disparut dans le couloir.

Resté seul, Sauer prit connaissance de cet espace exigu pourvu de tous les conforts. Certes, ce train n'était pas l'*Orient-Express*, mais il se défendait bien. Il fit couler l'eau du lavabo, se rafraîchit le visage, puis régla le chauffage au maximum en vue des rigueurs du voyage : plus de six cents kilomètres de forêts, montagnes et plaines battues par les vents glaciaux de l'est l'attendaient. Février n'était pas le mois idéal pour s'aventurer dans ces contrées, et la vitre de la fenêtre paraissait bien fine pour protéger du froid, surtout à grande vitesse.

Cependant, la chaleur accrut sa fatigue. Sauer sentit soudain peser sur lui tout le poids de sa nuit sans sommeil et de la tension accumulée depuis sa sortie du travail. *Rosa, Rosa, qu'est-ce que tu me fais faire ?*

Il ne voulait pas dormir – il ne devait pas –, mais en attendant Julian, en espérant que celui-ci ne rate pas le train, il pouvait au moins s'asseoir sur sa couchette et laisser aller un instant sa tête contre les boiseries. Assis, il ne risquait pas de s'endormir. Il reposerait juste un peu ses yeux. Cinq minutes, dix maximum.

Un coup de frein le fit sursauter.

Il ouvrit les yeux, se leva, et ce faisant il se cogna la tête sur la couchette supérieure.

« Attention ! » dit la voix de Julian non loin.

Sauer cligna des yeux dans la pénombre et se toucha le front.

« Tu vas avoir un joli bleu, ricana Julian. Bien dormi ? »

Sauer avait dû s'endormir sans s'en rendre compte.

« Quelle heure est-il ? demanda-t-il d'une voix pâteuse.

– Six heures », répondit Julian, dont la silhouette devenait plus nette au fur et à mesure que Sauer s'habituait à l'obscurité. Le rideau était tiré, mais il faisait aussi sombre dehors qu'à l'intérieur, seules des lumières lointaines éclairaient parfois le compartiment.

« Six heures », répéta Sauer, égaré.

Julian haussa les épaules. « Quand je suis arrivé, tu étais déjà au pays des rêves. Je me suis dit que j'allais te laisser te reposer un peu, puis j'ai été pris par ma lecture, dit-il en lui montrant un livre intitulé *Berlin Alexanderplatz*, et j'ai oublié de te réveiller. Tu as dormi pendant tout le trajet. »

Sauer se leva et étira son cou. L'obscurité se fit totale, le bruit du train changea de nature. *Un tunnel.*

« Tu as raté Prague et Dresde, déclara Julian d'un ton mélancolique qui en disait long sur son attrait pour les villes inconnues.

– Tant pis, je les verrai une autre fois. On arrive dans combien de temps ? »

Julian n'eut pas besoin de répondre. Un nouveau coup de frein fit perdre l'équilibre à Sauer, qui faillit se cogner contre la vitre. Le compartiment se remplit soudain de lumière – une quantité infinie de points lumineux scintillant dans la nuit. L'ancien commissaire n'avait pas souvenir d'avoir déjà vu un spectacle similaire : on aurait dit un immense champ occupé par des millions de lucioles, ou peut-être par les braises d'un incendie sans pareil.

Julian se leva. « Bienvenue à Berlin. »

5

L'automobile de Julian était garée dans la rue, juste en face de la gare. Sauer imaginait que le jeune homme allait le guider à travers des escaliers de service et des passages secondaires, faisant preuve de la même circonspection qu'à Vienne, mais ils sortirent par l'entrée principale comme si de rien n'était, sans même vérifier qu'ils n'étaient pas suivis, à croire qu'être en Allemagne plutôt qu'en Autriche était un gage de sécurité. C'était pourtant ici, en Allemagne, que le danger couvait.

« Il y a quatre millions d'habitants à Berlin, lui répondit Julian quand il l'interrogea à ce sujet. La probabilité que quelqu'un te reconnaisse est infime. Tu es déjà venu dans la capitale ? »

Sauer secoua la tête.

« C'est une ville à part, unique. Le nombril du monde », s'enorgueillit Julian, comme si c'était lui qui l'avait conçue et construite de ses propres mains.

Ils montèrent dans son auto, une petite décapotable sportive. « C'est quelle marque ? demanda Sauer.

– Une Fafnir, répondit Julian en faisant vrombir le moteur. Une Fafnir 471. On n'en produit plus, et c'est bien dommage. »

Ils s'insérèrent dans la circulation, dont la densité frappa Sauer. Entre les fiacres, les automobiles, les motocyclettes, les autobus à étage, les tramways et les fourgons, on se serait cru à une parade plus que sur une route. Que l'on puisse circuler en évitant les accrochages relevait du miracle. À côté, Munich et Vienne faisaient l'effet de bourgades de province.

Julian était comme un poisson dans l'eau dans ce tohu-bohu. Il conduisait d'une main, fouillant la boîte à gants de l'autre. « Maintenant qu'on est seuls et que personne ne peut nous écouter, je vais te donner quelques informations supplémentaires sur l'opération dans laquelle Rosa est impliquée. »

Sauer détourna les yeux de la route et de ses néons étincelants. Il ignorait où ils se trouvaient exactement, mais le quartier lui semblait très animé. À sept heures du soir, les trottoirs débordaient d'hommes et de femmes qui marchaient bras dessus bras dessous. Par la vitre entrouverte, l'air glacial sentait la neige.

« L'attentat, dit Julian, reprenant le mot employé par Sauer, devait avoir lieu ici, à Berlin. Ici, on a des soutiens partout, même dans la police. Et, vu la taille de la ville, les cachettes et les portes de sortie ne manquent pas. Maintenant que Rosa a disparu, ça joue en notre défaveur : on la cherche depuis des jours, on recourt à tous les moyens à notre disposition tout en essayant de ne pas faire trop de bruit, mais on ne trouve pas l'ombre d'une piste. Si elle s'est terrée quelque part, on n'arrivera pas à mettre la main sur elle tant qu'elle ne l'aura pas décidé. Si, par malheur, elle est aux mains de l'ennemi, la liste des endroits où elle pourrait être tenue prisonnière est infinie. C'est pour ça que je compte beaucoup sur le message de la carte postale. À ton avis, pourquoi Rosa l'a envoyée à Munich ? Et pourquoi Gerlich nous l'a transmise ici, à Berlin ?

– Comme je t'ai dit, pour la déchiffrer, j'ai besoin de livres, répondit Sauer.

– Bon. Demain matin, on t'emmènera à la bibliothèque.

– On ? »

Julian ne répondit pas : il accéléra et doubla un autobus à étage, puis il lui fit une queue de poisson et quitta le boulevard pour s'engager dans une longue rue étroite, dont Sauer n'eut pas le temps de lire le nom. Quelques mètres plus loin, la Fafnir ralentit et s'arrêta. « Descends, dit Julian. Je cherche une place et je te rejoins pour t'accompagner à ta chambre. »

En attendant sur le trottoir avec son sac en bandoulière, Sauer examina la façade de l'édifice, qui portait le numéro 33. On y pénétrait par une grande porte à deux battants dans laquelle avait été découpée une porte plus petite. À côté d'elle, une plaque métallique indiquait : « Pension Linke – Bâtiment A, 1er étage ». Pour le reste, le bâtiment était si anonyme, avec ses cinq étages crépis de gris, qu'il aurait aussi bien pu abriter des appartements, des bureaux, une caserne ou un hôpital. La plupart des fenêtres sans volets étaient éclairées, mais les rideaux tirés ne permettaient pas d'apercevoir l'intérieur. Les trois petits balcons à chaque étage semblaient inutilisés.

« Me voilà », dit Julian en le rejoignant, les clés de la voiture à la main. Le porte-clé, remarqua Sauer, représentait un dragon crachant du feu. « Allons-y. »

En réponse à leur coup de sonnette, la petite porte s'ouvrit dans un déclic électrique. Arrivés au portail qui fermait la cour intérieure, ils empruntèrent l'escalier du bâtiment de gauche. Au premier étage, une porte entrouverte les attendait, à côté d'une plaque identique à celle que Sauer avait vue dans la rue. Il en conclut que, cette nuit, il dormirait donc dans la pension Linke.

« Nous voilà, annonça Julian en poussant la porte.

– Bonsoir Herr Julian », répondit une voix féminine.

Les deux hommes se retrouvèrent devant une femme grande et sèche, à l'épaisse chevelure noire rassemblée dans une queue-de-cheval et au visage émacié parsemé de taches de rousseur. Elle devait avoir quarante ans, peut-être un peu plus, mais la peau de son visage était lisse et ses yeux, qui fixaient Sauer avec une curiosité non dissimulée, étaient ceux d'une jeune fille. La couleur de sa robe, noire comme la nuit, et l'alliance accrochée autour de son cou indiquaient clairement son statut. « Bonsoir, Herr Rach, dit la veuve avec un léger mouvement de tête.

– Bonsoir à vous. Enchanté.

– Frau Linke t'hébergera pendant toute la durée de ton séjour à Berlin », dit Julian. Il se tourna vers la femme : « Sa chambre est prête ?

– Oui, répondit-elle. C'est la chambre habituelle. » Elle les précéda dans le couloir.

L'ameublement et la décoration du vaste appartement – huit pièces au moins, estima Sauer – étaient de facture traditionnelle : papier peint, plafond orné de moulures, meubles d'époque et bibelots sur les étagères et les guéridons. Les livres et les plantes présents un peu partout le rendaient accueillant, bien plus que la plupart des pensions que Sauer avait fréquentées jusque-là.

Ils dépassèrent plusieurs portes, dont une ouverte sur un salon éclairé par les flammes d'une cheminée – « C'est un espace commun, vous pouvez y passer autant de temps que vous le souhaitez » –, puis s'arrêtèrent devant une porte en bois blanc percée de deux hublots opaques. La veuve tira une clé de la poche de sa robe et la glissa dans la serrure. « Le petit déjeuner et le dîner sont compris, dit-elle en allumant la lumière. En ce moment, je n'ai qu'un autre pensionnaire, vous ne serez pas gêné par la foule. Le matin, je suis disponible à partir de six heures trente. Le soir, je me retire à neuf heures. »

La chambre était spacieuse, six mètres sur six, avec un grand lit à baldaquin d'un côté et un secrétaire avec une chaise de l'autre. Au fond, derrière deux petits fauteuils brodés de motifs floraux, il y avait une porte-fenêtre, qui donnait probablement sur un des balcons que Sauer avait vus depuis la rue, et, derrière un rideau en velours vert, se cachait un luxe rare en des lieux pareils : une salle de bains privative.

« Je vous laisse. Si vous avez besoin de quelque chose, vous me trouverez dans le salon commun », dit Frau Linke en déposant la clé sur le guéridon à côté de la porte.

« Pas mal, non ? » dit Julian en levant la tête pour regarder les scènes mythologiques peintes au plafond. L'artiste n'était pas un maître – on peinait à distinguer Ariane du Minotaure –, mais la vue d'ensemble était de bel effet. « Je crois qu'autrefois c'était la chambre de maître », ajouta-t-il. Puis, plus bas : « Frau Linke est une des nôtres. Tu es à l'abri, ici. »

Sauer lui jeta un regard interrogateur.

« Je veux dire que tu peux lui faire confiance. Tu n'es pas le premier hôte de la résistance qui loge dans cette chambre.

– C'est un de vos soutiens en ville, donc, dit Sauer, se souvenant du terme employé précédemment par son interlocuteur.

– Voilà. Je te laisse, maintenant, tu dois être fatigué par le trajet, même si tu as dormi. On ne pourra pas faire grand-chose d'autre aujourd'hui, vu qu'à cette heure les bibliothèques et les librairies sont fermées. Mieux vaut que tu te reposes, tu auras besoin d'énergie dans les jours à venir. Je passerai te prendre en voiture tôt demain matin, disons à sept heures, et on commencera les recherches », conclut Julian en se dirigeant vers la porte. Quand il eut la main sur la poignée, il se tourna une dernière fois. « Tu sais quoi ? Maintenant que tu es là, j'ai la sensation qu'on retrouvera Rosa bientôt, saine et sauve.

– J'ai la même sensation », répondit Sauer, même si ce n'était pas vrai.

On ne la trouvera pas bientôt, dit la voix impitoyable qui habitait sa tête.

Et elle ne sera pas saine et sauve.

Sauer attendit deux heures avant de passer à l'action. Quand il eut la certitude que la pension était endormie, il ouvrit son sac. À l'intérieur, bien enveloppé dans les habits de rechange qu'il avait pris presque au hasard avant de partir, se trouvait le seul objet dont il avait vraiment besoin à Berlin : son pistolet. À l'époque où il vivait à Munich, il ne l'avait jamais sur lui, mais les événements de septembre 1931 l'avaient convaincu qu'il y avait une différence entre vivre en pacifiste et mourir désarmé. À la fin de la guerre, il s'était juré de ne plus jamais braquer une arme contre un autre homme, et il y était plus ou moins parvenu, même quand il travaillait dans la police criminelle, mais sa position actuelle était bien différente et le danger auquel il faisait face aussi. Les journaux qu'il lisait tous les matins relayaient les déplacements de Hitler, Goering, Himmler et Hess, mais pas ceux de l'Ennemi qui travaillait avec eux – l'homme, ou plutôt la bête, qui avait failli les tuer, Rosa et lui. Si la crème du nazisme était ici, à Berlin, alors il y était sans doute aussi, et la prochaine fois qu'il le verrait, Sauer comptait bien l'affronter à main armée.

À dix heures précises, il éteignit la lampe. Il récupéra la clé de la chambre, l'enfila dans la serrure et la tourna doucement, s'enfermant à l'intérieur. Puis il glissa la clé dans sa poche et colla son oreille à la porte. Pas un bruit. Le couloir était désert.

Alors, il traversa sa chambre d'un pas décidé et ouvrit la porte-fenêtre. Ainsi qu'il l'avait supposé, le balcon donnait sur la rue. À droite de la rambarde, il vit une corniche de cinquante centimètres de large, traversée deux mètres plus loin par une descente de gouttière en cuivre apparemment solide.

Espérons qu'elle le soit vraiment, se dit Sauer en enjambant le balcon. Depuis la corniche, il s'empara du tuyau et passa une jambe de l'autre côté. Il s'accroupit et laissa glisser ses pieds contre le mur. Ils devaient pendre à deux mètres du trottoir. Une hauteur suffisante pour se blesser s'il se réceptionnait mal, mais il n'avait pas d'alternative : si Frau Linke était une amie de Julian, il ne pouvait pas lui faire confiance non plus.

Il compta jusqu'à trois et lâcha prise.

Sa courte chute se conclut par un bruit sourd et un élancement dans les genoux. Déséquilibré, Sauer tomba à la renverse et se retrouva sur le dos. Par chance, son écharpe et son chapeau amortirent le choc au niveau de la nuque.

Il se releva en se frottant le cou et jeta un regard alentour : aucun témoin.

La chance est avec toi.

Il se dirigea vers le boulevard par lequel il était arrivé avec Julian, ne s'arrêtant qu'un instant pour lire le nom de la rue : Emserstrasse. Il ne lui évoquait rien, ce qui n'était pas étonnant : il n'avait pas mis les pieds à Berlin depuis plus de dix ans, et c'était déjà une grande ville à l'époque. Personne ne pouvait espérer connaître toutes les rues.

Tu es déjà venu dans la capitale ?

Sauer sourit.

Mutti aurait qualifié sa réponse de « dissimulation ».

En revanche, il connaissait le boulevard. Comment aurait-il pu l'oublier ? Avec ses trois kilomètres de boutiques, restaurants, hôtels de luxe et galeries d'art, le Kurfürstendamm était une des artères les plus importantes de la ville, et indubitablement la plus élégante. La journée, les platanes ombrageaient les promenades de la grande bourgeoisie, qui déambulait dans l'atmosphère internationale de ce quartier enserré entre Charlottenburg et Schöneberg, mais le soir, c'étaient les jeunes gens et les riches qui occupaient ses larges trottoirs pavés, où se trouvaient certains des établissements les plus célèbres du pays : entre ses bars, cinémas, théâtres, salles de bal et cabarets, le Ku'damm fournissait aux Allemands en quête de divertissement l'offre la plus riche et la plus osée du monde.

Encore la chance, pensa Sauer. *Ou peut-être un signe du destin*, car certes cela faisait plus de dix ans qu'il n'était pas venu à Berlin, mais il avait toujours deux amis sur qui compter en ville, dont un, le plus fiable, travaillait précisément sur le Kurfürstendamm.

Jeunes, Bernie et lui avaient été inséparables, et quand la vie les avait éloignés au lendemain de la guerre, ils avaient noué un pacte.

Nous y voilà, se dit Sauer en marchant à grands pas sur le boulevard éclairé.

L'heure est venue de faire payer les dettes.

6

Ces derniers temps, la notoriété du cabaret de Bernie avait tant explosé que l'écho de ses succès, et de ses excès, était parvenu jusqu'en Autriche. Sauer, qui avait découvert la nouvelle activité de son vieil ami dans les journaux, avait une idée très vague de l'endroit qu'il cherchait, mais il eut vite fait de le trouver. Alors qu'il avançait sur le Ku'damm, l'espace du trottoir diminua soudain : une bonne moitié était occupée par une longue file d'hommes et de femmes, et quand l'ancien commissaire demanda à un jeune homme vêtu d'un étrange costume rayé multicolore ce que tous ces gens attendaient, son interlocuteur lui répondit : « L'ouverture du Höllenweg, quelle question ! » Ainsi, Sauer sut qu'il était arrivé.

Des hauts-de-forme, des chapeaux melon, des couvre-chefs ornés de plumes et des coiffes couvertes de strass pointaient de la file enjouée, qui s'étirait sur une centaine de mètres sous la brise glaciale. Les femmes, mais aussi de nombreux hommes, étaient maquillés pour le carnaval ; les tenues allaient du raffinement extrême – queues-de-pie, vestons croisés, robes longues – à la négligence scandaleuse : il y avait même une fille en déshabillé, apparemment insensible au froid mordant du soir. Sauer les scruta d'un regard curieux tout en rejoignant l'entrée du Weg, et il se demanda s'il s'agissait d'une soirée à thème, vu la quantité étonnante de filles habillées en garçon et vice versa. Tout ce beau monde paraissait surexcité comme à la sortie d'une fête, et pourtant la fête devait encore commencer.

Il finit par atteindre l'entrée, sous un tissu tendu entre deux réverbères devant la façade toute de verre et d'acier éclairée par des dizaines de néons rouge flamboyant. Les lettres de l'enseigne en caractères gothiques indiquant HÖLLENWEG étaient séparées par des langues de feu et des démons ailés. Au-dessous, coude contre coude, les quatre gardiens en costume de couturier et en nœud papillon qui bloquaient l'accès à la grande porte observaient d'un œil impassible la foule bariolée de clients. Sauer se demanda dans combien de temps le cabaret ouvrirait, mais il supposa que ce ne serait pas avant onze heures et qu'entre-temps la file s'allongerait encore.

Bon, se dit-il en se regardant dans un des mille miroirs de la devanture, *de toute façon, dans cette tenue on ne te laissera jamais entrer.*

Il poursuivit son chemin jusqu'au coin du bâtiment, qui donnait sur une étroite ruelle en brique dépourvue de nom et, après s'être assuré que personne ne le regardait, il s'y glissa. Quelques mètres après, le tapage du grand boulevard n'était plus qu'un fond sonore ouaté, et les lumières avaient cédé la place à la pénombre, où l'on distinguait péniblement les poubelles en métal et les rares papiers gras qui traînaient par terre.

Au fond, la ruelle faisait un coude, suivant la forme du bâtiment, et après ce coude se trouvait l'entrée secondaire destinée aux employés du Weg. Sauer s'arrêta devant la porte en acier, où étaient peints les mots ACCÈS RÉSERVÉ, munie d'un judas à travers lequel un œil charbonneux était en train de l'étudier avec suspicion. « Qui est-ce ? lui demanda une voix caverneuse.

– Je m'appelle Peter Sauer, dit l'ancien commissaire, optant pour un demi-mensonge. Je voudrais voir le propriétaire. »

Œil-de-Charbon ne cilla pas. « Le propriétaire n'est pas là, et ici c'est l'entrée des artistes.

– Je suis commissaire de police », hasarda Sauer. Pour peu qu'elle soit prononcée sur le bon ton et avec l'expression adéquate, cette affirmation lui avait souvent ouvert les portes sans besoin de montrer une plaque.

« Je n'ai pas souvenir de vous avoir déjà vu », rétorqua l'homme derrière le judas, comme s'il connaissait en personne tous les commissaires de Berlin – ce qui n'était d'ailleurs pas à exclure, vu son métier. « Vous avez quelque chose à me montrer ? »

Sauer soupira. Les choses étaient toujours plus simples dans les films que dans la réalité. « Pas sur moi. Je viens d'ailleurs, de Munich. Vous devez vous en douter à mon accent.

– Si vous n'avez pas de plaque…

– Dites au propriétaire que je suis un vieil ami. Un camarade des tranchées, l'interrompit Sauer. Dites-lui que je suis venu parler au Tireur. »

À l'entente de ce surnom, des rouages durent se mettre en branle dans la tête de l'homme.

« Sauer, vous avez dit ? Attendez un instant. » Et il referma le judas.

C'est le moment de fumer une cigarette, aurait dit Mutti s'il avait été là, mais Sauer ne fumait pas et Dieu seul savait où était son ancien collègue et ami, et ce qu'il faisait. Il était si étrange de l'avoir perdu de vue après avoir travaillé tous les jours avec lui pendant de si nombreuses années, et être si souvent allé déjeuner chez lui dans l'appartement que Mutti avait acheté à Elizabethstrasse, où ils gardaient un œil sur sa progéniture qui courait joyeusement dans le jardin, pendant que la belle Lina leur préparait des spécialités polonaises. Au fond, relativement peu de temps avait passé depuis, mais Sauer, le ventre noué de mélancolie, avait l'impression de vivre dans un autre siècle, un autre monde, plus froid et plus impitoyable – désenchanté.

Un bruit métallique, puis la porte de service s'ouvrit en grinçant. « Entrez », ordonna le gardien d'un ton revêche.

Sauer le suivit dans un couloir mal éclairé qui s'enfonçait dans le bâtiment, pareil à un tunnel creusé dans une montagne. Il s'attendait à y trouver une moquette rouge et des murs tendus de velours sombre, violet, par exemple, comme sur les meilleures illustrations des cabarets berlinois. Mais non, le sol était couvert d'un vieux carrelage fendu çà et là, et les murs, peints en blanc des millénaires avant, étaient écaillés et couverts de taches et de traces. Ils ne croisèrent pas un serveur en livrée ni une jeune fille à demi nue sur leur trajet, juste un menuisier qui réparait un accessoire de scène et deux ouvriers en salopette.

« Les loges sont à l'étage supérieur », l'informa le gardien, comme s'il avait lu dans ses pensées.

Au fond du couloir, s'élevait un escalier. Ils passèrent le premier étage, celui des artistes, puis le deuxième, dont le palier était occupé par des rouleaux de fils électriques, pour emprunter un couloir qui partait du troisième, où une flèche indiquait : DIRECTION. Une musique enjouée, aux accents gitans, sans doute une dernière répétition de l'orchestre avant l'ouverture, filtrait à travers les murs.

Le couloir s'achevait devant une porte à double battant, que le gardien ouvrit avec une clé tirée d'un lourd trousseau. La pièce circulaire qui se cachait derrière contrastait vivement avec ce que Sauer avait vu du cabaret jusque-là : un sol en marbre blanc, un immense tapis persan, deux divans style Empire, une grande tapisserie française, des boiseries sur tous les murs et un lustre de cristal au milieu du plafond. Le gardien la traversa et s'arrêta devant une autre porte à deux battants en chêne. Il frappa délicatement. « Entrez ! » entendit-on. Alors il ouvrit et fit signe à Sauer de passer.

Je me fais sentimental avec l'âge, se dit ce dernier en pénétrant dans le bureau de son vieil ami Bernie, le cœur battant la chamade comme pour un premier rendez-vous. Quinze ans avaient passé depuis leur expérience partagée sur le front alors qu'ils n'étaient guère plus que des gamins. Cependant, il n'imaginait pas que son émotion se transformerait aussi vite en confusion.

« Herr Sauer, dit un homme âgé d'une trentaine d'années assis derrière le bureau massif. Bienvenue dans mon cabaret. » Puis il se leva et fit le tour de la table pour aller à la rencontre de son hôte. « Vous avez demandé à me voir.

– Euh… », répondit Sauer, égaré. Il regarda autour de lui à la recherche de son ami, mais il n'en vit pas la trace au milieu du mobilier moderniste et de la quantité de tableaux et de sculptures dignes d'une galerie d'art. « À la vérité, je voulais voir quelqu'un d'autre. Le propriétaire du Weg.

– C'est moi. Herbert Raum, pour vous servir », répondit l'homme en lui tendant la main.

Sauer la serra sans conviction, fixant l'homme en face de lui d'un air perplexe. « Je vous demande pardon, finit-il par dire. Je croyais que le propriétaire du Höllenweg était un de mes amis, Bernhard Gross.

– C’est juste, confirma Raum avec une grimace désolée. Malheureusement, vous arrivez trop tard. Bernie est mort.

– Mort ? répéta Sauer, sentant une lame s’enfoncer dans sa poitrine.

– Il s’est suicidé. Il y a quelques semaines. »

7

« Ce n'est pas possible », réagit Sauer.

Raum eut un sourire triste. « Qu'est-ce qui n'est pas possible, de nos jours ? » Puis il le prit par le coude et l'accompagna vers un des fauteuils devant le grand bureau. « Asseyez-vous. J'imagine que c'est un coup dur pour vous. Vous vous connaissiez depuis longtemps, si j'ai bien compris.

– Oui. Depuis la guerre, même si on s'était perdus de vue. »

Raum hocha la tête. « Moi, je le connaissais depuis peu. Nous nous sommes associés il y a seulement trois ans, mais je sais que c'était quelqu'un d'extraordinaire. » Il se dirigea vers le meuble-bar à l'autre bout de la pièce, à côté d'une verrière qui donnait sur une scène et, en contrebas, sur une vaste salle de danse. « Hélas, dans ce pays, on se moque des gens extraordinaires. Ou plutôt, continua-t-il en se saisissant d'une carafe en verre sculptée de losanges, on s'intéresse plus à la forme de leur nez qu'à celle de leur cœur. Whisky ?

– Non, merci, répondit Sauer, abattu. Je ne bois pas. »

Raum se versa trois doigts du liquide ambré avant de revenir s'asseoir. « À cause de la religion de Bernie qui, soit dit en passant, n'était même pas pratiquant, ces dernières années, l'atmosphère au Weg était devenue… lourde, disons. C'est pour cela que nous avons fini par nous associer : officiellement, le cabaret est passé entre mes mains, mais nous avions signé un accord privé qui stipulait qu'il restait propriétaire à cent pour cent. Nous nous partagions seulement les recettes, qui étaient plus que correctes. Mais le climat a continué de se dégrader, et Bernie était de plus en plus soucieux : pour sa position au début, pour ses affaires ensuite, pour sa sécurité à la fin. » Raum avala son whisky d'un trait. « Quand, il y a un mois de cela, l'impensable a eu lieu, et que ce caporal autrichien a été nommé chancelier, Bernie était hors de lui. Il n'arrêtait pas de répéter : "C'est le début de la fin ! C'est le crépuscule des dieux ! Le Loup est venu dévorer le monde !" Moi, je me disais qu'il avait un peu trop écouté Wagner, le fait que Hindenburg ait confié la chancellerie à Hitler ne me paraissait pas si catastrophique. Après tout, les nazis restaient minoritaires au gouvernement, cette nomination n'était à mes yeux qu'un petit plus pour eux. Mais Bernie, lui, l'a très mal vécu. Le soir de la grande marche aux flambeaux, il n'est pas venu au cabaret et, le lendemain matin, alors que Berlin décuvait de la fête voulue par Goebbels, son corps a été retrouvé dans le Landwehrkanal. Noyé, selon le médecin légiste. Ses poches étaient remplies de cailloux.

– Ce n'est pas possible, répéta Sauer, affligé, comme si c'était le frère qu'il n'avait jamais eu qui s'était jeté dans ce canal.

– Je comprends votre réaction, mais c'était pourtant bien un suicide. On a aussi retrouvé un petit mot dans sa veste, dit Raum en se penchant sur un tiroir, d'où il tira une enveloppe froissée. Le voilà. Vous voulez le lire ? »

Évidemment que Sauer voulait le lire. Plus que froissée, l'enveloppe était gondolée et raide, comme une feuille de papier mouillée que l'on a fait sécher au-dessus du feu. Il l'ouvrit et en tira délicatement le bristol qu'elle contenait. Dessus, une phrase et une signature qui avaient bavé restaient lisibles. De toute évidence, on avait employé de l'encre de noix de galle, résistante à l'eau.

Je pars à ma manière avant que l'on vienne me chercher.
Bernhard Gross, un juif fier de l'être

« Bernie… murmura Sauer, et il lui sembla que la pièce plongeait dans l'obscurité.

– Beaucoup de juifs sont convaincus que les nazis ne sont pas sérieux quand ils menacent de les chasser de tous les postes publics et de les démettre de leurs fonctions, reprit Raum, une pointe de culpabilité dans la voix. Souvent, ils ont servi avec honneur dans l'armée impériale et ce sont des citoyens comme les autres, avec des activités solides, de belles positions sociales. La République elle-même a une dette envers eux. Mais Bernie était convaincu que tout cela allait s'achever. Que ceux qui se croient intouchables seulement parce qu'ils n'ont rien fait de mal se trompent. Il disait toujours : "Si les gens veulent notre tête, Hitler la leur donnera, et en échange il prendra tout le reste." Et peut-être qu'il avait raison, conclut-il, chagrin. Peut-être qu'il avait raison. »

Sauer n'eut pas la force de répondre. Il lui semblait encore sentir la fumée toxique qui s'échappait de la boutique du vieux Nettel, et voir encore le regard incrédule du pauvre tailleur viennois. Ce n'était pas le monde dans lequel il voulait vivre, ce n'était pas le monde pour lequel il s'était battu. Mais on demande rarement l'avis des hommes sur leur destinée.

« Il a laissé quelque chose pour vous, reprit Raum. Une enveloppe. » Il se leva pour se diriger vers un placard, à côté du meuble-bar.

Sauer se tourna, surpris – *une enveloppe ?* –, et vit que le placard était fermé par un gros cadenas à combinaison.

« Vous permettez ? demanda Raum, suspendant son geste.

– Oui, bien sûr, excusez-moi », répondit Sauer, et il regarda par la verrière. En bas, les serveurs en pantalon noir et veste blanche s'affairaient autour des tables vides – les dernières touches avant l'ouverture –, tandis que six musiciens habillés à l'orientale bavardaient, assis devant leurs instruments.

Raum le rejoignit et lui tendit une épaisse enveloppe marron. Les initiales « BG » étaient apposées dans la cire rouge du sceau. « Vous connaissiez Bernie : il ne serait pas parti sans régler tous ses comptes au préalable. C'est pourquoi il m'a laissé une liste de personnes qui viendraient peut-être le voir, et pour chacune des indications sur les choses à leur dire et, dans certains cas, à leur donner. »

Sauer tourna l'enveloppe et fut surpris, et amusé, d'y lire le nom du destinataire : « Pour le Bavarois », dit-il à mi-voix. Combien de temps avait passé depuis la dernière fois qu'on l'avait appelé ainsi ?

« C'est vous, n'est-ce pas ? Gunther m'a dit que vous aviez demandé à voir le Tireur, et seul un ancien frère d'armes pouvait se souvenir du surnom de Bernie. C'est-à-dire vous, le Bavarois.

– C'est moi, oui. Ou plutôt : c'était moi. Enfin, quoi qu'il en soit, cette enveloppe m'est destinée.

– Fort bien. Bernie y tenait beaucoup. Sur la liste, il y avait trois étoiles à côté de votre nom. »

Sauer leva les yeux : « Et quel est le nombre maximum ?

– Trois, répondit Raum avec un sourire. Maintenant, si vous n'y voyez pas d'inconvénient, je vais devoir vous laisser. C'est Jeudi gras, et le Weg est sur le point d'ouvrir. Je dois descendre vérifier que tout est prêt. Restez autant que vous voulez, promenez-vous où vous voulez et buvez tout ce que vous souhaitez. C'est la maison qui régale. »

Sauer se leva, tendit la main pour serrer celle de son hôte, cette fois avec plus de conviction. « Je vous remercie, mais je ne me sens pas d'humeur très festive.

– Bien sûr, je comprends. Si vous deviez avoir besoin de quelque chose pendant votre séjour en ville, vous savez où me trouver. Les amis de Bernie sont mes amis. »

Même sans guide, Sauer n'eut pas de mal à retrouver la sortie des artistes. Sur le chemin, il croisa même une danseuse poitrine nue, les mamelons masqués par deux minces flammes de tissu, coiffée d'un casque noir orné de deux cornes rouges.

Une fois dans la ruelle, Sauer se précipita sous le premier réverbère pour ouvrir l'enveloppe. Il en tira des photographies, quelques opuscules qu'il ne parvint pas à déchiffrer dans la faible lumière, et une médaille militaire semblable à celle que lui-même avait reçue après la même action, à la guerre. *Pourquoi me la laisser ?* se demanda l'ancien commissaire. *N'avais-tu personne d'autre à qui la donner, Bernie ?*

Néanmoins, ce don le surprit bien moins que la carte postale qui avait glissé au fond de l'enveloppe.

Au recto, il y avait une photographie qui avait viré au sépia du centre-ville de Munich, avec, au premier plan, le clocher de l'Alte Peter qui veillait sur la foule joyeuse du marché aux victuailles.

Au verso, une phrase que Sauer connaissait déjà, rédigée par la même main féminine que la carte que Julian lui avait montrée :

Creuse une fosse et assieds-toi dedans.

8

« Quand tu ne sais pas où tu vas, va dans une brasserie. La solution se trouve au fond de ta bière », aimait répéter Mutti.

Maintenant que la première piste de Sauer était partie en fumée avec la mort de la seule personne sur qui il pensait pouvoir compter à Berlin – les années ne creusent pas de tranchées entre ceux qui y ont combattu côte à côte et, étant juif, Bernie n'aurait sûrement pas rejoint les rangs des nazis –, il ne lui restait qu'une ressource, terriblement incertaine, et il ne savait même pas comment la trouver. Aussi, bien qu'il n'eût pas touché une goutte d'alcool depuis une dizaine d'années, l'idée d'aller dans une brasserie avait du sens : l'homme qu'il cherchait se nourrissait autrefois presque exclusivement d'alcool.

Il lui fallut quelque temps pour trouver le type d'établissement qu'il avait en tête, et sa première tentative, un *Biergarten* non loin de l'église du Souvenir et de ses flèches néo-romanes, fut infructueuse : aucun des clients accoudés au comptoir n'avait entendu parler de Sandor Baraly, du moins à ce qu'ils lui affirmèrent. Il se pouvait aussi qu'ils n'aient pas l'intention de se livrer à un inconnu à la tête de policier qui ne commandait même pas une chope. Sauer écouta un peu la musique – de vieux succès de cabaret sur lesquels certains des clients les plus jeunes dansaient à un rythme endiablé tandis que les autres jouaient avec passion au yo-yo, la dernière mode venue d'Amérique – avant de poursuivre sa recherche.

Sa deuxième tentative ne fut pas plus réussie : dans la brasserie artisanale où il entra, en face du théâtre Schiller, la clientèle, essentiellement formée d'étudiants, l'accueillit avec plus de chaleur, mais aucun n'avait jamais croisé un géant de Hambourg à l'accent hongrois qui s'était fait un nom quinze ans plus tôt à Berlin en pariant sur des chevaux. Il faut dire qu'ils n'avaient pas les moyens de fréquenter l'hippodrome de Karlshorst. « Peut-être quand on aura fait la révolution et qu'on sera au pouvoir, hein, camarades ? plaisanta le meneur de la bande, soulevant un grand éclat de rire.

– Si tu ne réalises pas le rêve de Marx en Allemagne, tu pourras toujours faire carrière chez les nazis, Franz, répliqua une fille. Tu es le parfait Aryen : aussi grand que Goebbels, aussi athlétique que Goering et aussi blond que Hitler ! »

Dans le bar suivant, un bistrot à l'entrée de Charlottenburg, Sauer eut la chance de trouver un tabouret libre à côté d'une blonde tapageuse vêtue d'une robe rouge. Sauer ne s'était pas encore accoudé au comptoir que la femme se tournait déjà vers lui pour lui adresser un grand sourire encourageant qui en disait long sur ses intentions.

Une aubaine, pensa Sauer. *Sandor connaît sans doute toutes les prostituées de la ville.*

« Bonsoir mon chéri, tu me payes un verre ? demanda-t-elle en s'inclinant pour lui offrir une vue plus confortable sur son décolleté.

– Volontiers, répondit Sauer en levant une main pour attirer l'attention du serveur. Une bière ? »

Elle plissa le nez. « Les vraies dames ne boivent pas ces choses-là. Un cocktail. Je te laisse choisir lequel. »

Sauer jeta un regard à ses voisins de comptoir. Ne voyant devant eux que des chopes de Berliner Kindl et quelques verres de Berliner Weisse avec du sirop de framboise, il se demanda s'il y avait la moindre chance qu'on lui serve un cocktail.

« Je connais le patron, précisa la femme, comme pour le rassurer sur ce point.

– Voyons… Un Martinez ?

– Oh, monsieur est un connaisseur », répondit-elle. Un sourire malicieux se dessina sur ses lèvres sensuelles couvertes d'un rouge vif.

Sauer lui rendit son sourire. Ce cocktail était le seul qu'il connaissait, le préféré de Rosa.

« Eh bien…, continua-t-elle en tournant vers lui ses longues jambes dénudées jusqu'aux cuisses et ses pieds fins qui dépassaient de ses mules à talons. Quel bon vent amène un policier munichois dans la capitale mondiale du vice ? »

Il ne fut pas surpris de ces déductions. *Quand on fait son métier, il vaut mieux être capable de comprendre rapidement à qui on a affaire.* « Je cherche quelqu'un.

– Je m'en doute. On cherche tous quelqu'un, toute notre vie. C'est ce qu'on nous apprend dès l'enfance. Cherchez quelqu'un, trouvez *la* bonne personne. Mariez-vous et soyez heureux avec. Et après, quand on arrête d'être heureux, ce qui arrive assez vite, tout le monde se met à chercher une autre personne pour se divertir. Tu as de la chance : tu m'as trouvée… »

Sauer secoua la tête. « Ce n'est pas quelqu'un comme toi que je cherche. » Puis, se rendant compte de son manque de délicatesse, il s'empressa d'ajouter : « Je cherche un homme.

– Ah, répondit la femme. Je ne m'en serais pas doutée.

– Non, non… Je cherche un ami, un vieil ami. Je sais qu'il habite à Berlin, mais je ne sais pas où. Tu peux peut-être m'aider. »

La femme fit une grimace contrariée et prit le cocktail des mains du serveur. « Je ne travaille pas à l'office du tourisme.

– Je te dédommagerai pour le dérangement.

– Vous dites tous la même chose, vous, les hommes. En fin de compte, le dédommagement, c'est des ennuis encore plus grands, dit-elle en roulant des yeux. Enfin bon, tu me plais bien. Tu es bel homme, on te l'a déjà dit ? Et poli, avec ça. Comment s'appelle ton vieil ami ?

– Sandor Baraly. Il est de Hambourg, mais d'origine hongroise. Il a plus ou moins…

– … ton âge. Évidemment. Évidemment que je le connais, déclara la femme en se rembrunissant. Sandor le Tricheur. Tout le monde le connaît, dans le coin. Il te doit de l'argent ?

– Non, je ne l'ai pas vu depuis une éternité, et on est vraiment amis. On a fait la guerre ensemble. »

Elle opina et but une longue gorgée de son cocktail, puis ferma les yeux un instant. « J'adore le Martinez. » Elle rouvrit les yeux. « Et je déteste Sandor Baraly. Voici ce que je te propose : je te dirai où tu peux le trouver seulement si tu me promets de faire quelque chose quand tu le verras.

– C'est-à-dire ?

– Lui cracher à la figure de ma part. »

9

Quand Sauer entra dans la salle principale du Blau, le petit club de nuit de Kreuzberg où la femme en rouge lui avait dit de se rendre, il était une heure du matin, mais Sandor semblait frais comme une rose. Il était attablé avec trois filles, une blonde, une brune et une rousse, qui le couvaient de regards adorateurs et éclataient de rire chaque fois qu'il ouvrait la bouche. La rousse, qui, vu son âge, aurait pu être sa fille, était assise sur ses genoux, son long bras ganté passé autour de son cou. Les caisses de Sandor devaient être pleines : le costume qu'il portait paraissait très coûteux, de même que la bouteille de champagne qui pointait du seau à glace posé sur la table.

Sauer intercepta un serveur en livrée, lui indiqua son ami à l'autre bout de la salle et lui demanda de l'informer de sa présence. Puis il alla l'attendre dans le hall d'entrée, occupé par un va-et-vient d'hommes apprêtés, la plupart assez âgés, accompagnés par de jeunes déesses en talons et fourrure.

« Je n'y crois pas ! » tonna une voix forte et gutturale dans son dos.

Sauer se retourna et se retrouva en face de son ancien frère d'armes. « Sandor, dit-il avec chaleur, car malgré tout il était heureux de le revoir.

– Sauer, c'est toi ? J'ai failli ne pas te reconnaître ! Qu'est-ce que tu fais ici ? » demanda le grand bonhomme en couvrant la distance qui les séparait pour poser ses deux paluches sur ses épaules. Vu sa taille, Sauer avait l'habitude de dépasser les gens qui l'entouraient en toutes circonstances, mais, à côté des deux mètres tout en muscles de Sandor, il se sentait minuscule. Enivré par le nuage de parfum français et de vapeurs alcoolisées qui entourait son ami, il eut un flash du passé : Bernie, Sandor et lui en uniforme, recevant leur médaille inutile après la boucherie dont ils avaient réussi à réchapper. « Tu m'as l'air en forme, le Bavarois. Tu me cherchais ou tu es là par un heureux hasard ?

– Je te cherchais. C'est une amie à toi qui m'a dit où te trouver.

– Laquelle ? Je dois en avoir deux mille.

– Elle m'a chargé de te cracher à la figure quand je te verrais.

– Ça ne m'aide pas beaucoup à savoir laquelle c'est, ricana Sandor. Viens donc à ma table, je vais te présenter mes filles et tu me raconteras ce que tu fais à Berlin.

– Je serais ravi de bavarder un peu, mais j'ai besoin de ton aide, tout de suite. Je ne sais pas à qui m'adresser à part toi. Je ne te dérangerais pas si ce n'était pas important. »

Sandor le scruta. « Allons à l'arrière, alors. Suis-moi. » Il traversa le hall jusqu'à un rideau pourpre aux franges dorées, qu'il écarta pour laisser passer Sauer, puis il le devança dans un couloir sombre et étroit avec plusieurs portes. Sandor s'arrêta à la dernière, qu'il ouvrit avec une clé tirée de la poche intérieure de sa veste.

« Ici on sera tranquilles », déclara-t-il en entrant dans une pièce aveugle réchauffée par le feu d'une grande cheminée. Sur une table basse ovale, à côté de deux verres, trônait une grande bouteille remplie d'un liquide transparent. Sauer connaissait son ami : ce n'était pas de l'eau.

« Installe-toi et dis-moi ce que tu attends de moi. »

Sauer s'assit, méditant sur les mots de son ami : pas « de quoi tu as besoin », pas « qu'est-ce que je peux faire pour toi ». Non, « qu'est-ce que tu attends de moi ». Sandor lui ferait payer la moindre information.

« Je cherche quelqu'un.

– Une femme ?

– Oui. »

Sauer hésitait : Sandor n'était pas Bernie, et il ne lui avait jamais fait entièrement confiance, mais quel autre choix avait-il ? Rentrer dans sa chambre de la pension Linke et attendre que Julian passe le chercher au petit matin ? Il avait encore moins confiance en Julian. Il poursuivit donc : « Elle est en danger. Elle est sans doute ici, à Berlin, mais personne ne sait où. Et je suis venu de Vienne pour la chercher. »

Sandor plissa les yeux. « Tu n'habitais pas à Munich, toi ?

– C'est une longue histoire, répondit Sauer, espérant que Sandor n'insisterait pas.

– Bien. Je peux t'aider. Je connais Berlin et les Berlinois sur le bout des doigts. Mais, si ça ne te dérange pas, je voudrais rendre la chose un peu plus *intéressante.* »

Oh non, par pitié, pensa Sauer. Et, à haute voix : « Je ne bois plus, Sandor. J'ai arrêté il y a des années.

– Tu plaisantes ?

– Plus une goutte. »

Sandor éclata de rire. « Elle est bien bonne, celle-là. Il n'empêche que si tu veux que Sandor Baraly t'aide, ce soir tu vas boire. Et pas qu'un peu. Allez, je commence, dit-il en prenant un verre devant lui et en poussant l'autre vers Sauer.

– Ce n'est pas loyal. Je ne tiendrai même pas cinq verres.

– Tu connais les règles, répondit Sandor en haussant les épaules. Si tu ne bois pas je n'ai pas confiance. Si je n'ai pas confiance, je ne t'aide pas. »

Voilà pourquoi je comptais sur Bernie, pensa Sauer. Sandor et Bernie avaient été ses meilleurs amis à une période cruciale de sa vie, et s'il était vrai qu'il aurait fait n'importe quoi pour l'un et pour l'autre, sa relation avec Bernie avait toujours été plus simple, plus franche. Avec ce géant à la crinière de boucles blondes, c'était une autre histoire. Un brave homme, au fond, et un ami fidèle, mais du genre qui aime vous mettre en difficulté.

« Bon, dit Sauer, accablé. Allons-y. »

10

« Première question, dit Sandor après avoir rempli leurs verres à ras bord. J'espère que tu aimes la vodka. C'est un *Russki* de ma connaissance qui me l'offre, elle est d'excellente qualité », précisa-t-il, un peu vantard. Il avala son verre d'un trait. « Je t'écoute. »

Sauer soupira, se maudissant de sa capitulation et pensant à la promesse faite à lui-même des années auparavant, quand il avait décidé de renoncer à l'alcool et à la viande, ces symboles d'un passé qu'il voulait oublier à tout prix.

Il regarda son verre. Il connaissait le jeu, à l'époque Sandor et lui avaient passé de nombreuses soirées à boire et à se poser des questions jusqu'à ce qu'ils perdent connaissance. L'enjeu était de réussir à soûler son adversaire avant d'être trop soûl soi-même, et d'être avisé dans ses questions, en conservant les plus importantes pour le moment où, assez ivre pour répondre sans réticence mais pas encore ivre au point de marmonner des phrases incompréhensibles, l'adversaire révélerait ses secrets.

Sauer se lança dans la première : « À ce que je vois, ça va pour toi. Costumes élégants, bon champagne, bonne compagnie… D'où tu tires tes revenus ? »

Sandor hocha la tête avec un air de connaisseur : « Bonne question pour commencer. Bravo. Je fais plusieurs choses. Le club où on est m'appartient, enfin presque, j'ai un associé qui a une part moins importante que la mienne, et entre les femmes et les vodkas spéciales, je gagne plutôt bien. Disons que je suis un impresario du vice. Et ici, non seulement le vice rapporte, mais il ouvre toutes les portes. À toi, maintenant », conclut-il en indiquant le verre de Sauer.

Celui-ci retint sa respiration et vida son verre. La brûlure vive de la vodka dans sa gorge lui provoqua un haut-le-cœur qu'il peina à réprimer. « Seigneur, grimaça-t-il. C'est pire que dans mon souvenir… »

Sandor se tapa la cuisse en riant. « Voici ma première question. Tu couches avec elle ? »

Sauer écarquilla les yeux : « Quoi ?

– La femme que tu cherches ici. Tu couches avec elle ? »

Sauer prit une grande inspiration. « Plus maintenant. » Il lui en coûtait de s'ouvrir sur son intimité, mais la vie lui avait appris que, si on ne veut pas trop révéler son jeu, il est plus stratégique de commencer par une réponse sincère. « On était ensemble jusqu'à il y a quelques mois. Puis elle m'a quitté pour venir à Berlin.

– Tu coucherais avec elle, si tu la retrouvais ? »

Sauer sourit : « C'est une autre question, me semble-t-il.

– C'est juste. Autant pour moi », répondit Sandor, et sans se départir de son sourire il but son deuxième verre. « Deuxième question.

– Tu es au courant pour Bernie ? » demanda Sauer. Une autre question neutre, avant d'entrer dans le vif du sujet.

« Je l'aurais parié ! Tu es d'abord passé chez lui. Personne n'a deux meilleurs amis, on en préfère toujours un. Oui, bien sûr que je suis au courant. On ne se voyait pas souvent, mais en réalité Berlin est une petite ville, surtout quand on travaille dans le même secteur. Ça m'a beaucoup attristé, mais je me dis qu'il a bien fait de partir comme il le voulait. Cet endroit sera bientôt un piège pour les juifs. Goliath est en train de s'armer, et cette fois-ci une fronde ne suffira pas à l'arrêter… À toi. »

Sauer but le deuxième verre en s'efforçant de ne pas réfléchir.

« Alors, tu recoucherais avec elle ?

– Dis donc, ça te passionne, commenta Sauer, l'estomac en feu. Mais la réponse est non. C'est derrière moi, tout ça. Quand elle est partie…

– Quand elle t'a quitté, le corrigea Sandor.

– … c'était déjà fini entre nous. Trop différents. Trop de disputes. » Sauer s'aperçut en parlant qu'il en disait déjà plus que nécessaire. L'alcool ne pardonne pas, à plus forte raison quand on n'est plus habitué à en boire.

« Intéressant. Encore à toi », dit Sandor, et il avala son verre de vodka comme si c'était un jus de fruits. Son visage était sec, à la différence de celui de Sauer, perlé de sueur.

« Si tu étais une fille seule ici, et que tu ne connaissais pas bien la ville, mais que tu devais te cacher quelque part, où est-ce que tu irais ?

– Tu veux dire à part ici ? plaisanta Sandor. Sans doute chez des amis.

– Elle n'a pas d'amis à Berlin.

– Si c'est une jolie fille, et si elle t'a brisé le cœur elle l'est certainement, elle a dû s'en faire. Crois-moi. Troisième question. Pourquoi vous vous disputiez ? » dit Sandor en remplissant le verre de Sauer.

La vodka n'était pas l'alcool idéal pour ce jeu, pensa Sauer. Elle n'arrêtait pas de bouger dans le verre. *À moins que je ne sois déjà en train de perdre le contrôle ?* « Pardon, tu peux répéter ?

– Mon garçon, tu as vraiment arrêté de boire ou quoi ? Je croyais que c'était une tactique... Je t'ai demandé pourquoi vous vous disputiez.

– Ah. Ça aussi, c'est une longue histoire. Je voulais la protéger, rester dans mon coin avec elle, qu'on se fasse oublier du monde. Mais elle, elle voulait le sauver, le monde. Elle n'avait pas froid aux yeux. On se fait toujours avoir par son âge...

– Je vois », dit Sandor. Et le quatrième verre ne parut pas lui faire plus d'effet que les précédents. « Question suivante. »

Sauer essayait de se concentrer. Quatrième question, quatrième question... À ce stade, il pouvait se montrer plus audacieux, mais à quel point ? Et ne valait-il pas mieux attendre un peu plus ?

Non. À la cinquième ou à la sixième question, tu seras déjà par terre, à l'allure où ça va.

« Hé, Siggi. Tu es toujours là ?

– Oui oui. Bon : est-ce que tu as entendu parler de quelqu'un qui, comme moi, cherche aussi une fille ?

– C'est possible, répondit Sandor. Mais rien d'étonnant à ça, non ? En ce moment, trente, quarante femmes disparaissent chaque semaine, et il y en a encore plus qui partent en laissant un mot. Dans ces cas il ne s'agit pas de disparitions à proprement parler, mais toujours est-il qu'on n'arrête pas de voir des pères, des maris ou des fiancés qui les cherchent partout. Si jamais tu veux te reconvertir, sache qu'à Berlin les détectives privés sont promis à un bel avenir.

– Je veux dire : est-ce que tu sais si quelqu'un de *dangereux* cherche une fille ?

– Qu'est-ce que tu entends par “dangereux” ? »

Sauer le fixa dans les yeux. « Tu sais ce que j'entends. »

Sandor le savait. Évidemment. « Ah, alors ton amie fuit les nazis… Voilà qui devient plus intrigant. Non, je n'ai rien entendu de pareil. Mais ces gens-là sont fortiches pour enquêter en toute discrétion. Bois. »

Sauer but. Sa gorge et son estomac ne brûlaient plus, il était anesthésié. À part sa tête, qu'il sentait fiévreuse.

« Comment s'appelle la fille ? » Une question facile, posée sur un ton sec, dénué de plaisanterie.

« Rosa Weiss », répondit Sauer. Puis il se corrigea : « Rosa Rach. Comme moi.

– Comme toi ? »

Je m'embrouille, pensa Sauer. « À Vienne j'ai un autre nom. Peter Rach.

– D'accord. Et elle, Rosa Rach. Mais si elle a plus d'un petit pois dans la cervelle et qu'elle essaie d'échapper aux nazis, elle a dû prendre un autre nom, commenta Sandor. C'est ton tour, conclut-il, et il but son cinquième verre.

– De quel côté tu es ? »

La question sembla amuser Sandor. « Il aurait mieux valu que tu me le demandes dès le début, non ? Mais ne t'inquiète pas. Je suis de ton côté. Du côté de Bernie. Ces types-là veulent s'emparer de mon pays en revendiquant la victoire qui nous a été volée en 1918, mais c'est notre victoire, pas la leur. Hitler est autrichien, nom d'un chien, et l'armée n'a pas voulu de Goebbels et de Himmler ! Ceux qui se sont fait poignarder dans le dos par les politiciens, c'est nous… Mais tiens, tant qu'on y est : de quel côté est ta petite copine ?

– Ce n'est pas ma petite copine, marmonna Sauer.

– De quel côté ? » insista Sandor en poussant vers lui le verre rempli de vodka.

Sauer en but la moitié et renversa l'autre moitié sur la table. « Résistance.

– Résistance ?

– Contre Hitler.

– Hitler n'est pas encore à la tête du pays. Comment la résistance peut exister ? »

Sauer tâcha d'y réfléchir. La question de Sandor était légitime. « Disons que c'est de la résistance préventive. À toi de boire. »

Combien de verres avaient-ils bus ? Six ? Sept ? Il ne tiendrait plus très longtemps, il fallait y aller plus fort : « Tu as déjà entendu parler d'attentats ? »

Qu'est-ce que tu trafiques ? cria une voix dans sa tête. *Et s'il était des leurs ?*

Sandor se passa une main dans les cheveux, et Sauer crut la voir légèrement trembler. Mais il voyait trouble. « Tu veux dire comme la fameuse bombe sous le Reichstag ? Celle que les communistes devaient placer en passant par un tunnel de service, mais que quand Diels a envoyé ses hommes passer le bâtiment au peigne fin, pas un gramme d'explosif n'a été trouvé ?

– Oui, quelque chose dans ce genre, répondit Sauer, même s'il n'avait pas idée de qui était ce Diels.

– Bah, des actions pareilles il y en a tout le temps. Incendies, vandalisme, agressions, et va savoir combien sont planifiées et n'aboutissent pas. Pourquoi ? Ton amie est mêlée à quelque chose ?

– Je ne sais pas », répondit Sauer. La pièce tanguait dangereusement. « C'était ta question ? »

Sandor ne répondit pas. Si Sauer n'avait pas été si occupé à compter les étincelles qui s'étaient échappées de la cheminée pour venir danser autour de ses yeux, il se serait peut-être aperçu que Sandor réfléchissait. « Une de mes danseuses a raconté que ces derniers jours les SA sont venus frapper à plusieurs portes dans son quartier, Friedrichshain. Ils cherchent quelqu'un, va savoir si c'est ta petite copine. Je peux me renseigner. »

Ce n'est pas ma petite copine, voulait répondre Sauer, mais sa bouche ne lui obéissait plus. Il chercha un point d'amarrage dans la pièce en plein roulis, mais il n'arrivait même pas à bouger les bras, et un poids immense l'accablait.

Il glissa de sa chaise et se retrouva par terre sans même s'en rendre compte.

« Siggi ! » s'écria Sandor, se penchant sur lui avec un air soucieux. Puis, quand il se fut assuré que son ami allait bien, il se mit à fouiller scrupuleusement sa veste. Il parut surpris de trouver le pistolet caché dans sa poche intérieure.

« Qu'est-ce que tu fais ? s'inquiéta Sauer, entrouvrant péniblement les paupières.

– Tout va bien, répondit Sandor en continuant de le fouiller.

– Tu m'aideras ? parvint à demander Sauer d'une voix ténue, avant de perdre connaissance.

– Tu sais que je le ferai, répondit Sandor en s'emparant de l'enveloppe de Bernie. Mais à ma façon. »

VENDREDI 24 FÉVRIER 1933

11

Il fut réveillé par une voix de femme qui l'appelait.

« Herr Rach ? Herr Rach ? »

Il ouvrit les yeux et fut surpris de se retrouver couché dans un confortable lit à baldaquin, dans une chambre au plafond couvert de fresques. La lumière froide du matin frappait son visage.

« Herr Rach, vous avez de la visite. La police », ajouta la voix. Sauer se tourna pour identifier sa provenance, et tout lui revint soudain en mémoire : le voyage de Vienne à Berlin, la Fafnir de Julian, la pension Linke. C'était la veuve qui l'appelait, depuis le couloir.

« J'arrive », dit-il. Erreur : les mots explosèrent dans son crâne comme des coups de tonnerre, et il dut refermer les yeux.

Tu as bu hier soir, se dit-il en repensant à son duel alcoolisé avec Sandor. *Tu as bu et tu as perdu.*

Il s'assit dans son lit avec lenteur et circonspection, comme s'il s'agissait d'un tapis de clous. Son champ de vision suivit sans se presser, un peu décalé, comme lié à sa conscience par un élastique détendu. Sauer était assoiffé et moite. Les bruits de la rue – pas, voix, automobiles, trams – lui parvenaient de manière atténuée, ce qui ne les empêchait pas de griffer son crâne comme des crochets métalliques.

Voilà pourquoi tu avais arrêté de boire, se dit-il en portant ses mains à ses tempes comme pour comprimer la douleur, dans l'espoir de la rendre plus acceptable.

On l'attendait. *La police*, se souvint-il soudain. *Pourquoi ? Qu'est-ce que j'ai fait ?* Il n'avait pas la moindre idée de la manière dont il avait regagné sa chambre après sa beuverie avec Sandor – il n'avait pas même souvenir d'avoir donné l'adresse à ce dernier. Il y réfléchirait plus tard. Maintenant, il devait se lever, se rendre présentable et quitter cette chambre pour affronter la journée qui l'attendait.

Rosa. Je dois trouver Rosa.

Lorsqu'il prononça mentalement ce prénom, un soupçon subit s'empara de lui. Il bondit jusqu'à sa veste, posée sur le dossier de la chaise, et en fouilla frénétiquement les poches. Il fut soulagé d'y trouver l'enveloppe de Bernie, ainsi que son pistolet.

Puis, après avoir fait une toilette sommaire et s'être changé, il sortit dans le couloir.

Celui-ci était désert, mais un bruit de vaisselle se faisait entendre non loin. Frau Linke devait préparer le petit déjeuner. Sauer se laissa guider par cet indice sonore et se retrouva dans une vaste cuisine qui donnait sur un balcon rempli de plantes. La pièce, aux murs couverts de carreaux couleur crème, était lumineuse, et une grande poêle grésillait sur le feu. La bonne odeur des œufs fit gargouiller son estomac.

« Bonjour », dit Frau Linke en se tournant vers lui.

« Bonjour », lui fit écho l'homme assis à table. Il était âgé d'une quarantaine d'années, grisonnant, et sa grosse moustache en guidon de vélo lui donnait un air débonnaire et un peu désuet. « Vous devez être le nouveau pensionnaire, ajouta-t-il, et il se leva pour lui tendre la main. Je suis Horst Veitchen, représentant en fours, poêles et cheminées, si cela peut vous servir, et aussi pensionnaire extasié de la merveilleuse Frau Linke.

– Il dit ça parce qu'il espère avoir une double ration d'œufs, dit celle-ci en secouant la tête. Avez-vous parlé avec le policier qui vous attend dans l'entrée, Herr Rach ?

– Non, je suis venu directement ici.

– Vous le trouverez au fond du couloir. »

Sauer acquiesça et quitta la cuisine de mauvais gré, l'estomac dans les talons. Il n'était pas particulièrement gourmand et avait dû se forcer pour prendre les kilos nécessaires à son travestissement, mais cela faisait presque vingt-quatre heures qu'il avait le ventre vide et la veuve semblait être un fin cordon-bleu. Si la police n'était pas là pour l'arrêter, il s'accorderait le temps de prendre un solide petit déjeuner.

Dans l'entrée, il découvrit un homme fluet et pâle qui attendait patiemment dans un fauteuil, le regard perdu dans le vide. Ce quinquagénaire glabre portait un imperméable beige, un costume beige, une cravate beige et un chapeau beige. La seule variation chromatique venait de sa chemise, jaune pâle. « Bonjour. Vous vouliez me voir ? » s'enquit Sauer.

L'homme en beige bondit sur ses pieds, comme réveillé par ces mots, et lui tendit la main. « Peter Rach, n'est-ce pas ?

– Tout à fait.

– Je suis le sergent Walther Mann, de la police de Berlin. Bienvenue en ville. Je viens te chercher de la part de l'inspecteur Julian, qui a été retenu au dernier moment. »

Sauer eut un temps d'arrêt. *De la part de l'inspecteur Julian* ? Il se demandait comment le sergent munichois s'était débrouillé pour autant monter en grade à Berlin. « Ai-je le temps de prendre un petit déjeuner ? demanda-t-il plutôt.

– Bien sûr. J'attendrai le temps nécessaire, je ne suis pas en service aujourd'hui.

– Merci, je ferai vite », et tandis que Mann se rasseyait, il repartit vers la cuisine.

L'inspecteur Julian, se répéta-t-il en s'attablant. *Alors comme ça, il est toujours dans la police, et il a même obtenu une promotion. Pourquoi est-ce qu'il ne me l'a pas dit hier ?* Il repensa à la remarque de Julian à Vienne – « À Berlin on a des soutiens partout, même dans la police » – et il esquissa un sourire désabusé. *Te voilà de retour dans le grand manège des dissimulations, mon cher Sauer.*

« Qu'est-ce qui vous ferait plaisir ? demanda Frau Linke. Préférez-vous du jarret ou du boudin noir ? Et j'ai de l'excellente *pilsner*.

– Je vous remercie, dit Sauer, mais j'ai oublié de vous prévenir que je ne mange pas de viande et ne bois pas de bière.

– Oh, fit Frau Linke en le regardant avec curiosité. Alors ce sera œufs et choucroute, décréta-t-elle en regagnant le poêle.

– L'homme est ce qu'il mange, commenta Veitchen en finissant de saucer son assiette. Qui a dit ça, déjà ? Marx ? Moi aussi j'évite de manger de la viande le matin, quand je peux. Mais c'est surprenant de la part d'un Munichois ! Ne me regardez pas comme ça : mon métier a fait de moi un vrai détecteur à accents, et le bavarois est inimitable. Ah, pour sûr, un Bavarois qui refuse boudin et houblon, voilà qui a de quoi surprendre, mais je ne me permettrais pas de juger. Et mieux, je vous en félicite, car comme ça il y en aura plus pour moi ! conclut-il. Avez-vous prévu de séjourner longtemps en ville ?

– Deux ou trois jours. Je dois revoir quelques vieux amis, peut-être conclure une affaire, puis je m'en retournerai à Nuremberg.

– Ah ! Nuremberg ! Et dans quel domaine travaillez-vous, si je puis me permettre ?

– Je suis pianiste, improvisa Sauer. Enfin, je l'étais. Maintenant, je me contente de vendre des instruments.

– Voilà qui a l'air fascinant, dit Veitchen mais, au ton de sa voix, il était clair que le sujet ne le passionnait pas.

– Nous avons un piano, intervint Frau Linke en servant à Sauer une assiette fumante d'œufs et de choucroute accompagnée de cornichons du Spreewald et d'un morceau de fromage. Dans la salle où il y a la cheminée. Vous pouvez en jouer, si vous le souhaitez.

– C'est bien aimable à vous, mais je ne voudrais pas déranger les autres pensionnaires.

– Il n'y a que moi ! déclara Veitchen. Et je me couche toujours très tard. Un peu de bonne musique ne serait pas pour me déplaire. »

Sauer inclina la tête. « Alors merci pour votre proposition, Frau Linke. J'en profiterai. »

La veuve lui répondit avec un clin d'œil qui le laissa perplexe, jusqu'à ce qu'il découvre un petit mot à côté de son assiette, à demi caché par sa serviette.

Sauer le glissa discrètement dans sa poche, puis mangea de bon appétit tout en continuant de bavarder avec Veitchen. Après le petit déjeuner, il repassa rapidement dans sa chambre pour lire le mot en paix. Il avait été rédigé par une main masculine et, bien qu'il fût dépourvu de signature, Sauer comprit immédiatement que son auteur n'était autre que son ami Sandor :

Remercie ta logeuse : elle s'est montée très compréhensive quand je t'ai ramené hier soir.
Je te ferai signe si j'apprends quelque chose. D'ici là, ne fais confiance à personne, surtout pas à ceux qui portent une plaque.

Ne fais confiance à personne, pensa Sauer en soupirant.
La règle d'or de Mutti, et voilà où elle nous a menés.

12

Le sergent Mann avait une plaque, qu'il montra à Sauer quand celui-ci le rejoignit dans l'entrée de la pension. « J'aurais peut-être dû te la montrer tout de suite, dit-il, embarrassé.

– Ne t'inquiète pas, on devine immédiatement que tu es dans la police », répondit Sauer. Puis il se rendit compte que sa phrase ne sonnait pas forcément comme un compliment. « J'ai travaillé dans la police, moi aussi. »

Mann opina sans rien dire, et Sauer se demanda ce qu'il savait de lui et de son passé. Est-ce que Julian lui avait révélé son véritable nom ? Est-ce qu'il lui avait raconté sa dernière affaire à Munich ? Et est-ce que la présence de Mann ici signifiait qu'il faisait lui aussi partie de la résistance ?

Sans doute, sinon il n'aurait pas précisé qu'il n'était pas en service.

Par prudence, Sauer décida toutefois de le considérer comme un simple collègue de Julian, pas nécessairement informé : mieux valait ne rien prendre pour acquis.

La Fafnir de Julian les attendait en bas de la pension. Les chromes de l'automobile brillaient dans la lumière du jour, et sa ligne sportive tranchait avec les autres voitures garées dans la rue, des modèles plus trapus pensés pour le quotidien, maniables et solides. La Fafnir, elle, ressemblait au véhicule d'un espion ou d'un gangster, un genre de voiture que l'on voit surtout au cinéma. C'est pourquoi Sauer fut assez peu surpris de découvrir qu'au volant il n'y avait pas un homme, comme toujours, mais une femme.

« Voici l'agent Johanna Tegel », dit Mann en lui ouvrant la portière arrière.

Sauer mit quelques secondes à réagir : ses yeux étaient rivés sur le profil de la jeune femme, qui gardait son regard fixé devant elle. Elle ne s'était pas tournée pour le regarder ou le saluer, comme si elle se moquait éperdument de sa présence. Son front lisse était entouré de cheveux noir corbeau rassemblés en queue-de-cheval, ses pommettes saillantes et rosées lui donnaient un air aristocratique, elle avait un nez délicat, légèrement en trompette, une moue impatiente crispait ses lèvres charnues.

« Enchanté », finit par dire Sauer, puis il monta dans l'auto. Il découvrit les yeux de la jeune femme dans le rétroviseur central : grands et profonds, couleur noisette sombre.

« Allons-y », dit Mann.

Johanna acquiesça et jeta un regard dans le rétroviseur. Quand elle s'aperçut que Sauer la scrutait, elle fronça les sourcils : « Quoi ? Tu n'as jamais vu une femme conduire ? »

Sauer se sentit pris en défaut. Il aurait peut-être dû s'excuser et regarder ailleurs. Mais il ne détourna pas les yeux et répondit : « Non, c'est vrai.

– Alors accroche-toi, rétorqua-t-elle d'un ton de défi, puis elle braqua brusquement et fonça, secouant les passagers.

– Johanna ! grommela Mann.

– Je croyais que tu étais pressé, répliqua-t-elle en s'engageant sur le Ku'damm en dépit des priorités.

– Certes, mais quand je t'ai demandé de nous emmener à la morgue, ce n'était pas pour y déposer nos cadavres.

– Comment ça, à la morgue ? s'enquit Sauer. Tu m'avais dit que nous allions rejoindre Julian. »

Mann se retourna. « C'était l'idée, mais pendant que tu prenais ton petit déjeuner, j'ai passé un coup de fil à l'Alex… Le commissariat central, sur Alexanderplatz.

– Oui, je sais ce qu'est l'Alex.

– Et j'ai appris que Julian est sorti pour une affaire urgente. Il nous a donné rendez-vous pour le déjeuner au Tiergarten, mais avant on doit aller voir un cadavre à la morgue de Belle-Alliance. »

L'estomac de Sauer se noua. « Quel cadavre ?

– Une jeune femme, répondit Johanna Tegel d'un ton froid sans quitter la route des yeux. Repêchée cette nuit dans le Landwehrkanal. »

Mann acquiesça et poursuivit : « Selon Julian, sa description correspond à la personne que tu cherches, et il veut qu'on t'y emmène. »

Le reste du trajet se déroula dans le silence absolu. Tandis que Johanna semblait s'efforcer de dépasser le plus d'autobus, trams et automobiles possible, son collègue fixait la ville figée sous la morsure du froid et Sauer se débattait avec ses questions. Était-il possible qu'il ait fait tant de route pour trouver Rosa et que ses recherches soient terminées avant même d'avoir commencé ? Que ferait-il si le cadavre s'avérait être le sien ?

Perdu dans ses pensées, il ne remarqua pas que la voiture quittait Wilhelmstrasse pour gagner la grande place circulaire qui entourait la colonne de la Paix, surmontée d'une statue de bronze très semblable à l'Ange de Munich. Johanna se gara souplement en face du numéro 70. « Nous y voilà, dit-elle en coupant le moteur.

– Alléluia, on est encore vivants », répondit Mann.

Ils montèrent tous trois les marches qui conduisaient à un petit bâtiment baroque, sur cette place dont le côté sud donnait sur le Landwehrkanal, le canal le plus important de la ville. Une plaque à côté de la porte annonçait : INSTITUT DE MÉDECINE LÉGALE. Johanna appuya sur une sonnette argentée et la porte s'ouvrit dans un déclic.

Bien qu'il ne soit pas en service, Mann montra sa plaque à un homme en blouse blanche, qui leur fit signe de le suivre. Ils traversèrent le hall puis plusieurs couloirs blancs avant d'atteindre un escalier qui s'enfonçait sous terre, et conduisait à un dédale de couloirs. L'homme en blouse blanche, sans doute un infirmier ou un interne, emprunta le plus large d'entre eux et s'arrêta devant la porte du fond, en verre dépoli. « Le docteur Meingast vous attend. »

Mann franchit la double porte avec une assurance qui témoignait de sa familiarité avec les lieux, et guida ses deux acolytes jusqu'à la porte de la salle d'autopsie. Il frappa. Un homme corpulent au visage sillonné de cicatrices vint leur ouvrir. « Vous voilà, dit-il. Suivez-moi. »

La pièce était très semblable à de nombreuses autres que Sauer avait vues au cours de sa carrière dans la police criminelle de Munich : un sol en ciment légèrement incliné vers l'évacuation centrale, des murs carrelés, des portes métalliques, une grande suspension à la lumière froide au-dessus de deux tables d'autopsie en acier. L'une était vide et resplendissait comme un couvert tout juste lustré, mais sur l'autre, un cadavre attendait sous un drap en lin.

Il faisait froid, et l'odeur de la mort était plus forte que les vapeurs mentholées provenant de la bougie allumée entre les deux tables. Sauer était assourdi par les battements effrénés de son cœur.

« C'est une femme âgée de vingt-cinq à vingt-sept ans, déclara le docteur Meingast en s'approchant du drap. Blonde, cheveux longs jusqu'à la nuque, taches de rousseur sur le dos et sur les bras. Environ un mètre soixante-dix, mince et dynamique. Peut-être une sportive. Elle a été trouvée dans le Landwehrkanal ce matin à cinq heures, mais elle devait être dans l'eau depuis plusieurs heures, car les rats et les poissons avaient commencé à faire leur travail. Quoi qu'il en soit, ajouta-t-il d'un ton plus bas, son visage ne nous aurait pas aidés à l'identifier. La personne qui l'a tuée ne s'est pas contentée de la rendre méconnaissable : elle voulait effacer son identité. »

Il se saisit du drap et, d'un geste vif, il découvrit la tête du cadavre.

Sauer eut le souffle coupé.

Il avait beau avoir fait la guerre et passé des années dans la police, il n'avait jamais rien vu de pareil.

13

Ce pouvait être Rosa.

Certes, les cheveux du cadavre étaient plus blonds, mais ils pouvaient avoir été éclaircis de manière artificielle et leur implantation sur le front était la même que ceux de la fille que Sauer avait aimée. Ils étaient un peu plus longs que dans son souvenir, cependant Sauer n'avait pas vu Rosa depuis des mois, et ils effleuraient des épaules pâles et parsemées de taches de rousseur qu'il croyait reconnaître. Sa corpulence, menue, qu'il devinait sous le drap, et les veines bleutées sous la peau claire du cou lui paraissaient elles aussi familières.

Néanmoins, il allait falloir se passer du visage pour procéder à l'identification : pas de lèvres pleines ou fines, pas de joues creuses ou rondes, pas de nez délicat ou imposant, pas d'yeux fermés ou ouverts, pas de sourcils fins ou épais, pas d'oreilles petites ou grandes. Il ne restait de ce visage qu'un amas de chair violacée, où l'on distinguait à peine le creux des orbites, les narines et la bouche, tordues de manière grotesque, comme si elles étaient de cire et qu'une flamme furieuse les avait liquéfiées.

« Seigneur, murmura Mann.

– Acide, déclara Johanna, les yeux rivés sur ce massacre qui évoquait un tourbillon de détrempe sur un tableau expressionniste.

– Chlorhydrique, confirma le docteur Meingast. Juste la quantité qu'il fallait : un peu moins et le cartilage du nez aurait résisté. Un peu plus et les tissus se seraient dissous, ils auraient révélé les os et les dents.

– Une main experte », commenta Mann, épongeant la sueur qui perlait à son front avec un mouchoir sorti de la poche de son pantalon. Vu sa pâleur naturelle, il ne pouvait guère blanchir plus, mais il avait l'air aussi éprouvé que Sauer par cette vision.

« Des Russes ? lança Johanna en se penchant sur le cadavre avec un professionnalisme froid.

– Ça se pourrait, répondit le médecin légiste. On a déjà vu des cadavres dans cet état. Mais d'habitude, les Russes ne font pas dans la subtilité : s'ils se servent de l'acide, ils ne s'arrêtent pas à la surface. Ils ont la main généreuse.

– Pouvez-vous la tourner ? demanda soudain Sauer d'une voix ténue, étranglée par l'angoisse. Si c'est la personne que nous cherchons, elle a une envie dans le dos, expliqua-t-il. En forme de demi-lune. »

Le docteur Meingast acquiesça, et le cadavre fut tourné sur le côté.

Sauer se pencha à son tour, mais ses yeux étaient comme voilés. Il avait beau s'y efforcer, il n'arrivait pas à distinguer nettement l'omoplate droite du corps, rendue violacée par le choc thermique et par les lividités cadavériques. Il s'approcha encore et finit par en arriver à la conclusion tant espérée.

Il n'y avait aucun signe. Pas d'envie en forme de demi-lune.

Cette jeune femme ressemblait à Rosa, mais ce n'était pas elle.

Le soulagement déferla sur Sauer comme une vague sur les rochers. « Ce n'est pas elle. »

Johanna se tourna vers le médecin légiste : « Comment est-ce qu'elle est morte ?

– Elle présente plusieurs fractures sur tous les membres. Je pense qu'elle a été frappée à mort, puis défigurée pour empêcher son identification.

– Seigneur, murmura encore Mann, et il se signa.

– Je ne crois pas que Dieu ait grand-chose à voir avec la fin de cette pauvre fille, fit le médecin en secouant la tête. Berlin ressemble de plus en plus à l'enfer sur terre.

– Des rues en feu et des démons à tous les coins de rue, ajouta Johanna en tendant la main, comme pour caresser les cheveux de la victime.

– Enfin, je ferai quand même une autopsie, je veux être sûr de ce que je raconte à ses proches, s'ils viennent réclamer son corps.

– Ce qui est peu probable, commenta le sergent Mann. On trouve des dizaines de cadavres dans le Landwehrkanal chaque mois, et la plupart finissent dans une fosse commune. C'est bien pour ça qu'on l'appelle le cimetière des Anonymes. »

14

Le sergent Mann fuma une cigarette dans le froid de la place devant l'institut médico-légal, tandis que les trams allaient et venaient dans un bruit de ferraille le long de la rue, remplis d'ouvriers, d'employés et d'hommes en uniforme. Deux sur trois, compta Sauer, étaient des chemises brunes, signe que le changement en cours n'épargnait pas Berlin. Quelques mois auparavant encore, cela aurait été impensable : le phénomène nazi paraissait concentré aux marges de la République, dans la lointaine Bavière et parmi les paysans et chômeurs des régions agricoles. Cependant, les dernières élections avaient marqué une bascule : même les travailleurs des usines se tournaient maintenant vers le Parti. Même la capitale libre et industrieuse de Weimar se prenait à rêver de la grandeur passée et répondait à l'appel du fauteur de troubles autrichien. L'Allemagne changeait de couleur. L'incendie était hors de contrôle.

« Comment elle s'appelle ? » demanda Johanna, tirant Sauer de ses pensées.

Il se tourna vers elle. « Qui ?

– La fille qu'on cherche. La blondinette avec des taches de rousseur.

– Je croyais que Julian vous avait tout expliqué. »

Johanna secoua la tête, l'air agacé : « On sait juste qu'elle est blonde, qu'elle a trente ans et qu'elle a disparu depuis quelques jours. C'est un peu mince pour la retrouver.

– Vingt-cinq, pas trente, la corrigea Sauer. Et je pensais que vous aviez déjà commencé à la chercher, que vous aviez des pistes, des indices… »

Mann rejeta un nuage de fumée qui alla se dissiper entre les platanes de la place. « On ne sait rien du tout. On attendait ton arrivée pour nous y mettre. »

Sauer soupira. « Ça va être compliqué, parce que je ne sais pas comment elle se fait appeler. Personne ne le sait, je crois. Son vrai prénom est Rosa, mais elle était incognito à Berlin, finit-il par lâcher, malgré ses réticences.

– Eh bien, ça promet, dit Mann. Une fille sans nom dans une ville de quatre millions d'habitants. Autant chercher une aiguille dans une botte de foin.

– Autant chercher une aiguille dans une grange remplie de foin, rétorqua Johanna. Mais Julian a évoqué un livre qui pourrait t'aider dans cette recherche. »

J'avais oublié, pensa Sauer. *Le livre.* Et il repensa à la phrase écrite sur la carte postale de Munich, ou plutôt sur les deux cartes postales : celle que lui avait montrée Julian à Vienne et celle dans l'enveloppe de Bernie : *Creuse une fosse et assieds-toi dedans.*

« Je n'en ai plus besoin. J'en ai trouvé un exemplaire dans la pension où je loge et j'ai déchiffré le message codé », déclara-t-il en espérant paraître convaincant.

Les mots « message codé » lui valurent un regard admiratif de Mann et un sourire sardonique de Johanna.

« Et donc ? demanda-t-elle.

– Et donc, je ne sais pas où elle est, mais on peut chercher où elle habite, ou habitait.

– Le message cachait une adresse ? » demanda Mann en jetant son mégot par terre avant d'enfoncer ses mains au fond de ses poches. L'air, vif, sentait la neige.

« Non, malheureusement. Mais, la connaissant, je peux imaginer où elle a pu chercher refuge. Elle n'avait pas d'amis ici et elle se méfiait des inconnus. Alors je me suis dit qu'il n'y a qu'un type d'hébergement qu'elle a pu trouver acceptable.

– Une église ? demanda Johanna, ironique.

– Presque », répondit Sauer en souriant.

Il leur fallut une heure pour récupérer la liste complète des dortoirs religieux de Berlin : Mann téléphona à l'Alex et dut se faire passer trois bureaux différents avant de trouver un collègue capable de rassembler ces informations, puis il dut encore attendre une demi-heure et, pour finir, noter les vingt-trois adresses qu'on lui indiquait à l'autre bout du fil. Il raccrocha, l'air déconcerté : « Je n'aurais jamais imaginé qu'il y avait autant d'ordres religieux en ville, déclara-t-il en tendant la liste à Sauer. Je croyais qu'on était dans un État laïque.

– C'est justement dans les États laïques qu'on a le plus besoin d'ordres religieux », commenta Johanna, récoltant un regard amusé de son collègue.

Sauer parcourut la liste à la recherche d'indices qu'il n'espérait pas trouver, et que de fait il ne trouva pas. Les dortoirs portaient les noms des saints les plus importants – saint Pierre, saint Joseph, saint Luc, saint Marc… –, de quelques saintes – sainte Lucie, sainte Claire, sainte Thérèse… – et deux s'appelaient Vierge Marie, mais aucun d'eux ne renvoyait à une Rosa ou à un Siegfried. Sur le papier, un dortoir en valait un autre. Sauer n'avait que deux pistes, incertaines mais probables : le lieu choisi par Rosa devait être assez central

– s'il était question d'une attaque contre un symbole du pouvoir, elle aurait lieu à proximité de la vieille ville – et il ne pouvait pas s'agir d'un hôtel, où on lui aurait demandé ses papiers, ni d'une pension comme celle de la veuve Linke. Si l'action préparée était secrète et demandait un changement d'identité, elle devait éviter à tout prix d'attirer l'attention et d'éveiller la curiosité de quelque fouineur qui aurait pu la démasquer ou, pire, la trahir.

C'est par ce raisonnement qu'il en était arrivé aux dortoirs religieux, où on louait des lits et des chambres sans poser de questions parce qu'il était pris pour acquis que si une personne était obligée d'en passer par là, c'était qu'elle se trouvait dans une situation compliquée – concernant les femmes, elles voulaient généralement échapper à leur mari violent – et qu'elle souhaitait garder son anonymat. Sauer se souvenait justement d'en avoir entendu parler par Rosa, qui y avait recouru à Hambourg et à Cologne avant de s'installer à Munich.

« Par lequel on commence ? demanda Mann. Il est presque dix heures et on a rendez-vous avec Julian à treize heures.

– Je ne sais pas, répondit Sauer. Ce pourrait être n'importe lequel…

– Ou aucun d'eux, commenta Johanna.

– Ou aucun d'eux, certes. Mais c'est notre seule piste, alors disons : l'ordre alphabétique ?

– Ça n'a pas de sens, enfin ! s'impatienta Johanna. On ne peut pas faire une recherche de ce genre au téléphone : avant de nous donner des informations, ils voudront voir notre plaque. Il faut qu'on aille sur place. Donc mettons-nous d'accord sur un itinéraire : on part d'un dortoir puis on continue par celui qui est le plus proche et ainsi de suite.

– Comme dans les jeux où il faut relier les points, dit Mann.

– C'est ça. En espérant que le dessin final aura un sens. Enfin, d'abord il faut faire le tri. »

Sauer fronça les sourcils : « Comment ça ? »

Pour la première fois, Johanna lui adressa un sourire sincère – un beau sourire. « Les religieux n'aiment pas trop la mixité. Les dortoirs qui portent le nom d'un saint sont réservés aux hommes, ceux qui portent celui d'une sainte ou de la Vierge n'accueillent que des femmes. Ce qui, finalement, ne fait qu'une douzaine de dortoirs. En commençant immédiatement, on pourrait avoir fait le tour dans la journée.

– On pourrait se les répartir, proposa Mann.

– Je ne sais pas si c'est une bonne idée, réfléchit Johanna. Lui, il ne connaît pas la ville, et toi, tu auras plus de difficultés à obtenir des réponses dans des endroits pareils si tu es seul. Pour une fois, ça pourrait être avantageux d'être une femme… »

Sauer lui jeta un regard admiratif, obtenant en retour un deuxième grand sourire.

« Bon, lequel de ces dortoirs féminins est le plus proche ? » demanda-t-il.

Ils commencèrent par celui de Sainte-Gertrude, à mi-chemin entre le Landwehrkanal et la porte de Brandebourg, sur l'austère Leipzigerstrasse. Ce fut un échec : la gardienne, une religieuse âgée aux yeux abîmés par la cataracte, parcourut avec eux le registre des entrées, mais aucune des pensionnaires ne venait de l'extérieur de la ville et aucune n'avait entre vingt et trente ans. La plupart des hôtes actuelles étaient des femmes entre deux âges qui travaillaient à l'usine ou de vieilles religieuses.

Le dortoir de Sainte-Marthe se trouvait quant à lui non loin du Gendarmenmarkt. Quand la religieuse de l'accueil, elle aussi d'un âge avancé, leur dit qu'elle se souvenait d'une fille qui correspondait parfaitement à leur description, un espoir passager les anima, mais lorsqu'elle consulta son registre, elle s'aperçut que sa mémoire l'avait trahie. La fille en question avait dû séjourner là l'année précédente.

Leurs déplacements aux deux dortoirs suivants, Sainte-Edwige et Sainte-Cécile, ne furent pas plus fructueux. Ni celui au cinquième, celui de Notre-Dame-des-Neiges. « D'ailleurs, il va neiger pour de bon sous peu, commenta Mann en ressortant, allumant une énième cigarette.

– Ça fait des semaines que tu dis ça, lui rappela Johanna. Et cette année, on n'a eu que du gel.

– Tu verras. C'est une question d'heures, maintenant. »

À onze heures et demie, ils sortaient du septième dortoir, pas plus avancés. Le suivant sur leur liste était Sainte-Lucie, dans Ziegelstrasse, de l'autre côté de la Sprée et non loin de l'île aux Musées. Pour des raisons mystérieuses, c'était selon Sauer le plus prometteur : quelque chose dans le quartier lui semblait adapté à Rosa, peut-être la présence de la rivière, ou de ces temples de l'art ancien et moderne. Si elle avait pu choisir – mais il n'était pas dit que ça avait été le cas –, elle aurait sans aucun doute opté pour un dortoir dans cette partie de la ville.

Pourtant, ce fut un échec supplémentaire, suivi de deux autres. Quand, à midi et demi, ils arrivèrent au onzième dortoir de la liste, ils étaient déjà si résignés que leur énième coup d'épée dans l'eau ne leur fit ni chaud ni froid.

Ils n'avaient pas le temps de se rendre au dernier – le dortoir Sainte-Sophie, le plus éloigné de tous – s'ils voulaient être à l'heure à leur rendez-vous au centre-ville avec Julian. Ils décidèrent donc de reporter leur visite à après le déjeuner, qui leur donnerait les forces pour faire face à cette dernière déception, et pour se rendre à l'évidence : le raisonnement de Sauer n'était en fin de compte qu'une tentative hasardeuse, et non le fruit d'une logique imparable.

Nous oublions bien souvent que, en ce bas monde, c'est justement en errant sans boussole que l'on trouve son chemin.

15

À Berlin, le trafic ne baissait pas d'intensité à l'heure du déjeuner, à croire que les déplacements n'étaient pas dictés par les impératifs de travail ou familiaux, mais que la circulation était une caractéristique des rues et des places découlant d'une croissance spontanée du caoutchouc et de la tôle, à l'origine du bruit de fond continu de la ville. Sauer repensa à Homère, qu'il avait lu dans sa jeunesse, où la mer *meuglait* comme un troupeau de vaches, et il se dit que le verbe pourrait aussi convenir à la capitale, un énorme marché aux bestiaux qui meuglait jour et nuit, à la différence que ce n'étaient pas les bêtes qui finissaient à l'abattoir, mais des jeunes filles innocentes.

« Nous y sommes », l'informa Mann quand la Fafnir arriva au fond de Französischerstrasse, devant le Tiergarten, le « jardin aux animaux », une ancienne réserve de chasse pour les rois et les empereurs transformée en parc public verdoyant, fréquenté pendant la journée par des couples d'amoureux et, la nuit, par des centaines de sans-abri, souvent des paysans séduits puis abandonnés par la grande ville. Johanna, qui avait conduit comme une furie et klaxonné sans retenue dès qu'un autre véhicule gênait sa progression, s'engagea dans le boulevard arboré qui longeait le côté gauche du parc. Quelques dizaines de mètres après, elle ralentit au niveau d'un bar-restaurant où, à travers la grande baie vitrée de la devanture bordée par une série de tables en extérieur, on apercevait une énorme machine à café chromée.

« Le Moka Efti, annonça Mann. Un bistrot très en vogue. Ils servent le meilleur café de la ville et un excellent goulasch. Julian a des goûts de luxe. » Il le dit sans ironie, et de fait Sauer avait déjà remarqué ce penchant chez Julian. Il ne fut donc pas surpris qu'il donne rendez-vous à ses collègues dans un établissement à la mode, mais cela n'arrangea pas sa paranoïa. *Quel est donc le montant du salaire d'un inspecteur, à Berlin ?*

Une fois l'auto garée, le trio gagna l'entrée du restaurant, où un serveur en livrée les accueillit, tout raide, derrière un haut pupitre, un brasero allumé à côté de lui pour supporter les rigueurs de l'hiver berlinois. « Avez-vous réservé ?

– Nous avons rendez-vous avec l'inspecteur de police Karl Julian », répondit Mann.

Le serveur hocha la tête sans même consulter le registre des réservations. « J'ai un message de la part de Herr Julian », dit-il en tendant une petite enveloppe couleur crème à Mann, que celui-ci passa à Johanna, l'air interloqué.

« Il nous pose un lapin, déclara-t-elle après en avoir pris connaissance.

– Ça faisait longtemps, tiens, soupira Mann.

– Il dit qu'il a une piste, il appellera à ton bureau à quatre heures. »

Mann haussa les épaules : « Nous tâcherons d'y être.

– Si on avait su, on serait passés au dernier dortoir, protesta-t-elle en roulant le message en boule.

– Qu'est-ce que tu veux y faire ? Si on pouvait communiquer par télépathie, notre travail serait une promenade de santé. Mais on ne peut pas. Puisqu'on est là, autant en profiter pour manger, non ? »

Sauer avait à peine écouté cet échange. Son attention était tout entière concentrée sur une table qu'on apercevait au fond du restaurant. À cette table était assise une personne que, hélas, il connaissait, et dont il n'arrivait pas à détacher les yeux, bien que la raison lui conseille de le faire.

« Peter ? l'interpella Mann. Tout va bien ? »

Sauer ne répondit pas, et Mann et Johanna se tournèrent vers la cible de son regard.

« Tiens tiens, dit Johanna, les yeux plissés. Mister Goebbels. »

Une année et demie avait passé depuis la fois où Sauer s'était entretenu avec ce petit homme mince et émacié, à présent plongé dans un entretien animé avec un homme en uniforme de SS, mais, depuis, sa photographie était bien souvent apparue dans les journaux que Sauer lisait tous les matins, en raison de la popularité croissante du Parti national-socialiste des travailleurs allemands. Le bras gauche de Hitler n'avait pas l'air plus sympathique que lors de leur unique rencontre, et ses yeux aussi noirs que des billes d'obsidienne furetaient partout, inquiets, incapables de s'immobiliser plus de quelques instants.

« Ah, Herr Goebbels ? dit le serveur en se tournant à son tour. Oui, il vient souvent déjeuner ici. C'est un de ses restaurants préférés, ajouta-t-il avec une pointe d'orgueil.

– Il y a de quoi être fier, commenta Mann, sans inflexion particulière.

– Une table pour trois, donc ? les pressa le serveur, jetant un regard inquiet à la file qui commençait à se former derrière eux.

– Non, une autre fois », répondit Johanna.

Sauer en fut soulagé, il ne tenait vraiment pas à se retrouver dans la même pièce que Goebbels. Cependant, il ne put s'empêcher de lancer un dernier regard dans sa direction, et ce fut une erreur, car il vit que le responsable de la propagande nazie avait arrêté de parler avec son interlocuteur et s'était tourné vers eux.

Un grand nombre de tables les séparait, ainsi que plusieurs serveurs et la porte du restaurant, pourtant on aurait dit que Goebbels le dévisageait.

Était-il possible qu'il le reconnaisse ? Se souvenait-il de lui, alors qu'ils n'avaient parlé que quelques minutes, et qu'à l'époque Sauer avait les cheveux blonds et le visage parfaitement rasé ?

Sauer frissonna et détourna les yeux.

16

Ils mangèrent finalement un cornet de pommes de terre arrosé de sauce aux pommes dans une brasserie donnant sur le Neuer See, le lac qui s'étendait dans le quart ouest du Tiergarten, évitant soigneusement de parler de politique mais aussi de la fille qu'ils cherchaient, comme s'ils s'étaient entendus pour faire une pause. C'est ainsi que Sauer apprit que Mann avait fait le séminaire quand il était jeune et que, même s'il ne lui avait guère fallu de temps pour comprendre que la vie sacerdotale n'était pas faite pour lui, cette expérience l'avait profondément marqué. « En fin de compte, il n'y a pas une si grande différence entre un prêtre et un policier, déclara Mann sans une once d'ironie. Tous les deux voient le pire de l'humanité et obéissent aveuglément à leurs supérieurs. » Puis, pour le désespoir de sa pauvre mère, Mann avait fini par épouser une juive, avec laquelle il n'avait même pas réussi à avoir d'enfants, une information qui toucha Sauer plus qu'il ne l'aurait imaginé.

À l'inverse, Johanna Tegel avait toujours désiré travailler dans la police, mais elle semblait réticente à en dire plus. Sauer en déduisit qu'elle avait dû surmonter beaucoup de résistances, chez ses proches comme chez ses collègues, pour mener son projet à bien. Cependant, Johanna était orgueilleuse et n'avait pas prêté l'oreille à ceux qui lui déconseillaient de s'engager dans une profession aussi masculine. Ce qui, se dit Sauer, pouvait expliquer son attitude fermée et agressive lors de leurs premiers échanges. Défense préventive, disait-on dans l'armée, une méthode rarement efficace, à part pour mettre en lumière les faiblesses de ceux qui y recouraient.

Après leur déjeuner, ils regagnèrent l'automobile et traversèrent la ville jusqu'au Monbijoupark, la zone au nord du centre-ville, qui abritait la synagogue et le cimetière juif. L'église Sainte-Sophie se trouvait juste à côté, avec son étonnant clocher en forme de lanterne, presque aussi large que le corps du bâtiment. Non loin, le dortoir du même nom constituait leur dernier espoir de trouver Rosa en suivant la logique de Sauer. À ce stade, aucun d'eux n'y croyait encore, mais il leur fallait aller jusqu'au bout de leur démarche avant de passer à autre chose.

L'entrée du pensionnat Sainte-Sophie était dépourvue de guichet d'accueil, il y avait seulement une petite table sur laquelle reposait un gros registre, à côté d'un encrier et d'une plume. Sur une chaise spartiate était assise une robuste religieuse au visage serein, qui brodait un mouchoir. Quand elle les entendit arriver, elle leva brièvement les yeux de son ouvrage. « Bonjour, dit-elle sans cesser de faire aller et venir son aiguille.

– Bonjour, dit Johanna Tegel d'une voix douce, comme elle l'avait fait dans les autres dortoirs. Nous sommes de la police et nous cherchons quelqu'un, ma sœur. »

La religieuse bougea légèrement la tête comme pour indiquer qu'elle avait compris, mais ne dit mot. Sauer plissa les yeux pour essayer de deviner le motif qu'elle brodait.

« C'est une jeune femme, poursuivit Johanna. Âgée de vingt-cinq ans, cheveux clairs, un accent d'ailleurs. Selon nos informations, elle pourrait avoir dormi ici ces derniers temps, disons de mi-janvier à la semaine dernière. »

Toujours aucune réaction de la religieuse. Elle ne brodait pas un dessin, conclut Sauer. Un motif géométrique, peut-être ?

« Pourrions-nous jeter un œil à votre registre ? » intervint Mann, tentant une méthode plus directe.

Le procédé fonctionna, du moins en partie, puisqu'il n'y gagna qu'une question en retour : « Comment se fait-il que vous cherchiez tous cette jeune femme ? » demanda la religieuse sans lever les yeux de son mouchoir.

Des lettres, se dit Sauer. *Un I et un N. Elle brode sans doute un prénom.*

Puis il enregistra ce que la femme venait de dire et une alarme se déclencha dans son cerveau.

« Quelqu'un d'autre est venu vous demander la même chose ? »

La religieuse hocha la tête. « Hier matin. Des gens de la police aussi, je pense. Ils ne se sont pas présentés, mais ça se comprenait à leur façon de poser des questions.

– Vous pourriez nous les décrire ? demanda Mann.

– Je les ai à peine regardés », répondit la religieuse sans lever les yeux.

Il y avait trois lettres, maintenant : « NRI ». *Heinrich ?*

« C'étaient deux hommes. Jeunes. Mais ils sont repartis dès que je leur ai dit qu'ici on n'accueille pas des femmes de moins de cinquante ans.

– La fille qu'on cherche a disparu il y a quelques jours sans laisser de traces, insista Sauer, une pointe de désespoir dans la voix. Êtes-vous sûre qu'elle n'est pas passée par ici ?

Vous n'omettriez pas des informations pour la protéger, par hasard ? Nous sommes là pour l'aider. Ce n'est pas de nous que vous devez vous méfier. »

La démarche était hasardeuse, mais comme cela peut parfois arriver, elle eut un effet : leur interlocutrice leva enfin la tête et les regarda droit dans les yeux. « Il va de soi que si j'étais en train de mentir pour protéger la fille que vous cherchez, vos propos ne suffiraient pas à me faire changer d'avis et à me faire dire la vérité. Mais le fait est que mon ordre ne s'intéresse pas aux problèmes de ce bas monde. Nous servons le Seigneur, et le Seigneur n'aime que la vérité, dit-elle en agitant son mouchoir devant les yeux de Sauer. Je suis désolée, mais comme je l'ai dit aux deux hommes d'hier, et comme je le dirai à tous ceux qui viendront après vous, votre amie n'est pas passée par ici. Les jeunes femmes, ajouta-t-elle en faisant la moue et en fixant Johanna, n'amènent que des ennuis. »

Puis elle baissa de nouveau les yeux sur son ouvrage, et sans rien ajouter, elle reprit son travail d'aiguille, comme si les trois intrus étaient déjà partis.

Il fallut presque une demi-heure à Sauer pour réussir à identifier la pensée qui le tracassait obscurément. En sortant du pensionnat Sainte-Sophie, ils étaient revenus vers la Fafnir, penauds, puis s'étaient regardés : « Et maintenant ? » Mais aucun d'eux n'avait quelque chose à proposer. Leur rendez-vous téléphonique avec Julian était dans une heure et demie. Où aller en attendant ? Quelle piste explorer ? Ni Mann ni Johanna n'en avaient la moindre idée, et Sauer s'escrimait à identifier le détail qui le perturbait. Plus il y pensait, plus il lui échappait, et il savait d'expérience qu'il était inutile de s'acharner.

« Revenons vers le centre-ville, avait-il lancé alors que Mann fumait son énième cigarette. Où est votre bureau ? À l'Alex ?

– Non, répondit Johanna d'une voix qui lui parut un peu piquée. On est à Potsdamer Platz.

– Eh bien allons-y. Je n'ai pas mieux à proposer. »

Ils reprirent la voiture et parcoururent Sophienstrasse en direction du nord, puis bifurquèrent à gauche dans Hamburgerstrasse. Ils passèrent le cimetière juif, et traversèrent de nouveau la rivière. Peut-être découragée par cette journée passée à chercher des fantômes, Johanna avait une conduite plus souple et plus lente, se laissant même parfois dépasser. Soudain, Sauer eut une illumination.

« Arrête-toi ! » ordonna-t-il à Johanna qui, très professionnelle, jeta un coup d'œil dans les rétroviseurs, calcula les distances et, d'un coup de volant parfaitement maîtrisé, stationna la Fafnir le long du trottoir longeant le Lustgarten.

« Qu'est-ce qu'il y a ? demanda Mann en regardant alentour comme s'il s'attendait à découvrir la fille qu'ils cherchaient au milieu des passants.

– INRI ! s'exclama Sauer.

– INRI ? répéta Johanna.

– Sur le mouchoir. La religieuse brodait quatre lettres. Je croyais que c'était un prénom. Mais en fait c'était un acronyme. INRI.

– *Iesus Nazarenus Rex Iudaeorum*, récita Mann. Jésus le Nazaréen, roi des juifs. Et donc ?

– Et donc on vient juste de passer devant le cimetière juif, et je suis un imbécile », dit Sauer. Sans se soucier de l'incohérence de son discours pour Mann et Johanna, il hocha la tête. « Mon raisonnement était bon, mais je m'étais trompé sur un détail crucial. Rosa ne serait jamais allée loger dans un hôtel ou une pension, ça c'est sûr, et donc il ne reste que les pensionnats et les dortoirs religieux.

– Eh bien ? C'est la logique qu'on a suivie…, commença Mann.

– Mais le fait est, l'interrompit Sauer, de plus en plus sûr de sa conclusion, que Rosa n'est pas chrétienne. Enfin, si, mais son grand-père était juif. »

Johanna fronça les sourcils. « Ça ne fait pas d'elle une juive. C'est une religion qui se transmet par la mère, si je ne m'abuse.

– C'est vrai, reconnut Sauer. Techniquement, Rosa n'est pas juive, mais elle était très attachée à son grand-père, et fascinée par sa religion. Elle n'applique pas les préceptes, elle n'observe pas le shabbat et ne mange pas kasher, mais elle a un grand respect pour le judaïsme et pour sa philosophie. Il est donc probable qu'elle ne se soit pas tournée vers un dortoir chrétien, je ne sais pas pourquoi je n'y ai pas pensé plus tôt, mais si elle avait besoin d'un refuge en ville, elle a dû en chercher un auprès d'une institution juive », conclut-il.

17

La porte qui affichait le numéro 38 ressemblait à la vingtaine d'autres du couloir anonyme. La courte distance qui les séparait laissait supposer que les chambres étaient de taille modeste, sans doute simples.

« Nos hôtes sont pour l'essentiel des commis voyageurs et de petits commerçants, expliqua le réceptionniste de la pension juive Aish Tamid. Ils viennent dans la capitale pour le travail, et ne restent que quelques nuits. »

Tout en parlant, il ouvrit la porte et alluma la lumière. La chambre était petite et ordonnée : un lit simple au couvre-lit rouge sur la gauche, un secrétaire en bois clair au fond à droite, une chaise en osier et une petite armoire. La peinture des murs, jaunâtre, ne devait pas être récente, et rappelait l'ocre fané du sol. Aucun tableau ne venait égayer la pièce, ni la lumière du jour, car en lieu et place d'une fenêtre il y avait seulement une meurtrière juste au-dessus de l'armoire.

« Y a-t-il une pièce d'eau ? s'enquit Johanna en avançant d'un pas.

– Oui, seules quelques chambres en ont une, répondit le réceptionniste. D'habitude, nous les réservons aux dames. »

Sauer et Mann avancèrent à leur tour. Rien n'indiquait la présence de quelqu'un : pas de vêtements posés sur la chaise, de valises par terre, de livres ou de documents sur le secrétaire. Le lit était parfaitement fait, signe que la femme de ménage était déjà passée ou que personne n'avait dormi là la nuit précédente. L'air sentait le renfermé.

« C'est bien la bonne chambre ? demanda Mann.

– Louée à Mlle Rach depuis le 13 janvier », affirma le réceptionniste.

Un frisson parcourut Sauer quand il entendit de nouveau ce nom. Lorsqu'ils étaient arrivés à cette pension, la seule de la ville gérée par des juifs, ils avaient appris avec soulagement que oui, une jeune femme correspondant à la description de Rosa avait bien logé là ces six dernières semaines, et que d'ailleurs elle ne devait pas être partie puisque sa chambre était payée jusqu'à la fin du mois. À la vue du nom « Adele Rach » sur le registre, les derniers doutes de Sauer avaient disparu : la mère de Rosa s'appelait Adele, et Rach était le nom de famille de couverture que Sauer avait adopté à Vienne. Bêtement, Sauer vit dans ce choix de garder son nom de couverture une sorte de message caché, la poursuite de leur intimité qui n'existait plus depuis des mois.

« Vous ne l'avez donc jamais vue, reprit Sauer.

– Moi pas, répondit le réceptionniste. Mais nous sommes trois à travailler ici. Mes collègues vous seront sans doute plus utiles.

– Quand pourrons-nous les rencontrer ? demanda Mann.

– Pas avant demain, je suis désolé. »

Pendant ce temps, Johanna avait ouvert l'armoire, sans rien y trouver, pas plus que sous le lit, qu'elle observait, agenouillée par terre. « Rien du tout. Si elle est passée par ici, elle a eu le temps de rassembler ses affaires et de lever le camp sans se presser. »

J'espère, pensa Sauer en imaginant Rosa rassembler sereinement ses effets avant de rejoindre un endroit plus sûr. Pourtant, cet ordre parfait pouvait avoir une autre explication : *Peut-être que quelqu'un est passé ici avant nous et s'est occupé d'effacer toute trace du passage de Rosa.*

« Vérifions quand même la salle de bains », dit-il pour chasser cette pensée. Il poussa la petite porte et découvrit une pièce presque aussi grande que la chambre, et tout aussi vide et ordonnée : une petite baignoire cachée par un rideau bleu, des toilettes à l'abattant laqué, un lavabo à deux robinets, un miroir ovale au-dessus d'une étagère étroite. Il y flottait une légère odeur de moisi que l'air venu de la lucarne entre les poutres ne parvenait pas à chasser.

« Il n'y a rien, commenta Mann, déçu.

– Il *doit* y avoir quelque chose », répondit Sauer, exprimant plus sa frustration qu'une pensée logique.

Pourtant, ils eurent beau fouiller la pièce de fond en comble, allant jusqu'à glisser leurs doigts dans la bonde du lavabo et de la baignoire, ils ne trouvèrent que de la rouille.

« C'est bien ce que je disais, insista Johanna. Si elle a séjourné ici, elle est partie de son plein gré et elle a veillé à ne rien laisser derrière elle. »

Sauer se mordit les lèvres. *Non*, pensa-t-il, et pourtant si, bien sûr. Ce n'était pas parce qu'il désirait trouver un indice que l'indice existait. *Quand même... Adele Rach... Pourquoi elle a pris ce nom sinon pour communiquer quelque chose, garder le lien avec moi ?*

Irrité, il revint dans la chambre, arracha le couvre-lit, le secoua, fit de même avec le drap, et avec l'alèse : rien, rien, rien. Puis il s'en prit à l'oreiller, qu'il sortit de sa housse, et trouva enfin quelque chose : un cheveu. Un cheveu blond et ondulé, d'une vingtaine de centimètres de long. Sauer l'approcha de ses yeux, le huma.

« Il pourrait lui appartenir ? demanda Johanna.

– Il pourrait. » Sauer le mit dans sa poche et continua sa recherche. « Mann, donne-moi un coup de main. »

Ils retournèrent le matelas, le palpèrent, en vain.

Ce n'est pas possible.

Sauer regarda autour de lui, exaspéré. C'était leur seule piste, il fallait qu'il découvre quelque chose. Il déplaça le secrétaire et s'illumina en voyant un papier roulé en boule par terre. Quand il le déplia d'un geste anxieux, il s'avéra que c'était un ticket de théâtre vieux de plusieurs mois, sans lien possible avec Rosa. Il le mit quand même dans sa poche, une vieille habitude, puis se fit encore aider par Mann pour déplacer l'armoire. Ils ne découvrirent derrière elle qu'une araignée aux longues pattes fines, qui se précipita aux abris quand la lumière vint arroser son royaume ténébreux.

« Et dessus ? » dit Johanna en indiquant le haut de l'armoire du menton.

Sauer se hissa sur la chaise en osier, mais c'était encore peine perdue.

Découragé, il s'adossa au mur. « On n'a plus qu'à se résigner, je crois, déclara-t-il d'une voix éteinte.

– La résignation est le premier pas vers la sérénité, commenta Mann d'une voix atone.

– Si vous permettez, intervint le réceptionniste, il faut que je…

– Oui, bien sûr, opina Sauer en se détachant du mur. De toute façon, on a fait le tour. »

Le réceptionniste regagna le couloir, suivi par Mann et Sauer, mais pas par Johanna, qui s'écria soudain : « Et les poutres ? » Tournée vers la salle de bains, elle réfléchit à voix haute : « En montant sur la chaise sur la pointe des pieds... Elle est grande comment, Rosa ? »

Sauer la regarda, bouche bée. Dans sa mansarde à Munich, où il avait habité presque dix ans, il y avait aussi des poutres apparentes dans la salle de bains, et lui-même les avait utilisées comme cachette.

« Mais bien sûr ! » souffla-t-il. Il se précipita dans la pièce et, du haut de son mètre quatre-vingt-dix, il entreprit de palper le dessus des poutres. La première ne cachait rien, mais la seconde abritait une enveloppe, ainsi qu'un petit objet froid, métallique.

Il s'en saisit avec délicatesse et les présenta à Johanna et à Mann. Ni la carte postale de Munich avec la vue sur l'Alte Peter – identique aux deux autres que Sauer avait eues en main ces dernières quarante-huit heures – ni la petite chaîne avec son pendentif en forme d'étoile de David dont Rosa ne se séparait jamais ne pouvaient leur dire quelque chose. En revanche, ils étaient tous les trois en mesure de saisir l'importance de la lettre qui se trouvait avec les deux objets : une invitation officielle à l'ambassade russe pour la soirée du 18 février. La veille du rendez-vous où Rosa ne s'était pas présentée.

18

Comme le message de Julian disait qu'il les appellerait à seize heures, dès qu'ils quittèrent la pension juive, Sauer, Mann et Johanna se mirent en route pour le commissariat de Potsdamer Platz, en espérant qu'ils ne seraient pas retardés par les embouteillages.

Tandis que Johanna faisait louvoyer la Fafnir entre les autres automobiles, sous une pluie fine mais insistante qui créait des flaques de plus en plus grandes, Sauer expliqua à ses compagnons d'aventure la signification des trois objets qu'ils avaient trouvés. « Ce pendentif appartient à Rosa, dit-il en tournant le bijou entre ses mains avec émotion. C'est son grand-père dont je vous ai parlé qui le lui a offert. Je ne l'ai jamais vue sans depuis que je la connais. Ce n'est pas bon signe qu'elle s'en soit séparée. Mais si elle craignait que quelqu'un l'attrape – *et en particulier un homme qui connaît très bien ce pendentif*, pensa-t-il –, elle était obligée de le faire, parce que le garder revenait à crier sa véritable identité aux quatre vents.

– Comme une plaque d'identification militaire », commenta Mann.

Sauer opina. « Elle l'a laissé sur cette poutre parce qu'elle ne voulait pas le perdre. La carte postale de Munich ne nous apprend rien en soi, mais Rosa en a envoyé une identique depuis Berlin il y a six jours, et j'en ai trouvé une autre, identique aussi, ici, ajouta Sauer en passant sur les détails. Elles ont sans doute été achetées en même temps, mais une seule a été expédiée, adressée à un ami commun. Julian l'avait sur lui quand il est venu me chercher. C'est la seule preuve qui indique que Rosa était encore vivante samedi dernier.

– Celle qu'elle a envoyée ne portait aucune inscription non plus ? » demanda Johanna en accélérant pour dépasser un autobus à étage, rempli de touristes trempés jusqu'aux os.

Sauer se tut un instant, réticent à jouer cartes sur table. Puis il s'avisa que c'était peut-être un test, car Julian pouvait très bien avoir déjà tout raconté à ses deux collègues. Et puis, même s'il n'avait pas confiance en eux, il avait besoin d'aide. Il choisit donc d'en dire plus, sans cependant tout révéler. « Une phrase était écrite au dos de la carte : *Creuse une fosse et assieds-toi dedans.* Un message sur lequel on s'était entendus avec Rosa il y a longtemps, au cas où elle se retrouverait en danger. C'est une citation de…

– De la *Chanson des Nibelungen*, termina Johanna. Quand Siegfried rencontre le dragon. »

Sauer resta interdit. Il n'était pas donné à tout le monde de reconnaître au vol un vers du *Nibelungenlied*, même si ce poème ancien avait connu un regain de notoriété ces dernières années et que Wagner en avait tiré un cycle musical célèbre dans le monde entier. « En réalité, ce vers provient de la *Völsunga saga*, une version plus ancienne encore, mais la scène est la même. C'est peu de temps avant que le héros rencontre Fafnir.

– Comment ça se poursuit ? Je ne me souviens pas bien », dit Johanna.

Sauer récita par cœur :

Creuse une fosse et assieds-toi dedans,
quand le dragon rampera jusqu'à la source
frappe-le en plein cœur et brise-le en mille morceaux.

« Eh bien, quelle scène, dit Mann. Je suppose que Siegfried, c'est vous. Le héros appelé à la rescousse. Mais qui est le dragon, alors ?

– Je ne sais pas, mentit Sauer, qui avait frissonné en entendant son véritable prénom. Il se peut aussi qu'il n'existe pas, que ce soit juste un danger indéfini. Ce qui compte, c'est que Rosa a utilisé la phrase. Elle se sentait en difficulté et elle a appelé à l'aide. »

Après avoir brusquement bifurqué à gauche, la voiture s'engagea sur une place arborée. Son centre était occupé par une énième colonne surmontée d'un ange et elle donnait sur le monument le plus célèbre de Berlin : l'énorme Reichstag, construit à la fin du XIXe siècle pour accueillir le Parlement prussien. Cette vision fugace fit une vive impression à Sauer, ce qui était l'effet recherché par les architectes qui avaient conçu ses quatre tours, une pour chacun des grands royaumes fondateurs du Deuxième Reich, et la haute coupole de verre et de métal qui les couronnait, incendiée à cette heure par la lumière du crépuscule, à la faveur d'une éclaircie.

« Et l'invitation à l'ambassade russe ? demanda Mann.

– Ça, c'est sans doute un indice à mon intention. Une indication. La carte postale pour renouveler l'alerte, le pendentif comme signature, et l'invitation pour m'indiquer la piste à suivre. L'ambassade russe doit être liée d'une manière ou d'une autre à la disparition de Rosa. C'est là qu'il nous faut chercher.

– Hmm, toussota Mann. Dommage que ce soit un des endroits les moins accessibles de Berlin. À moins que vous n'ayez des amis là-bas ?

– Moi ? répondit Sauer. Je n'ai jamais apprécié les Russes et je ne connais personne en ville. »

Johanna Tegel jeta un regard malicieux dans le rétroviseur central. « Moi, je connais quelqu'un qui peut nous y faire entrer.

– Toi ? dit son collègue, incrédule.

– Pourquoi ? répondit Johanna, amusée. Tu crois qu'on m'a laissée entrer dans la police juste parce que j'ai un joli minois et que je sais conduire ? Ne me sous-estime pas, Mann. Le dernier qui a fait ça n'a jamais été retrouvé. »

L'appel de Julian n'arriva qu'à dix-sept heures passées, mais le standardiste de Potsdamer Platz ne le transmit pas au bureau de Mann : l'inspecteur était pressé, il ne pouvait pas attendre au téléphone, et il lui laissa un message à l'intention de ses collègues – un rendez-vous à dix-huit heures trente à la brasserie Hoch, non loin de l'Adlon, l'hôtel des élites.

« Il est toujours comme ça ? demanda Sauer, stupéfait par les manières fuyantes de son ancien sergent.

– Souvent, répondit Mann. C'est comme ça qu'il obtient des promotions. »

Le message de Julian faisait aussi allusion à un indicateur, un certain Kucher, qui selon Julian détenait des informations importantes pour leurs recherches. L'indicateur serait présent au rendez-vous, pour leur dire tout ce qu'il savait.

« Typique de Julian : il veut partir avantagé, mais il fait semblant d'être démocratique, maugréa Mann, dont l'opinion sur son supérieur n'avait pas l'air d'être des meilleures.

– En tout cas, cette brasserie n'est pas loin de l'ambassade, fit remarquer Johanna. On pourra aller au rendez-vous de là-bas.

– On n'aura pas le temps, lui répondit Mann en consultant l'horloge posée sur son bureau. À cette heure, on n'arrivera jamais à trouver une place, et à pied ça ferait trop juste pour être ensuite à l'heure au rendez-vous. Autant qu'on voie d'abord Julian et qu'on rende visite à tes amis soviétiques après. »

Ils quittèrent donc Potsdamer Platz, prirent Leipzigerstrasse et tournèrent à gauche sur Wilhelmstrasse, la route du Pouvoir, comme l'appelaient les Berlinois : la chancellerie du Reich, la demeure du président Hindenburg, l'ambassade britannique, et l'hôtel Kaiserhof, où Adolf Hitler résidait actuellement, se succédaient sur quelques centaines de mètres. L'éclaircie se prolongeait, et les lumières des magasins se reflétaient comme mille soleils sur le bitume mouillé. Alors qu'ils marchaient tranquillement sur le trottoir, prêtant attention à ne pas glisser sur les fines plaques de verglas qui se formaient déjà, ils croisèrent une patrouille de police, immobile devant la vitrine cassée d'une bijouterie. La scène évoqua à Sauer la boutique d'Ytzak Nettel, à Vienne, mais dans le cas présent il était clair qu'on ne s'en était pas pris aux lieux pour des raisons raciales : la porte était intacte et la vitrine vide, à l'exception des bustes en bois poli utilisés pour exposer les bijoux.

« Voilà pourquoi les nazis gagneront les élections du 5 mars, fit Mann d'un ton résigné. Voilà pourquoi les gens sont sensibles à leurs discours.

– Qu'est-ce que tu racontes ? dit Johanna, glaciale. La popularité de Hitler est en baisse depuis l'été dernier et, depuis un mois qu'il est chancelier, il n'a rien fait. Les gens ne sont pas aveugles, ces élections vont le calmer. »

Mann secoua la tête et se tourna vers Sauer : « À Berlin, rien qu'en janvier, cinq cents personnes sont mortes dans des rixes ou des fusillades. Presque vingt par jour, dans une ville de quatre millions d'habitants. Même sur le front occidental on n'avait pas autant de pertes. Et tu sais combien sont mortes depuis que Hitler est chancelier ? »

Sauer haussa les épaules. Après le 30 janvier, la tension avait dû monter. « Sept cents ? »

Mann sourit. « Cent cinquante. En moins d'un mois, le nombre de victimes a baissé de deux tiers. Et évidemment, le peuple croit que c'est grâce à lui, le grand pacificateur ! Ce qui n'est pas entièrement faux : depuis qu'il est au pouvoir, il a demandé à ses SA de tuer un peu moins de communistes. De lever le pied. Résultat : une baisse drastique des homicides. La politique de sécurité du Parti.

– Les gens ne sont pas aveugles, répéta Johanna.

– Les gens croient qu'ils veulent la liberté mais, en réalité, ils seraient prêts à renoncer à tout pour être en sécurité. Ou pour avoir l'*impression* d'être en sécurité », conclut Mann.

Alors comme ça, pensa Sauer, *même l'imperturbable sergent Mann perd parfois sa retenue*... Puis il se souvint que, par le passé, il avait déjà commis l'erreur de juger les autres en fonction de leurs opinions apparentes. *Ne fais confiance à personne*, lui avait appris Mutti Forster à Munich. *Surtout pas à ceux qui portent une plaque*, avait ajouté Sandor à Berlin. Cette fois, Sauer avait la ferme intention de suivre ces conseils à la lettre, en tout cas tant qu'il ne saurait pas si ces deux policiers étaient des membres de la résistance ou s'ils étaient seulement réquisitionnés par Julian pour une mission officieuse.

« Et toi, de quel bord tu es ? » lui demanda Johanna à brûle-pourpoint.

Sauer chercha les mots justes pour en dire le moins possible. Au moment où il allait ouvrir la bouche pour lui répondre, ils arrivèrent devant la brasserie Hoch.

Étendu sur le trottoir, un drap taché de sang protégeait un cadavre de la curiosité des badauds, et des intempéries.

19

Le drap avait dû être étendu sur le corps depuis peu : assez longtemps pour se mouiller sous la pluie qui avait recommencé de tomber, mais pas assez pour se détremper. Des chaussures d'homme élimées et rayées en pointaient. La semelle droite présentait un trou sommairement rapiécé. Ces détails soulagèrent Sauer : à la vue du cadavre, il avait immédiatement pensé à Julian, qui avait disparu depuis la veille au soir et leur avait fixé un rendez-vous ici même. Mais ces chaussures ne pouvaient pas lui appartenir.

Un policier au regard revêche se tenait à côté du corps, matraque au poing. Mann lui montra sa plaque et lui demanda s'il pouvait jeter un coup d'œil. L'agent de police acquiesça sans changer d'expression et se pencha pour soulever le drap. Le cadavre était celui d'un homme dont l'âge, indéfinissable, devait se situer entre trente et cinquante ans. Il avait un visage émacié comme s'il ne mangeait pas à sa faim depuis longtemps, et ses yeux bleus semblaient écarquillés sous l'effet d'une surprise immense. Les quelques dents que l'on apercevait dans sa bouche entrouverte étaient jaunes et tordues. Un caillot de sang éloquent se distinguait entre ses cheveux gris coupés très court.

« On lui a tiré dessus il y a une demi-heure, leur indiqua le policier en uniforme. Les témoins disent qu'il s'apprêtait à entrer dans la brasserie quand deux coups de feu sont partis d'une automobile, qui a filé sur les chapeaux de roue.

– Un règlement de comptes, sans doute, dit Johanna. On connaît son identité ? »

Le policier hocha la tête. « Il avait sa carte d'identité sur lui. Elle a été emportée à l'Alex pour voir s'il est dans les fichiers de la police.

– Une affaire liée à la politique ? demanda Mann.

– Ça se peut bien. Il s'appelait Georg Kucher, ce devait être un communiste. »

Kucher, enregistra Sauer. *Comme l'indicateur que nous devions retrouver dans cette brasserie.*

Veillant à ne pas laisser transparaître ses pensées, il se tourna vers Mann pour lui jeter un regard complice, mais à cet instant même l'inspecteur Julian apparut au coin de la rue. Il eut une expression de surprise et ralentit en voyant le corps par terre. Il jeta un regard alentour pour analyser la scène, puis il les rejoignit, l'air soucieux. « Que s'est-il passé ?

– Des coups de feu depuis une voiture, peu de temps avant qu'on arrive », résuma Mann.

Julian se pencha sur le cadavre. « Gros calibre. Des professionnels.

– Des professionnels qui tirent en pleine rue ? protesta Johanna. Et, plus précisément, au milieu de la rue la plus prestigieuse de la ville ?

– Exactement, rétorqua Julian d'un ton suffisant. Des professionnels sûrs de leur coup et qui frappent à un endroit inattendu. Sans doute que Kucher se sentait en sécurité, au centre-ville. Dans d'autres quartiers, il aurait été plus prudent. » Il se redressa. « Pouvez-vous nous laisser seuls avec le corps ? Allez boire quelque chose de chaud », dit-il à l'agent de police, qui s'éloigna sans se faire prier.

« C'est à cause de ce qu'il voulait nous dire ? demanda alors Sauer.

– Je ne sais pas. C'est possible, répondit Julian en haussant les épaules. Mais ce n'est pas sûr. Les indicateurs tombent comme des mouches, ces derniers temps.

– La coïncidence est grosse, quand même, non ? fit remarquer Johanna.

– Pas forcément. Si tu es indic, tu es toujours sur le point de révéler quelque chose de crucial à quelqu'un, donc quand tu te fais tuer, une fin assez classique dans la profession, il y a toujours quelqu'un pour imaginer que c'est lié à sa personne. Pour ce qui nous concerne, ce pourrait vraiment être un hasard. Kucher était dans la ligne de mire de pas mal de monde, et il m'avait déjà révélé ses informations.

– Oui, mais peut-être que son assassin ne le savait pas, insista Sauer, agacé par la nonchalance de Julian. Et peut-être aussi que Kucher avait autre chose à nous dire.

– Bon, quoi qu'il en soit, à ce stade, ça ne change pas grand-chose, non ? intervint Mann. L'énième mort par balle. Ceux qui craignent une nouvelle guerre me font bien rire. On l'a déjà, la guerre. Une guerre civile quotidienne... »

Julian hocha la tête, fixant le mort d'un regard absent. « L'Alex va se charger de l'enquête, mais même s'ils trouvent les coupables, ce sera trop tard pour nous. Rosa est en danger maintenant. On doit suivre les pistes dont on dispose. » Il jeta un regard circonspect autour d'eux, avant de poursuivre : « Au téléphone, Kucher m'a raconté qu'une fille correspondant à sa description est apparue en ville le mois dernier et qu'on l'a souvent vue dans une boutique à côté du Monbijoupark.

– Dans les beaux quartiers, commenta Johanna.

– Oui. Et Rosa n'avait pas beaucoup d'argent sur elle, en tout cas quand elle a quitté Munich. Donc on peut supposer qu'elle n'allait pas dans cette boutique pour faire des emplettes…

– Elle y travaillait, peut-être ? hasarda Mann.

– Ou elle y retrouvait quelqu'un, répondit Julian. Dans tous les cas, il faut qu'on aille voir. Le magasin est le Damenparadies, sur Oberwallstrasse, au numéro 75. Il est fermé à cette heure, je me suis renseigné. Il ouvre demain à neuf heures. Je propose qu'on commence par ça. »

Sauer hocha la tête, même si l'idée de laisser passer une autre nuit alors que Rosa était en difficulté quelque part ne l'enchantait pas.

« Et vous, vous en êtes où ? » demanda Julian.

Mann lui résuma rapidement leur journée, pour en arriver à l'invitation à l'ambassade russe.

« Bien, c'est prometteur, commenta Julian. Samedi est justement le jour où on a perdu la trace de Rosa.

– Je proposais d'y aller maintenant, dit Johanna. Le vendredi soir, l'ambassade russe est toujours ouverte : ils organisent des bals, des concerts, des conférences…

– Tu crois qu'on nous laissera entrer sans un mandat officiel ou une invitation ? » demanda Julian.

Johanna eut un sourire ambigu, où la provocation la disputait à la satisfaction. « Je connais quelqu'un qui peut nous faire entrer. Si tu me fais confiance, évidemment. »

Cette dernière phrase, surprenante, sonna faux aux oreilles de Sauer, mais Julian ne s'en formalisa pas : « Si c'est le seul moyen, dit-il, je serai bien obligé. »

Johanna accueillit ces mots avec un regard glacial.

20

À la différence de la plupart des grandes ambassades – française, britannique, américaine –, l'ambassade russe n'était pas sur Pariser Platz, mais à l'autre bout d'Unter den Linden, sur la vieille Bebelplatz, une adresse sélecte qui semblait refléter le statut spécial dont l'État soviétique jouissait auprès des autorités allemandes. Après la révolution de 1917 et l'instauration du régime bolchevique, les Russes avaient prospéré dans la capitale, nouant des intrigues et des alliances inédites afin de propager la gloire de l'idéal socialiste, destiné à s'incarner dans l'Allemagne industrielle et, de là, à rayonner dans le reste du monde. Et, à l'aube de la république de Weimar, pendant un moment, les rêves de Karl Marx avaient paru sur le point de se réaliser grâce à la révolte spartakiste menée par Karl Liebknecht et Rosa Luxemburg, que la répression sanglante de la police et des Freikorps avait seulement repoussée à plus tard. Quatorze ans après, le feu couvait toujours sous la cendre, et les affrontements entre rouges et noirs étaient de plus en plus fréquents et violents. Bientôt, la tension entre ces deux camps allait atteindre un point critique, comme le savaient bien les hommes politiques et les autorités, qui gardaient toujours un œil sur Moscou et sur ses représentants à Berlin. Officiellement, l'ambassade russe était un lieu de représentation et d'échange entre l'Occident et l'Orient. En réalité, c'était un front de bataille très actif dans le conflit entre capitalisme et communisme.

Quand ils atteignirent le bâtiment grandiose où elle se trouvait, Sauer, Julian et Mann furent surpris de voir Johanna se diriger d'un pas assuré vers une entrée secondaire gardée par deux soldats armés de fusils à baïonnette. Il s'agissait manifestement d'un accès réservé aux fournisseurs, où d'ailleurs, à ce moment même, on déchargeait sur le trottoir des dizaines de grands sacs de jute d'un fourgon portant l'inscription BOIS & CHARBON.

Johanna avait dû venir souvent à l'ambassade, ou en tout cas être passée récemment par cette entrée, car en la voyant un des soldats inclina respectueusement la tête, puis se tourna vers son acolyte et lui adressa quelques mots en russe. Puis il s'adressa à Johanna : « Bonsoir, mademoiselle Tegel.

– Bonsoir à toi, Matej, répondit-elle en s'approchant.

– Vous venez assister à la soirée musicale ? demanda-t-il dans un allemand parfait. Ou pour voir M. le secrétaire ? »

Sauer coula un regard dans la direction de Julian et Mann, et lut une expression de surprise sur leur visage.

« Pour le saluer, répondit Johanna.

– Qui dois-je annoncer ? demanda le soldat en regardant ses trois accompagnateurs.

– Ce sont des collègues. Nous ne sommes pas en service. »

Le soldat hocha la tête, ouvrit le portail et traversa la cour carrée, où un commis empilait soigneusement les sacs de charbon.

Deux minutes après, un homme mince de grande taille aux cheveux sombres luisant de brillantine, vêtu d'un frac et d'une cravate blanche, apparut sur le seuil de la porte. Il traversa la cour d'un pas martial. « Johanna ! Quel plaisir ! » s'exclama-t-il d'un ton étonné. Il franchit le portail et serra la jeune femme contre lui.

« Tu travailles ? » lui demanda-t-il, ses mains encore sur les épaules de Johanna. Sans raison, Sauer se sentit traversé par une pointe de jalousie.

« Non, répondit-elle. Pas vraiment.

– Je vois. » L'homme se tourna vers Mann, Julian et Sauer. « Bonsoir messieurs, je suis Anton Karazan, secrétaire délégué pour les affaires soviétiques à Berlin. À qui ai-je l'honneur de parler ? »

Johanna les présenta comme des collègues de la police, puis s'excusa : « Je ne savais pas qu'il y avait un concert ce soir, j'espère que je ne te dérange pas en plein spectacle. »

Anton Karazan leva une main comme pour lui dire de ne pas s'en faire, puis demanda : « Comment puis-je vous être utile ?

– Nous cherchons une personne, de façon officieuse, et nous savons qu'elle a été invitée à l'ambassade il y a une semaine, expliqua Julian.

– Elle avait reçu une invitation pour le samedi 18, précisa Sauer.

– Pour la fête costumée ? demanda Karazan.

– Oui, sans doute, répondit Johanna. Nous voudrions donc savoir s'il existe une liste des invités et, le cas échéant, si tu peux nous la montrer. »

Le regard de l'homme devenait plus doux, plus lumineux, chaque fois qu'il se posait sur elle, releva Sauer. « Il y a toujours une liste, lui répondit-il. Nous sommes très méticuleux. Mais pourrais-tu me dire précisément pourquoi vous avez besoin de la voir ?

– Cette personne, cette jeune femme, a disparu après la fête, expliqua Julian. Je ne veux pas dire qu'elle a disparu à cause de la fête, mais que l'invitation de l'ambassade est la dernière trace qu'elle a laissée.

– Si la liste signale les invités mais aussi les présents effectifs, développa Johanna, nous aurons la confirmation qu'elle est venue ici.

– Ou bien nous saurons qu'elle ne s'est pas présentée, ajouta Mann.

– Entendu, dit Karazan après quelques instants de silence. Je ne crois pas que vous donner une information pareille puisse porter tort à qui que ce soit. Suivez-moi. »

Le petit groupe traversa la cour et entra dans les cuisines, deux immenses pièces carrelées de blanc qui grouillaient de cuisiniers, assistants et plongeurs affairés. Anton Karazan leur ouvrit la voie, un bras passé sous celui de Johanna, en bavardant aimablement avec elle comme s'il s'agissait là d'une plaisante promenade en tête à tête. Sauer remarqua que Julian était nerveux, et soupçonna qu'il s'était passé quelque chose entre Johanna et lui. *Il y a eu quelque chose par le passé*, supposa-t-il en repensant à leurs relations un peu tendues. *Ou alors il aurait voulu mais ça n'est pas arrivé.* Ces considérations lui évoquèrent Rosa, que Julian convoitait quand ils s'étaient rencontrés, mais qui avait choisi de suivre Sauer, lequel se demandait si Julian s'était fait une raison.

De la cuisine, ils passèrent à la salle à manger, où un bataillon de serveurs en tenues exotiques dressaient les tables pour la soirée, et de là, à un couloir tout paré de moulures, tableaux et brocarts, sur lequel s'ouvraient une série de portes. Dans un salon, une très jeune femme était en train de jouer une mélodie déchirante au piano, la *Barcarole* de Tchaïkovsky, un des morceaux préférés du père de Sauer, devant un public élégamment vêtu. Cependant, ce ne fut pas tant la musique qui coupa le souffle de Sauer que la vue du visage de son Ennemi parmi la foule attentive.

Heydrich. Submergé de colère, il se mit à imaginer des scénarios vengeurs – interrompre le concert, bondir sur cette vermine, lui serrer le cou jusqu'à ce qu'il lui révèle tout avant de mourir asphyxié –, puis l'homme se tourna vers sa voisine, offrant à Sauer une meilleure vue de son visage. Ce n'était pas lui. Ce n'était pas lui.

« Ça va ? lui demanda Julian en le voyant immobile au milieu du couloir.

– J'arrive », répondit Sauer, le front perlé de sueur.

Karazan ouvrit une porte au fond du couloir et invita le petit groupe à entrer dans un bureau réchauffé par une cheminée allumée, où trônait une grande table style Empire couverte de papiers et de dossiers. « Ce n'est pas moi qui m'occupe des invitations officielles, expliqua Karazan en ouvrant les tiroirs les uns après les autres. Mais la personne qui s'en charge est très organisée, la liste doit se trouver quelque part par là. »

Et, de fait, il lui fallut à peine une minute pour mettre la main sur un dossier en bristol rouge qui portait l'inscription « 1932-1933 » et contenait des dizaines de feuilles tapées à la machine, parfois unies par des trombones. Karazan les parcourut rapidement et trouva celle qu'il cherchait. « Voilà. Samedi 18 février, dit-il, satisfait, en se redressant, la liste à la main. Comment s'appelle cette jeune femme ?

– Adele Rach, répondirent à l'unisson Johanna et Sauer.

– Rach, répéta Karazan. La voilà. Adele Rach, *Fräulein*, vingt-cinq ans. Arrivée à 20 h 15 environ et partie à… Ce n'est pas signalé. Mais nous ne marquons pas toujours l'heure à laquelle nos hôtes s'en vont, pour des questions de discrétion. En tout cas, elle est venue. »

Partie à... Ce n'est pas signalé, se répéta Sauer. *Et si elle n'était jamais partie ? Ou si quelqu'un l'avait embarquée en douce ?*

« Est-ce que vous notez aussi de qui viennent les invitations ? demanda Mann, désinvolte, comme si ce n'était pas une information cruciale.

– Bien entendu, pour éviter les mauvaises surprises. Ce qui n'empêche pas qu'on en ait toujours, répondit Karazan en lui adressant un clin d'œil. C'est écrit ici. » Il plissa les yeux, comme s'il peinait à déchiffrer le nom sur la feuille. « Bizarre.

– Quoi donc ? demanda Julian.

– L'invitation n'est pas partie de l'ambassade. Mlle Rach était invitée par un autre invité.

– Ça arrive souvent ?

– Souvent, non, mais ça arrive, si l'autre invité est un invité de marque. Et là, il ne fait aucun doute que c'en est un.

– De qui s'agit-il, Anton ? demanda Johanna.

– C'est Ernst Hanfstaengl, répondit Karazan d'une voix posée. Je ne sais pas si vous voyez qui c'est. Son nom n'est pas très connu, mais c'est quelqu'un de puissant, surnommé Putzi. Un homme très riche, à la tête d'un empire éditorial, et un ami intime du nouveau chancelier. Enfin, c'est plus qu'une simple amitié, ajouta-t-il avec un sourire ironique. Rares sont ceux qui peuvent se targuer d'avoir autant d'ascendant sur Adolf Hitler, ces temps-ci. Il s'occupe des relations avec la presse étrangère, et il a souvent le dernier mot sur les promotions et les destitutions au sein du Parti. Je ne sais pas quelles étaient ses relations avec Adele Rach, mais si c'est lui qui l'a invitée à la fête et qu'elle a disparu depuis, à votre place, je m'inquiéterais. »

21

Dehors, la pluie s'était transformée en neige fine qui tombait en tourbillonnant du ciel aussi noir que le charbon et fondait au contact du trottoir.

« Tu as vu ? » demanda le sergent Mann à Johanna en s'allumant une nouvelle cigarette. Ce devait être la trentième depuis le matin, calcula Sauer. Presque trois par heure. *Une moyenne digne de Mutti.*

« À mon avis elle ne tiendra pas, répliqua Johanna en levant les yeux vers les nuages.

– Je n'ai jamais dit qu'elle tiendrait. Seulement qu'il neigerait.

– Ce qui compte, c'est que ça ne gèle pas. C'est moi qui conduis et, avec le verglas, c'est pénible.

– Tu peux me rendre les clés, si tu préfères », fit remarquer Julian. Johanna se crispa comme si un flocon avait glissé dans le col de son manteau.

« Qu'est-ce qu'on fait ? demanda Sauer à Julian. On part à la recherche de Hanfstaengl ? »

Julian secoua la tête. « Il n'est pas à Berlin. » Puis, devant la surprise de Sauer, qui se demandait comment il pouvait bien le savoir, il ajouta : « Hanfstaengl est le porte-parole de

Hitler, qui est en pleine tournée électorale. Les Allemands seront bientôt appelés aux urnes, alors il se rend aux quatre coins du pays, le matin à Dresde, l'après-midi à Cologne, le soir à Hambourg... Il veut s'assurer le vote des indécis pour obtenir la majorité absolue le 5 mars, et Hanfstaengl est sans aucun doute avec lui.

– Il n'y a que la mort qui ne fait aucun doute, commenta Mann.

– La mort et les mauvaises nouvelles en provenance de l'Alex », répliqua Johanna en montrant du menton une voiture noire garée de l'autre côté de la rue.

À l'intérieur, deux policiers fouillaient les alentours du regard. Quand ils virent Julian, ils hochèrent la tête de concert et l'un d'eux ouvrit sa portière : « Inspecteur Julian ! » s'époumona-t-il pour se faire entendre malgré le brouhaha de la circulation.

« Quels crétins. Pour la discrétion, il faudra repasser », grommela Julian en répondant par un geste de la main.

Ils traversèrent pour les rejoindre. Les deux agents avaient été envoyés à leur recherche par le commissariat central d'Alexanderplatz pour les informer d'une urgence.

« Un autre cadavre ? répéta Mann, interdit.

– Une jeune femme, confirma un des agents. À la morgue de Belle-Alliance Platz. Le corps est arrivé il y a une heure, le médecin légiste a immédiatement relayé l'information. »

Julian soupira et se tourna vers ses collègues. « Il est tard, j'ai rendez-vous pour dîner avec le chef. Je ne peux pas annuler. Walther ?

– Je dois rentrer moi aussi, répondit Mann. Ma femme perd patience.

– Entendu », dit Julian en réprimant un sourire. Puis, de mauvais gré, il regarda Johanna.

« Moi je peux », répondit-elle avant que la question lui soit posée. Elle sortit le porte-clé en forme de dragon de sa poche et le lui lança. « Les agents nous déposeront. »

Julian acquiesça. « Allez vérifier que ce n'est pas la personne que l'on cherche, dit-il, l'air tendu malgré ses efforts pour sembler maître de la situation. Puis appelez à mon bureau. Je téléphonerai dans une heure pour savoir ce que vous avez découvert.

– Oui, chef, d'accord, chef », fit Johanna d'un ton moqueur.

Julian la regarda un instant, puis secoua la tête et se tourna à nouveau vers Mann. « Allons-y. Je te dépose à Potsdamer Platz, c'est sur ma route. »

Ta route, pensa Sauer, *qui une fois encore se sépare de la mienne.* Il n'arrivait pas à déterminer si c'était un bien ou un mal.

22

La journée s'achevait comme elle avait commencé, avec un cadavre étendu sur une table en acier dans la salle d'autopsie de Belle-Alliance Platz. Sauer, qui avait l'impression qu'une semaine s'était écoulée entre-temps, fut pris de la même nausée que le matin, et son cœur se mit à battre à tout rompre devant ce nouveau drap en lin qui cachait peut-être sa Rosa.

« Allez-y », dit Johanna, et le docteur Meingast s'exécuta. D'un geste qu'il devait avoir accompli des milliers de fois dans sa carrière, il rabattit le drap sur le sternum du cadavre, le révélant à la lumière froide des lampes.

Pendant un instant, Sauer chancela : ces cheveux blonds, qui tombaient presque sur les épaules ; ces taches de rousseur qui parsemaient la peau très claire ; ce corps svelte ; et ce visage, décomposé, figé comme un tas de glaise. La même scène se rejouait.

« Excusez-moi, c'est la même fille que ce matin, non ? demanda-t-il au médecin.

– Malheureusement, non, répondit ce dernier. Le corps de ce matin est dans cette cellule réfrigérante, dit-il en indiquant une porte métallique dans le mur carrelé derrière lui. Celui-ci vient d'arriver. Mais en effet, la ressemblance est frappante. »

La ressemblance ? se dit Sauer. *Elles sont identiques. Deux poupées de cire produites dans le même moule.*

« Elle a été repêchée dans le Landwehrkanal, elle aussi », poursuivit Meingast, tandis que Johanna Tegel, l'air sombre, se dirigeait vers la cellule réfrigérante et l'ouvrait sans demander l'autorisation. « La mort est survenue en fin de matinée aujourd'hui, donc un jour après celle de l'autre fille, mais le responsable est le même. Le *modus operandi* est identique. Passée à tabac, achevée à l'acide chlorhydrique. »

Un déclic métallique, le bruit d'un chariot sur le sol. « On dirait des sœurs, déclara Johanna en observant le premier cadavre.

– Peut-être qu'elles le sont, répondit le médecin légiste. Sans leur visage, c'est difficile de le déterminer. Je pourrais comparer leurs dentitions, mais pour ça il faudrait que je coupe les muscles faciaux… » À la manière dont il le disait, on comprenait que, même pour lui, l'idée était déplaisante.

« Elle ne portait rien qui pourrait nous aider à l'identifier ? » demanda Sauer en faisant le tour de la table pour mieux regarder le corps. Cette fille n'était pas Rosa : elle avait sur le coude gauche un grain de beauté de la taille d'une noisette.

« Non, elle était nue, comme l'autre. Mais elle est restée moins longtemps dans l'eau. Vous voyez, sa peau est plus tendue, surtout sur les bras. Évidemment, le froid a aussi participé à sa conservation. »

Johanna remit le chariot avec le premier corps dans la cellule frigorifique.

« Donc rien ne peut nous faire remonter à leur identité ? demanda Johanna.

– Si personne ne vient les chercher, non, répondit Meingast. Néanmoins, j'ai découvert quelque chose d'intéressant.

– Quoi ?

– Venez de ce côté. »

De ses mains gantées, le médecin légiste saisit le bras droit de la fille et l'écarta du corps. « Au fond, au creux de son aisselle. Vous voyez ? »

Sauer plissa les yeux mais ne remarqua rien de particulier entre les poils clairs et la peau blême.

« Ça, indiqua Meingast en s'écartant pour que les lampes éclairent mieux.

– Ce grain de beauté ? demanda Johanna.

– Ce n'est pas un grain de beauté, mais un trou.

– Un trou ?

– De seringue.

– Aussi large ? »

Meingast confirma : « Une seringue vétérinaire. Comme celles qu'on utilise dans les écuries. Et vous voulez savoir où j'ai déjà vu un trou pareil ? demanda-t-il avec une grimace. Sous l'aisselle droite de l'autre fille.

– Qu'est-ce que ça signifie ? demanda Sauer.

– Que peut-être que ces pauvres filles ne sont pas mortes de leurs blessures, mais d'une injection.

– On les aurait... piquées ? demanda Johanna.

– Oui, fit Meingast. Piquées comme des bêtes. »

La journée avait été abominable. Fatigué, écœuré et démoralisé, Sauer s'était fait déposer à la pension Linke par les deux agents après s'être donné rendez-vous avec Johanna pour le matin suivant. La jeune femme avait répondu à son au revoir avec la même lassitude immense, signe que la révélation du docteur Meingast l'avait beaucoup affectée elle aussi. Avant de partir, elle avait posé une main sur son bras et l'avait serré. « Courage », avait-elle dit. Elle l'avait regardé dans les yeux, puis avait répété : « Courage. »

Attendant devant la porte de la pension que la veuve vienne lui ouvrir, Sauer se sentait si démotivé que la peur ou le découragement étaient les cadets de ses soucis. Même s'il avait voulu poursuivre son enquête d'une manière ou d'une autre, ne serait-ce qu'en prenant une direction au hasard dans la rue, n'importe quoi plutôt que d'abandonner Rosa à son destin, il se rendait compte que ce soir il serait seulement capable de se coucher et de plonger dans un sommeil qu'il espérait sans rêves. Il n'aspirait qu'au refuge temporaire de l'oubli.

« Bonsoir, Herr Rach, le salua la veuve en ouvrant. Comment allez-vous ? »

Sauer retira son chapeau et inclina la tête. « Bonsoir, Frau Linke. Je vais bien mais je suis épuisé.

– Rien de grave, j'espère ?

– Non, je crois que j'ai seulement besoin d'une bonne nuit de sommeil.

– Allez donc vous reposer. Mais avez-vous dîné ? Voulez-vous que je vous prépare quelque chose ?

– Non, je vous remercie. J'ai déjeuné tard, et c'était assez lourd. Je vais sauter le dîner. »

La veuve sembla perturbée par cette affirmation. « Laissez-moi au moins vous apporter des biscuits et de la confiture. Au cas où vous auriez faim plus tard. On a besoin de sucre, surtout pendant l'hiver, avec ce froid. J'ai entendu que la nuit dernière deux jeunes gens sont morts gelés au Tiergarten. Des paysans venus à Berlin chercher du travail. Les pauvres.

– Ce ne sera pas nécessaire, insista Sauer. J'ai des biscuits dans mon sac. »

La veuve hocha la tête sans conviction. « Si jamais vous changiez d'avis, je serai disponible jusqu'à vingt-deux heures, ce soir. À la radio, ils passent un concert que je ne veux pas rater. Rachmaninov. Vous connaissez ? »

Ça me dit quelque chose, pensa Sauer, amer. « Je jouais ses morceaux, autrefois.

– Et puis ?

– Et puis je suis passé à des musiques plus joyeuses. Bonne soirée, Frau Linke. À demain.

– À demain », répondit la veuve. Elle resta sur le seuil jusqu'à ce que Sauer ait allumé la lumière et ait refermé la porte après un dernier geste de salut.

« À mon avis, elle t'aurait bien accompagné dedans », ricana une voix dans un coin de la pièce.

Sauer sursauta. « Sandor ? »

Le géant hongrois se leva du fauteuil et avança vers son vieil ami avec un rictus sardonique. « Elle n'est pas mal. À ta place, j'y penserais.

– Je n'en doute pas, rétorqua Sauer. Comment tu es entré ? »

Sandor haussa les épaules. « J'ai mes méthodes. »

Sauer jeta un œil vers la porte-fenêtre qui donnait sur le balcon, puis secoua la tête. Il retira son manteau et le posa sur la chaise avant de se laisser tomber sur le lit.

« J'espère que tu n'es pas fatigué, dit Sandor. Il n'est que neuf heures.

– Je ne suis pas fatigué. Je suis complètement éreinté.

– Eh bien il va falloir que tu fasses un effort, parce qu'on doit aller quelque part. »

Sauer leva les yeux vers lui. « Maintenant ?

– Maintenant. Quoi ? Pour moi, d'habitude, c'est l'heure du petit déjeuner. Allez, remets ton manteau. Tu as dit que tu avais besoin d'aide, pas que je devais tout faire tout seul, non ? »

Sauer se frotta les yeux et les joues. Un thé, voilà ce dont il aurait eu besoin. Un litre de thé noir. « Dis-moi au moins que tu as trouvé une piste sur Rosa… »

Sandor secoua la tête en souriant.

« Mieux, répliqua-t-il. C'est elle que j'ai trouvée. »

23

Sauer aurait été incapable de retrouver seul ce hangar abandonné. Quand ils avaient quitté la pension Linke en catimini, Sandor l'avait conduit jusqu'à son automobile, une BMW rutilante à la ligne sportive, à côté de laquelle la Fafnir de Julian faisait pâle figure. Il l'avait fait monter à la place du passager et lui avait tendu une bande en tissu. « Sur les yeux, lui avait-il dit, comme si c'était une évidence.

– Tu plaisantes ? » avait répondu Sauer, mais son ami n'avait même pas pris la peine de lui répondre. Sauer avait haussé les épaules et s'était exécuté. Il était trop fatigué pour se rebeller, et il n'avait pas grand-chose à perdre.

Ainsi, il avait aussitôt perdu ses repères dans cette ville où il n'avait par ailleurs pas mis les pieds depuis des années, et quand vingt minutes plus tard ils s'étaient arrêtés et que Sandor lui avait dit qu'il pouvait regarder, Sauer avait découvert une zone industrielle anonyme.

« Rosa est ici ? demanda-t-il en scrutant les vitres cassées du hangar.

– Un peu de patience, répondit Sandor, tu auras bientôt les réponses à toutes tes questions. »

Sauer soupira. Un portail entrouvert se découpait dans le grillage qui entourait ce bâtiment aux allures d'usine abandonnée. En face, le spot éclairant la porte en fer indiquait que le hangar n'était peut-être pas si abandonné que cela. À côté de la porte, sur un panneau fané on pouvait lire des syllabes : HOC, TEL, DRUCK. *Une typographie ?*

« Ce n'est qu'une des entrées, lui expliqua Sandor. Pour les hôtes de marque. » Puis il frappa à la porte, qui s'entrouvrit presque immédiatement sur un homme de la taille de Sauer, mais trois fois plus gros que lui. « Oui ? fit ce dernier en les dévisageant.

– Je suis Sandor Baraly. Arabel nous attend. »

Le portier hocha la tête et s'écarta pour les laisser passer. La porte se referma derrière eux.

Ils se retrouvèrent dans un vestibule circulaire d'où partaient quatre couloirs tendus de velours d'une couleur différente : rose, rouge, violet, noir. Au bout de chacun d'eux, il y avait une porte, gardée par un homme en tenue de soirée, du même gabarit que celui qui leur avait ouvert.

Sandor s'engagea dans le couloir violet et, arrivé devant l'homme qui gardait la porte, il leva les bras pour faciliter la fouille. « C'est inutile, Herr Baraly, dit l'homme. Entrez. » Sauer, nerveux à cause du pistolet qu'il avait dans sa veste, poussa un petit soupir de soulagement.

En entrant, il fut frappé par la musique à plein volume, qui ne parvenait toutefois pas à couvrir les cris. Puis par la lumière, trop tamisée pour y voir clair, mais juste assez puissante pour déchaîner l'imagination de l'observateur. La pièce semblait immense – Sauer estima les personnes présentes à une centaine, réparties en groupes de taille variable –, mais son éclairage et les tentures suspendues partout en faisaient un lieu recueilli, intimiste. D'ailleurs, c'était bien d'intimité qu'il était question, mais d'une intimité publique. Des cages accrochées au plafond étaient occupées par des hommes et des femmes vêtus de cuir moulant, et les divans circulaires autour des colonnes accueillaient des corps dévêtus. Les miroirs qui couvraient tous les murs démultipliaient les mouvements, et au milieu de la pièce des couples nus s'enlaçaient dans un bassin rempli de mousse.

« Seigneur, murmura Sauer, qui avait entendu parler de l'existence d'endroits pareils, mais n'en avait jamais vu.

– Dommage qu'on n'ait pas le temps de s'attarder », soupira Sandor, les yeux rêveurs.

Ils traversèrent ce salon orgiaque en suivant un parcours délimité par des cordons, et, arrivés au fond, Sandor poussa une porte qui donnait sur un autre couloir, tapissé de velours bleu. Le bruit cessa à l'instant même où la porte se referma derrière eux, ne laissant qu'un sifflement dans les oreilles de Sauer. « Où diable m'as-tu emmené ? demanda-t-il à son ami.

– Au paradis terrestre ! Je ne peux pas te donner son nom. On n'y entre que sur invitation, et l'endroit déménage tous les deux mois, ce qui doit coûter une fortune, mais j'imagine qu'ils en ont les moyens.

– Une maison close ?

– Pas vraiment. Tout le monde n'est pas payé, et tout le monde ne paie pas. »

Sauer lui jeta un regard interrogateur.

« Ne sois pas étonné. Tu sais depuis quand cet établissement existe ? Presque trente ans. Et ce n'est pas le premier dans son genre, crois-moi. Les endroits pareils sont vieux comme le monde, je suis sûr que les héros homériques avaient les leurs eux aussi. »

Ils franchirent une nouvelle porte et accédèrent à une salle mieux éclairée et moins bruyante, où les clients, tous habillés cette fois, étaient assis à des tables rondes. La plupart étaient des couples masqués, mais il y avait aussi quelques hommes et femmes seuls. Ils étaient vêtus avec élégance et fumaient beaucoup. Les tables étaient dressées pour le dîner, mais personne n'avait l'air de manger. Ils se contentaient de boire, surtout du vin. « Et là ? demanda Sauer.

– Zone de détente, répondit Sandor. Avant ou après les autres salles. Suis-moi. »

Sandor escorta Sauer jusqu'à la table la plus à l'écart, occupée par une femme seule. Sauer fut impressionné par son aspect hors du commun : peau noisette, yeux verts, cheveux courts teints d'un brun cuivré, lèvres charnues, dents étincelantes de blancheur. Bien qu'elle fût assise, on devinait un corps élancé, aux formes souples. Sauer n'avait vu qu'une fois dans sa vie une femme semblable, et la femme en question était célèbre dans le monde entier : Joséphine Baker.

« Arabel, dit Sandor en s'inclinant devant la Vénus mulâtre qui les lorgnait d'un air goguenard. Tu es de plus en plus belle jour après jour, ajouta-t-il avant de déposer un baiser sur la main qu'elle lui tendait.

– Sandor le Tricheur, répondit-elle. Tu es de plus en plus menteur jour après jour.

– C'est bien vrai. Parole de menteur. »

Arabel sourit et fit signe aux deux hommes de s'asseoir. Sauer s'installa en s'efforçant de détourner son regard des splendides épaules nues de la femme : *Et toi, quel est ton rôle là-dedans ? Paies-tu ? Es-tu payée ? Ou ni l'un ni l'autre ?*

« Que me vaut cette nouvelle visite ? » demanda Arabel à Sandor. Elle avait une pointe d'accent délicieux. L'allemand chantait dans sa bouche.

« C'est lui », dit Sandor, solennel, en indiquant Sauer.

À ces mots, la femme changea d'expression, et devint terriblement sérieuse. « L'ami de Rosa. »

Sauer ne put refréner son impatience plus longtemps : « Où est-elle ?

– Qui ? Ton amie ?

– Sandor m'a dit qu'elle était ici.

– Hé, ce n'est pas vrai, protesta ce dernier.

– Tout à l'heure, dans ma chambre, tu m'as dit que tu l'avais trouvée.

– Oui, je l'ai trouvée, c'est-à-dire que je sais où elle était jusqu'à récemment. Je n'ai jamais dit que je t'emmenais la retrouver ! »

Bien qu'il soit peu coutumier de ce genre de réaction, Sauer sentit la colère prendre le dessus. Cela faisait trop longtemps qu'il se faisait promener par les autres et qu'il ne pouvait pas procéder à sa manière. Il en avait par-dessus la tête d'être trimballé partout comme un pantin. « On peut savoir où elle était jusqu'à récemment ? s'enquit-il en essayant de garder le contrôle.

– Ici, répondit Arabel.

– Où, ici ? À Berlin ?

– Ici dans mon établissement. »

Mon établissement. « Et elle y faisait quoi ? » La tournure des événements devenait de plus en plus déplaisante.

Arabel inclina la tête et eut un léger sourire, comme si Sauer avait fait un mot d'esprit amusant. « À ton avis ? »

Sauer se raidit, se tourna vers Sandor, qui affichait une expression de curiosité et de regret mêlés.

« Je ne crois pas que tu sois son seul ami, Siggi. Pas dans ce sens, ou plus dans ce sens.

– Ne fais pas semblant de ne pas comprendre, insista Arabel. Ici, nous fournissons du réconfort et de la compagnie à ceux qui en ont besoin. Mais ton amie ne se sentait pas seule et n'avait pas besoin de réconfort. Elle fournissait ces prestations. »

Sauer bondit sur ses pieds comme dans une scène de vaudeville – le mari trompé, le père indigné – et prononça cette phrase que tant de gens avaient déjà prononcée, toujours à tort, toujours à l'encontre de l'évidence la plus élémentaire : « Je ne tolérerai pas de pareilles insinuations sur son compte !

– Bien entendu », répondit Arabel d'un ton paisible. Elle se leva à son tour et le prit par le bras. « Rosa m'avait dit que tu réagirais comme ça. Alors elle a laissé une preuve à ton intention. »

24

Arabel les conduisit dans les coulisses de l'établissement, qui se révéla être fait d'une série de tentures accrochées au plafond du hangar à l'aide de câbles et de poulies, sur une vaste structure en bois démontable. *L'endroit déménage tous les deux mois*, avait dit Sandor. Voilà comment c'était possible.

Ils franchirent une tenture qui cachait une pièce aveugle où les flammes orange d'un petit poêle dansaient sur les murs. Elle était occupée par une bibliothèque remplie de papiers et de dossiers, deux fauteuils élimés mais invitants, un bureau vide et une vitrine, vers laquelle Arabel se dirigea, une clé à la main. « D'abord, il faut que tu me donnes ton nom, dit-elle en ouvrant. Ton vrai nom. »

Après avoir jeté un regard interrogateur à Sandor, Sauer répondit : « Je m'appelle Sauer. Siegfried Sauer.

– Si tu es la personne que tu dis être, quel est ton plat préféré ? Celui que Rosa te préparait toujours à Munich. »

Alors, Sauer comprit : c'était vrai, tout était vrai. Arabel connaissait Rosa, et Rosa lui avait confié un message pour lui. *Mon plat préféré. Celui que Rosa me préparait toujours à Munich.* Mais, à Munich, Rosa n'avait cuisiné qu'une fois pour lui, et la question que lui posait Arabel n'en était pas vraiment une : elle attendait une autre phrase codée mise au point en cas d'urgence.

« Le bœuf à l'étouffée, déclara Sauer d'un ton chagrin.

– Même si tu es végétarien. Tu as réussi l'examen. »

Arabel se tourna. Elle tenait quelque chose, et l'ombre d'un instant, Sauer – *policier un jour, policier toujours* – pensa que c'était un pistolet. Non, c'était un sachet de velours rouge, qu'elle lui tendit.

Quand il l'ouvrit, une bouffée d'émotion le fit chanceler.

« Qu'est-ce que c'est ? » demanda Sandor en tendant le cou.

Sauer lui montra le parallélépipède de bois clair au côté blanc émaillé qu'il tenait dans la main.

« Une touche de piano ? s'étonna Sandor.

– Le *do* central. Il était dans mon appartement à Vienne. Rosa l'a pris quand elle m'a quitté. » *Pour que sans elle la musique de ma vie ne soit plus la même*, ajouta mentalement Sauer.

« Eh bien, ça n'a pas dû être facile de la détacher du clavier », commenta Sandor.

Sauer eut un sourire triste. « Elle est du genre déterminé.

– Oh oui », approuva Arabel en s'asseyant dans un fauteuil. Elle se mit à raconter aux deux hommes qui s'étaient tournés vers elle : « La semaine dernière, le dernier soir où elle est venue travailler ici, elle m'a semblé plus nerveuse que d'habitude. On se connaissait depuis moins d'un mois, mais elle m'était sympathique – c'était une fille droite dans ses bottes –, alors je l'ai fait venir dans mon bureau pour lui demander ce qui lui arrivait. Elle a essayé de me convaincre que tout allait bien, sauf que le lendemain soir elle ne s'est pas présentée, et le surlendemain non plus. Or, à ce moment-là, une vieille connaissance à moi, qui est indicateur pour la police, Georg

Kucher, a demandé à la voir. Il l'avait aperçue ici et il voulait lui parler, ce qui a éveillé mes soupçons.

– Kucher est mort, l'interrompit Sauer. Il s'est fait descendre aujourd'hui, dans le centre-ville, en plein jour. »

Arabel écarquilla les yeux.

« J'en ai entendu parler, intervint Sandor. Un règlement de comptes entre vieux amis. Je ne crois pas que sa mort soit liée à Rosa.

– Drôle de coïncidence tout de même, non ?

– La *vie* est une drôle de coïncidence », répliqua Sandor. Sauer n'insista pas, ce n'était pas le moment d'ergoter sur la mort de Kucher, et il n'était par ailleurs pas à exclure que Sandor ait raison.

Arabel poursuivit : « Je commençais à me faire du souci – je ne vois pas mes filles comme des investissements, mais comme des personnes, elles sont comme des petites sœurs pour moi – quand Rosa est réapparue sans crier gare devant ma porte. Je n'ai pas idée de la manière dont elle a découvert mon adresse, je ne la donne à personne. Elle était blafarde, elle avait l'air complètement égaré, traqué, alors je l'ai fait entrer. Elle m'a révélé son vrai nom, Rosa Rach, et m'a raconté une histoire aussi fausse qu'un billet de trois marks, comme quoi elle était en grande difficulté à cause d'une dette de jeu, et que son pendentif, le seul objet précieux en sa possession, était en danger. Puis elle m'a confié ce sachet en velours et m'a dit que si un bel homme tourmenté appelé Sauer venait le chercher, il fallait le lui donner. Le pendentif était pour lui, s'il répondait correctement à la question qu'elle m'a indiquée. »

Sauer resta muet. La nausée qui s'était emparée de lui l'empêchait d'ouvrir la bouche.

Dans quel pétrin tu t'es fourrée ?

« Oui, mais dans le sachet il n'y avait pas de pendentif, fit remarquer Sandor.

– Je ne le savais pas. Je ne l'ai pas ouvert. Rosa m'a fait confiance, je ne voulais pas la trahir. »

Alors, Sauer trouva la force de surmonter son dégoût – *une putain, une putain dans un bordel berlinois* – pour demander péniblement : « Quand ? Quand est-ce qu'elle est venue chez vous ?

– C'est là que ça devient intéressant, s'immisça Sandor avec un air satisfait, et d'un geste il invita Arabel à répondre.

– Hier soir, déclara cette dernière. Vers vingt heures. »

Sauer se sentit inondé d'un soulagement presque violent.

Hier soir, se répéta-t-il. *Hier soir vers vingt heures.*

Il ferma les yeux et soupira.

« Rosa est vivante. »

SAMEDI 25 FÉVRIER 1933

25

Après une nuit presque sans sommeil, agitée par des cauchemars et une farandole de sombres réflexions sur Rosa, Sandor, Bernie, et même Mutti, peu avant l'aube Sauer s'avoua vaincu et se leva pour se préparer à affronter cette nouvelle journée et la poursuite de cette recherche sans fil conducteur. Enfin, il y avait un fil, mais si fin qu'il était presque invisible. Plusieurs fois, en se retournant dans son lit sans réussir à dormir, Sauer s'était dit que les deux filles repêchées dans le Landwehrkanal ressemblaient trop à Rosa pour ne pas soupçonner qu'elles avaient un lien avec elle. Plus il y pensait, plus il se disait que s'ils n'arrivaient pas à la retrouver rapidement, les cadavres se multiplieraient. Ne serait-ce que pour cela, il lui fallait continuer de chercher Rosa. Et aussi pour lui demander des explications : comment avait-elle pu en arriver à se prostituer dans la capitale du vice ?

Petite sotte.

À six heures et demie, la veuve était déjà debout. Elle lui prépara un généreux petit déjeuner à base d'œufs, fromage, choux bouillis et de beignets aux pommes, blancs de sucre. Sauer, qui n'avait pas dîné la veille, mangea de bon appétit. Satisfaite, Frau Linke retira son tablier et s'assit à côté de lui.

Elle devait être en veine de confidences car, après quelques remarques sur le temps – « il va encore neiger aujourd'hui » – et quelques plaintes sur la nuit qu'elle venait de passer – « impossible de m'endormir, j'avais trop de pensées en tête » –, elle se mit à lui raconter l'histoire de sa vie ces quatorze dernières années. Une histoire politique.

« Mon mari était spartakiste, déclara-t-elle en baissant la voix, sans quitter Sauer des yeux, comme pour prouver qu'elle n'avait pas honte d'aborder ces questions délicates. Le jour, il travaillait dans une imprimerie, un travail difficile et mal payé. Le soir, il retrouvait ses camarades et, ensemble, ils imprimaient des tracts et parlaient du passé, du présent, et surtout du futur de ce pays. » Ses yeux se voilèrent de mélancolie. « On voulait changer le monde, soupira-t-elle. Et à la fin de la guerre, on a su comment. Si les Russes, dont la plupart étaient des paysans analphabètes qui avaient des siècles de servitude derrière eux, y étaient arrivés, il n'y avait pas de raison qu'on n'y arrive pas en Allemagne, la plus grande nation ouvrière du monde, où le peuple apprend à lire avec *Le Capital*. L'empereur avait abdiqué du jour au lendemain et on parlait déjà de démocratie. Mais nous, on ne voulait pas d'une république bourgeoise : dans ce cas de figure, on continuerait à être opprimés, seul le visage des patrons changerait. Il fallait un vrai changement. Il fallait une approche différente. »

Sauer ne savait pas où regarder : il ne pouvait pas fixer son assiette, vide, mais il ne pouvait pas non plus se permettre de regarder cette femme aux yeux passionnés, pas avec le passé politique qu'il avait.

« Rosa Luxemburg et Karl Liebknecht étaient nos héros. Quand ils ont proclamé la révolution, mon mari n'a pas eu besoin de me demander la permission : il savait déjà que j'étais avec lui. Alors il est descendu dans la rue avec des milliers de camarades pour s'emparer de notre liberté, ou mourir en essayant de le faire. »

Un bruit dans le couloir. Sauer se tourna brusquement, tendit les oreilles, mais il n'entendit rien d'autre. La veuve n'avait pas l'air d'avoir remarqué quoi que ce soit.

« Tout le monde connaît la fin de l'histoire, conclut-elle sombrement. Mon mari est mort à ce moment-là, comme des centaines de camarades, ainsi que leurs meneurs. Les Freikorps ont tué Rosa comme une chienne et ont jeté son corps dans le Landwehrkanal. Elle n'a même pas eu droit aux honneurs que l'on doit à l'ennemi. La république de Weimar est née sur ses cendres. »

Sauer ne fit pas de commentaire. Il ne savait que trop bien sur quoi reposait la démocratie qu'il avait servie pendant de nombreuses années à Munich, et il ne s'était jamais fait d'illusions sur la réalité de la politique, en Allemagne et dans le reste du monde. Pourtant, face à la violence croissante dans les rues et à l'ascension incontrôlable des fascismes sous toutes leurs formes, il n'arrivait pas à s'empêcher de penser que même la démocratie la plus imparfaite restait préférable à n'importe quelle dictature.

« Quand la révolte a explosé, j'étais enceinte, poursuivit la veuve. À la mort de mon mari, j'ai perdu mon enfant. Depuis, je loue les chambres de l'appartement familial et je fais tout ce que je peux pour soutenir notre lutte. Tout ce que je peux », répéta-t-elle en posant une main sur celle de Sauer.

Le bois dans le poêle crépita. Une flamme s'éleva puis disparut.

« C'est admirable », dit celui-ci du ton le plus neutre possible. Puis, tout en réfléchissant à la manière de s'esquiver sans blesser la femme, il changea de sujet : « Je peux vous demander quelque chose ?

– Bien sûr, dit-elle en serrant sa main.

– Eh bien, se lança-t-il, puis il fit semblant de toussoter pour pouvoir retirer sa main. Je réfléchis à un cadeau pour ma femme.

– Pour votre femme. » La veuve se recula un peu.

« Oui, mon… Helga chérie », ajouta Sauer. *N'en fais pas trop.* « Ça fait quelque temps que je suis absent de notre domicile, et je voulais lui rapporter un cadeau. Hier, on m'a parlé de cette boutique pour femmes, le Damenparadies. Elle se trouve à Oberwallstrasse, je crois. Vous en avez déjà entendu parler ? »

Comme piquée, la femme se raidit, se leva et s'écarta de la table. « Bien sûr, répondit-elle d'un ton glacial. Mais je n'y ai jamais mis les pieds.

– Je voudrais y faire un saut aujourd'hui, se hasarda à insister Sauer en se levant à son tour. Peut-être pourriez-vous me conseiller un article à lui acheter ?

– Je suis désolée mais je ne suis pas en mesure de vous conseiller sur une boutique dans ce genre, répliqua la veuve. Je n'en franchirai jamais la porte. J'ignore les goûts de votre femme, mais une dame comme il faut ne s'abaisse pas à certaines choses. » Puis elle détourna les yeux et sortit de la cuisine.

26

« Je crois que je vais devoir me chercher un autre point de chute », déclara Sauer en rejoignant Johanna qui l'attendait dans la rue, appuyée contre une berline noire toute cabossée.

Elle lui jeta un regard curieux : « Pourquoi ?

– Je crois que j'ai commis un impair pendant le petit déjeuner. La propriétaire risque de vendre mes affaires au marché noir.

– Je vois, dit Johanna avec un sourire moqueur. Allez, monte.

– Comment ça, tu vois ? »

Johanna tourna la clé de contact. « Quel âge a la propriétaire de la pension ?

– Une quarantaine d'années, je pense.

– Elle est mariée ?

– Veuve. Elle vit dans le souvenir de son mari.

– Elle souhaitait peut-être se rafraîchir la mémoire », rétorqua Johanna, sarcastique.

Sauer repensa à son échange avec la veuve. Certes, il y avait eu l'épisode de la main, suivi de l'invention d'une épouse fictive pour éviter les ambiguïtés, mais le commentaire de Frau

Linke sur le Damenparadies avait été trop catégorique, trop méprisant, pour ne dépendre que de cela.

« On va à la boutique ? demanda-t-il alors que l'automobile s'insérait dans le flot de voitures du Ku'damm.

– Oui. Il est tôt, mais ça ne coûte rien d'essayer. Les vendeurs arrivent toujours un peu avant l'ouverture. »

Sauer hocha la tête, content de reprendre immédiatement la recherche de Rosa. Il savait qu'elle était vivante, en tout cas elle l'était l'avant-veille, mais il ne fallait pas perdre de temps. Il regrettait de ne pas être à Munich, où il connaissait tout le monde et n'aurait pas eu besoin de l'aide de Julian…

« Comment ça se fait que tu sois venue seule ? demanda soudain Sauer.

– Comment ça se fait qu'on ne t'ait pas envoyé de vrais policiers, des hommes, c'est ça ? répondit Johanna d'un ton sec.

– Pas du tout ! répliqua Sauer, interdit. Je veux dire, où sont Mann et Julian ? Je croyais qu'ils seraient là eux aussi. » *Surtout Julian : comment se fait-il qu'il s'absente constamment ? On dirait presque qu'il se fiche de retrouver Rosa…*

Johanna lui jeta un regard avant de se concentrer à nouveau sur sa conduite. « Mann travaille au commissariat, aujourd'hui, et Julian n'arrive jamais avant neuf heures. Surtout quand il a été occupé la veille au soir… »

Sauer repensa à ce que Julian avait dit devant l'ambassade russe, quand ils avaient appris qu'un deuxième cadavre avait été repêché dans le canal. *J'ai rendez-vous pour dîner avec le chef. Je ne peux pas annuler.* Qu'entendait-il par là ? Était-ce lié à Rosa ?

L'automobile rejoignit la rivière au niveau du pont de Monbijou, et les formes arrondies du Bode-Museum remplirent le champ de vision de Sauer. Au-dessus de sa coupole ardoise, qui occupait la proue de l'île aux Musées comme un gaillard d'avant, le ciel se chargeait de nuages noirs, un spectacle sublime digne des tableaux de Caspar David Friedrich exposés dans l'Alte Nationalgalerie voisine.

« Excuse-moi si je suis parfois brusque, dit soudain Johanna, mais j'ai tendance à me mettre sur la défensive. Je suis la seule femme en service dans toute la police de Berlin, et cela déplaît à beaucoup de monde.

– Pas à Mann, non ?

– Pas à Mann, confirma-t-elle, et son visage s'éclaira. Mais c'est quelqu'un de particulier. Il s'est même porté volontaire pour travailler avec moi. Il m'a beaucoup appris. Je crois qu'il me considère un peu comme sa petite sœur. »

Au premier croisement après la Sprée, ils prirent à gauche dans Ziegeltstrasse, puis à droite dans une ruelle en face d'un petit hôpital. En lisant la plaque à l'entrée de la rue, Oberwallstrasse, Sauer comprit qu'ils étaient arrivés à destination. Johanna ralentit et stationna au niveau du numéro 75.

Les vitrines du Damenparadies, qui occupaient la moitié de la rue, exposaient une grande variété de vêtements et accessoires féminins, des jupes aux manteaux, des sacs aux fourrures. Sauer n'y connaissait pas grand-chose, mais le fait qu'aucun des articles ne porte une étiquette affichant son prix en disait long sur le genre de clientèle qui fréquentait la boutique. Et son emplacement, au cœur de Mitte, était lui aussi recherché. Pourquoi diable la veuve avait-elle eu cette réaction quand il en avait parlé ?

La porte était fermée, le magasin n'ouvrirait que dans plus d'une heure, mais une lumière était allumée à l'intérieur, et quand Johanna sonna, une femme vint voir de qui il s'agissait. En découvrant deux inconnus, elle montra son poignet, ceint d'une fine montre en or, ce à quoi Johanna répondit en sortant sa plaque et en la collant à la vitre. La femme fronça les sourcils et leur ouvrit.

« Police, déclara Johanna. Pouvons-nous vous parler ?

– Oui, bien sûr, balbutia la femme en reculant. Nous sommes en train de préparer la boutique pour l'ouverture…

– Nous n'en aurons pas pour longtemps », la rassura Sauer en suivant Johanna à l'intérieur.

L'endroit était somptueux, une enfilade de pièces aux couleurs chaudes, des boiseries partout et une épaisse moquette aux motifs pompéiens. Des mannequins en bois vêtus de soie et de tulle encadraient des étagères de marbre où reposaient des sacs à main en cuir, des sandales brillantes, des couvre-chefs de toutes formes et couleurs, des écharpes et des étoles de grande qualité. Même les emballages, empilés dans les coins et formant de hautes pyramides, participaient du luxe qui émanait de chaque détail, si bien que Sauer commença à douter de l'information que feu Kucher avait donnée à Julian : qu'est-ce qu'une fille sans le sou ou presque avait à voir avec un endroit pareil ?

« Que puis-je faire pour vous ? » demanda la femme.

Johanna lui répondit par une autre question : « Vous êtes la propriétaire ?

– Oh, non. Je suis seulement la gérante.

– Vous travaillez toujours ici ?

– Il m'arrive d'être dans le bureau, là-bas, au fond, mais oui la plupart du temps je suis dans la boutique avec les vendeuses.

– Nous cherchons des informations sur une de vos clientes, Adele Rach. Avez-vous déjà entendu ce nom ? »

La femme réfléchit quelques instants puis secoua la tête. « Je l'ai peut-être déjà vue, mais son nom ne me dit rien.

– Elle fait environ un mètre soixante-dix, la décrivit Sauer. Yeux noisette, cheveux clairs et longs jusqu'aux épaules. Elle a la peau claire, et beaucoup de taches de rousseur.

– Plusieurs de nos clientes pourraient correspondre à cette description, mais aucune qui s'appelle Adele Rach, du moins que je sache.

– Elle ne vient pas depuis longtemps, un mois, plus ou moins.

– Peut-être que les vendeuses sauront vous en dire plus.

– Alors il vaut mieux qu'on repasse plus tard ?

– C'est possible, mais je ne vous garantis rien. Les filles arriveront vers huit heures trente... »

Sauer fit un geste vague, puis opta pour une méthode plus frontale. Il venait d'être traversé par un doute dont il voulait se débarrasser, et il n'avait pas le temps d'y aller par quatre chemins. « Tout ce que vous vendez est ici ?

– C'est-à-dire ? répondit la femme au bout de quelques secondes, comme si elle avait dû réfléchir avant de réagir.

– Ce que je viens de dire, répliqua Sauer. Il me semble que vous avez une offre élégante, pour une clientèle d'un certain niveau. Cependant, une de mes amies m'a affirmé que votre magasin n'est pas recommandé pour une dame comme il faut, et je me demande pourquoi... »

À ces mots, la gérante se braqua. « Je ne vois pas à quoi votre amie a fait allusion, déclara-t-elle d'un ton trop ferme, trop définitif. Notre boutique est respectable, et notre clientèle irréprochable.

– Ce n'est pas ce qu'on m'a dit », insista Sauer. Du coin de l'œil, il vit que Johanna le regardait, l'air perplexe, mais elle n'intervint pas.

« Quand j'ai mentionné le Damenparadies, mon amie a eu l'air scandalisé. Pourquoi donc ? relança-t-il.

– Je ne sais pas de quoi vous parlez, c'est sans doute un malentendu. Je vous l'ai dit, notre clientèle est raffinée et exigeante.

– Mais bien sûr, fit Johanna d'une voix conciliante. Ce doit être un malentendu. »

Sauer ne comprit pas : pourquoi Johanna venait-elle de mettre fin à la discussion ?

« Absolument, confirma la gérante, soulagée.

– Nous repasserons plus tard pour nous entretenir avec vos vendeuses, reprit Johanna. Pourrons-nous aussi voir le propriétaire ? »

La gérante eut l'air étonné. « Pourquoi ?

– Sa boutique est liée à une affaire de disparition.

– De disparition ?

– … nous devrons donc parler avec lui, ou elle. C'est la routine.

– Je ne crois pas qu'il soit nécessaire de le déranger, répondit la femme, de nouveau tendue, plus qu'auparavant. Je vous assure que nous vous apporterons toutes les informations que vous demandez, et…

– Quel est le nom du propriétaire ? l'interrompit Johanna.

– Je ne crois pas que…

– Ce sont des informations publiques, vous savez ? Ne m'obligez pas à appeler le commissariat pour demander de vérifier.

– Katharina », intervint une voix masculine depuis la pièce à l'arrière. Sauer et Johanna se tournèrent et virent apparaître un homme d'une soixantaine d'années, entièrement chauve, qui portait des lunettes rondes sur la pointe de son nez. « Pourquoi fais-tu tant d'histoires ? Le propriétaire n'a rien à cacher.

– Bonjour, dit Sauer à l'homme.

– Bonjour à vous. Excusez ma femme, c'est que nous sommes habitués à la plus grande discrétion.

– On a cru comprendre, commenta Johanna.

– Il se trouve que cette boutique appartient à un homme important. Nous essayons juste de protéger ses intérêts. Mais il n'y a rien de secret, et encore moins pour la police.

– Alors, ce nom ? demanda Johanna.

– Je m'appelle Otto Lauer, répondit l'homme avec un sourire narquois. Le propriétaire, lui, est Ernst Hanfstaengl. Vous en avez peut-être déjà entendu parler. C'est un proche collaborateur du chancelier. »

Et c'est surtout l'homme qui a invité Adele Rach à l'ambassade russe, compléta Sauer dans son for intérieur. *L'homme à propos de qui Karazan a fait des allusions inquiétantes.*

Il se tourna vers Johanna et vit qu'elle avait pensé la même chose : deux pièces du puzzle s'emboîtaient enfin.

« Merci pour cette information, dit Johanna en se tournant vers l'homme. Nous n'aurons pas besoin de vous embêter plus longtemps. »

Sauer se moquait de découvrir le genre de trafic qui se cachait derrière la façade respectable du Damenparadies. Il avait d'autres priorités, maintenant. Quel que soit le rôle de Hanfstaengl dans cette histoire, la prochaine étape consistait à le rencontrer.

En espérant qu'il ne se souvienne pas de moi.

27

La cabine téléphonique se trouvait dans Tucholskystrasse, sur l'esplanade gravillonnée qui séparait la clinique universitaire de la clinique pour femmes, à une centaine de mètres de la boutique. Pendant que Johanna appelait le commissariat de Potsdamer Platz pour demander l'adresse d'Ernst Hanfstaengl, Sauer repensait à l'étrange coïncidence qui avait conduit à ce que le nom du porte-parole de Hitler soit prononcé deux fois en moins de vingt-quatre heures. *Quelles sont les probabilités pour qu'une chose pareille ait lieu ?* se demanda-t-il, accoudé à la rambarde de pierre au-dessus de la rivière. Si Mutti avait été là, sa paranoïa proverbiale lui aurait sans aucun doute soufflé que ce n'était pas une coïncidence, mais que tout avait été mis en scène pour que Sauer se concentre sur cette piste, à tort ou à raison.

C'est Julian qui a prononcé le nom de cette boutique.

C'est Johanna qui nous a emmenés à l'ambassade.

Non, l'ambassade, c'était l'invitation cachée par Rosa sur une poutre de la pension juive qui les y avait conduits, et ils avaient trouvé cette invitation grâce aux déductions de Sauer.

Mais c'est Johanna qui a pensé à regarder sur la poutre.

Cela ne suffisait pas pour embrasser la thèse du complot, d'autant qu'il existait une explication toute simple : peut-être Hanfstaengl était-il vraiment impliqué dans la disparition de Rosa.

« C'est bon, annonça Johanna en le rejoignant. On ignore s'il est en ville, mais s'il y est, il a un domicile dans Berenstrasse, à deux pas du Tiergarten. J'en ai profité pour dire à Mann que nous y allons.

– Très bien, alors c'est parti.

– Il y a autre chose, dit Johanna d'un ton fébrile.

– Quoi ?

– La boutique. J'ai demandé au standardiste de me passer un collègue des Mœurs.

– Pourquoi donc ?

– Une intuition, peut-être. En tout cas, j'ai vu juste. Le Damenparadies n'est pas qu'une boutique de luxe. Depuis la pièce du fond, on accède à un étage où l'on vend des articles *spéciaux*, disons. »

Sauer lui jeta un regard perplexe. « Tu peux préciser ?

– Des tenues sexy. Des accessoires comme des menottes, des cordes, des fouets… »

Sauer sentit le rouge lui monter aux joues.

« C'est toi qui as demandé des précisions, je te rappelle », lui fit remarquer Johanna, narquoise.

Sauer se tourna vers l'île aux Musées, toute proche, et soupira. *Tout cadre*, se dit-il. *Même si j'aurais préféré que ce ne soit pas le cas.* « Ça te dit qu'on marche un peu ? J'ai besoin de réfléchir. »

Ils longèrent la clinique pour femmes et empruntèrent le pont Monbijou, qui les conduisit devant le Bode-Museum. Malgré la présence de bancs qui invitaient à faire une pause, Sauer continua de marcher, il avait besoin de se libérer de l'énergie négative dont l'information tout juste apprise l'avait rempli. Ils longèrent la rive de la Sprée en direction du pont ferroviaire qui coupait l'île aux Musées en deux.

« À quoi tu penses ? » finit par s'enquérir Johanna, quand le silence se fit trop lourd.

Sauer poussa un autre soupir. « J'ai découvert quelque chose sur Rosa, hier soir.

– Quoi ?

– Je ne sais pas si je dois y croire. C'est une connaissance d'un vieil ami à moi qui m'a dit ça, et je n'ai pas trop confiance, ni en l'un ni en l'autre. Ni en personne, d'ailleurs. Mais disons que ce que m'a raconté cette femme est assez cohérent avec le tableau qui commence à se dessiner.

– Tu veux dire avec l'étage secret du Damenparadies ?

– Oui, c'est ça », répondit Sauer, amer.

Après le pont du chemin de fer s'ouvrait la grande colonnade du musée de Pergame, avec son double fronton au-dessus de l'entrée et sa cour en forme de fer à cheval, qui évoquait le temple grec conservé entre ses murs. Mais Sauer était bien trop préoccupé pour admirer la symétrie parfaite de l'édifice, et il poursuivit sa marche, les yeux rivés au sol. « Rosa travaillait dans une sorte de bordel de luxe.

– Bigre. Le genre de bordel où on utilise des menottes, des cordes et des fouets ?

– Oui », souffla Sauer de mauvais gré. Il tourna à gauche pour emprunter un autre pont, qui conduisait à un autre bâtiment de style hellénistique. Devant lui se déployait une nouvelle colonnade, moins imposante, mais qui se prêtait bien à la promenade. Les nuages laissaient filtrer des rayons de soleil qui éclairaient une série d'affiches. Elles annonçaient la réouverture prochaine de l'Alte Nationalgalerie, fermée depuis des mois, avec un concert inaugural.

« Alors tout cadre, conclut Johanna, faisant écho sans le savoir aux pensées de Sauer. Rosa est devenue une prostituée, excuse-moi mais il faut appeler un chat un chat, et elle se rend au Damenparadies pour acheter le matériel qui lui sert. Le Damenparadies appartient à Ernst Hanfstaengl, qui invite Rosa à une fête à l'ambassade russe. On peut imaginer qu'ils se sont connus à la boutique. Et peut-être que Rosa n'a pas accepté l'invitation pour le plaisir, mais pour son travail. »

Et pour mettre son plan à exécution, compléta Sauer. *Mais que cherchait-elle à cette fête ?*

« Il y a tout de même un détail bizarre, réfléchit Johanna. La fille qu'on cherche… D'après ce que raconte Julian, elle n'a pas l'air d'être ce genre de femmes. Et ta réaction le confirme. Tu n'imaginais pas un scénario pareil, non ? »

Ils étaient arrivés au bout de la colonnade, d'où l'on apercevait la construction baroque du Berliner Dom, avec sa coupole aigue-marine et ses quatre clochers. Sauer la fixa, comme si la réponse à la question de Johanna était gravée dans la cathédrale.

« Non, finit-il par répondre. Je n'imaginais pas ça. Mais peut-être que j'aurais dû, ajouta-t-il en repensant à sa rencontre avec Rosa et à la manière dont elle s'était toujours montrée prête à faire n'importe quoi pour sa cause. Peut-être que j'aurais dû », répéta-t-il.

28

Ils regagnèrent la voiture en silence et, toujours en silence, ils traversèrent le centre de Berlin jusqu'à Behrenstrasse, effectivement à deux pas du Tiergarten, peu après la porte de Brandebourg. Cette même rue abritait l'ambassade britannique et l'Académie des arts, dans deux bâtiments massifs, qui rivalisaient d'élégance. Cependant, l'immeuble où logeait Ernst Hanfstaengl était encore plus remarquable. Cherchant des yeux le numéro de la porte, Johanna resta frappée par la façade, ornée par des sculptures représentant les neuf muses, quatre de chaque côté, et une au centre, plus grande que les autres, debout sur l'arc surmontant l'entrée.

« Euterpe, déclara Johanna. La muse de la musique. » Il revint alors à la mémoire de Sauer un détail sur Hanfstaengl qu'on lui avait rapporté un an et demi auparavant. Ce dernier était un pianiste talentueux, qui jouait souvent pour le plaisir de Hitler et de ses invités. Il jouait, et Geli Raubal, la nièce chérie de Hitler, l'accompagnait au chant. Comme chaque fois qu'il pensait à la défunte jeune femme, le cœur de Sauer se serra.

Johanna se gara et se rendit devant l'immeuble avec Sauer. Un portier à la veste ornée de brandebourgs les accueillit avec une certaine austérité : « Oui ?

– Police », répondit Johanna en brandissant sa plaque. Sauer se demanda cette fois encore dans quelle mesure il était légal de s'en servir avec cette désinvolture, dans une enquête apparemment officieuse. « Nous devons parler à Herr Hanfstaengl.

– Vous avez un rendez-vous ?

– Nous n'en avons pas besoin, rétorqua sèchement Johanna.

– Bien sûr que non, dit le portier, accommodant. Malheureusement, aujourd'hui Herr Hanfstaengl ne se sent pas bien. Il a annulé tous ses rendez-vous. S'il ne vous attend pas, je suis au regret de ne pas pouvoir vous laisser entrer. Dans les prochains jours, peut-être.

– Annoncez notre présence.

– J'ai reçu l'ordre de ne pas le déranger. »

Il était rare que la police rencontre une telle résistance, mais le portier s'était montré courtois, et la raison qu'il avançait à son refus était valable. Si Hanfstaengl était vraiment malade, la police devait le respecter, à moins que de graves soupçons ou accusations ne pèsent sur lui, ce qui n'était pas le cas pour l'heure.

« Qu'est-ce qu'on fait ? demanda Johanna à Sauer après qu'ils se furent éloignés de quelques pas.

– Je n'ai pas l'intention de perdre plus de temps, répondit-il. Il faut qu'on en sache plus sur la relation entre Hanfstaengl et Rosa.

– Certes, mais pour entrer, on aurait besoin de… quelque chose. » Elle jeta un regard au portier, qui semblait les avoir déjà oubliés. « Un papier officiel. Je pourrais appeler le commissariat et demander un ordre de perquisition.

– Sous quel prétexte ?

– Euh. Il cache de la cocaïne dans son sucrier ? hasarda Johanna.

– La dernière fois que je me suis renseigné, ce n'était pas illégal, lui fit remarquer Sauer.

– Évidemment que non. Tu parles : l'Allemagne produit quatre-vingts pour cent de la cocaïne mondiale. C'est un de nos fleurons industriels. Mais il est illégal d'en vendre à des particuliers, et d'en stocker. Si tu préfères, on peut juste prendre rendez-vous.

– Ce qui revient à perdre du temps. »

Ils continuèrent à comploter pendant quelques minutes, envisageant différentes stratégies pour entrer dans l'immeuble, sans en trouver une qui soit valable.

Sauer finit par se décider. À ce stade, il n'était pas seulement acceptable, mais nécessaire de prendre des risques.

« Suis-moi », dit-il à Johanna. Il revint voir le portier et, avant que celui-ci n'ait eu le temps d'ouvrir la bouche, il lui montra le petit mot qu'il avait conservé dans son portefeuille depuis son départ de Munich.

Le portier plissa les yeux pour déchiffrer les quelques mots tracés à l'encre. Puis il leva vers eux un regard stupéfait et bomba la poitrine. Alors Sauer comprit que la signature au bas du petit mot avait fait son effet, et que, malade ou pas, Ernst Hanfstaengl les recevrait.

L'entrée de l'immeuble était somptueuse – sol en marbre, boiseries murales, moulures à motifs floraux sur le plafond –, de même que l'escalier de pierre rose qui s'enroulait sur lui-même sur trois étages, entre des rampes de fer constellées de petites croix gammées et de grandes verrières multicolores, qui avaient néanmoins le défaut de laisser passer le froid en même temps que la lumière. Le palier de l'appartement se caractérisait lui aussi par la richesse et l'élégance : papier peint orné de fils d'or, tableaux de maîtres italiens. Après une pareille entrée en matière, la surprise de Sauer et Johanna quand ils furent reçus dans l'immense séjour de Hanfstaengl fut d'autant plus grande. Leur hôte les attendait assis sur le seul meuble, un tabouret de pianiste. Pour le reste, la pièce de trente mètres de long sur dix de large était entièrement vide : ni table, ni canapé, ni fauteuil, ni chaise. Malgré la flamme qui dansait dans la grande cheminée, une sensation de froid pénétra Sauer et Johanna jusqu'à la moelle, et l'écho de leurs pas leur parut assourdissant. Sauer frissonna pour leur hôte, seulement couvert d'une longue robe de chambre en velours et d'un épais foulard blanc noué comme une cravate.

« Venez, les invita ce dernier d'une voix forte et distincte. Montrez-moi donc ce billet, je vous prie. Je suis curieux. »

Johanna avait fait la même requête à Sauer quand ils étaient entrés dans l'immeuble, mais il avait refusé, arguant que c'était seulement un souvenir d'une vieille affaire. Cependant, il ne pouvait pas se permettre de faire la même réponse à Hanfstaengl. Il ressortit donc le petit mot de son portefeuille et s'approcha du tabouret. Vu de près, le porte-parole de Hitler était assez intimidant, avec son menton proéminent sous ses lèvres fines, son nez prononcé et ses yeux enfoncés, au regard perçant. Un visage sévère, aristocratique, qui allait bien à un homme de son rang. Sauer savait que, dans sa jeunesse, il avait étudié à Harvard, où il était devenu un ami du fils d'un président américain. On racontait qu'il lui était arrivé de jouer pour ce dernier, sur un piano caché dans les souterrains de la Maison-Blanche.

« Vous avez l'ordre d'aider de toutes les manières possibles l'homme qui vous montrera ces lignes, lut Hanfstaengl à voix haute. Il enquête sur la mort de ma nièce. Répondez-lui comme vous me répondriez. Signé Adolf Hitler. » Il retourna le billet pour voir si quelque chose figurait au verso, puis relut ces phrases écrites de la main du chancelier à l'époque où il n'était encore qu'une nouvelle figure dans la politique allemande. « Je ne savais pas qu'il continuait de chercher une réponse pour la mort de Geli, déclara-t-il en le rendant à Sauer. Cette histoire lui a brisé le cœur. Il a toujours un portrait d'elle dans sa poche ! Et il a demandé qu'on sculpte un buste à son effigie pour la chancellerie ! Enfin. Dites-moi donc Herr…

– Wahrig, mentit Sauer. Joseph Wahrig.

– Herr Wahrig. Vous êtes policier, je présume. »

Sauer hocha la tête.

« À Berlin ?

– À Munich.

– Ah, oui. Un de vos collègues m'avait interrogé à l'époque, si je me souviens bien. Un homme rondouillard, très sympathique. Je lui ai dit tout ce que je savais sur Geli.

– Oui, bien sûr. Seulement, récemment, une piste anarchiste s'est fait jour, improvisa Sauer en espérant que son histoire tenait la route. Selon un indicateur, la mort de Mlle Raubal serait liée à un complot aux dépens de Hitler.

– Un complot ? répéta Hanfstaengl.

– Oui, sans doute un projet d'attentat. Cela nous a inquiétés, et nous sommes venus à Berlin. La piste qui nous conduit ici est liée à une femme, une certaine Adele Rach. Ce nom vous dit-il quelque chose ? »

L'homme le regarda, étonné. « Moi ? Pourquoi donc ?

– Eh bien, en reconstruisant ses mouvements récents, il est apparu qu'elle se rendait assez fréquemment dans une boutique qui vous appartient.

– Comme vous l'imaginez sans doute, je ne m'occupe pas personnellement de mes biens.

– … par ailleurs, il semblerait qu'elle ait participé à une soirée organisée par l'ambassade russe samedi dernier, continua Johanna. Et nos vérifications nous ont permis d'apprendre que c'est vous qui l'y avez invitée.

– Moi ?

– Oui, vous.

– C'est une jolie fille ? Blonde ? demanda Hanfstaengl.

– Oui, confirma Sauer, sans réussir à refréner l'élan d'espoir qu'il sentait naître.

– Alors c'est possible. Nous invitons toujours quelques jeunes gens, pour égayer les soirées. Sinon, ce serait d'un ennui… En ce moment, le blond est très à la mode, et je présume que cette tendance va durer. Son nom ne me dit rien, mais je ne me souviens pas de toutes les personnes que je fais inviter. Tout passe par mon secrétaire, c'est lui qui s'occupe de ces choses-là. »

Il se leva et se dirigea vers la cheminée. « J'ai hâte de quitter cet appartement, déclara-t-il en tendant les mains vers les flammes, qui se penchèrent dans sa direction, comme répondant à un appel. Janus n'est pas là aujourd'hui. Il s'occupe de mon déménagement. D'ailleurs, je ne devrais pas être là moi non plus, le chancelier m'attend à Dresde, mais je ne me sentais pas très bien. Tous ces déplacements en avion sont épuisants. Enfin, si vous voulez en savoir plus sur votre jeune anarchiste, vous pouvez aller voir mon secrétaire au numéro 27 de Lennéstrasse, dans une des villas du ministre Goering, qui m'hébergera en attendant que mon nouvel appartement soit fin prêt. Il doit avoir la liste des invités *spéciaux* de samedi dernier. Dites-lui que c'est moi qui vous envoie. Sur ce, si vous n'avez pas d'autres questions…

– Nous y allons. Merci pour votre aide », dit Sauer en inclinant la tête pour le saluer.

Alors qu'ils allaient franchir la porte, Hanfstaengl les rappela soudain, comme si un détail important lui était revenu en mémoire. « Herr Wahrig ! Concernant Geli Raubal… Ce n'était qu'une catin, vous savez ? Elle aurait couché avec le premier venu pour une jolie robe. Elle ne mérite pas tous ces efforts », conclut-il avec un rictus amusé.

Sauer eut l'impression de recevoir un uppercut en plein visage.

Ce n'était pas une catin, brûlait-il de lui répondre. *Je connais la vérité. Je sais qui était Geli. Je sais ce que vous lui avez fait.*

Cependant, ce n'était ni l'heure ni l'endroit pour rendre justice à une jeune femme innocente morte un an et demi auparavant. Il y en avait une autre à retrouver, et maintenant. Une qu'il était peut-être encore possible de sauver.

Aussi Sauer ravala-t-il sa rage et pivota-t-il sur ses talons.

« Vous voilà ! s'exclama Mann en les voyant sortir de l'immeuble.

– Walther, fit Johanna, surprise. Que se passe-t-il ?

– J'espérais que vous seriez encore là. Vous avez parlé avec Hanfstaengl ?

– Oui, et on a un nouveau nom. Un certain Janus, son secrétaire. Normalement, il a la liste des invités à l'ambassade russe. On va aller le voir de ce pas.

– Oh non, répondit son collègue. On a des problèmes plus urgents.

– De quoi est-ce que tu parles ?

– Un autre corps a été retrouvé dans le canal. Une fille, qui ressemble aux deux autres. Il faut aller la voir. »

Sauer se figea. « Où ?

– Toujours à Belle-Alliance Platz.

– Allons-y tout de suite, dit Sauer, rongé d'inquiétude.

– Attendez, je n'ai pas terminé. On a un autre problème, déclara Mann, l'air inquiet. Julian a disparu. »

Un camion qui passait dans la rue souleva des éclaboussures en traversant une flaque.

« Hier soir, il a posé un lapin au chef, expliqua Mann. Et ce matin, sa Fafnir a été retrouvée dans la Havel, à moitié engloutie.

– Quoi ?

– Une péniche l'a repérée peu après l'aube. Quand la police est arrivée, il a été vite clair que ce n'était pas un accident. L'accélérateur était bloqué par une brique, et il n'y avait aucun corps dans le véhicule. »

29

Le troisième cadavre trouvé dans le Landwehrkanal n'était plus à Belle-Alliance Platz. Quand Sauer, Mann et Johanna arrivèrent à la morgue et demandèrent à voir le docteur Meingast, l'infirmier de l'accueil les informa que le médecin légiste avait été transféré en toute hâte le matin même. « Deux fourgons sont arrivés, et ils l'ont embarqué avec les trois corps.

– Quels corps ? demanda Sauer, même s'il se doutait de la réponse.

– Les trois filles sans visage, répondit l'infirmier avec une grimace. Apparemment, c'est une grosse affaire. Le directeur de la police pense que c'est l'œuvre d'un tueur en série, alors tout a été transféré au commissariat central à Alexanderplatz. Cette nuit, un policier qui enquêtait sur ces cadavres est mort.

– Il n'est pas mort », précisa Mann.

L'infirmier haussa les épaules. Pour lui, ça ne faisait pas une grosse différence. « En tout cas, le docteur Meingast n'est pas là », conclut-il.

« Quelle histoire, soupira Mann en allumant une cigarette devant la morgue. Avec la disparition de Julian, ça va faire tout un tintouin. L'Alex va être très surveillé. Je ne sais pas si on arrivera à faire entrer un étranger. »

Sauer réfléchit. « Même pas en me présentant comme un collègue d'une autre ville ?

– Tu as une plaque ?

– Non, je n'en ai plus.

– Alors ça me paraît compliqué. Le chef peut se montrer très rigide.

– Et si on le faisait entrer en tant que suspect ? »

Mann étudia cette possibilité avant de tirer une nouvelle bouffée sur sa cigarette. « Suspect pour quoi ?

– Je ne sais pas. N'importe quoi : vol, arnaque, attentat à la pudeur.

– Non. Il serait pris en charge par les équipes dédiées. Je te rappelle qu'on n'a même plus un bureau, là-bas. »

Un tram passa. Sauer compta quatre miliciens parmi les passagers. « Il faut bien que je trouve un moyen d'y entrer, de m'assurer que ce n'est pas Rosa.

– Eurêka ! s'exclama Mann en écrasant son mégot. On te fait entrer comme indicateur. Tu sais quelque chose sur la troisième fille. Tu dois parler directement à Meingast.

– C'est plausible ? s'inquiéta Sauer.

– Relativement. Et si tu es notre indicateur, c'est à nous de nous occuper de toi.

– Ça se tente, déclara Johanna.

– Eh bien tentons », conclut Sauer.

Au rythme où les cadavres s'accumulaient, chaque minute comptait.

Le commissariat central d'Alexanderplatz, connu sous le nom d'« Alex » mais aussi de « Château Rouge », était un parallélépipède massif couleur rouille de cinq étages de haut surmonté par quatre coupoles, une à chaque coin. Trois d'entre elles avaient surtout une vocation décorative, avec leur façade vert pâle, mais la quatrième s'élevait très haut au-dessus du bâtiment, projetant une longue ombre sinistre sur la ville. Selon les dires de certains, ce n'étaient pas les briques qui avaient donné sa couleur au bâtiment, mais le sang de ceux qui avaient été traînés là de force, et n'en étaient pas ressortis vivants.

À onze heures du matin, la circulation sur la place était si dense, entre les tramways, les fiacres et les automobiles, que l'on se prenait à s'étonner que les accidents ne soient pas plus fréquents. Johanna se gara à quelques mètres du commissariat, devant un magasin de photographies, peu après la grande statue austère de la Justice, dont le bras tendu semblait indiquer les passants. « Tu y vas ou j'y vais ? demanda-t-elle à Mann.

– Tu attires plus l'attention, répondit celui-ci après un instant de réflexion, mais je suis plus connu. Il y a plus de chances qu'ils m'arrêtent.

– Entendu, dit Johanna, et elle quitta souplement la voiture, suivie par Sauer. On fait vite, une demi-heure maximum.

– Je vous attends ici.

– Non. Ne perdons pas de temps : va chez le secrétaire de Hanfstaengl, dit Sauer en lui tendant l'adresse. On a besoin de cette liste. »

Mann hocha la tête et sortit de la voiture pour prendre la place du conducteur. « Rendez-vous à Potsdamer Platz, alors.

– À tout à l'heure », le salua Johanna, puis elle prit Sauer par le coude et se dirigea vers l'Alex.

Ils rasèrent les murs aussi longtemps que possible pour retarder le moment où les sentinelles placées devant le commissariat les remarqueraient, et s'arrangèrent pour arriver devant la porte en même temps que d'autres policiers, suffisamment à distance pour que ces derniers ne prêtent pas attention à eux, et suffisamment près pour donner l'impression de faire partie du groupe. Johanna prépara sa plaque, et Sauer rentra la tête dans ses épaules.

« Bonjour, leur dit un agent en uniforme à côté de la porte.

– Bonjour, répondit Johanna en lui montrant sa plaque. Je travaille au commissariat de Potsdamer Platz. Je suis avec un informateur. »

L'agent regarda Sauer, peut-être pour voir s'il le connaissait. « Avec qui avez-vous rendez-vous ?

– Le docteur Meingast, qui est médecin légiste à Belle-Alliance Platz. » Elle n'en dit pas plus, et cela suffit.

« Allez-y, dit l'agent. Bon travail. »

Une fois qu'ils eurent franchi l'ogive de l'entrée, digne d'une cathédrale, ils se retrouvèrent dans une grande pièce au plafond vitré, sur laquelle donnaient les galeries des différents étages, occupée par des groupes d'hommes engagés dans des discussions animées et sillonnée par des agents en uniforme et des secrétaires en jupe et talons. Sauer repensa à ce que lui avait dit Johanna sur le fait d'être la seule femme policière de la ville. Elle était sans doute aussi la seule femme en pantalon de tout le commissariat central.

« Par là », lui dit-elle. Ils suivirent la direction indiquée par une pancarte où il était écrit CELLULES ET MORGUE, longèrent un grand escalier qui montait à l'étage et empruntèrent un couloir éclairé par des globes suspendus au plafond. Au fond du couloir, un escalier plus modeste conduisait vers les sous-sols.

En bas de l'escalier, les cellules étaient indiquées d'un côté, la morgue de l'autre. Le bureau et la chaise qui étaient placés là, sans doute voués à l'accueil, étaient vides. Après une porte, la pierre du sol céda la place à un carrelage blanc aux joints sombres, signe qu'ils approchaient de la morgue, dont la sempiternelle blancheur contrastait avec la noirceur des pulsions disséquées en même temps que les cadavres. Quelques mètres plus loin, ils se retrouvèrent devant une porte fermée. En lorgnant par ses petites ouvertures rondes, Sauer aperçut un agent en uniforme.

« Il y a quelqu'un », murmura-t-il à Johanna.

La jeune femme regarda à son tour. « Il doit être en faction.

– Tu crois que toutes les salles sont gardées ?

– Non. »

Sauer hocha la tête. Une bonne et une mauvaise nouvelle : si Meingast et les trois corps avaient été transférés d'urgence, il était fort probable que l'agent soit là pour eux ; ils étaient donc au bon endroit. La mauvaise nouvelle était que cet agent constituait une source de problèmes potentiels.

« Qu'est-ce qu'on fait ? » chuchota-t-il.

Johanna regarda à nouveau à travers le hublot. « Il est jeune.

– Oui, et alors ?

– Il est inexpérimenté, très probablement naïf, mais il risque d'être zélé. Il faut détourner son attention. »

Sauer la regarda, curieux. « Tu comptes le séduire ? »

Elle le foudroya du regard. « Tu me prends pour qui ? Regarde plutôt ce que je fais. »

Elle recula de quelques pas, avança vers la porte d'un pas ferme, et s'y cogna le visage.

« Punaise ! » gémit-elle. Puis elle ouvrit la porte d'une main, l'autre main sur son nez, affichant une expression de douleur et de dépit.

L'agent, alerté par ce tapage, vint vers elle.

« Quel est l'imbécile qui a conçu ces portes ? grommela Johanna en continuant d'avancer. Aïe, je ne me suis pas ratée !

– Vous vous êtes fait mal ? s'inquiéta l'agent.

– J'espère que je ne me suis pas cassé le nez…

– Mademoiselle…

– Mademoiselle ? Je suis l'inspecteur Tegel ! Satanée porte, bon sang.

– Faites-moi voir…

– Où sont les toilettes ?

– Les toilettes ? Là-bas, derrière le coin.

– Oh, que j'ai mal, gémit encore Johanna. Je ne me sens pas très bien. Vous pourriez m'accompagner ?

– Oh, oui, bien sûr. Venez. »

Gardant une main sur son nez et jurant à mi-voix, Johanna s'éloigna vers les toilettes, accompagnée de son jeune cavalier.

30

Dès qu'ils eurent passé le coin, Sauer jeta un coup d'œil furtif : la voie était libre. Il franchit les quelques mètres qui le séparaient de la porte gardée jusqu'à il y a peu.

Elle n'était pas fermée à clé.

Sans perdre un instant, il se glissa dans la salle d'autopsie, se précipita vers les portes en acier qui s'ouvraient dans le mur et tira avec force sur la poignée de la première. Elle pivota sur ses gonds, libérant une bouffée d'air glacial. Derrière, un cadavre était étendu sur un chariot métallique, couvert d'un drap. Sauer le tira de quelques dizaines de centimètres et souleva le drap. Un homme obèse, âgé d'une soixantaine d'années.

Sauer referma et passa à la porte suivante. Cette fois, il trouva une des filles sans visage. Mais laquelle ? Leurs cheveux, leur peau, leurs taches de rousseur étaient identiques. Sauer sortit le chariot en entier. Il ne lui fallut pas longtemps pour repérer le grain de beauté derrière le coude, qu'il avait déjà vu sur le deuxième corps.

Bon. Suivant.

La troisième cellule réfrigérante contenait quant à elle le premier corps. C'est en tout cas ce qu'il supposa, puisqu'il n'identifia aucun signe distinctif.

La quatrième était vide.

La cinquième abritait une femme, âgée, sans tête.

Quelle horreur. Les gens sont-ils fous dans cette ville ?

C'est dans la sixième cellule réfrigérante qu'il trouva ce qu'il cherchait. Quand il eut tiré le chariot, il sentit son cœur se serrer dans un étau d'angoisse, et un frisson glacial parcourut son dos.

La fille faisait la même taille que Rosa, elle avait la même corpulence que Rosa, elle avait les cheveux de la même couleur que Rosa, mais ses traits et ses taches de rousseur resteraient un mystère à jamais : de son visage à sa poitrine il ne restait que les os, aussi blancs que du plâtre. L'assassin avait dû forcer la main sur l'acide.

Sauer porta une main à sa bouche pour réprimer son haut-le-cœur. Puis, d'un geste rapide, il fit basculer le corps sur le côté.

Pas d'envie en forme de demi-lune.

« Dieu merci », chuchota-t-il.

Il baissa les yeux vers le bout de bristol attaché à la cheville du cadavre. Il ne portait aucun nom, seulement une estimation de l'âge de la victime – 25-30 – et trois mots écrits à la plume : *Landwehrkanal Serienmörden ? (Gennat.)*

« Pas un geste, dit une voix masculine derrière lui. Haut les mains ! »

Misère.

Sauer fit mine de se tourner, mais la voix retentit de nouveau : « J'ai dit pas un geste ! Sinon je tire. Cet endroit est interdit aux personnes extérieures au commissariat. Comment es-tu entré ?

– Je peux vous expliquer », dit Sauer, en essayant de nouveau de se tourner – on négocie mieux quand on peut voir à qui on a affaire.

Or, il n'était manifestement pas question de négocier.

Un coup s'abattit sur sa tête.

Il s'évanouit avant de toucher terre.

Quand il reprit connaissance, il était assis devant une table en fer, dans une pièce aveugle. Ses jambes et son buste étaient ligotés à sa chaise, et ses mains menottées. Une ampoule nue pendait du plafond. Les murs semblaient capitonnés.

Misère.

Il savait bien où il se trouvait – en haut de l'escalier, la pancarte indiquait CELLULES ET MORGUE –, et il pensait aussi savoir pourquoi. Puis il vit le dossier sur la table, et à la lecture des mots sur la couverture, toutes ses certitudes s'évanouirent :

SIEGFRIED SAUER

Cela faisait si longtemps qu'il n'avait pas lu ce nom qu'il lui sembla presque celui d'un étranger.

Ils savent qui je suis. Comment l'ont-ils découvert ?

Son esprit s'ingénia aussitôt à lui proposer des hypothèses et des explications, une farandole de conjectures plus probables les unes que les autres, et toutes aussi inquiétantes. Un bruit dans son dos interrompit ses réflexions. Des pas, une clé enfilée dans la serrure, un son métallique, un grincement.

Nous y voilà, se dit Sauer, tandis que les pas s'approchaient, lourds et irréguliers, comme si la personne claudiquait.

Goebbels, imagina-t-il. *Il m'a vu et reconnu au Moka Efti.*

Il se trompait lourdement.

Les pas s'arrêtèrent tout près de lui.

Un soupir.

Un petit rire, un peu moqueur.

« Siggi, Siggi, soupira ensuite une voix que Sauer connaissait par cœur. Qu'est-ce que tu trafiques ? »

Alors que ses poils se hérissaient sur sa peau, comme parcourue par un courant électrique, Sauer vit l'homme apparaître en périphérie de son champ de vision, puis faire péniblement le tour de la table pour se planter devant lui avec son rictus inimitable.

« Salut, vieille branche, dit Mutti Forster, son ancien collègue et meilleur ami à Munich. Ça te dit qu'on discute un peu, toi et moi, avant que tu te fasses torturer ? »

31

Mutti n'avait guère changé depuis un an et demi : même rictus partiellement édenté et jauni par le tabac, même tenue confortable à la limite de la négligence, avec un imperméable élimé sur un costume marron froissé et une chemise beige tendue sur sa bedaine, témoignant d'un appétit toujours aussi vorace, et toujours satisfait. Sa chevelure épaisse grisonnait maintenant au niveau des tempes, mais la même lueur sardonique pétillait toujours dans ses yeux. La grande différence tenait à sa démarche, claudicante et ralentie par sa blessure au pied droit.

En souffre-t-il ? se demanda Sauer. Mutti et lui ne s'étaient pas séparés de façon idyllique, à Munich. « Je ne m'attendais pas à te voir ici, dit-il.

– Moi non plus, répondit Mutti. Tu étais plus intelligent que ça, dans mon souvenir. » Plutôt que de s'asseoir, il alla palper un des murs capitonnés. « Tissu lavable, constata-t-il. Ça peut servir, après les interrogatoires. » Puis il se tourna pour dévisager Sauer d'un air amusé, et tira une cigarette de sa poche. La cellule se remplit rapidement de fumée. « Diels ne va pas tarder. Tu l'as déjà rencontré ? »

Sauer secoua la tête.

« C'est le chef de la police politique. Et le mien, donc. Il va venir te poser quelques questions. Il pourrait avoir la main lourde.

– Alors comme ça, tu habites à Berlin ? »

Mutti expira une grosse bouffée de fumée, dont les volutes grises s'élevèrent autour de sa tête comme une auréole. « Depuis presque un an. On m'a muté ici au printemps dernier.

– Tu n'es plus dans la police criminelle ?

– Non. Enfin, dans un sens, si. Comment il disait, l'autre ? La guerre est la continuation de la politique par d'autres moyens. Et, comme tu le sais sans doute, Berlin est un champ de bataille. Des dizaines de morts tous les jours, dont beaucoup pour des questions politiques. » Tout en parlant, il se mit à tourner autour de la table et de la chaise à laquelle Sauer était ligoté. « Ce qui nous conduit à nous. Les Innocentes du Canal. Je sais que tu les as vues. Et je sais que tu as des soupçons.

– Quoi ? » fit Sauer, faisant mine d'être étonné.

Pour toute réponse, Mutti abattit son poing sur la table, si fort que le sol et la chaise en tremblèrent. « Ne me prends pas pour un con ! cria-t-il, recourant à tout le souffle qu'il avait. Je sais que tu es impliqué ! »

Sauer resta bouche bée. Il n'était pas au bout de ses surprises : Mutti approcha son visage rond et olivâtre du sien et lui adressa un clin d'œil, puis se redressa et se remit à tourner autour de la table avec son pas syncopé. « Reprenons, dit-il d'une voix retentissante. Je te conseille de collaborer. »

Alors seulement Sauer remarqua le mot sur la table, tapé à la machine à l'encre rouge :

Joue le jeu.

Mutti avait dû le déposer furtivement quand il s'était approché.

« C'étaient les Russes, hein ? » brama Mutti.

Il veut qu'on l'entende depuis le couloir.

« Tu es sourd ou quoi ? Est-ce que les Soviétiques sont liés à ces morts ? »

Sauer resta indécis un instant. Ces deux jours à Berlin avaient été confus et frénétiques, comme un cauchemar dont il n'arrivait pas à se réveiller. « Je ne sais pas, finit-il par répondre. C'est possible. »

Mutti s'immobilisa de nouveau, roula des yeux exaspérés. « C'est possible ? *C'est possible ?* » Il s'empara de la chaise vide et la jeta violemment par terre. « Tu crois que tu as affaire à qui ? À un policier de dessin animé ? » Il s'approcha à nouveau de Sauer et l'attrapa par le col de sa veste. « Tu as intérêt à me dire ce que tu sais, sinon je te botterai le cul jusqu'à ce que tu craches les informations ! » s'époumona-t-il.

Tu en fais trop, pensa Sauer en reconnaissant le sourire d'homme du spectacle de son ami. *Tu t'amuses trop.* « Oui ! cria-t-il en retour.

– Oui quoi ?

– Ce sont les Russes, en tout cas je crois, dit Sauer en s'efforçant de prendre un ton effrayé.

– Ah ! Monsieur a compris qu'on ne plaisantait pas. Dis-moi tout ce que tu sais. »

À cet instant précis, la serrure émit de nouveau un bruit métallique et la porte grinça en pivotant sur ses gonds. Mutti leva les yeux pour regarder le nouveau venu et se figea. Il lâcha le col de Sauer d'un geste méprisant et recula. « Chef », dit-il sur un ton presque contrit.

Une voix profonde, rude mais mélodieuse, répondit : « Je vois que tu ne m'as pas attendu pour commencer. La patience est la vertu des gens de poigne, Forster. »

Mutti esquissa un sourire et haussa les épaules. « Je n'ai jamais prétendu que je l'étais. À la rigueur, j'ai de la poigne pour tenir une chope. »

L'autre émit un petit son, comme si la réplique l'avait amusé, puis se dirigea vers Sauer d'un pas décidé et alla se placer en face de lui. C'était un très bel homme à l'épaisse chevelure noir corbeau coiffée en arrière et aux yeux d'un bleu si intense qu'il paraissait artificiel. *Bleu de Prusse.* Son large front, la ligne de ses sourcils, son nez bien dessiné et ses lèvres charnues évoquaient une vedette de cinéma, impression renforcée par le blanc immaculé de sa chemise, la coupe recherchée de son costume et sa cravate impeccablement nouée. Mais quand l'homme s'appuya à la chaise que Mutti avait remise en place, l'attention de Sauer se fixa sur un autre détail : ses deux joues étaient balafrées par de longues cicatrices horizontales qui ajoutaient de la cruauté à son expression menaçante. Sauer avait déjà vu de pareilles cicatrices par le passé et savait qu'elles n'étaient pas le fruit d'un accident : les cadets des écoles militaires les considéraient comme des signes distinctifs, presque des attestations de leur mérite, et s'infligeaient des blessures dans des duels à l'arme blanche où les protections au visage n'étaient pas admises.

« Enchanté de faire votre connaissance, Herr Sauer », déclara l'homme en tirant le dossier vers lui et en l'ouvrant d'un geste distrait. Il en connaissait déjà très certainement le contenu. « Je suis Rudolf Diels, le directeur de la police politique prussienne. Le commissaire Forster vous a sans doute déjà expliqué pour quelle raison vous êtes ici. J'espère que mes agents vous ont traité avec tous les égards durant votre trajet vers le commissariat. »

Quoi ? Il ne sait pas que je me suis fait pincer à la morgue ?

« Nous avons appris votre récente arrivée à Berlin, reprit Diels, et nous savons que depuis lors vous avez trouvé le moyen de voir deux des filles repêchées dans le Landwehrkanal. Comment nos agents les appellent-ils, déjà ?

– Les Innocentes, répondit Mutti.

– Les Innocentes. » Diels secoua la tête. « J'ignore sur quelles bases, mais enfin, va pour ce terme. Le médecin légiste affirme que vous vous êtes présenté comme un collègue de Munich, en montrant une plaque qui, à ce que je lis, ne devrait plus être en votre possession, et que vous avez demandé à voir les rapports concernant ces deux décès. Pourquoi donc ? »

Sauer était interdit. Qui avait inventé cette version des faits ? Et comment était-elle arrivée à ses oreilles ? *Meingast a peut-être voulu éviter de mettre Mann et Johanna en difficulté, mais de là à inventer une histoire pareille...* Il lui fallait se montrer prudent, et comprendre ce qui se passait. « Je cherche quelqu'un, dit-il. Une amie.

– Qui s'appelle ?

– Nastja Baumann », inventa Sauer.

Diels sortit un stylographe de sa veste et griffonna ce nom dans le dossier.

« C'est pour cela que je suis à Berlin, poursuivit Sauer. Nastja était ici jusqu'à il y a quelques jours, mais ensuite elle a disparu sans laisser de traces. Alors, quand j'ai appris pour les corps retrouvés dans le canal...

– Comment l'avez-vous appris ? » l'interrompit Diels.

Bonne question. Sauer fit appel à son expérience de commissaire. « En faisant le tour des morgues. On commence toujours par là, quand quelqu'un disparaît. Et, à l'hôpital central, on m'a dit que le cadavre d'une jeune femme venait d'arriver à Belle-Alliance Platz. Alors je suis allé voir.

– Deux fois.

– Deux fois. La seconde, c'était pour revoir le premier corps. Je ne m'attendais pas à ce qu'il y en ait un autre », dit Sauer. Quand il travaillait dans la police, il avait appris le secret du mensonge parfait : choisir une ligne, aussi simple que possible, et la suivre quoi qu'il en coûte, y compris au prix de contradictions manifestes. Une contradiction peut toujours être expliquée ou laissée de côté, si le mensonge de départ est affirmé et réitéré avec une obstination inébranlable.

« Bien, répondit Diels. Donc vous avez vu les deux corps. Et qu'en avez-vous déduit ? »

Sauer haussa les épaules. « Que vous avez un assassin en circulation, et que j'espère que mon amie ne s'est pas retrouvée entre ses griffes. »

Diels ferma son stylographe et le remit dans sa poche. « Et si c'était vous, l'assassin ? demanda-t-il d'un ton désinvolte, les yeux baissés sur sa poche qu'il fouillait à la recherche de quelque chose d'autre.

– Il faudrait que je sois bien bête pour revenir voir mes victimes dans un lieu public.

– Cela arrive, vous devriez le savoir, vous qui avez travaillé dans la police criminelle.

– Certes. Mais on n'a jamais vu un assassin se présenter avec une plaque. »

Diels opina. « C'est juste, dit-il en posant sur le dossier le petit marteau en acier qu'il venait de sortir de sa poche. Et nous avons vérifié votre histoire. Vous êtes arrivé en ville jeudi en train, peu après dix-huit heures. Vous n'auriez pas eu le temps de tuer la première fille, qui à cette heure était déjà morte depuis un moment, selon les dires du docteur Meingast. Quant à la deuxième *innocente*, Frau Linke, qui vous loue une chambre dans sa pension, semble en mesure de vous fournir un alibi. Soit dit en passant, cette veuve est charmante, ajouta-t-il en jetant un regard malicieux à Sauer. Nous n'avons donc pas d'éléments qui vous lient à ces deux morts, et comme nous n'avons pas non plus d'éléments qui vous lient aux Russes, nous allons vous laisser partir, conclut-il. Sachez cependant que nous vous garderons à l'œil tant que vous serez à Berlin. Et sachez aussi que je n'aime pas qu'on se moque de moi. Vous jouez du piano, n'est-ce pas ? »

Sauer comprit le sous-entendu sur-le-champ, mais ce n'était pas la première fois qu'on le menaçait et il n'avait pas plus l'intention de se montrer effrayé cette fois que les précédentes. « C'est exact », répondit-il.

Diels posa sa main sur le petit marteau en acier, qui brillait sur la table. « La musique est une amie précieuse, déclara-t-il en s'en emparant avec délicatesse et en le faisant tourner entre ses doigts. Moi, je n'en joue pas. J'ignore si vous m'avez dit la vérité ou pas. Mais je le découvrirai. Et si aujourd'hui je me contente de vous mettre en garde, dit-il en martelant le dossier d'un geste distrait, la prochaine fois mon avertissement sera plus *marquant*, voyez-vous. » Son regard alla des yeux de Sauer à ses mains, puis revint sur ses yeux. Après quoi, il rangea le marteau et se leva. « Bonne journée, Herr Sauer. J'espère que je n'aurai plus jamais à vous revoir. » Il adressa un signe à Mutti et sortit. Le bruit de ses pas résonna dans le couloir puis s'évanouit.

« Bon », dit Mutti. Il rejoignit Sauer et posa un autre mot tapé à la machine devant lui.

Sauer le lut une fois, puis une deuxième pour s'assurer qu'il avait bien compris. « Tu plaisantes ?

– Plaisanter ? Moi ? Tu sais que ce n'est pas mon genre », gloussa Mutti. Puis, élevant la voix : « Diels veut te laisser partir, mais tu ne me la feras pas. Ce n'est qu'un avant-goût ! »

Et il abattit de nouveau son poing sur la table, une, deux, trois fois, faisant s'envoler le mot où figurait cette étrange question :

Tu dois sortir en sang. Tu te débrouilles ou je m'en occupe ?

32

Tous les gens qu'ils croisaient dans les couloirs de l'Alex fixaient le bout de gaze taché de sang que Sauer pressait contre son nez et réagissaient de la même manière, en baissant les yeux et en saluant à mi-voix le commissaire Forster, qui poussait son prisonnier dans le dos.

« Où on va ? » avait murmuré Sauer quand ils étaient sortis de la cellule, mais Mutti s'était contenté de le bousculer, le faisant presque trébucher sur l'agent qui gardait la porte, lequel avait poussé un ricanement. Puis ils étaient remontés au rez-de-chaussée et, de là, ils avaient suivi tout un parcours qui les avait conduits dans un couloir bas et étroit qui ne semblait pas mener à l'extérieur. Sauer se mit à craindre de ne pas sortir vivant de cet endroit – il existait peut-être d'autres cellules, et Mutti n'était peut-être pas en train de jouer la comédie pour l'aider à s'enfuir mais pour mieux le tromper.

Ils finirent par se retrouver devant une grande porte, que Mutti ouvrit avec une clé qu'il avait sortie de sa poche. La lumière du jour et l'air frais rassurèrent Sauer sur-le-champ : ils étaient sortis par une porte secondaire.

« Je t'emmène aux abris, lui expliqua enfin Mutti. Suis-moi. »

Sauer resta immobile, calculant le temps de réaction de son ancien ami s'il lui donnait un coup de coude et prenait ses jambes à son cou. Mais son nez continuait de saigner et il était désorienté – étaient-ils dans une cour intérieure ? des policiers se trouvaient-ils à proximité ? –, ce qui le fit renoncer. Parfois, le destin choisit pour nous. Le destin, ou le hasard, que chacun l'appelle comme bon lui semble.

Advienne que pourra, se dit Sauer, et il suivit Mutti avec un soupir résigné.

Ils se retrouvèrent dans une ruelle étroite, dont le sol était couvert d'une couche de détritus et de mégots jetés par les fenêtres ; à gauche, un mur de briques sombres tapissé de fientes barrait le passage. À droite, une automobile noire bouchait le bout de la rue, moteur allumé.

Mutti poussa un grognement satisfait. « Coordination parfaite », dit-il en prenant Sauer par le coude.

Ce dernier se laissa emmener à la voiture – *advienne que pourra* –, et ne réussit à voir le conducteur qu'une fois sur la banquette arrière.

Alors, en un instant, il comprit beaucoup de choses, puis se dit aussitôt après que non, il n'avait rien compris du tout.

« Salut, chef, dit Johanna.

– Salut Johanna », répondit Mutti en prenant place à côté d'elle.

33

Alors que la voiture s'engageait sur un boulevard dans la direction opposée d'Alexanderplatz, Johanna jeta un regard furtif dans le rétroviseur central mais, quand elle vit l'expression interloquée de Sauer, elle détourna les yeux, comme si elle craignait son jugement.

« Au cas où tu te poserais des questions, dit Mutti en se tournant pour lui adresser un large sourire, Johanna travaille pour moi. De même que Mann et Julian, d'ailleurs.

– C'était pour toi qu'ils menaient l'enquête. Depuis le début, répondit Sauer.

– Exact. »

Ils faisaient semblant de t'aider pour s'aider eux-mêmes. « Pourquoi tu cherches Rosa ?

– Parce qu'elle travaille pour moi, elle aussi, Siggi. Ou, mieux, *avec moi.* »

Sauer prit une grande inspiration. *Mais bien sûr. Dans la résistance. Avec toi.* « Tu crois vraiment que je vais gober une ânerie pareille ? Je crois me souvenir que la dernière fois qu'on s'est vus, tu étais dans l'autre camp. »

Mutti souffla. « Je me suis rendu compte que celui-ci était plus sympathique. Mais je n'espère rien : crois ce que tu veux.

– Et Diels ? s'enquit Sauer d'un ton moqueur. C'est un conjuré, lui aussi ? Pauvre Hitler, en fait, tout le monde est contre lui…

– Tu te moques, mais cet homme souffre de solitude. Il n'y a qu'à voir comme il brame dans ses meetings. En tout cas, non, Diels est un homme du système. Carrière militaire, un protégé de Goering. J'ai parfois l'impression qu'il est moins à droite qu'il ne veut le laisser entendre, parce que je le trouve bien souple à l'égard des rouges, mais toujours est-il qu'il ne jouerait pas un double jeu.

– Toi, par contre, tu es un champion en la matière », rétorqua Sauer d'un ton amer. *Ne fais confiance à personne, c'est ce que tu me répétais tout le temps. Et c'était de toi que tu parlais.*

« Oh, tu sais, mon trésor, j'ai dépassé le stade du double jeu. J'ai pris du grade. Maintenant, j'en suis au *triple* jeu, déclara Mutti, avant de se mettre à ricaner. Pardon, mais il faut que je te le dise : tu m'as manqué, Siggi. Ta… droiture m'a terriblement manqué. »

Piqué, Sauer se tourna vers la vitre, et vit défiler les immeubles du Mitte, hauts et austères, ainsi qu'il seyait à la capitale politique et morale d'un empire – à ceci près que l'empire s'était effondré depuis longtemps, et que la morale ne semblait plus en tête des priorités de grand monde.

« Rosa travaille avec la résistance, Julian fait le lien avec la police, et moi je suis l'homme de l'intérieur, récapitula Mutti. Avec l'aide de notre chère Johanna. Les quatre mousquetaires de Berlin.

– Et Mann ? »

Mutti secoua la tête. « Il n'est pas au courant des doubles et triples jeux. C'est un policier à l'ancienne, efficace mais désabusé. La politique n'entre pas dans ses champs d'intérêt. C'est un pion neutre, disons. »

Sauer avait envie de répondre que la neutralité n'existe pas, que ce n'est qu'une manière plus sournoise de prendre parti, mais il ne dit rien. Parmi les nombreuses leçons qu'il avait apprises ces derniers temps, la plus importante était celle conseillant de garder ses soupçons pour soi.

« Après ta fuite de Munich, les choses se sont compliquées, continua Mutti. Himmler et son sbire…

– Heydrich, compléta Sauer en se raidissant.

– … se sont désintéressés de mon aide. Mais quand, à mon tour, je me suis désintéressé d'eux parce que je commençais à mesurer où tout cela allait nous mener, expliqua Mutti en faisant un geste qui semblait désigner l'Allemagne entière, je suis devenu encombrant à leurs yeux. Voire dangereux. Alors ils ont essayé de s'en prendre à moi. Et de s'en prendre à Lina et aux enfants, ajouta-t-il, devenant soudain très sérieux. J'ai dû envoyer les miens en Pologne, chez ma belle-famille, et demander ma mutation à Berlin.

– Quel excellent choix pour se mettre aux abris, fit remarquer Sauer, narquois.

– Dans l'antre du dragon pour mieux le garder à l'œil », explicita Mutti avec un sourire mélancolique.

À ces mots, un frisson parcourut Sauer, mais il s'efforça de conserver un air neutre.

« Où m'emmenez-vous ? demanda-t-il.

– Maintenant, ils savent que tu es ici, répondit Mutti. Tu as besoin de protection.

– Quel genre de protection ? Et pour me protéger de qui, d'ailleurs ?

– De tout le monde ! D'ici peu tu seras l'homme le plus recherché de Weimar, Siggi. Tu n'as pas idée du bazar que Rosa a semé… Enfin bon, nous y voilà. »

Sauer jeta un coup d'œil par la vitre et vit qu'ils bifurquaient sur Pariser Platz, la grande place carrée d'où partait le boulevard Unter den Linden, l'artère principale de la ville. Quand ils eurent dépassé les grandes ambassades qui s'épiaient depuis les quatre coins de la place, ils se retrouvèrent devant la porte de Brandebourg, qui n'avait jamais été une véritable porte de la ville, mais était devenue le symbole de cette dernière.

« Où allons-nous ? » insista Sauer, tandis que la voiture passait entre les colonnes pseudo-doriques qui évoquaient les Propylées d'Athènes et empruntait Ebertstrasse, le boulevard qui longeait le Tiergarten sur son flanc est.

« Une visite touristique de Berlin digne de ce nom comprend forcément une étape au Parlement », répondit Mutti tandis que la voiture rejoignait Simonstrasse.

À la vue du Reichstag, l'édifice grandiose que l'empereur Guillaume Ier avait donné au « peuple allemand » un demi-siècle auparavant, Sauer frissonna. *Oh non*, se dit-il.

L'automobile longea toute la façade sud du monument avant de s'engager sur la Platz der Republik, la vaste esplanade arborée qui s'étendait devant le Parlement. Au centre de cet espace verdoyant, la statue de la Victoire ailée observait avec une indifférence olympienne les tribulations de la politique allemande du haut de sa colonne couleur bronze. *Ça se présente mal*, pensa Sauer quand, après avoir longé l'escalier monumental de l'entrée, Johanna tourna au coin pour s'arrêter devant une entrée secondaire gardée par deux soldats équipés d'un casque et d'une armure. *Des dragons.*

« Nous voilà arrivés, annonça Mutti en ouvrant la portière et en sautant sur le trottoir avec une souplesse étonnante vu sa corpulence.

– C'est quoi cette plaisanterie, Mutti ?

– Si ça t'amuse déjà, tu vas trouver la suite hilarante. Au menu du jour, nous avons un thé avec le deuxième homme le plus puissant de la nation. »

Sauer jeta un regard à Johanna, qui gardait les yeux soigneusement rivés devant elle pour éviter tout contact avec lui, puis il étudia les deux dragons placés de part et d'autre de la porte : à l'arrivée de l'automobile, ils avaient dans un premier temps posé leur main sur leur fusil, puis ils avaient vu quelque chose qui les avait rassurés. Sauer aurait juré que c'était Mutti, comme si les deux militaires le connaissaient suffisamment pour lui faire confiance. Mais comment un homme pouvait-il gravir autant d'échelons en si peu de temps, et dans une ville inconnue ?

Sauer avait pourtant vu juste car, quand il passa avec Mutti, les dragons ne leur demandèrent rien. « Allez, la relève va arriver ! » se contenta de leur lancer Mutti d'un ton jovial, ce à quoi ils répondirent par un « Youpi ! » qui n'avait rien de martial.

« Leurs tours de garde sont très longs », crut bon de lui expliquer Mutti.

Cette entrée donnait sur un grand escalier en bois, au sommet duquel se trouvait un rideau pourpre. Sauer suivit Mutti de l'autre côté du rideau, dans un grand salon au sol de marbre, où des dizaines et des dizaines de fauteuils en cuir étaient alignés contre les murs. « Le fumoir, indiqua Mutti, une information assez peu utile vu l'odeur de tabac froid qui envahissait les lieux. Les lois les plus importantes se discutent ici, pas dans l'hémicycle », ajouta Mutti en traversant la pièce en direction d'une grande porte en chêne devant laquelle se trouvait un serviteur, qui s'inclina et ouvrit un battant.

La pièce à laquelle ils accédèrent était remarquable : un immense salon, d'une centaine de mètres de long et d'une trentaine de mètres de large, s'élevait sur plusieurs niveaux jusqu'au plafond vitré d'où la lumière blanchâtre du matin entrait à flots. Chaque pas résonnait solennellement sur le sol en marbre, et la vingtaine d'hommes qui discutaient çà et là par petits groupes semblaient des miniatures dans cette immensité. « Tu vois ces portes ? » demanda Mutti en lui indiquant trois portes en bois marqueté qui s'ouvraient au centre du mur le plus long. « Par là, on accède à l'hémicycle. C'est le plus grand d'Europe ! Tu devrais le visiter, un de ces jours. Une fois où notre chancelier bien-aimé tient un discours, par exemple. Auquel cas, prends-toi un sandwich, parce que ça peut durer. »

Ils traversèrent le salon en diagonale et empruntèrent un nouvel escalier jusqu'au deuxième étage. De là, Mutti tourna à droite dans un couloir aux murs ornés de peintures à l'huile. Il saluait par son nom chaque personne qu'ils croisaient, et il y en eut un certain nombre.

« Tu connais tout le monde, ici, releva Sauer.

– Oui, très cher, je suis un homme populaire. »

Ils finirent par atteindre une porte où une plaque en laiton indiquait PRÉSIDENCE DU REICHSTAG. Mutti s'arrêta un instant pour arranger sa mise, chose que Sauer ne l'avait jamais vu faire durant les nombreuses années où ils avaient travaillé ensemble, puis il frappa deux fois et ouvrit sans attendre la réponse.

« Helmut ! » le salua chaleureusement une blonde d'une trentaine d'années assise à un bureau aux pieds en forme de pattes de lion. Ses cheveux étaient noués dans un chignon parfait, ses lunettes à fine monture lui donnaient des airs de maîtresse d'école et ses lèvres étaient couvertes d'un beau rouge carmin. « Ça faisait longtemps !

– Toujours trop, Vera chérie. Toujours trop », minauda Mutti, et il fit le tour du bureau pour lui baiser la main. Il reçut en retour une moue complice qui éclaira Sauer sur la raison pour laquelle Mutti s'était un peu arrangé avant d'entrer.

« Il est là ? demanda ce dernier au bout d'une minute remplie de compliments et de simagrées.

– Oui, mais il s'apprête à sortir, répondit la secrétaire.

– Je ferai vite », dit Mutti. Il lui refit un baisemain, puis se dirigea vers une grande porte dorée et frappa trois coups. Cette fois, il attendit qu'on l'invite à entrer.

« Entrez ! » tonna une voix. Mutti ne se fit pas prier, suivi par un Sauer réticent mais résigné.

Assis à un bureau monumental, le président du Reichstag, un homme corpulent enveloppé d'un nuage de parfum, était penché sur une salière en argent qu'il examinait à l'aide d'une loupe d'horloger. « Ah, Forster, dit-il sans lever les yeux de son trésor. C'est toi.

– C'est moi, et je vous ai amené la personne dont nous parlions », répondit Mutti.

À ces mots, l'homme sembla tressaillir. Il leva la tête et enleva la loupe de son œil. « Herr Sauer, dit-il d'une voix pleine d'intérêt. Nous nous retrouvons enfin. »

Sauer n'eut d'autre choix que d'esquisser un salut de la tête et de s'avancer, pour s'entretenir pour la deuxième fois de sa vie avec le bras droit de Hitler, Hermann Goering.

34

Quoique spacieux, le bureau était si encombré d'objets qu'il étouffait dans son faste, laissant peu de place à Goering et à son imposante corpulence. Sauer trouva l'homme plus gros qu'en septembre 1931, époque où la morphine dont il abusait l'avait déjà tant fait enfler qu'il était entravé dans ses mouvements. Il remarqua également ses gros cernes noirs, qui lui donnaient un air fantasque et faisaient plus encore ressortir le bleu de ses iris. *Le pouvoir use*, pensa-t-il. *Et l'avidité porte tort*, pensa-t-il encore en regardant la pièce qui n'avait rien à envier à une boutique d'antiquaire : bibelots, statues, bustes et tableaux étaient entassés partout, la plupart emballés dans un épais papier marron.

« Excusez le désordre, dit Goering en se levant péniblement. Je prépare mon déménagement, et il faut tout inventorier, dépoussiérer et emballer d'ici à demain...

– Alors finalement vous avez décidé de vous installer au ministère ? demanda Mutti.

– Oui. Je suis navré de quitter le Parlement, mais le ministère de l'Intérieur est une machine très compliquée, il faut la suivre de près, au quotidien. Bien entendu, j'accomplirai mes deux fonctions de front...

– Je n'en doute pas.

– … mais du ministère, j'aurai la possibilité de mieux garder nos amis à l'œil, ajouta Goering avec une étrange lueur dans le regard. Et nous savons combien ce moment est délicat. » Il passa devant Mutti et Sauer, laissant derrière lui un sillage capiteux d'eau de Cologne, et gagna la seule fenêtre de la pièce, à demi masquée par des rideaux de velours rouge, qu'il écarta d'un geste impérieux. De l'autre côté de la fenêtre, la Victoire ailée semblait le regarder droit dans les yeux depuis le centre de la place. « Himmler et son sous-fifre trament quelque chose. Diels n'a pas encore compris ce qu'ils ont derrière la tête, mais je sens que l'étau se resserre. C'est pourquoi je suis très content que vous soyez ici, Herr Sauer.

– Moi ? » s'étonna Sauer, pris de court.

Goering vint se planter devant lui et le toisa. À la surprise de Sauer, il posa une main aussi chargée de bagues que celle d'un prince de la Renaissance sur son épaule. Sauer eut l'impression qu'un rideau de plomb venait de s'abattre sur lui et le faisait s'enfoncer dans le sol. « Vous avez fait du bon travail, à Munich. J'ai beaucoup apprécié la manière dont vous avez dupé Heydrich. Vous savez qu'il a failli y laisser la peau ? C'est bien dommage qu'il ait réussi à s'en tirer ! »

Certes, Sauer aurait désiré que l'Ennemi qui avait failli les tuer Rosa et lui ne s'en sorte pas, mais il était stupéfait que Goering souhaite la même chose. En théorie, il était dans le même camp que Heydrich…

« Himmler écumait de rage, reprit Goering. Je sais que vous aviez trouvé une certaine lettre, et il ne se remet pas qu'elle ait disparu en même temps que vous. Racontez-moi, comment vous êtes-vous débrouillé ? »

Sauer fut tenté de lui répondre la vérité – *mais demandez donc à ce cher Helmut Forster, ici présent, ce qu'elle est devenue* –, mais il pensa qu'il gagnerait à s'attribuer du mérite, vu la position dans laquelle il se trouvait. « Je l'ai jetée au feu.

– Au feu ! rugit Goering. Fantastique ! » Et il rit de bon cœur, ses grosses joues tremblant comme de la gélatine tandis qu'il serrait l'épaule de Sauer dans son étau.

Qu'est-ce qu'on fiche ici ? demanda Sauer à Mutti du regard.

Attends, lui répondit ce dernier de la même manière. « Diels a voulu rencontrer Sauer, dit-il ensuite d'un ton grave. À l'Alex.

– Pourquoi donc ? demanda Goering.

– Pour les filles du canal.

– Ah, oui. Les cadavres. La femme que nous cherchons n'était pas l'une d'elles, n'est-ce pas ?

– Non. Pas pour le moment, en tout cas.

– Bien. Nous devons la retrouver avant que Heydrich ne le fasse, et avant que l'attentat n'aboutisse. »

Au mot « attentat », Sauer sentit son cœur tressaillir.

« Avez-vous pris connaissance des complots en cours ? » lui demanda Goering.

Moi oui, répondit intérieurement Sauer. *Par contre, je suis étonné que toi, tu sois au courant.* « Vaguement.

– Pour le moment, nous n'avons pas identifié l'objectif. Et nous n'avons pas non plus de date précise, peut-être le 3, moins probablement le 4. Si c'était le 4, Goebbels va devenir fou : il organise une journée de réveil national à la veille des élections. Ce serait vraiment un mauvais réveil pour lui », dit Goering, avant un nouvel éclat de rire. Apparemment, le pouvoir usait, mais n'entamait pas la bonne humeur. « En tout cas, ce sera peu avant les élections, et nous savons que les préparatifs sont en cours à Berlin. Les anarchistes, sans doute de mèche avec les communistes.

– Qu'est-ce qui vous fait dire cela ? demanda Sauer.

– Nous avons trouvé des documents, répondit Goering avec un geste vague, comme pour signifier que cela n'avait pas grande importance.

– Une descente à la Karl Liebknecht Haus, expliqua Mutti. L'ancien siège du parti communiste. Hier après-midi, on a passé tout le bâtiment au peigne fin. Dans les caves, on a trouvé beaucoup de documents imprimés, des fascicules, des polycopiés, des tracts. Un appel aux armes imminent.

– Et nous savons que Rosa Rach était impliquée, intervint Goering. Vous vous connaissez, non ? » demanda-t-il à Sauer.

C'est ce que j'ai cru, autrefois, se dit-il. Et, à haute voix : « Oui, on se connaît. »

Le président du Reichstag hocha la tête, satisfait. « Et, ensemble, vous avez battu Heydrich. Cela fait de vous l'homme idéal pour le défier une nouvelle fois. Trouvez la fille avant lui, obtenez d'elle toutes les informations possibles sur l'attentat, et rapportez-les-moi. Si Himmler y arrive le premier, toute la gloire sera pour lui. Il essaie déjà de me virer du nouveau ministère, avant même que j'aie pris mon poste ! Il veut mettre son sous-fifre à la place de Diels. Faire fusionner les services secrets du Parti avec la police nationale. Il a même déjà un nom pour cette nouvelle structure : *Gestapo*. Cet imbécile imagine qu'il va devenir le maître du pays en deux temps trois mouvements. Mais si j'arrive à le doubler, conclut Goering, ce cher Himmler retournera élever des poulets avec sa bonne femme. Tous les membres du Parti comprendront qui a le don du commandement, et qui est seulement un médiocre arriviste.

– En d'autres termes, reprit Sauer après un instant de silence, vous me demandez de travailler pour vous.

– Tout à fait. Comme votre collègue, répondit Goering en indiquant Mutti. En échange, je vous offre ma protection. Je vous assure que, à l'heure qu'il est, en Allemagne personne n'est mieux protégé que mes amis. »

Sauer dut prendre sur lui pour réprimer l'expression de dégoût qui lui venait en entendant le mot « amis ». Hermann Goering était peut-être le visage présentable du Parti, à des années-lumière de la duplicité de Goebbels et dépourvu de la violence contenue de Himmler, mais il ne fallait pas s'y tromper : bien que noyée dans des litres d'eau de Cologne, la puanteur de soufre rendait l'air de ce bureau somptueux irrespirable. *Vous êtes tous des apprentis du diable. Vous êtes tous des démons voraces, qui vous repaissez d'âmes.*

Mais il se souvenait du dossier portant son nom entre les mains de Diels, et de ce que Mutti avait dit dans la voiture : sa présence à Berlin n'était plus un secret. S'il voulait retrouver Rosa, il avait besoin d'aide.

« Marché conclu ? » demanda Goering en lui tendant sa main potelée et couverte de bijoux.

Sauer eut un sourire triste. Il avait déjà dû prendre une décision semblable par le passé, et l'homme à qui il avait répondu oui à l'époque était maintenant celui contre qui il allait travailler : Himmler.

« Marché conclu, répondit-il, en se réconfortant à l'idée qu'une parole donnée ne vaut qu'entre personnes civilisées. Je travaillerai pour vous.

– Fort bien, dit Goering en lui serrant la main avec un air rayonnant. Vous ne le regretterez pas. »

Ce qui n'était pas tout à fait faux, car personne ne peut regretter une erreur commise en toute lucidité. Et son âme était damnée.

35

Tandis que Mutti et Sauer discutaient d'art et de complots au cœur du Reichstag, Johanna ne se tournait pas les pouces. Après avoir garé l'automobile le long des haies de la Platz der Republik, où les deux hommes la repéreraient facilement en sortant du Parlement, elle s'était rendue à la cabine téléphonique la plus proche et avait appelé le commissariat de Potsdamer Platz pour parler à Mann. Celui-ci était absent, mais le collègue qu'elle avait eu au bout du fil l'avait informée que le docteur Meingast avait réussi à identifier les deux premiers cadavres défigurés.

« Anna Pozl et Klara Schatten, annonça-t-elle à Mutti et Sauer quand ils se furent retrouvés. Nous avons les empreintes dentaires de la première, qui était ouvrière dans une filature de Wilmersdorf mais qui, de temps en temps, aimait bien boire gratuitement dans les bars…

– Une prostituée occasionnelle, traduisit Mutti.

– … et elle a été fichée en novembre 1929. La deuxième, elle, a été identifiée par son père. Elle avait disparu depuis des jours, on ne sait pas combien exactement parce qu'ils n'habitaient pas ensemble. Il la cherchait depuis mercredi. Quand il l'a vue, il a éclaté en sanglots. »

Avoir une petite fille, la bercer quand elle a peur, l'élever avec amour, lui apprendre ce qu'on sait, et voir ça après, pensa Sauer. *Sauvagement tuée, jetée comme un détritus.* « Des points communs ? demanda-t-il, se réfugiant dans les questions de routine pour échapper à ses sombres pensées.

– Juste leur physique et leur âge, entre vingt et trente ans.

– Ça ne nous avance pas beaucoup, commenta Mutti. Une équipe est sur le dossier ? »

Johanna hocha la tête. « Rolf et Jäger.

– Alors on peut être tranquilles. S'il y a quelque chose à trouver, ils ne le trouveront pas. Deux imbéciles de première, expliqua-t-il à Sauer. Ils seraient incapables de trouver un Polonais en Pologne. Mais au moins on peut avoir la certitude qu'ils ne feront pas de dégâts, ils n'en ont pas les moyens intellectuels. Allons donc déjeuner. »

Johanna s'installa au volant et lui demanda : « La succursale ?

– Et que ça saute ! répondit Mutti. J'ai tellement soif que je pourrais boire tout le contenu de la Sprée et de la Havel. »

À midi passé, l'air était aussi froid que celui d'une cellule réfrigérante, mais au moins il avait cessé de neiger, et le gris du ciel hivernal s'était effiloché, laissant entrevoir des pans de ciel cobalt. C'était le meilleur moment pour admirer la ville où, sur les façades austères, les grandes fenêtres laissaient entrevoir les intérieurs : plafonds ornés de stucs, suspensions en cristal, bibliothèques en bois sombre remplies de volumes reliés de cuir et d'or. La beauté de Berlin n'était pas aussi évidente que celle de Munich ou de Vienne, il fallait de la patience pour la comprendre. Berlin avait plus le charme d'une dame élégante que d'une jeune fille effrontée, comme quelqu'un avait dit. Sauer, qui autrefois avait trouvé cette ville peu attrayante, se surprenait maintenant à l'apprécier.

Ils arrivèrent à destination, destination qui ne pouvait être qu'une brasserie. Sur ce point au moins, Mutti ne réservait pas de surprises. « Qu'est-ce que tu en dis ? dit-il en montrant à Sauer la façade de l'Englischer Garten. N'est-ce pas magnifique ? »

Sauer scruta l'entrée de la *Brauerei* sans saisir ce qu'il y avait de si magnifique : la porte était plutôt ordinaire, de même que la grande vitrine. C'est en lorgnant l'intérieur qu'il comprit : les serveuses revêtaient la tenue traditionnelle bavaroise, le *Dirndl*, court, moulant à la taille, et au décolleté plus que généreux.

« On se croirait à Munich ! » s'exclama Mutti en soupirant d'aise.

Oui, on se serait vraiment cru à Munich, avec les musiciens qui jouaient et les discussions joyeuses de dizaines de clients plutôt éméchés, les chopes de bière perlées d'humidité et les portions fumantes de jarret et de saucisses.

Ils s'installèrent à une table non loin d'une grande cheminée allumée, et quand la serveuse – une bonne femme rubiconde débordant d'énergie – vint prendre leur commande, Johanna se contenta de demander une assiette de légumes et de pommes de terre avec un cidre. Sauer l'imita, remplaçant le cidre par un thé noir, ce qui lui valut un regard déconcerté de la serveuse. C'est alors que Mutti intervint, comme s'il se sentait obligé de compenser : « Betta, ma jolie, pour moi ce sera comme d'habitude, mais en double portion. »

Celle-ci sourit, satisfaite, et posa un regard rayonnant sur ce client qui savait vivre : « Deux brochettes de buffle et deux assiettes de choucroute au vin, donc ?

– Et des pommes de terre comme s'il en pleuvait, ou plutôt comme s'il en neigeait ! »

La serveuse acquiesça et repartit en chaloupant vers le comptoir.

« Tu ne prends pas de bière ? » s'étonna Sauer.

Mutti lui jeta un regard ambigu, et se contenta de répondre : « De l'eau a coulé sous les ponts, mon ami. Beaucoup de choses ont changé.

– Excusez-moi, je vous abandonne deux minutes, je vais me rafraîchir », les interrompit Johanna.

Sauer se leva comme un vrai gentilhomme, mais Johanna sembla piquée de cette attention : elle fronça les sourcils, baissa la tête et s'éloigna sans le remercier.

« Elle n'aime pas les chichis, expliqua Mutti. C'est une forte tête.

– Je m'en suis aperçu.

– Tu sais que c'est la fille de l'adjoint au maire ?

– De Berlin ? demanda Sauer, surpris.

– Non, de New York, se moqua Mutti. Siggi, Siggi, tu m'as manqué. Tu es toujours si sérieux ! Johanna est la fille aînée de Karel Tegel, l'adjoint au maire depuis trois mandats, rejeton de la très haute bourgeoisie de Brandebourg, ami de tout le monde, ennemi de personne. Un homme bien plus puissant que son rôle ne pourrait le laisser supposer. N'oublie jamais que le véritable pouvoir reste dissimulé. »

Mesdames et messieurs, voici Helmut Forster, l'homme le plus paranoïaque du monde.

« Comment ça se fait qu'elle n'ait pas gravi les échelons de la police, alors ? » demanda Sauer.

Mutti le regarda comme si c'était un crétin : « C'est une femme.

– Sans blague.

– Et c'était quand la dernière fois que tu as vu une femme dans la police ? Je veux dire sur le terrain, pas derrière un bureau en train de taper à la machine les rapports des vrais policiers. »

Sauer jeta un regard en direction des toilettes, pour s'assurer que Johanna n'était pas de retour.

« Ce n'est pas un monde fait pour les femmes, dit Mutti. Mais Johanna a décidé de gravir la montagne, et personne, pas même son père, ne réussira à l'en empêcher. Il n'a pas pu faire mieux que lui faire confier les affaires les moins intéressantes. Mais cette fille ira loin, crois-moi. » Il se pencha, comme pour ajouter une confidence : « Aujourd'hui c'est un simple agent, mais un jour ce sera le meilleur détective de l'Alex. Pas la meilleure détective *femme*, le meilleur détective tout court. »

Leur commande arriva avant le retour de Johanna : deux assiettes de légumes pâlichons et un plat somptueux de choucroute et de brochettes, qui aurait pu rassasier plusieurs personnes. Voyant que la serveuse n'avait pas apporté de bière, Sauer adressa un nouveau regard interrogateur à Mutti, qui confirma : « J'ai arrêté de boire.

– Tu plaisantes ? »

Mutti Forster sans bière, c'était comme le ciel sans soleil, la mer sans sel.

« Je te jure. J'ai arrêté depuis… » Il compta rapidement sur ses doigts, les yeux fixés sur le plafond. « C'est quand que tu m'as tiré dans le pied ? demanda-t-il, pour se fixer un repère.

– Je n'ai pas tiré, répliqua Sauer, se rembrunissant.

– Si, si. C'est la vérité officielle. Tu m'as désarmé et tu m'as tiré dessus, avant de fuir dans la nuit en m'abandonnant dans une flaque de sang. Salaud, dit Mutti avec un sourire de défi, avant de poursuivre d'un ton badin : La bière m'embrouillait le cerveau. Je m'en suis aperçu brutalement, et j'ai décidé d'arrêter. Ça n'a pas été si difficile, en fin de compte. Mais j'ai dû me rabattre sur la nourriture », dit-il en se saisissant d'une brochette d'un geste rapace.

Johanna les rejoignit, et ils passèrent leur déjeuner à discuter des sujets les plus vagues et les plus ordinaires : le temps, l'économie, la politique mondiale.

Ils revinrent vers le cœur de leurs préoccupations à la fin du repas. « Qu'est-il arrivé à Julian ? » demanda Sauer, qui avait attendu une explication jusque-là, en vain.

Mutti soupira, pour une fois peu d'humeur à plaisanter. « Je ne sais pas. J'aimerais bien le savoir, mais je n'en ai pas la moindre idée. Hier soir, je l'attendais chez moi pour huit heures. On devait faire le point sur l'enquête concernant Rosa, expliqua-t-il en jetant un regard furtif à Sauer. Sur les hypothèses qu'on a, sur le temps qu'il nous reste pour la retrouver vivante. Mais à neuf heures il n'était toujours pas là, alors j'ai appelé au commissariat. Introuvable. Et chez lui, ça ne répondait pas. J'ai commencé à me faire du souci. En plus, un de ses indics s'était fait descendre l'après-midi même…

– Kucher, dirent Sauer et Johanna en chœur.

– Mais au téléphone, Julian m'avait assuré que sa mort n'avait rien à voir avec la recherche de Rosa. Selon lui, ce n'était qu'un hasard. Vous y croyez, vous ?

– Non, répondit Sauer. On devait retrouver cet homme précisément à l'endroit où il a été tué, et presque à la même heure.

– Quelqu'un nous a précédés, dit Johanna. Et comme disait Guillaume d'Ockham, envisager deux opérations différentes n'a aucun sens quand une seule suffit à atteindre le même résultat. »

Mutti hocha la tête. « Je suis d'accord avec vous. Kucher savait quelque chose, quelqu'un savait qu'il savait, vous alliez lui parler et découvrir quoi, adieu Kucher.

– Mais Julian disait que Kucher lui avait déjà donné toutes les informations au téléphone. Le rendez-vous devait seulement servir à ce qu'on puisse en parler de vive voix.

– Peu probable. Les indics sont toujours méfiants, et la mort de Kucher prouve qu'ils ont bien raison. Si ce qu'il voulait vous révéler était important, il ne l'aurait pas raconté au téléphone. Et s'il était prêt à se déplacer en centre-ville, c'est qu'il avait appris une information de poids.

– Donc Julian nous a menti, conclut Johanna.

– J'ai eu l'impression qu'il me cachait des choses dès le moment où il est venu me chercher à Vienne, déclara Sauer.

– C'était le cas. Sur ma demande expresse. Tu serais venu à Berlin si tu avais su que son enquête était officielle et qu'il était sous mes ordres ? » fit Mutti.

Bien sûr que non, répondit mentalement Sauer. « Je ne parle pas que de ça, reprit-il. Je l'ai trouvé fuyant, presque absent. Il a décalé tous nos rendez-vous, il avait toujours quelque chose à faire ailleurs, et des informations qu'il devait me révéler plus tard...

– Comme dans le cas de l'indic, dit Johanna. Quoi qu'il sache, il ne nous l'a pas dit, et il ne nous a même pas donné la vraie raison de notre rendez-vous avec Kucher.

– Et maintenant il a disparu, conclut Mutti. Les relevés sur sa voiture ne nous indiquent rien de nouveau. Il n'y a aucune trace de sang, aucun signe de collision. La brique sur l'accélérateur était lourde, l'automobile n'a pas été poussée mais elle est entrée dans l'eau à une certaine allure, entre vingt-cinq et trente kilomètres à l'heure. Si le fond avait été dragué comme il faut, l'auto aurait coulé et adieu Berthe.

Mais à cet endroit de la Havel, deux organismes se renvoient l'un l'autre la responsabilité d'entretenir les berges, et c'est comme ça que la Fafnir a pu être retrouvée.

– Mais pas le corps de Julian, fit remarquer Sauer.

– Non, pas encore. »

Sauer eut un sourire sardonique. « Voilà qui est bien commode.

– Comment ça ? demanda Mutti.

– Julian pourrait être vivant, ou mort. Et s'il est mort, il pourrait s'être suicidé ou s'être fait assassiner. Toutes les options restent possibles, et on ne sait pas de qui on doit se méfier.

– On ne le sait jamais, mon trésor, rétorqua Mutti. Mais ce n'est pas notre première préoccupation pour l'heure. Julian, Rosa, les Innocentes, l'attentat… tout est lié, j'y parierais mon salaire. Non, disons la moitié. Mais je suis prêt à parier : l'écheveau est emmêlé, mais il suffit qu'on trouve un fil sur lequel tirer et tout suivra.

– Et si on tirait sur le mauvais fil, et que ça resserrait le nœud au lieu de le défaire ? »

Mutti se rembrunit, déçu que sa belle métaphore ait été détournée.

« Vous êtes tous convaincus que retrouver Rosa résoudra tout, reprit Sauer, mais si c'était au contraire le mauvais pas qui nous jetait dans le gouffre ? »

36

Ils quittèrent l'Englischer Garten à une heure et demie. Une pluie battante, à la consistance proche de celle de la neige fondue, tombait maintenant sur la ville. Johanna plissa le nez : « Les routes vont être verglacées d'ici à ce soir.

– Activons-nous, alors, répondit Mutti. Je n'ai jamais été un champion sur des patins à glace. »

La prochaine étape consistait à se rendre au domicile d'Anna Pozl, la première Innocente tuée, dont Johanna avait eu l'adresse par le commissariat. Elle habitait à Friedrichshain, le quartier ouvrier à l'est du centre-ville. Sauer se souvint que Sandor avait mentionné ce quartier deux soirs auparavant, faisant allusion à des recherches des SA. Il demanda des informations à ce sujet, mais ni Mutti ni Johanna ne surent lui répondre. « Hain est le poumon rouge de Berlin, dit cette dernière. Toujours sur le pied de guerre, toujours surveillé. Maintenant que les élections approchent, en plus... »

La banlieue industrielle commençait après Alexanderplatz et s'étendait sur des kilomètres le long de la Sprée. De l'autre côté du pont Jannowitz, les bâtiments historiques de la vieille ville laissaient place à des hangars et à des immeubles en brique qui s'enchaînaient en continu à perte de vue. Cette perspective monotone n'était interrompue que par les lignes ferroviaires, qui dessinaient sur la carte du quartier un dense réseau inlassablement parcouru par les trains de banlieue et les trains de marchandises, les premiers remplis de travailleurs éreintés, les seconds par le produit de leur labeur quotidien. La présence de la rivière n'égayait pas ce décor sinistre au ciel embrumé par les fumées qui s'échappaient sans trêve des usines. Sauer se souvint d'une vieille gravure représentant le Londres victorien où, racontait-on, le brouillard mêlé aux vapeurs du charbon était si épais que l'on aurait pu marcher sur les eaux de la Tamise sans s'en apercevoir.

Ils finirent par apercevoir l'Oberbaumbrücke, le pont crénelé qui reliait les quartiers de Kreuzberg et de Friedrichshain, figurés par deux tours massives en brique rouge sombre, dont les toits pointus évoquaient les châteaux des contes merveilleux. Johanna emprunta le pont pour franchir la rivière et gagner Warschauerstrasse, le boulevard qui longeait la zone du RAW, les titanesques chantiers ferroviaires de Berlin. Leur destination se trouvait non loin, si bien que devant l'immeuble de Simplonstrasse où Anna Pozl avait vécu, l'odeur de graisse pour freins piquait encore le nez. Johanna se gara en face du numéro 76, et Mutti boita prestement jusqu'aux sonnettes. Derrière lui, Sauer affichait un air soucieux.

« Quoi ? Tu n'es jamais allé dans une citadelle ouvrière ? lui demanda Mutti.

– Ce n'est pas ça. Je vis dans un endroit presque identique, à Vienne. C'est que je trouve l'atmosphère bizarre, ici. »

Mutti regarda alentour, balayant de ses yeux vifs les façades enduites de suie des immeubles ouvriers, la boue mêlée de neige sur la chaussée défoncée, les visages hébétés des femmes qui attendaient aux coins des rues. « Tout me paraît normal, finit-il par répondre.

– Regarde. Premier étage, troisième fenêtre. Et l'immeuble d'à côté, deuxième étage, deuxième fenêtre. »

Feignant un mouvement maladroit, Mutti fit tomber son chapeau. « Zut ! » s'exclama-t-il, et il se pencha pour le ramasser. En se redressant, il regarda les fenêtres que Sauer lui avait indiquées, et découvrit des hommes immobiles qui les fixaient intensément, d'un air qui semblait haineux. Tous deux portaient des chapeaux, bien qu'ils soient à l'intérieur. Et tous deux portaient un brassard rouge au bras gauche. « Eux ? Ce sont des communistes révolutionnaires. Leur différence avec les communistes réformistes, c'est qu'ils cherchent toujours des noises.

– Ils en ont après nous ?

– Ils en ont après tout le monde, et en particulier après la police. Dépêchons-nous », dit Mutti en frappant vigoureusement à la porte.

Ils n'eurent pas à attendre longtemps : un homme émacié aux cheveux gris ouvrit. « Oui ? demanda-t-il.

– Police. Nous recherchons des connaissances d'Anna Pozl pour leur poser des questions. Toute collaboration sera récompensée.

– Bonjour. Je m'appelle Bauer, celui du dernier étage, précisa-t-il comme s'ils étaient plusieurs Bauer dans l'immeuble. Je connais Anna. Elle est morte, n'est-ce pas ? »

Pour toute réponse, Mutti hocha la tête et lui tendit un billet.

« Paix à son âme », dit Bauer en empochant le billet avec naturel. Puis il ajouta : « Malheureusement, ce n'était qu'une question de temps. »

À cet instant, une autre tête fit son apparition dans l'encadrement de la porte : une dame âgée au crâne plutôt dégarni, qui sursauta en découvrant le rassemblement sur le seuil.

« Pourquoi dites-vous que ce n'était qu'une question de temps ? Elle était malade ? demanda Sauer.

– Qui était malade ? intervint la vieille dame.

– Personne, maman, lui répondit Bauer d'un ton patient. On parlait de cette pauvre Anna.

– Anna était malade ?

– Non, maman, elle n'était pas malade.

– Alors pourquoi ils disent ça ? »

L'homme se tourna vers sa mère et la prit par les épaules : « Remonte à la maison, d'accord ? Tu n'aurais pas dû descendre, toutes ces marches te fatiguent.

– Pourquoi vous attendiez-vous à ce que Mlle Pozl meure d'un moment à l'autre ? » relança Johanna.

Bauer se tourna vers eux, et parla plus doucement, sa mère semblant peu décidée à remonter. « Anna était une gentille fille. Pas gâtée par la vie, la pauvre. Je l'ai connue petite, dit-il d'un ton ému. Il nous est arrivé de l'aider, par exemple quand ses parents sont morts dans l'incendie…

– Elle aurait dû mourir ce jour-là, elle aussi ! tonna sa mère dans son dos.

– Qu'est-ce que tu racontes, maman !

– Elle aurait dû mourir elle aussi, répéta la vieille dame. Comme ça elle ne serait pas devenue une gourgandine… »

Bauer s'emporta : « Ça suffit, maintenant ! Remonte à la maison ou ça va mal se passer ! »

Sa mère se tassa face à la menace et recula de quelques pas. Bauer vérifia qu'il avait pris ses clés et, pour être sûr d'être tranquille, il tira la porte derrière lui.

« Mlle Pozl fréquentait des endroits louches ? demanda Johanna.

– Elle se prostituait ? renchérit Mutti.

– Mais non, enfin ! réagit Bauer, devenu blafard. Anna n'était pas une…

– … une gourgandine ? » compléta Sauer.

Bauer secoua énergiquement la tête. « Elle ne se prostituait pas, ça j'en suis sûr. Elle…

– Elle quoi ?

– Elle aimait les bars et les cabarets. Aller danser. Bien s'habiller. Se parfumer, dit-il, un peu gêné, comme si ces activités étaient répréhensibles.

– C'est tout ? demanda Mutti en s'approchant d'un pas, les yeux fixés dans les siens.

– C'est tout. Elle n'aurait jamais fait autre chose. Elle n'était pas ce genre de fille.

– Où sortait-elle ? demanda Johanna en tirant un calepin de la poche de sa veste.

– Je ne sais pas ! dit Bauer en joignant ses mains. On n'en a jamais parlé, et je vais rarement en ville. Je sais que c'était tous les vendredis, et parfois aussi le mardi.

– Avec qui y allait-elle ? Est-ce qu'un homme l'accompagnait ? »

Bauer se raidit, la bouche entrouverte.

« Non ! Pas d'homme ! Anna était seule et c'était une jeune femme comme il faut ! »

Tu avais un faible pour elle, conclut Sauer. *Voilà pourquoi tu la défends. Elle te plaisait, mais tu l'avais connue très jeune et ça te gênait.* « Écoutez, Herr Bauer. Les jeunes femmes comme il faut ne sortent pas seules à Berlin la nuit. Elle était accompagnée d'une amie, alors ? »

Bauer les regarda tour à tour, et leur air déterminé lui indiqua qu'il était au pied du mur. Mais il ne pouvait pas prendre le risque de passer pour un indicateur dans le quartier.

« Prenez-moi par le col, chuchota-t-il à Sauer, en jetant un regard inquiet à l'immeuble d'en face.

– Quoi ? » dit Johanna.

Sauer, lui, comprit immédiatement et passa à l'action. Il poussa brusquement Bauer contre la porte, l'attrapa par le revers de sa veste et le ramena à quelques centimètres de son visage. « Fais-nous entrer ou tu vas finir en taule ! Tu as compris, connard ? » s'époumona-t-il.

Bauer hocha la tête en roulant des yeux et se glissa à l'intérieur, suivi par les trois policiers. L'entrée, spacieuse, aurait mérité un coup de peinture. À quelques mètres de l'escalier, il y avait une petite porte verte, que Bauer ouvrit. Ils se retrouvèrent dans une buanderie, entourés de draps étendus sur des cordes.

Bauer se passa une main sur le visage, comme soudainement épuisé. « Anna était une gentille fille, mais elle avait une amie qui selon moi était une mauvaise fréquentation.

– Son nom ? demanda Johanna.

– Ute.

– Ute quoi ?

– Je ne connais pas son nom de famille.

– Bien, continuez.

– Elles se sont rencontrées à l'usine, elles étaient toutes les deux couturières industrielles. Anna était douée, Ute moins, mais elle s'en moquait : son travail d'ouvrière n'était qu'une couverture. Elle faisait ça pour ses parents, qui habitent loin et ont économisé toute leur vie pour qu'elle puisse aller vivre en ville. Mais, une fois arrivée à Berlin, Ute a fait d'autres choix. Je ne connais pas toute son histoire, mais on raconte que dans son immeuble, qui est à trois rues d'ici, elle était *célèbre*. Il paraît qu'elle recevait souvent des hommes élégants, et qu'il lui arrivait de s'absenter toute la nuit. Le matin, elle rentrait à moitié dévêtue et complètement soûle.

– Ce n'est pas un crime, commenta Johanna d'un ton sec.

– Je ne sais pas, dit Bauer en baissant les yeux. En tout cas, à partir du moment où elle a fait sa connaissance, Anna a changé. Elle s'est mise à sortir plus souvent. À rentrer tard, parfois ivre. Dans le quartier, on les appelait les Jumelles. Mais elles ne se ressemblaient qu'en apparence, elles n'avaient pas du tout la même personnalité. Anna était une gentille fille », répéta encore une fois Bauer.

Des gouttes d'eau tombaient des draps étendus, rythmant la conversation comme un métronome. Sauer laissa passer trois battements avant de demander : « Pouvez-vous nous les décrire ?

– Blondes, maigres, de cette taille, répondit Bauer en levant une main au niveau de ses yeux. Elles s'habillaient pareil, aussi, mais Anna n'aurait jamais fait ce que Ute faisait. Elle ne se serait jamais abaissée à danser dans les cabarets contre rémunération, ajouta-t-il en plissant le nez.

– Ute travaillait donc dans un cabaret, reprit Mutti.

– Oui, Anna m'en avait parlé. Ute lui avait proposé de travailler avec elle, et le salaire était si intéressant qu'Anna y réfléchissait sérieusement. Mais pas comme danseuse. Derrière le bar.

– Vous vous souvenez du nom de ce cabaret ? » demanda Johanna.

Bauer se concentra pendant quelques secondes, puis il secoua la tête. « Non, je suis désolé.

– C'est le Höllenweg ! » cria alors une voix frêle derrière la porte.

Mutti s'empressa d'ouvrir et se retrouva nez à nez avec la mère de Bauer, qui répéta : « Le Höllenweg. Je m'en souviens. Sur ce boulevard, là, comment il s'appelle déjà ? Celui qui est connu.

– Le Kurfürstendamm ? demanda Sauer.

– Oui, voilà. Vous le connaissez ? »

Oh oui, Sauer le connaissait – il y était allé deux soirs auparavant, à son arrivée en ville –, mais il ne répondit pas. Il était trop occupé à digérer l'idée qu'une des Innocentes ait connu son ami Bernie, et que les corps de l'un comme de l'autre aient été retrouvés à quelques semaines d'écart dans le même canal.

37

« Ute Görlitz ? » répéta Herbert Raum assis à son bureau du Weg. À quatre heures de l'après-midi, les serveurs n'étaient pas encore arrivés, et il régnait dans le cabaret un calme qui ne devait pas être si fréquent. « Oui, bien sûr. Elle a travaillé ici pendant un temps. J'ai dû la licencier le mois dernier pour conduite inconvenante. Je ne l'ai pas revue depuis. »

Assis dans un fauteuil en face de lui, Mutti regardait la pièce avec curiosité. « Ces Grosz au mur sont des originaux ? demanda-t-il d'un ton admiratif.

– Certains oui, répondit Raum. D'autres non.

– Je me demande si je suis capable de les distinguer, dit Mutti, et il se leva pour regarder de plus près le premier d'entre eux, qui représentait des bureaucrates s'efforçant d'éteindre les flammes qui dévoraient leurs précieuses archives. Celui-ci est un vrai, déclara-t-il après l'avoir étudié. J'ai vu juste ? »

Raum haussa les épaules. « Je n'en ai pas la moindre idée. Le seul qui le savait était mon ancien associé, mais… » Se souvenant que Bernie avait été un ami proche de Sauer, il laissa sa phrase en suspens, embarrassé.

Mutti se détourna des tableaux et reprit : « Racontez-nous tout ce que vous savez sur cette danseuse à la *conduite inconve-*

nante. Je ne vous cache pas ma surprise : je croyais que vous les embauchiez précisément pour qu'elles aient ce genre de conduite. »

En homme habitué aux relations mondaines, Raum rit avec Mutti, puis s'exécuta : « Je n'en sais pas beaucoup sur son compte. Elle est arrivée en début d'année, pour remplacer une autre fille qui nous avait quittés à la période de Noël – j'en perds toujours quelques-unes à cette époque de l'année, les fêtes sont implacables – et elle est restée jusqu'à... Voyons. La veille de la marche aux flambeaux, peut-être ? Mon associé a eu le temps de la connaître. » Il détourna les yeux pour ne pas croiser le regard de Sauer.

« Comment était cette fille ? relança ce dernier.

– Très jolie, répondit aussitôt Raum. Blonde, élancée, fine. Peu de poitrine mais bien mise en valeur. C'était une de ces filles qui sont presque mieux quand elles sont habillées que nues. Veuillez me pardonner, ajouta-t-il, gêné, à l'intention de Johanna.

– Pensez-vous, répondit Johanna d'un ton sec. Les hommes aussi sont souvent mieux quand ils sont habillés. Quand ils se déshabillent, on se rend compte qu'ils ne cachent rien sous leurs vêtements », termina-t-elle en le dévisageant.

Raum se racla la gorge, puis continua. « Quelques semaines après son arrivée, je l'ai découverte en train de flirter dans la cave avec un client. Quand je dis flirter, c'est un euphémisme.

– Excusez-moi d'insister, dit Mutti, mais j'ai peine à croire qu'une chose pareille puisse conduire au licenciement d'une jolie fille qui sait mettre ses atouts en valeur.

– Notre cabaret n'est pas le genre d'établissement que vous croyez, rétorqua Raum. Je sais qu'il en existe, et même qu'ils sont aujourd'hui la majorité. Berlin est la capitale mondiale du vice, et les cabarets doivent leur réputation à ce qu'on imagine qui se passe en coulisse. Mais, ajouta-t-il en brandissant son index, c'est un fantasme. Il ne se passe rien en coulisse. Nous nous contentons de suggérer sans promettre, Herr Kommissar. De faire illusion sans tromper. Qu'est-ce qui ferait la différence entre un cabaret et un lupanar, si toutes les danseuses se comportaient comme Mlle Görlitz ? Enfin, ne vous faites pas de souci pour elle. Le client avec qui je l'ai surprise est plutôt aisé, c'est même le sixième homme le plus riche du Brandebourg, et il lui a déjà trouvé un autre travail.

– Puis-je vous demander son nom ?

– Bien sûr que vous pouvez, mais je ne vous répondrai peut-être pas. Si vous vous intéressez à Mlle Görlitz, vous n'aurez pas de mal à retrouver sa trace.

– Bon, dit Mutti. Alors voici une autre question à la place : est-ce qu'une certaine Anna Pozl a travaillé pour vous ? »

Raum plissa les yeux. « Pozl. Pozl. Ça ne me dit rien. À quelle période ?

– En même temps qu'Ute Görlitz. Elles étaient amies.

– Alors non. Si c'était si récemment, je m'en souviendrais.

– Et Klara Schatten ? intervint Johanna, mentionnant le nom de la deuxième Innocente identifiée par le docteur Meingast.

– À la même période aussi ?

– C'est possible.

– Je vais vérifier dans mes fichiers. » Il fit le tour de son bureau pour aller ouvrir un placard, non sans se jeter un regard dans le miroir en passant. Il consulta les dossiers contenus dans un tiroir, puis secoua la tête. « Non, désolé, pas de Schatten dans le personnel ces cinq dernières années, et pas de Pozl non plus. Vous avez d'autres noms ?

– Non, c'est tout », dit Mutti. Il se leva à son tour, quittant le fauteuil de mauvais gré. « Merci quand même pour votre aide. Un résultat négatif reste un résultat », conclut-il en lui tendant la main.

Raum sourit. « Puis-je vous demander pourquoi vous cherchez des informations sur ces filles ?

– Bien sûr que vous pouvez, répondit Johanna avec un large sourire. Mais nous ne vous répondrons peut-être pas. »

38

Avant de quitter le cabaret, Mutti demanda s'il pouvait passer un appel à Potsdamer Platz, sûr que Mann serait rentré de son entretien avec le secrétaire de Hanfstaengl, et disposerait de la liste des invités à l'ambassade russe.

« Mann n'est pas repassé au bureau, on dirait », annonça-t-il à Sauer et Johanna après avoir raccroché.

Johanna fronça les sourcils. Un autobus passa lentement sur le Ku'damm, le toit couvert de glace.

« J'ai un mauvais pressentiment, fit Sauer.

– Moi aussi, lui fit écho Johanna.

– Où peut-on trouver ce fameux secrétaire ? » leur demanda Mutti.

Se rendre à destination avec la tempête qui s'annonçait et les embouteillages du samedi après-midi leur prit presque toute l'heure suivante, si bien qu'il était cinq heures quand ils sonnèrent au portillon de Janus Perelman, secrétaire personnel et administrateur de biens d'Ernst Hanfstaengl. Sous le ciel sombre, la façade bleue de la maison semblait lugubre, et les lumières tamisées que l'on apercevait par les fenêtres ornées de stucs ne suffisaient pas à la réchauffer. Le visage sinistre de Perelman n'améliora pas le cadre : avec ses yeux si clairs qu'ils en paraissaient blancs, ses rares cheveux soigneusement peignés et sa peau cireuse, il n'aurait pas détonné sur certaines illustrations de la littérature gothique de la fin du XIXe siècle, dans le rôle du secrétaire d'un vampire plutôt que d'un homme politique.

« Oui ? demanda-t-il à ses visiteurs.

– Police, dit Johanna en montrant sa plaque. Nous venons de la part de Herr Hanfstaengl. Nous cherchons des informations concernant la liste des invités que…

– Encore ? l'interrompit Perelman, l'air à la fois étonné et agacé. Vous voulez dire pour la fête du samedi 18 à l'ambassade russe ?

– Tout à fait, confirma Mutti. Pourquoi ? Elle est très demandée ? »

Perelman eut un vague sourire. « La fête de l'année, on dirait. » Il s'écarta et leur fit signe d'entrer. « Venez. Il gèle, ce soir. »

Il les précéda en silence à travers des pièces luxueuses : boiseries, épais tapis, murs tendus de tapisseries, cheminées allumées. La dernière, où ils s'arrêtèrent, se caractérisait par un plafond à caissons. « Installez-vous, leur dit Perelman en désignant trois fauteuils style Empire alignés devant un grand bureau à pattes de lion. J'ai déjà parlé de la liste avec votre collègue, l'inspecteur… » Il s'interrompit pour relire quelques notes griffonnées sous un coupe-papier en forme de cimeterre. « Pardon, le sergent Mann.

– Ah, il est passé vous voir, alors.

– Oui, en fin de matinée. Il a demandé à voir la liste des invités à la fête, et vu que c'était M. Hanfstaengl qui l'envoyait et que c'était par ailleurs un policier en service, je me suis exécuté. Je lui en ai donné une copie et nous nous sommes salués.

– Eh bien, si vous n'y voyez pas d'inconvénient, nous aimerions bien que vous nous rendiez le même service, dit Mutti.

– Si cela ne vous pose pas problème, intervint Johanna, affable.

– Non, bien sûr. Seulement, c'est insolite. Enfin, que s'est-il passé de si particulier à cette fête pour que tout le monde vienne me demander le nom des participants ? C'est bien la première fois que ça arrive.

– Vous voulez dire que quelqu'un d'autre que Mann est venu vous demander ces informations ? » demanda Sauer.

Perelman se rendit compte qu'il avait commis une erreur, et se raidit soudainement.

« C'est cela ? renchérit Mutti. La police n'est pas la seule à s'intéresser à cette liste ? »

Une série d'émotions défila sur le visage émacié de Perelman : inquiétude, peur, doute, honte, et de nouveau peur. Il se pencha vers un tiroir de son bureau et fouilla à l'intérieur.

« Voici la liste, déclara-t-il en posant une liasse de feuilles devant lui. J'en ai un autre exemplaire, vous pouvez la garder. »

Johanna s'en empara et la parcourut rapidement. À l'éclat qui traversa ses yeux, Sauer comprit qu'elle avait trouvé le nom qu'ils cherchaient. « C'est bon, déclara-t-elle.

– Bien, si vous avez ce qu'il vous faut, dit Perelman, je suis au regret de devoir vous laisser : demain nous avons un déménagement, et…

– Ne nous prenez pas pour des imbéciles, monsieur Perelman, l'interrompit Mutti. Je vous ai posé une question et vous êtes en train de l'éluder. Par ailleurs, je vous informe que vu que cette liste contient le nom que nous cherchions, elle est maintenant une preuve dans une enquête pour plusieurs homicides.

– Plusieurs homicides ?

– Exact. Par conséquent, vous avez le devoir de nous dire tout ce que vous savez à ce sujet. En commençant par l'identité de la personne ou des personnes qui ont demandé à voir cette liste.

– Je ne sais pas si je peux répondre à cette question, balbutia Perelman, troublé. Il s'agit de données privées, vous comprenez ? Je ne voudrais surtout pas entraver une enquête, mais si vous aviez un document officiel, un mandat, une demande signée...

– Qu'est-ce qu'on fait ? On l'embarque à l'Alex ? demanda Johanna à Mutti.

– Mmh... Attends, laisse-moi réfléchir. Au début, M. Perelman a collaboré, ce qui joue en sa faveur. Et puis il nous a fourni la liste. Très bien. Mais ensuite il a refusé de nous fournir des informations complémentaires, et vu que la liste confirme la présence de la victime ce soir-là... Oui, je dirais qu'on peut l'embarquer, conclut Mutti en faisant mine de se lever.

– Non, non ! Je vous en prie, on va trouver une solution », dit Perelman en gesticulant comme un comique d'opérette. La référence au commissariat central lui avait fait perdre toute sa dignité.

« Alors donnez-nous cette information, intervint Sauer. Si vous nous dites les noms de toutes les personnes qui vous ont demandé cette liste, nous serons satisfaits et les choses pourront en rester là. N'est-ce pas, commissaire Forster ?

– Absolument, confirma Mutti.

– Vous ne direz à personne que c'est moi qui vous ai donné cette information ? » demanda Perelman. La demande était surprenante, vu sa position.

Qu'est-ce que ça peut te faire ? se demanda Sauer. *Tu risques de te retrouver à l'Alex pour un interrogatoire, et tu poses encore des conditions ? De quoi as-tu peur ?*

En réalité, Perelman n'avait pas peur de quelque chose mais de quelqu'un, ainsi que Sauer le comprit vite. « Cette liste a été consultée par vous, par le sergent Mann et par une autre personne, dit le secrétaire d'une voix qui tremblait légèrement. Mardi dernier, j'en ai délivré une copie à un membre du Parti. » À ce stade, sa voix était si ténue qu'elle était presque inaudible. « Du Parti national-socialiste, ajouta-t-il, comme si c'était nécessaire.

– Qui ? le pressa Mutti.

– Reinhard Heydrich », souffla Perelman en levant vers lui des yeux terrorisés.

39

« On s'en doutait, hein », commenta Mutti alors qu'ils quittaient la demeure de Perelman. La neige gelée craquait sous leurs pieds.

Sauer était trop furieux pour répondre. *Creuse une fosse et assieds-toi dedans*, disait le message sur lequel Rosa et lui s'étaient entendus en cas de danger, *et quand le dragon rampera jusqu'à la source, frappe-le en plein cœur et brise-le en mille morceaux.* Mais le dragon – Reinhard Heydrich, l'Ennemi – était arrivé à la source avant lui et avait déjà laissé trois cadavres dans l'eau, affreusement défigurés. S'il avait la liste depuis mardi, soit deux jours avant que Sauer arrive à Berlin, il avait eu le temps de causer bien d'autres dégâts. Et Rosa était sur cette liste.

« Il y avait aussi Himmler, à cette soirée, déclara Johanna, qui consultait la liste à la lumière d'un réverbère. Et Diels, ajouta-t-elle. Mais pas de Heiderich.

– Heydrich, la corrigea Mutti.

– Heydrich, répéta-t-elle pour retenir ce nom. Qui est-ce ?

– C'est le sbire préféré de Himmler, et le responsable du SD, les services secrets internes du Parti. Il a quitté la Marine il y a un an et demi, évincé par j'ignore quel stratagème alors qu'il allait obtenir une promotion. Depuis, il fait carrière chez les nazis. C'est un homme très ambitieux, et absolument dépourvu de scrupules.

– Jamais entendu parler », commenta Johanna.

Mutti lui adressa son rictus coutumier : « Si tu en avais entendu parler, ce seraient des services secrets un peu décevants... En tout cas, crois-moi : c'est un salopard équipé d'un cerveau en diamant et d'un cœur en acier. C'est le plus dangereux de l'équipe.

– Je m'en souviendrai. »

À bord de la voiture, Mutti alluma le plafonnier et lut la liste en silence. Elle contenait plus de cent noms. Pour une raison mystérieuse, à côté des noms féminins, qui représentaient un peu moins d'un tiers du total, figurait l'année de naissance. Certains d'entre eux étaient entourés, et Mutti n'eut pas besoin de se creuser beaucoup la cervelle pour émettre une hypothèse : « Ce sont celles qui ont entre vingt et trente ans. »

Johanna hocha la tête. « Une, deux, trois, quatre, cinq, six, sept au total. La plus âgée est de 1905. La plus jeune, de 1911.

– Et nous connaissons trois d'entre elles, dit Sauer.

– Klara Schatten, 1910. Anna Pozl, 1906. Et Rosa Rach, 1908. Deux des victimes et notre objectif, confirma Johanna.

– Je parie que l'Innocente sans nom est elle aussi sur cette liste.

– Oui, mais pourquoi ? s'interrogea Johanna. Pourquoi est-ce qu'ils les éliminent ? »

Sauer croyait le savoir, à présent, mais il garda le silence, laissant Mutti se charger d'émettre des suppositions.

« On a peut-être affaire à un maniaque, avança ce dernier. Comme le Vampire de Düsseldorf.

– C'est quand même rare, objecta Johanna.

– Moins que tu ne l'imagines, répliqua Mutti. La vérité, c'est qu'on n'apprend à les identifier et à les étudier que maintenant. Notre directeur a des archives entières sur ces "assassins en série", et il apprend à ses hommes comment anticiper leurs actes à partir de profils psychologiques détaillés. Mais l'Alex se garde bien de diffuser certaines informations. Le pire, ce n'est pas ce qu'on lit sur la une, mais ce qui n'arrive même pas aux oreilles des journalistes.

– Il n'empêche que ça me paraît peu probable, intervint Sauer. Un maniaque ne se servirait pas de la liste établie par quelqu'un d'autre.

– Sur ce point, je suis d'accord. Il s'en crée une tout seul s'il en est capable, ou il obéit à ses pulsions sur le moment, quand il repère une proie qui correspond à ses goûts. Dans notre cas, il y a de la méthode. Regardez la liste : Schatten est la première, Pozl la deuxième, Rosa la dernière. Si le troisième corps est bien celui de la troisième fille sur la liste, on pourrait même dire que notre assassin procède en suivant cet ordre. Johanna, cherche un téléphone et appelle le commissariat central. Je veux savoir où habitent les filles qu'on ne connaît pas, et si on arrive à trouver des amis ou des parents, il faut les faire venir à l'Alex pour qu'ils identifient le troisième corps.

– Entendu, chef », dit Johanna, et elle quitta la voiture.

« Tu sais ce qui se passe, pas vrai ? demanda alors Sauer.

– Je le crains, répondit Mutti.

– Les trois corps retrouvés jusque-là se ressemblent.

– Jeunes, fines, cheveux clairs, énuméra Mutti. Et toutes invitées par ce cher Hanfstaengl.

– Qui nous a affirmé que le blond est très à la mode cette année dans certains milieux… »

Mutti inspira profondément. « Ils cherchent Rosa eux aussi, déclara-t-il. Seulement, ils ne savent pas à quoi elle ressemble exactement. »

Sauer opina : « Quelqu'un l'a aperçue à l'ambassade, mais n'a pas réussi à avoir son nom. Alors, il a demandé la liste, il a resserré sa recherche à partir de l'âge, et maintenant, il les retrouve une par une.

– Il attrape la fille, la drogue, la cuisine pour lui extorquer des informations, et quand il comprend qu'elle n'en a pas, il s'en débarrasse et passe à la suivante.

– C'est pour l'attentat ? demanda Sauer, qu'un élément de leur reconstruction laissait perplexe, sans qu'il arrive à saisir lequel.

– Sans doute, dit Mutti. Quoi que Rosa ait pu avoir en tête, ils savent qu'elle est mêlée au complot et ils veulent l'attraper. À tout prix. »

Johanna revint, transie. « C'est bon, dit-elle en reprenant le volant. J'ai répété tes ordres. Tous les agents libres enquêteront sur les quatre noms qu'on ne connaît pas, et ils ont la consigne de se rendre chez elles dès qu'ils les trouvent.

– Très bien. Alors il ne nous reste plus qu'une chose à faire, dit Mutti.

– Quoi ? demanda Sauer.

– Attendre. »

Ils attendirent au commissariat de Potsdamer Platz, récapitulant les informations qu'ils avaient apprises jusque-là entre une tasse de thé noir et une tranche de *Baumkuchen*, un massepain aux cerises que Mutti aimait tant qu'il en avait toujours dans son tiroir. Son bureau était exigu, mais il offrait une vue à couper le souffle sur la grande place ronde et le célèbre feu tricolore, le premier de toute l'Europe, supposé réguler la farandole incessante d'autos, bus et tramways qui passaient par ce croisement, lequel formait comme une incarnation lumineuse de l'énergie proverbiale de Berlin – la ville qui ne dormait jamais, mais n'arrêtait jamais de rêver pour autant.

Et de générer des cauchemars, pensa Sauer en se détachant de la fenêtre pour se tourner vers le bureau faiblement éclairé où la tension régnait. Une question de fatigue, en partie, et d'inquiétude pour Rosa, évidemment. Mais l'absence injustifiée du sergent Mann, injoignable chez lui, y contribuait aussi. Sans parler de la disparition de Julian. *Cette affaire est en train de se transformer en une histoire de fantômes.*

L'horloge à côté de la porte affichait sept heures, l'heure à laquelle les lumières commencent à s'éteindre dans les commissariats, où, après les salutations d'usage, seuls quelques hommes fatigués et contrariés restent de garde. *Et on est samedi, en plus.* Sauer savait d'expérience que le dimanche les activités étaient ralenties, entre ces murs sales couverts de photographies signalétiques, de cartes, de rapports sur des affaires déjà à moitié oubliées. S'il voulait avancer, le temps à sa disposition était compté, en tout cas par les voies officielles.

La première fille arriva à 19 h 26, *in extremis.* Elle fut amenée par un des deux agents dont Mutti s'était moqué l'après-midi même, Rutger Jäger. Quand Sauer la vit, il tressaillit : avec sa taille, sa corpulence, la couleur de ses cheveux et la forme de ses yeux, elle aurait pu être la sœur de Rosa. Elle s'appelait Lotte Erhard, elle avait vingt-cinq ans et travaillait comme vendeuse au KaDeWe, le grand magasin à côté de Wittenbergplatz. La convocation de la police l'avait surprise et troublée – en venant la chercher, Jäger avait interrompu les préparatifs du dîner dans l'appartement de Wedding où elle habitait avec ses parents –, et elle raconta sans se faire prier tout ce qu'elle pouvait dire sur l'invitation à l'ambassade russe le samedi précédent. Un garçon, expliqua-t-elle en rougissant, lui faisait la cour depuis longtemps, et il n'avait pas baissé les bras devant son enthousiasme modéré. Sans qu'elle sache comment, il avait réussi à faire mettre leurs noms sur la liste des invités, et ils avaient passé une merveilleuse soirée à boire et à danser, habillés comme un prince et une princesse. « Il y avait un code vestimentaire, expliqua-t-elle. Il fallait que je ressemble à Marlene Dietrich dans *L'Ange bleu*.

– Une sorte de soirée déguisée ? avait demandé Mutti en souriant pour l'encourager.

– Oui, voilà, mais juste pour les filles. Nous étions les seules à être masquées.

– Masquées, murmura Johanna, et elle chercha les yeux de Sauer, où elle lut le même intérêt.

– Oui. J'espère que je n'ai rien fait de mal… »

Elfi Moabit arriva à son tour une demi-heure plus tard, escortée par deux agents en civil qui semblaient sortis du même moule – même costume, même imperméable, même moustache –, et elle répéta cette histoire de masque et de code vestimentaire. « Quand Boris… le garçon qui m'a invitée, vous voyez ? C'est un diplomate en herbe… il est inscrit à l'université Humboldt et il travaille pour les Russes parce qu'il a des origines… sa mère était une sorte de tsarine avant la Révolution… belle comme une déesse, mais elle a tout perdu et elle a dû s'exiler… elle ne connaissait pas l'allemand, elle n'avait pas de travail, elle a dû se débrouiller… elle a pris un coup de vieux terrible, la pauvre…

– Mademoiselle, l'interrompit Mutti.

– Oh, pardon. Alors, la soirée. Boris a obtenu une invitation pour moi, mais je devais m'habiller d'une manière précise, comme dans ce film avec Marlene Dietrich…

– *L'Ange bleu*, compléta Johanna.

– Oui, voilà. Moi, je ne l'avais même pas vu, mais ma cousine oui, alors elle m'a expliqué comment me coiffer et m'habiller… mais bon, à la soirée toutes les filles se ressemblaient donc je ne vois pas trop l'intérêt, ils auraient dû nous dire de nous habiller de façon différente… Cette Marlene Dietrich a bien dû faire d'autres films, non ? Enfin, moi, le cinéma…

– Mademoiselle.

– Oui, pardon. Je suis un peu émue, vous savez. Quand les policiers sont arrivés au magasin pour me convoquer, mon patron, ça lui a fait un choc… il leur a demandé tout de suite s'ils m'emmenaient à l'Alex et ce que j'avais fait… entre nous, je pense qu'il a des soupçons sur mon compte depuis la fois où il y a eu un trou dans la caisse… d'ailleurs, vous ne pourriez pas écrire sur un papier que…

– Avez-vous déjà entendu parler d'Ernst Hanfstaengl ? l'interrompit Sauer.

– Ernst qui ?

– Hanfstaengl. »

La fille afficha une expression digne d'un mime. « Ah, non, jamais. Qui est-ce ?

– Et de Reinhard Heydrich ?

– Non plus. Puis-je vous demander ce que vous cherchez ?

– À quelle heure êtes-vous rentrée chez vous, après la fête ? »

À cette question, Elfi eut un temps d'arrêt. « Je ne suis pas rentrée. Boris a un petit appartement à Schöneberg… un endroit charmant, il m'a juré que ce n'était pas une garçonnière, et je le crois, parce que dans les garçonnières il y a des miroirs et des meubles-bars, alors que là il n'y avait que des livres et un bureau…

– Mademoiselle.

– … et enfin, bon, j'ai passé la nuit chez lui. Mais pourquoi ces questions ? Il s'est passé quelque chose à cette soirée ? »

C'est bien ce qu'on voudrait savoir, pensa Sauer.

« Malheureusement, oui, répondit Mutti. Et vous êtes en danger. Ne quittez pas votre domicile dans les prochains jours. Mes agents assureront votre protection. N'ouvrez pas à des inconnus. Et ne parlez à personne, ajouta-t-il. Pour votre bien… et pour celui de tout le monde. »

Ces propos firent perdre son bagout à Elfi Moabit, qui quitta la pièce avec de grands yeux de chouette.

« Tu vas les protéger, alors ? demanda Sauer quand la porte se fut refermée.

– C'est la moindre des choses, répondit Mutti. Deux, et sans doute trois, sur sept d'entre elles sont mortes, et une autre a disparu. Ce n'est peut-être qu'une énorme coïncidence, mais tu sais que je ne crois pas aux coïncidences, et dans tous les cas je ne peux pas prendre de risques. Les corps retrouvés dans le canal plombent mon dossier. Je ne voudrais pas y laisser ma prime de fin d'année. »

Ils eurent des nouvelles des filles manquantes peu après huit heures. Maria Hegel, la quatrième de la liste, était secrétaire et habitait seule dans une mansarde du Diplomatenviertel. Quand les agents de police s'étaient rendus à son domicile, elle était absente. Selon une voisine, elle n'était pas revenue depuis plusieurs jours. Peut-être qu'elle était rentrée dans son village, à côté de Lübeck, pour rendre visite à ses parents, même si elle était déjà allée les voir un mois auparavant.

Quant à la troisième fille entourée sur la liste, Heike Prenzlauer, elle ne s'était pas présentée au travail depuis le samedi précédent et avait manqué tous ses cours du soir depuis cette date pour une simple raison, qui fut confirmée lorsqu'un cousin à elle qui habitait à Tempel fut escorté à la morgue de l'Alex : le corps repêché dans le Landwehrkanal et non identifié jusque-là était le sien.

« Le doute n'est plus permis, commenta Mutti quand ils apprirent cette nouvelle. Ils prennent la liste et opèrent nom après nom.

– Maria Hegel est sans doute déjà morte », dit Sauer d'un ton lugubre.

40

Ils se saluèrent à huit heures et demie, Johanna rentra chez elle, et Mutti escorta Sauer jusqu'à sa pension pour qu'il fasse ses bagages. « Si Heydrich se cache derrière tout ça, lui dit-il en se dirigeant vers le tram avec lui, maintenant que ta présence en ville n'est plus un secret, tu es en danger toi aussi. La veuve Linke est dans nos fichiers, c'est une sympathisante communiste qui a d'excellentes raisons de haïr les nazis, je ne crois pas qu'elle te vendra à l'ennemi. Mais Julian a disparu, et maintenant Mann aussi. Il ne faut pas lésiner sur la prudence.

– Où est-ce que tu as l'intention de m'installer ? » demanda Sauer, en suivant Mutti à bord du tram qui venait de s'arrêter devant le commissariat. Maintenant qu'ils se retrouvaient en tête à tête, la colère accumulée ces derniers mois refaisait surface, nettement perceptible dans sa voix.

« Pas chez moi, ne t'inquiète pas. C'est trop le bazar, en fin de semaine. Et en milieu de semaine aussi. Et dès le lundi, en fait. C'est toujours le bazar, et Lina n'est pas là pour passer derrière moi. De toute façon, je suppose que tu ne serais pas tranquille si tu dormais sous mon toit, non ?

– Quel homme méfiant je suis, hein.

– Siggi…, soupira Mutti, avec la voix d'un instituteur patient. Ne revenons pas sur le passé, d'accord ? Pas maintenant.

– Et on le fera quand, alors ? » répliqua Sauer. En entendant le ton monter, les deux femmes emmitouflées debout à côté d'eux se déplacèrent vers le fond du tramway.

« Quand cette histoire sera terminée, proposa Mutti. Maintenant, la priorité est de retrouver Rosa. Ce n'est pas le moment de se disputer. Quand on réglera nos comptes, tu pourras me pousser à l'eau, si tu veux », dit-il en souriant, dans une allusion à la fois où il avait poussé Sauer à l'eau depuis une péniche, à Munich.

Sauer ne répondit pas. Il ne savait pas ce qu'il voulait, il ne le savait plus depuis des années. Autrefois, peut-être, quand il était jeune et aveuglé, il lui semblait savoir ce qu'il voulait, et quoi faire pour l'obtenir. Puis, tout avait tourné au chaos, tout ce qu'il croyait savoir s'était révélé illusoire et ne lui avait apporté que des fruits empoisonnés. Ces dernières années, son seul repère avait été la justice.

« Bon, Siggi. Si tu veux on discute ici et maintenant, et on peut régler cette affaire à coups de poing, comme deux bons amis qui ont eu un différend…

– Un différend ? C'est comme ça que tu appelles une trahison ?

– … mais au fond, tu n'en sais pas beaucoup sur mon compte. Et moi non plus sur le tien. Est-ce que tu m'avais dit qu'autrefois tu as fait partie de leur bande ? Que tu étais un adorateur de la sainte croix gammée de la première heure, et qu'en 1923 tu as même marché avec Hitler sur Munich ? »

Sauer sentit son sang se glacer. Les insectes étaient toujours là, cachés sous le plancher de sa nouvelle vie, il le savait, il ne pouvait pas les oublier : il les entendait gratter contre le bois à longueur de temps, mais il n'osait pas soulever les planches pour vérifier. Il lui était insupportable de les voir. « C'était il y a longtemps, à l'époque je ne connaissais pas la vérité sur le Parti. Je ne suis plus cette personne.

– Eh bien moi non plus, répondit Mutti avec un sourire. Avant de jouer des poings on ferait mieux de faire le point, Siggi. »

Vieux salopard. Tu as toujours su y faire avec les mots, c'est comme ça que je me suis fait avoir. « Donne-moi une seule raison de te pardonner. Une seule raison valable. »

Mutti sourit à nouveau, un peu amer cette fois. « Si tu veux. Elle tient en un mot : famille.

– Et voilà, répondit Sauer, écœuré et vexé par cette basse tentative. J'étais certain que tu tenterais ta chance. Tu es pathétique, permets-moi de te le dire. »

Mutti haussa les épaules. « Peut-être. Mais il se trouve que la vérité est souvent pathétique.

– La vérité...

– J'ai commis une erreur, le coupa Mutti. Une énorme erreur, que je regrette chaque jour. Et j'en paie les conséquences. Tout le monde a ses démons. Mais les pires conséquences, ce sont Lina et les enfants qui les paient. Mon erreur, je l'ai commise en me souciant de leur bien, et je n'y ai gagné que du mal. Tu sais depuis quand je ne les ai pas vus ? Tu sais quand je pourrai les retrouver ? » Il s'interrompit : le tramway ralentissait, ils arrivaient à leur arrêt. « Dommage, dit Mutti. Il nous faudra reprendre cette discussion une autre fois. »

Ils descendirent sur le trottoir du Ku'damm, presque à la hauteur de la rue de la pension Linke. Ils sonnèrent, gravirent l'escalier, et trouvèrent la porte de la pension entrouverte, mais personne pour les accueillir. Sauer guida Mutti jusqu'à sa chambre.

« Dis-moi juste une chose, demanda Sauer en enfilant la clé dans la serrure. Tu étais au courant, pour Rosa ? Tu savais qu'elle était à Berlin ? Tu savais pourquoi ? »

Mutti le regarda droit dans les yeux et répondit sans ciller : « Non, je ne le savais pas. Julian ne m'en a parlé qu'après sa disparition. Je me suis mis en colère : si je l'avais su avant, j'aurais pu faire quelque chose. L'aider. Et on aurait peut-être pu éviter toutes ces morts.

– Tu l'aurais aidée, répéta Sauer, songeur.

– Je l'aurais arrêtée, et probablement sauvée. Ce que j'ai toujours l'intention de faire, si tu me laisses t'aider. La sauver, elle, ainsi que les autres filles de la liste. »

Sauer soupira. Ces mots étaient sensés, justes, ils avaient l'air d'être sincères, mais ils ne suffisaient pas. Néanmoins, pour l'heure, il n'avait pas d'autre choix que de s'en contenter. Il en allait de la vie de Rosa.

Alors il acquiesça et ouvrit la porte sans rien ajouter.

Pour commencer, il fut suffoqué par l'odeur.

Douceâtre. Nauséabonde.

Puis il alluma la lumière et découvrit le corps, posé sur son lit à baldaquin comme sur un bûcher funéraire : entièrement nu, les mains croisées sur le ventre, les cheveux bien lissés de part et d'autre de la tête.

« Non ! s'écria Sauer en se précipitant vers le cadavre.

– Doux Jésus », murmura Mutti.

Peau livide, poitrine immobile, visage réduit à l'état de bouillie de chair d'où toute trace d'humanité avait disparu.

Ils avaient trouvé Maria Hegel.

41

La quatrième Innocente de la liste gisait sur le lit dans une mare de sang qui avait imprégné toute la couverture et goutté sur le tapis, y formant une tache de la taille d'un oreiller. Sauer savait ce que signifiait tout ce rouge, qui avait giclé jusque sur la tête de lit et sur le mur derrière. Des gouttes avaient même atterri sur le tableau champêtre accroché au-dessus de la commode, à quatre mètres du corps. Sauer savait ce que cela signifiait, et il en était ébahi. « Elle a été tuée ici.

– Oui, confirma Mutti en s'agenouillant à côté de la tache, qu'il toucha de la pointe du doigt. Et récemment. Le sang est frais. C'est arrivé il y a une heure tout au plus. »

Sauer fit le tour du lit et, la main enroulée dans un mouchoir, il essaya de déplacer délicatement le bras gauche du cadavre. Le *rigor mortis* ne l'avait pas encore bloqué. Il observa l'aisselle : le trou de l'aiguille y était bien, aussi visible qu'un grain de beauté. « Elle a été droguée, Meingast avait raison. Mais elle, elle a été tuée au couteau. »

Mutti regarda autour de lui, puis sous le lit. Rien.

« Tu cherches l'arme du crime ? lui demanda Sauer.

– Seuls les assassins occasionnels la laissent sur place, répondit Mutti en se relevant. Mais on ne sait jamais…

– Oh, regarde, l'interrompit Sauer, en indiquant les mains de la jeune fille, croisées sur son ventre, juste au-dessus de son pubis. Elle a quelque chose entre les doigts. »

Ils s'approchèrent, s'efforçant de ne pas laisser glisser leur regard sur la toison blonde de son bas-ventre – une vision à la fois obscène et émouvante. Effectivement, l'Innocente avait un petit objet glissé entre ses doigts. « Qu'est-ce que c'est ? demanda Mutti.

– On dirait une boulette de papier, dit Sauer, penché pour mieux y voir.

– Un message. Un suicide, peut-être ? »

Sauer leva les yeux. « Ça te semble le moment de plaisanter ? »

Mutti lui prit son mouchoir et s'empara délicatement du papier. « On n'est pas supposés faire ça. Si le médecin légiste l'apprend, ça va barder. Donc à part cet objet, qu'on a trouvé sur la table de chevet, on ne touche à rien, entendu ? »

Sauer déplia la boulette que Mutti lui avait tendue en secouant la tête : son ancien collègue n'avait pas changé. Toujours le même clown, jusque dans les circonstances les plus sinistres.

À la lecture du message rédigé à la main, il sentit simultanément quelque chose s'éteindre et s'embraser en lui.

Je suis désolé, H.

« Heydrich ! » aboya-t-il, écœuré par ce message surgi du passé, tandis que les images de la série de meurtres maquillés en suicide sur lesquels il avait enquêté à Munich un an et demi avant défilaient dans sa tête.

Mutti jura. « Ce salaud se fiche de nous. Personne d'autre ne connaît ce détail. Il ne figure pas dans les procès-verbaux sur l'affaire Raubal. »

Personne d'autre à part Julian, pensa Sauer. *Il était à Munich, lui aussi*, mais il ne le dit pas. Il ne tenait peut-être pas l'inspecteur disparu en haute estime, mais rien ne lui permettait d'affirmer, ni même de supposer, qu'il était capable de commettre des atrocités pareilles.

Ils regardèrent en silence le corps sur le lit, puis Mutti posa une main sur l'épaule de Sauer, dans un geste aussi affectueux qu'inattendu. « Au moins, nous avons une bonne nouvelle. S'il continue à tuer les filles de la liste, c'est qu'il ne tient pas Rosa. Quoi qu'il cherche, il ne l'a pas trouvé. »

Sauer ne fut pas rassuré par ces mots réconfortants car quelque chose ne cadrait pas dans cette conclusion, ni d'ailleurs dans toute cette affaire. Les yeux rivés sur le corps de Maria Hegel, il finit par comprendre quoi.

Heydrich connaît Rosa. Il la connaît très bien.

Il ne peut pas être l'assassin.

Pourtant, il était le seul à pouvoir être l'auteur de ce petit mot moqueur.

Comment est-ce possible ?

Sauer plissa les yeux, dans l'effort de prendre de la distance pour considérer les faits sous un jour nouveau. Il fut distrait par une voix dans son dos.

« Herr Rach ? demandait la veuve Linke en entrant dans la pièce. C'est vous ? »

Sauer et Mutti se retournèrent brusquement. La veuve les regardait, un petit calibre à la main.

« Dieu du ciel ! C'est vous ! Je ne vous ai pas vu entrer, puis j'ai entendu des voix dans votre chambre, j'ai craint que… »

Elle n'acheva pas sa phrase. Son regard venait de tomber sur le corps nu au milieu du lit. Elle lâcha son pistolet. « Qu'est-ce que vous avez fait ? Qu'est-ce que… »

Mutti bondit sur elle, la prit par l'épaule et mit une main devant sa bouche. « Chut, lui dit-il. Calmez-vous. Je suis commissaire de police. Ce n'est pas ce que vous croyez. »

Elle hocha la tête, tremblant comme une feuille.

« Je vais vous libérer et vous ne crierez pas, d'accord ? dit Mutti. J'ai ma plaque dans ma poche. Je vous lâche et je vous la montre. »

Elle hocha à nouveau la tête, énergiquement, et Mutti la lâcha.

« Au secours ! s'époumona aussitôt la veuve. Au secours !

– Mais bon sang…, marmonna Mutti, la bâillonnant de nouveau, avec moins de délicatesse. Je suis commissaire de police, je vous dis !

– Frau Linke, intervint Sauer d'une voix douce. Écoutez-moi. Nous sommes policiers tous les deux, comme l'inspecteur Julian. Nous enquêtons sur des homicides, et celui-ci, fit-il en indiquant le corps derrière lui sans le lui laisser voir, n'est que le dernier de la série. Le coupable a laissé le cadavre ici pour nous provoquer. Nous n'y sommes pour rien. Cette fille est morte depuis une heure, et nous venons tout juste de rentrer. »

Ces mots firent leur effet, renforcés par la vue de la plaque que Sauer avait attrapée dans la poche de Mutti, qui relâcha à nouveau la veuve.

« Silence, cette fois », la mit en garde Mutti.

La veuve opina. « Excusez-moi, dit-elle, au bord des larmes. Mais quand j'ai vu cette pauvre fille… » Elle jeta un regard vers le corps, puis tourna la tête, comme pour chasser cette image.

« Écoutez-moi, lui dit Sauer. Votre pension n'est pas un lieu sûr. En plus, vous ouvrez à tous les gens qui sonnent et vous ne surveillez pas la porte.

– Mais…, protesta la veuve.

– L'autre soir, vous avez laissé entrer mon ami Sandor, quand il m'a ramené ici, l'interrompit Sauer. Et hier soir, à mon retour je l'ai trouvé assis dans ma chambre. C'est vous qui l'avez laissé entrer ?

– Non ! protesta-t-elle. Le premier soir oui, mais hier je ne l'ai même pas vu.

– Eh bien, voilà une adresse sûre quand on a besoin de discrétion ! ironisa Mutti.

– Bref, on ne sait pas qui entre et qui sort, ni à quelle heure, conclut Sauer. Y a-t-il d'autres pensionnaires en ce moment ?

– Rien que Herr Veitchen, le commis voyageur que vous avez rencontré hier au petit déjeuner.

– Le moulin à paroles », dit Sauer.

Frau Linke confirma d'un hochement de tête. Puis elle fronça les sourcils. « Maintenant que j'y pense… Ce soir, quand il est rentré, j'étais dans ma chambre, mais je l'ai entendu parler à voix basse. Enfin, ça lui arrive de parler tout seul.

– Il avait peut-être bu », avança Sauer. Veitchen lui avait fait l'impression d'être un homme à fréquenter les bars.

« Ou bien il n'était pas seul, répliqua Mutti en se tournant vers la défunte Maria Hegel. Peut-être que cette fois il parlait vraiment à quelqu'un. »

42

La porte de la chambre de Veitchen était entrouverte, comme une invitation dont Sauer et Mutti se saisirent sans y penser à deux fois. Ils constatèrent dès qu'ils eurent franchi le seuil que le pensionnaire avait quitté les lieux : l'armoire, béante, était vide, et aucun objet personnel ne reposait sur les étagères. Seule une feuille de papier se trouvait sur le bord du lit, comme oubliée dans la hâte du départ. Cependant, Sauer ne douta pas un instant que la scène avait été soigneusement préparée, et qu'un message figurait sur cette feuille. Quand il en prit connaissance, un frisson parcourut son échine.

« C'est la liste des Innocentes, déclara-t-il d'une voix éteinte. Des sept Innocentes. »

Mutti s'en saisit. « Anna Pozl. Klara Schatten. Heike Prenzlauer. Maria Hegel. Elfi Moabit. Lotte Erhard, lut-il à haute voix comme pour leur adresser un dernier adieu. Et Rosa Rach. Mais enfin, pourquoi l'avoir laissée ici ? Il ne pouvait pas la mettre dans la main de Maria Hegel, comme le petit mot ?

– Le petit mot, c'était pour nous faire suspecter Heydrich, répondit Sauer, suivant son intuition. La liste, c'est pour nous faire remonter à Veitchen. Pour m'informer que j'avais l'assassin sous le nez depuis mon arrivée. »

Mutti resta un instant silencieux, un phénomène rare chez lui, puis il finit par dire d'un ton stupéfait : « Ils savaient que tu dormirais ici avant même que tu arrives à Berlin.

– Oui », souffla Sauer, pris d'une lassitude infinie. Écrasé, découragé, il s'autorisa à fermer les yeux un instant. Mais, même dans cette obscurité, la vérité étincelait. « Julian était le seul à savoir.

– Non, répondit Mutti.

– Si.

– Je n'y crois pas.

– Il m'a amené ici pour me surveiller. Pour que Veitchen me surveille. »

Mutti secoua la tête. « Non. Pas Julian. Il y a forcément une autre explication. J'en mettrais ma main à couper.

– Alors choisis la gauche, rétorqua Sauer. La main avec laquelle tu tires pourrait encore te servir. »

Mutti était si abasourdi par l'hypothèse de l'implication de Julian qu'il ne sourit même pas à ce trait d'esprit, qu'il ne semblait d'ailleurs pas avoir entendu. Les yeux fixés sur un point indéterminé, il passait sans doute en revue ses dernières entrevues avec l'inspecteur Julian, à la recherche de confirmations, ou de failles, et Sauer se surprit à penser que, s'il faisait semblant – s'il était lui aussi au courant du complot, possibilité qui ne pouvait pas être exclue –, alors il était promis à une grande carrière de comique, certes, mais aussi d'acteur. Mutti finit par se ressaisir pour déclarer d'une voix ferme : « Je n'y crois pas, mais peu importe. Pour le moment, on a deux urgences. La première, c'est découvrir la véritable identité de Veitchen. Si c'est lui qui a massacré Maria Hegel, je doute qu'il soit commis voyageur.

– Et l'autre ?

– L'autre, c'est faire disparaître ce cadavre.

– Quoi ? s'étonna Sauer. On n'appelle pas le commissariat central ? »

Mutti secoua la tête. « Non. Je ne crois pas que Julian nous ait trahis, mais à ce stade il est hors de question de prendre des risques. Je ne sais pas ce qui se trame exactement. Je ne sais pas qui est mouillé, et jusqu'à quel point. Il faut enlever le corps d'ici. Il ne manquerait plus que tu sois inculpé et jeté dans une cellule de l'Alex avant qu'on retrouve Rosa... » Il contempla le plafond, à la recherche d'une réponse à ses hésitations dans les moulures qui entouraient le lustre. « C'est juste que je ne sais pas comment faire. Je pourrais appeler Johanna, mais je ne vois pas en quoi elle nous serait utile. Il est inenvisageable de sortir le corps par la grande porte. Pas dans ce quartier, pas à cette heure. »

Il continua de réfléchir, puis finit par souffler. « Vraiment, je ne sais pas, Siggi.

– Bon, dit Sauer. Moi je crois savoir à qui demander un coup de main. Mais tu dois me jurer de ne pas poser de questions. »

43

Sandor arriva une heure plus tard, seul, avec un gros sac noir dans chaque main. À quoi étaient-ils destinés ? se demanda Sauer. Malgré leur volume, ils ne suffisaient pas à contenir un corps. L'ombre d'un instant, il soupçonna que le Hongrois avait l'intention de découper le cadavre en morceaux – et leur passé commun dans les tranchées lui avait appris qu'il en aurait été capable – mais, au téléphone, il avait été clairement question de déplacer un « objet spécial », pas de le désintégrer. Il s'agissait seulement de ralentir l'enquête sur les Innocentes. À un moment donné, Maria Hegel devrait réapparaître, ne serait-ce que pour mettre fin à l'angoisse de ses proches. Sauer n'avait aucun doute sur ce point : mieux valait apprendre que sa fille était morte, fût-ce dans des circonstances terribles, plutôt que de passer le restant de ses jours à se demander ce qui lui était arrivé.

« Je la laisserai dans le Landwehrkanal, comme les autres corps, l'informa Sandor en interceptant son regard inquiet. Dans deux jours, ça va ?

– Ça suffira », répondit Mutti, qui étudiait attentivement le nouvel arrivé. Sauer lui avait raconté le minimum indispensable sur son compte – qu'ils avaient combattu ensemble, qu'il gérait un club de nuit à Berlin, que c'était un type dégourdi et plein de ressources. « Essaie juste de ne pas trop l'abîmer », ajouta-t-il.

Sandor fronça les sourcils. « Pas trop l'abîmer ? Tu as vu dans quel état elle est ? Si je la jetais du deuxième étage et que je roulais dessus avec un fourgon, elle aurait peut-être meilleure mine que ça. » Puis il secoua la tête. « Qui a fait ça ? Les Russkoffs ?

– Non, répondit Sauer.

– Ce serait bien un truc des Russes, insista Sandor. Des siècles et des siècles passés sous la coupe de tsars fous à lier, dans des steppes interminables arrosées de flots de vodka… Les hommes les plus sadiques que j'ai rencontrés étaient tous des Russkoffs.

– C'est peut-être ce qu'ils veulent faire croire », fit remarquer Mutti.

Sandor grimaça. « J'en doute. Quand ils veulent faire croire quelque chose, ils mettent le contraire en scène. Ils savent ce à quoi tu t'attends, et ils en jouent. »

Mutti lui jeta un regard admiratif. « J'aime bien ton ami, dit-il à Sauer. Il a un bon sens de la réflexion.

– Les paranoïaques sont les seuls à survivre, commenta Sandor en posant ses sacs sur le tapis à côté de la flaque. Bon, je vais m'y mettre.

– Merci, Sandor, dit Sauer. Avec ça, on peut effacer nos dettes.

– Tu plaisantes ? Je te dois beaucoup plus, et tu le sais. Maintenant, si vous n'y voyez pas d'inconvénient, je préférerais rester seul.

– Nous partons, dit Mutti en prenant Sauer par le coude. Toi, il faut que tu disparaisses. On va te cacher quelque part pour la nuit.

– Laisse-moi juste faire mon sac. »

En sortant, ils saluèrent la veuve Linke, assise dans un état catatonique dans la cuisine. « Elle n'a pas l'air bien, s'inquiéta Sauer.

– Les civils n'ont pas l'occasion de voir des choses pareilles tous les jours. Et les policiers non plus, d'ailleurs, dit Mutti. Il lui faudrait un petit remontant. » Ils fouillèrent les placards et finirent par trouver une bouteille de cognac. Ils en versèrent deux doigts dans un verre, puis, réflexion faite, doublèrent la dose. « Ça lui fera du bien », dit Mutti, l'air sûr de son affaire. Ils la firent boire à petites gorgées, puis l'escortèrent jusqu'à sa chambre, où la photo de son défunt mari trônait en face du lit. La femme, encore sous le choc et étourdie par l'alcool, semblait sur le point de perdre connaissance. Ils l'aidèrent à se coucher sur son lit, éteignirent la lumière et tirèrent la porte.

Quand ils se retrouvèrent dans la rue, Sauer demanda à Mutti : « Où est-ce qu'on va ?

– Pas chez moi, je te l'ai déjà dit. Mais l'endroit auquel je pensais tout à l'heure ne me semble plus si sûr que ça. Julian..., ajouta Mutti à mi-voix, puis il secoua la tête, moins convaincu cependant qu'auparavant. Si c'est vrai, tous les appartements qu'on utilise habituellement sont dangereux, et tu ne seras même pas en sécurité au commissariat.

– Un hôtel anonyme ? suggéra Sauer.

– À Berlin, ça n'existe pas, un hôtel anonyme. La capitale du vice ne prospère pas en se dissimulant de la police, mais dissimulée *par* la police. Dès l'instant où tu donnes ton nom à un réceptionniste, l'Alex sait qui tu es, ce que tu fais et pourquoi tu es en ville. Les hôteliers sont notre deuxième réseau d'indicateurs.

– Quel est le premier ?

– Les secrétaires. C'est pour ça que je m'entends avec toutes. Il n'y a pas une seule personne dans un rayon de cent kilomètres à qui tu puisses faire confiance, conclut-il en consultant sa montre. Déjà onze heures moins le quart. J'espère qu'on ne va pas la réveiller. C'est une couche-tôt. »

44

Ils mirent presque une heure à atteindre leur destination, non que le quartier où ils allaient – très huppé et soigneusement entretenu – fût éloigné du Ku'damm, mais parce que Mutti voulait brouiller le parcours autant que possible, pour semer les éventuelles personnes qui les fileraient, mais aussi pour s'assurer que les chauffeurs de leurs différents moyens de transport seraient incapables de le reconstruire si l'ennemi le leur demandait.

D'abord, ils prirent un taxi qui les conduisit à la gare d'Anhalter, puis, de là, un train urbain jusqu'au faubourg ouvrier de Wedding, d'où un tram de nuit les ramena vers le centre, à quelques centaines de mètres de l'octogone formé par Leipziger Platz. Ensuite, après avoir parcouru un dédale de ruelles et de venelles, ils prirent un autre taxi, indiquant le nom d'une station de métro où passaient quatre lignes différentes. Mutti bondit au dernier moment en direction de celle qu'il voulait emprunter, laquelle repartait, et, enfin, ils finirent leur itinéraire à pied.

Alors qu'ils marchaient, Sauer lui fit part d'une pensée qui l'habitait depuis quelques heures : « Mutti, tu te souviens de l'affaire Bettauer ?

– L'écrivain qui a été assassiné à Vienne ? Celui qui avait écrit un roman où le gouvernement autrichien chasse tous les juifs du pays et se rend compte que, sans les juifs, le pays se porte mal ?

– Non, non. L'affaire Heike Bettauer. La femme éventrée à Karlsfeld, pendant l'été 1927.

– Heike *Bottauer*, avec un *o*. Bien sûr que je m'en souviens, répondit Mutti en se rembrunissant. Au début, on a cru que c'était un meurtre isolé, puis on s'est aperçu que l'assassin avait déjà frappé deux fois avec le même *modus operandi* quand il était plus jeune.

– C'est toi qui t'en es aperçu. En remontant à la victime précédente grâce aux archives. »

Mutti hocha la tête. « Les victimes avaient été laissées au même endroit. À dix ans d'écart, mais dans la même benne de la même décharge.

– Oui, mais cela ne nous aurait pas suffi à retrouver l'assassin, il a fallu que le médecin légiste dise… »

Mutti s'arrêta un instant au milieu de la rue, les yeux dans le vague. « Je m'en souviens comme si c'était hier. Le vieux Müller qui enlève ses lunettes, les nettoie avec le pan de sa chemise et déclare : “Je ne sais pas qui est le salaud qui a tué ces deux femmes, mais c'est avec méthode et ce n'étaient pas les premières. Il a déjà fait ça par le passé. Cherchez mieux et vous trouverez d'autres victimes.”

– Cherchez mieux et vous trouverez d'autres victimes, répéta Sauer.

– C'est pareil avec les Innocentes, c'est ça que tu veux dire ? »

Sauer plissa les yeux. « Il l'a déjà fait par le passé. La seringue, les coups, l'acide. Il doit avoir perfectionné sa méthode avant de la mettre en œuvre ici, à Berlin. Si on cherche dans les archives, on trouvera des cas similaires.

– Et en trouvant d'autres cas, on trouvera d'autres indices », conclut Mutti.

Ils reprirent leur marche en silence, et atteignirent rapidement leur destination. L'immeuble était imposant et austère, en pierre sombre sculptée des siècles auparavant par des mains habiles qui avaient orné la façade d'une série de bas-reliefs sur le cycle arthurien, depuis la naissance du roi jusqu'à la mort de son épouse infidèle, Guenièvre. Mutti sonna à la porte, sa main masquant la plaque. La porte s'ouvrit dans un déclic.

Ils prirent l'ascenseur, dont ils sortirent au cinquième et dernier étage, sur un palier caractérisé par la richesse et le raffinement : carreaux de faïence, tapis épais, vase rempli d'arums hors saison.

« Qui habite ici ? » s'enquit Sauer juste avant que la porte s'ouvre et que la réponse apparaisse.

« Salut, chef », dit Johanna Tegel avec un sourire fatigué. Ses épais cheveux, que Sauer avait jusque-là vus attachés, tombaient sur les épaules de son déshabillé de soie, une sorte de kimono orné de motifs orientaux qui mettait en relief les formes sensuelles de la jeune femme.

« Johanna, je suis désolé de te solliciter à cette heure. Tu dois te douter du service que je te demande. Comme en novembre.

– Je vois, dit Johanna en jetant un regard amusé à Sauer. Pas de problème, j'aurais juste apprécié d'être prévenue un tout petit peu en avance.

– Je comprends, mais on a eu un contretemps, et il aurait été risqué de t'appeler. »

Johanna hocha la tête et s'écarta : « Entrez. »

Sauer, qui s'attendait à ce que Mutti le précède à l'intérieur, fut très surpris de l'entendre décliner : « Je repars au commissariat. Je veux vérifier quelques éléments avant d'aller me coucher, dit-il en jetant un regard à Sauer. Et j'espère que Mann a donné signe de vie entre-temps. Si ça ne t'ennuie pas, je te laisse Siggi et je file. »

Johanna eut un temps d'arrêt, puis elle fit un léger mouvement de tête et répondit : « Non, penses-tu. *Siggi*, tu entres ou tu dors sur le paillasson ?

– Bien, dit Mutti. On se retrouve demain matin à huit heures, je passerai vous prendre. D'ici là, ne sortez pas et n'utilisez le téléphone sous aucun prétexte. Et soyez sages », ajouta-t-il avec un clin d'œil. Sauer se sentit envahi d'un mélange de gêne et de honte. Ou peut-être de quelque chose de plus profond, de plus primitif.

« Bon », dit Johanna quand ils se retrouvèrent seuls. L'intérieur de son appartement évoquait à la fois une galerie d'art orientale, remplie d'estampes japonaises et de meubles laqués, et une mansarde française, de celles que les journaux à la mode n'avaient de cesse de vanter depuis l'époque des impressionnistes, dans une imitation romantique et très chic de la bohème. « Ça te plaît, ici ?

– Oui, répondit Sauer, intimidé par le lieu et par son hôte. C'est très… intime. »

Seigneur, Siegfried Sauer, tu ne pouvais pas trouver mieux à dire à une femme en déshabillé la première fois que tu mets les pieds chez elle, en pleine nuit ?

Johanna ne fit pas de commentaire et l'invita à la suivre dans une pièce de réception, où trois ottomanes placées en demi-cercle faisaient face à une grande cheminée allumée et à un meuble-bar chargé de carafes en verre sculptées de losanges.

« Je te sers quelque chose ? lui demanda-t-elle, avant de se rappeler que son invité ne buvait pas. Pardon, c'est l'habitude.

– Je comprends. Merci quand même pour ta proposition.

– J'ai du jus de pomme, aussi. Fait maison. Avec un peu d'imagination, ça peut ressembler à du cidre.

– J'en boirai avec plaisir. »

J'en boirai avec plaisir ? Un majordome anglais serait plus détendu... Johanna passa derrière le bar pour préparer les boissons. Pour sa part, elle se servit un double whisky : « Ça m'aidera à dormir, précisa-t-elle.

– On ne t'a pas réveillée, j'espère ? »

Elle secoua la tête. « Certains soirs, j'ai du mal à m'endormir. C'est la faute du métier. On voit et on entend certaines choses qui nous hantent. »

Sauer connaissait bien ce problème, auquel il était confronté depuis vingt ans. La guerre, puis la mort de son père, des événements suivis par des années insensées et honteuses, puis par une sorte de rédemption dans son métier de commissaire de police, jusqu'à ce que l'affaire Raubal fasse dérailler sa vie une bonne fois pour toutes. Sans la musique – son piano bien-aimé, auquel il jouait tous les soirs jusqu'à la déraison –, il n'aurait pas dormi une nuit, et son sommeil était malgré tout haché et agité.

« Aujourd'hui, continua Johanna en lui tendant son verre, je n'arrive pas à me sortir le commentaire de Hanfstaengl de la tête. » Elle s'assit sur une ottomane, une jambe repliée sous elle, l'autre pointant nue de son déshabillé.

Voyant l'air égaré de Sauer, elle explicita : « À la fin, quand on allait partir. Il a parlé de Geli Raubal. La nièce de Hitler. »

Il hocha la tête. Bien sûr. Cette phrase l'avait frappé, lui aussi, et même, elle l'avait blessé.

« "Ce n'était qu'une catin", cita-t-il.

– Oui, dit-elle en baissant la tête. La manière dont il l'a dit… Et ta réaction… J'ai lu mille choses dans tes yeux. De la colère. De la fureur. De l'indignation. Et une pitié infinie. » Elle but une gorgée. « Je n'arrête pas d'y repenser.

– Geli n'était pas une catin. C'était une jeune fille de vingt ans qui voulait vivre librement et qui est morte prisonnière. »

Johanna releva les yeux et fixa ceux de Sauer, qui pour la première fois ne vit pas l'agent de police, ni la femme, mais son âme, l'âme immortelle qui se niche en chacun, et n'étincelle que rarement. « Tu me raconterais son histoire ? » murmura-t-elle.

Sauer s'arracha à la contemplation de cette âme qui scintillait dans la nuit berlinoise.

« Oui », répondit-il, bouleversé par cette question, qui marquait pour lui le début d'un nouveau chemin. Et, posément, il fit pour la première fois le récit de son enquête et de ce qu'il avait découvert – sur l'affaire, sur Geli, sur lui-même. Il lui raconta la personne qu'il était auparavant et celle qu'il était devenu par la suite. Il lui raconta, encore et encore, jusqu'à ce que tous les mots soient taris.

Quand il cessa de parler, le feu dans la cheminée n'était plus qu'un amas de braises rougeoyantes, et la nuit hivernale pressait aux fenêtres. Il aurait pu rester dans cet état de quiétude hors du temps si, soudain, Johanna ne s'était pas levée pour venir s'asseoir à côté de lui et n'avait pas pris ses mains dans les siennes, brûlantes, et posé son front contre le sien, les yeux voilés et un sourire aux lèvres.

Quand elle l'embrassa, Sauer comprit que c'était ce qu'il désirait.

Et Rosa ? lui chuchota une petite voix, mais cette voix était trop ténue, trop lointaine pour l'arrêter, et elle n'en avait aucunement le droit. Il était venu jusque-là pour chercher cette femme qu'il avait aimée, mais ce qu'il avait découvert sur son compte l'avait rempli de fiel.

Alors tu embrasses Johanna par vengeance ? demanda la même voix. *C'est ça ?*

Sauer ouvrit les yeux et se leva brusquement. « Je… Excuse-moi. Je ne sais pas ce qui m'a pris. »

Johanna se leva à son tour et l'attira à elle, les yeux rendus troubles par le désir. « Ne t'excuse pas. C'est moi qui t'ai embrassé.

– Pardon, continua-t-il en détournant le regard. C'est la fatigue, sans doute… » Il aurait voulu se détacher d'elle, ou plutôt il aurait dû se détacher d'elle, mais il n'y arrivait pas. « Il vaut mieux qu'on aille au lit.

– Absolument », répondit-elle. Elle recula d'un pas.

Les lueurs de la cheminée dessinaient une aura rougeoyante autour d'elle, à la fois démoniaque et angélique.

« Allons donc nous coucher », reprit-elle en souriant.

Son déshabillé de soie glissa à ses pieds dans un léger bruissement.

DIMANCHE 26 FÉVRIER 1933

45

Malgré son épuisement, Sauer avait gardé les yeux ouverts sur le néant de la nuit. L'obscurité résistait, inflexible, à ses tentatives de la percer. Il ne percevait de Johanna que la chaleur de sa peau nue contre la sienne, il entendait son souffle tranquille, régulier, et sa main ouverte posée sur son cœur lui apparaissait comme un bouclier. Pour une fois, il se sentait en sécurité.

Il n'aurait pas dû, il le savait bien. Qui était Johanna ? Comment en étaient-ils arrivés là, et pourquoi avait-elle provoqué ce moment ? Ils se connaissaient à peine, n'avaient en tout et pour tout passé que quelques heures ensemble, dissimulés derrière leurs rôles respectifs, auréolés de mystères l'un aux yeux de l'autre, seulement unis par une recherche elle-même nébuleuse. Comment ne pas la soupçonner elle aussi ? Après tout, ce ne serait pas la première fois qu'une femme le séduisait à la seule fin d'obtenir sa confiance, quitte à la trahir par la suite.

Est-ce que je me trompe une fois encore ? se demanda-t-il. *Qu'est-ce que tu en penses, Rosa ?*

Mais Rosa n'était pas là pour lui répondre et, si elle avait été là, elle aurait gardé le silence. Elle avait cessé de lui parler depuis longtemps, si bien qu'elle était muette jusque dans ses souvenirs. Peut-être l'aurait-elle jugé sans mot dire, avec colère comme le jour où elle était partie, ou même avec mépris, parce qu'il avait fait l'amour avec une autre femme, une inconnue.

Pourtant, Sauer n'avait pas honte, ce qui était une nouveauté pour lui, tant habitué à faire passer la raison avant ses élans spontanés. Johanna l'avait chaviré, faisant taire ses protestations et ses réflexions, elle l'avait arraché aux souvenirs du passé et à l'angoisse du futur, l'emmenant à sa suite dans un lieu paisible et lumineux, inédit pour lui.

Qui est Johanna ? lui demanda encore la voix dans sa tête.

Sauer n'avait pas de réponse. Au fond, il n'était pas sûr de savoir qui il était lui-même.

Et si tout ça faisait partie d'une machination ?

Ce n'était pas impossible. Mais, pour une fois, cela lui était égal, et c'était justement cette indifférence qui l'empêchait de dormir. Toute sa vie durant, il s'était soucié de bien des choses – la famille, la patrie, le travail, sa place dans le monde –, et il avait laissé ces éléments décider de son destin, comme des rails que quelqu'un d'autre aurait posés devant lui, et qu'il n'avait plus qu'à suivre. Puis la voie en question avait brusquement bifurqué, et il avait déraillé, se retrouvant en rase campagne sans destination préétablie. Là, il avait encore cru qu'il pouvait maîtriser son parcours, mais, après ces journées frénétiques dans cette ville étrangère, ballotté à droite à gauche par la volonté et les projets d'autrui, il commençait à comprendre pourquoi il se sentait si égaré, si confus, si abandonné dans le monde. Quand Julian avait débarqué chez lui à Vienne et lui avait demandé de le suivre, il n'avait pas opposé de résistance. Quand, lors de sa première nuit à Berlin, Sandor avait posé une bouteille devant lui, il avait bu sans vraiment protester. Puis il avait suivi Mann et

Johanna dans leur enquête pour retrouver Rosa, et avait obéi à son vieil ami Mutti quand il l'avait soudainement retrouvé à l'Alex. *Tu disais qu'il ne faut se fier à personne, mais depuis que tu es ici, tu te fies à n'importe qui. Tu te laisses porter par les événements. Qu'est-ce qu'il t'arrive ?*

Johanna marmonna dans son sommeil et se serra plus étroitement contre lui.

Sauer sourit dans le noir et lui caressa la tête.

Il m'arrive que je n'ai plus peur de mourir, se répondit-il. *Je n'ai plus peur de faire un faux pas et de tomber, parce que je suis déjà tombé et que je suis toujours entier.*

Voilà pourquoi il ne trouvait pas le sommeil.

C'était l'étonnement qui le tenait éveillé : il venait de découvrir que même au fond du puits on continue à vivre, voire, dans son cas, que la vie commence précisément à cet endroit.

Rosa était quelque part dans la ville, et il la trouverait, quitte à tomber dans un piège en connaissance de cause.

Parfois, pour faire ce qui est juste, il faut oublier ce qui est sage.

Bercé par cette pensée, Sauer ferma les yeux et s'endormit enfin.

46

Il fut réveillé par des voix.

« Tu es seule ? murmura un homme.

– Ça me regarde », répondit Johanna plus fort, d'une voix agacée.

Sauer s'assit dans le lit, regarda autour de lui. Johanna n'était plus là. La lumière froide du matin perçait entre les épais rideaux de velours.

« Tu étais passé où ? demanda Johanna de l'autre côté de la porte.

– Ça me regarde, répondit la voix, que Sauer reconnut soudain avec un frisson. Il est où ?

– Comment tu veux que je sache ? »

Sauer approcha son œil de la serrure. Dans un premier temps, il ne vit que Johanna de dos, vêtue de son déshabillé en soie. Puis elle s'écarta, et Sauer put voir l'homme à qui elle parlait.

Julian.

Le jeune inspecteur était emmitouflé de la tête aux pieds, avec une grosse écharpe qui couvrait la moitié de son visage, le col de son imperméable relevé et un chapeau à large bord enfoncé sur la tête. Ses gestes étaient circonspects, mais Sauer se demanda pourquoi il parlait à voix basse dans l'appartement. Il se donna aussitôt une réponse à cette question idiote, une réponse qui l'alarma.

« Tu étais passé où ? répéta Johanna.

– Je me cachais, répondit Julian en scrutant la pièce d'un air inquiet.

– De qui ? Et pourquoi ? »

Julian regarda dans la direction de Sauer. « De Mann, répondit-il dans un souffle. Et de ton nouveau petit copain. Ils sont de mèche. Je le sais depuis le début. »

Johanna sembla accuser le coup. « Qu'est-ce que tu racontes ?

– Les filles du canal. C'est eux qui les ont tuées. »

Une sirène se mit à hululer dans la tête de Sauer.

Qu'est-ce qu'il se passe ? se demanda-t-il.

« C'est impossible, déclara Johanna.

– Mann est aux ordres de Sauer. Ils cherchent Rosa pour l'éliminer, pas pour la sauver. Ils nous ont trompés depuis le début, affirma Julian. Ils se sont servis de nous.

– C'est impossible », répéta Johanna plus faiblement.

Sauer ne chercha pas à en entendre plus. Il s'éloigna de la porte, enfila à la hâte ses vêtements, à l'exception de son pardessus et de son chapeau, restés dans l'entrée, puis alla à la fenêtre, qu'il ouvrit précautionneusement. Quand il se pencha pour avoir une idée de la position de la chambre, il fut soulagé de découvrir qu'elle donnait sur une ruelle, et non sur la rue principale. L'immeuble d'en face n'était qu'à quelques mètres, et tous ses rideaux étaient tirés. Personne ne le verrait.

Il devait agir sans tarder. Il était à un étage bien trop élevé pour sauter dans la rue, et il dut s'en remettre à la corniche d'une trentaine de centimètres de large qui courait tout le long du bâtiment. Il enjamba le rebord de la fenêtre sans y réfléchir à deux fois et avança sur la corniche dans la direction opposée à la rue principale.

Ce n'était pas la première fois qu'il se retrouvait dans une situation pareille, et il savait que l'astuce tenait à ne regarder ni en bas ni en haut, et à garder les yeux fixés devant soi. Il marchait comme sur un trottoir, le buste légèrement tourné vers le mur, qu'il caressait de sa main gauche, se servant de l'autre main comme balancier. Quand il eut passé l'angle de l'immeuble, il découvrit une terrasse enneigée de l'autre côté de la ruelle. Elle était un mètre en contrebas de la corniche, à trois mètres de lui environ, et bordée par une rambarde en fer forgé.

C'est une folie, se dit Sauer. *Un saut de trois mètres sans élan. C'est impossible.*

Il se retourna, craignant de voir apparaître Julian à sa poursuite.

C'est ma seule issue. Il faut au moins que j'arrive à attraper la rambarde.

Il plissa les yeux et la regarda mieux. De là, elle paraissait solide. Au pire, il pourrait s'y rattraper. Et puis le fait que la terrasse soit légèrement en contrebas jouait en sa faveur. Le risque de s'écraser en bas restait considérable, mais il n'avait aucune alternative. Après avoir visualisé son objectif une dernière fois, il s'élança en avant sans se laisser le temps de réfléchir plus longtemps.

Parfois, quand une action décisive ne dure qu'un instant, l'esprit humain l'enregistre en retard. L'événement a lieu, il a déjà eu lieu, mais le cerveau reste encore un peu dans le passé. Sauer ne fut pas vraiment conscient du moment où il se saisit de la rambarde de la main droite, tandis que sa main gauche glissait le long du fer et allait taper contre une saillie de la pierre. Son corps déséquilibré se balança et sa hanche cogna violemment, mais ses pieds rencontrèrent la partie supérieure d'un encadrement de fenêtre, qui lui permit de se stabiliser et d'empoigner la rambarde à deux mains. Alors seulement sa conscience enregistra les événements des dernières secondes, et Sauer, endolori et haletant, comprit qu'il était toujours vivant. Il se hissa sur la rambarde et l'enjamba, se retrouvant sur la terrasse, de la neige jusqu'aux chevilles. Alors il se tourna vers l'immeuble qu'il venait de quitter et vit, soulagé, que ni Julian ni Johanna n'étaient à ses trousses.

Peut-être qu'elle le retient. Peut-être qu'ils ne sont pas complices.

Il se précipita vers la porte-fenêtre qui donnait sur la terrasse. De l'autre côté des grandes vitres, on apercevait un salon plongé dans la pénombre. Sauer se saisit d'une des chaises de la terrasse et, se servant de la bâche qui la couvrait pour atténuer le bruit, il cassa une vitre, puis enfila une main à l'intérieur et, à tâtons, trouva la clé dans la serrure. Au prix de quelques efforts, il parvint à la faire tourner. En tout et pour tout, moins de cinq minutes s'étaient écoulées depuis qu'il avait quitté la chambre de Johanna, et, semblait-il, personne n'était encore lancé à sa poursuite.

Il traversa le salon aux meubles couverts de draps et ouvrit une autre porte pour se retrouver dans un couloir sombre. Après l'avoir parcouru à pas prudents, il atteignit la porte d'entrée. Une douzaine d'enveloppes reposaient sur le plancher, sans doute glissées sous la porte par quelqu'un. La plus ancienne datait du 3 février, presque un mois auparavant, et elle était adressée à un certain Boleslav Sienkiewicz. Sauer se mordit les lèvres : un nom juif. Voilà pourquoi cet appartement semblait abandonné. Selon toute probabilité,

M. Sienkiewicz avait quitté Berlin juste après la nomination de Hitler au poste de chancelier. *Et Bernie aurait dû faire pareil.*

Sur un guéridon à côté de la porte il y avait un vide-poches rempli de pièces et de clés. Sauer les essaya toutes mais aucune n'était la bonne. Alors il fouilla l'entrée du regard et découvrit un meuble à tiroirs quelques mètres plus loin. C'est là qu'il trouva le double des clés, avec une étiquette. Avant de la glisser dans la serrure, il déroba un pardessus accroché au portemanteau, souhaita mentalement un avenir plus riant au propriétaire des lieux, et sortit de l'appartement.

Il avait réussi. En descendant, circonspect, l'escalier de l'immeuble, il sentit son sang bouillonner dans ses oreilles et sa poitrine se gonfler d'euphorie : il avait la sensation d'avoir repris la main sur sa vie. Quelques heures auparavant encore, il se sentait condamné à se laisser porter par le cours des événements et par la volonté d'autrui, et voilà qu'en un instant il s'était libéré de ses chaînes et se retrouvait seul à la barre. Il réfléchirait plus tard au dialogue entre Julian et Johanna, pour le moment le plus urgent était de décider des prochaines étapes. Qu'allait-il faire ? Où irait-il ? Ferait-il appel à Sandor ou essaierait-il de chercher Rosa tout seul ?

Arrivé en bas de l'escalier, il évita la porte principale et chercha une entrée secondaire, qu'il trouva à demi dissimulée derrière la loge vide du concierge. Elle était ouverte et donnait sur un petit couloir mal éclairé qui puait la moisissure et l'huile pour les gonds, jusqu'à une autre porte, métallique et aussi froide que la glace. Sauer l'entrouvrit et comprit qu'elle donnait sur une autre ruelle, ce qui le rassura. Il sortit prestement, tira la porte derrière lui et s'achemina en direction de la rue principale.

Il s'aperçut trop tard qu'il était suivi.

47

Un pas inimitable : lourd, traînant, irrégulier.

Mutti. Sauer eut à peine le temps de faire volte-face avant que son ancien collègue lui saute dessus et, tirant profit de l'effet de surprise, le plaque violemment contre le mur, dans une sorte de recoin entre une grosse descente de gouttière en cuivre et quelques poubelles.

« Chut ! » murmura Mutti. Il fit un signe de tête vers l'entrée de la ruelle. « Julian est là. »

Sauer plissa les yeux pour lire dans l'âme de son ancien ami mais, comme d'habitude, il fut incapable de le déchiffrer. Quand il ouvrit la bouche pour parler, Mutti secoua la tête et s'aplatit à son tour contre le mur à côté de lui, un doigt sur les lèvres.

Une silhouette familière se dessina au bout de la ruelle : l'inspecteur Julian. Sauer se raidit. Il craignait que ce renfoncement ne suffise pas à le cacher, et encore moins Mutti, autrement plus corpulent que lui. Par chance, le jeune homme ne semblait pas décidé à s'approcher. Il resta immobile, regarda pendant de longues secondes dans leur direction, puis pivota sur ses talons pour observer avec la même incertitude la rue principale, d'abord à droite puis à gauche. Il finit par partir vers la gauche, le col de son imperméable relevé.

Sauer et Mutti restèrent immobiles, silencieux, les oreilles tendues et les yeux rivés sur l'endroit où Julian se trouvait encore quelques secondes auparavant, craignant qu'il ne réapparaisse sans crier gare. Une minute, puis deux passèrent, et ils finirent par se détacher du mur.

« Où est Johanna ? demanda Mutti d'une voix soucieuse qui sembla sincère à Sauer.

– Chez elle, je crois. Quand je me suis réveillé, elle parlait avec lui. »

Mutti eut l'air surpris. « Julian est entré chez elle ? »

Sauer acquiesça.

« Il t'a vu ?

– Non. j'étais... » *dans le lit de Johanna* « ... dans une autre pièce. Je ne crois pas qu'elle lui ait dit que j'étais là. Quand je les ai entendus parler, je me suis enfui par la fenêtre. »

Mutti leva la tête vers le dernier étage de l'immeuble de Johanna. « Comment tu as fait ?

– J'ai sauté.

– Sauté ? Alors que tout est gelé ? Tu es fou.

– Je ne voulais pas que Julian me trouve. D'où il venait ?

– Je ne sais pas. Je l'ai vu sortir de l'immeuble de Johanna au moment où je passais vous chercher. Il avait une drôle de tête. Une expression inquiétante.

– Il me cherchait.

– Ça se peut. Je me suis glissé dans une ruelle et, l'instant d'après, tu es arrivé. On se croirait dans un vaudeville. Le mari ferme la porte et l'amant ouvre celle d'à côté.

– Sauf que là, le sens du comique m'échappe.

– Tu es trop sérieux, répondit Mutti. Enfin, j'aimerais bien savoir où était passé Julian jusqu'à maintenant. Et pourquoi il réapparaît soudain chez Johanna, juste au moment où tu t'y trouves. »

Sauer repensa à une des phrases qu'il avait entendues : *Il est où ?*

« Je crois qu'il espérait justement m'y trouver.

– Impossible. Il n'y avait que toi, moi et Johanna au courant. »

Sauer eut un sourire amer. « Tu te fies à toi ? demanda-t-il.

– Pas toujours, mais dans ce cas, oui. Ce n'est pas moi qui ai informé Julian.

– Moi non plus. Il reste donc Johanna. » *Et toi*, ajouta-t-il dans son for intérieur.

Mutti secoua vigoureusement la tête. « Non, pas elle. J'en mettrais ma main à couper.

– Tu as déjà dit pareil pour Julian, je te rappelle. »

Mutti se rembrunit.

« Partons d'ici, reprit Sauer.

– Oui, tu as raison. En plus, on a un rendez-vous, répondit Mutti en regardant sa montre.

– Quoi ?

– De vieux amis. Mais d'abord il faut qu'on prévienne Johanna. Viens. »

Sauer le suivit jusqu'à une place triangulaire plantée de chênes verts malingres et de bancs couverts de neige. Dans un coin, en face d'un petit café aux vitrines embuées, il y avait une cabine téléphonique. Mutti y entra et décrocha le combiné.

« Tu lui as dit de ne pas répondre au téléphone, lui rappela Sauer.

– On a un code », répondit Mutti en composant le numéro. Il laissa sonner trois fois et raccrocha, puis répéta l'opération deux fois. La fois suivante, Johanna répondit à la première sonnerie, d'une voix si alarmée et aiguë que Sauer l'entendait lui aussi.

« Chef !

– Johanna », répondit Mutti sur un ton rassuré et rassurant, aux accents paternels. Sauer comprit soudain l'affection de son ami pour Johanna. *Sacré vieux sentimental*, pensa-t-il.

« Chef, Julian a débarqué chez moi sans prévenir, et…

– Comment est-ce qu'il est entré ? »

Un instant de silence à l'autre bout du fil, puis un aveu gêné : « Il avait encore un double des clés. Je ne lui ai jamais demandé de me le rendre.

– Bon sang de bonsoir ! s'emporta Mutti. Je t'avais dit de faire changer la serrure.

– Je suis désolée.

– Jo, tu es une jolie fille, tu habites seule dans une grande ville. Tu ne peux pas laisser tes clés se promener comme ça. On en a déjà parlé. Bref. Siggi est là ?

– Non, répondit Johanna d'un ton encore plus penaud. Quand Julian est arrivé, j'ai fait du bruit et je l'ai retenu. Il le cherchait, et il m'a raconté une histoire sans queue ni tête sur Sauer et Mann. Comme quoi ils seraient de mèche depuis le début. Ce seraient eux qui auraient tué les Innocentes.

– N'importe quoi ! grommela Mutti.

– Je sais, je n'y ai pas cru non plus. Je l'ai laissé parler pour que Sauer ait le temps de se cacher. Et il s'est enfui.

– Enfui ? répéta Mutti d'un ton qui feignait l'incrédulité à merveille.

– Par une fenêtre. Il a dû partir par la corniche, mais je ne sais pas jusqu'où il est allé. Je pense qu'il est encore dans l'immeuble. Je m'apprêtais à partir à sa recherche.

– Laisse tomber. Je connais Siggi, à cette heure il doit être à des kilomètres. Je ne sais même pas si on le reverra un jour. » Mutti adressa un clin d'œil à Sauer.

Le monde appartient à ceux qui savent en rire même quand il part à vau-l'eau, pensa ce dernier.

« Laisse tomber, répéta Mutti. Va au commissariat. Je te rappelle d'ici une heure ou deux, quand j'aurai une idée pour la suite. Et si Julian se montre de nouveau, fais-le arrêter.

– Arrêter ? Sous quel prétexte ?

– Dissimulation de cadavre, répondit Mutti d'un ton grave. Tout à l'heure, j'ai réussi à joindre la femme de Mann. La dernière fois que son mari lui a téléphoné, c'était pour la prévenir qu'il rejoignait un collègue qui lui avait demandé à le voir de toute urgence. Et devine qui était le collègue en question ? »

48

« Tu as combien d'argent sur toi ? » demanda Mutti en sortant de la cabine.

Sauer n'avait pas besoin d'ouvrir son portefeuille pour vérifier. Depuis qu'il avait quitté Vienne, il avait veillé à ne pas trop dépenser, gardant soigneusement chacun de ses marks. À part le cocktail payé à la femme en rouge le premier soir, il avait réussi à ne rien dépenser jusque-là. « Pas mal. Pourquoi ?

– Parce qu'on a plusieurs trajets à faire, répondit Mutti en se remettant en route, et que, vu la situation, il vaut mieux éviter les transports en commun. Il va falloir qu'on se déplace en taxi. »

Ils arrivèrent sur une place plus grande, où la circulation était intense. Mutti se dirigea vers la station de taxis, passant devant une longue file d'hommes et de femmes debout le long de la rue, tenant devant eux des pancartes où était écrit à la main : SERVEUR, ÉLECTRICIEN, FONDEUR, DOMESTIQUE ou encore SERVEUSE, NOURRICE, COUTURIÈRE, SECRÉTAIRE. Les regards éteints et désespérés de ces bataillons de chômeurs indiquaient qu'ils auraient été prêts à faire n'importe quoi pour échapper à la faim qui les tenaillait. Sauer se rembrunit en pensant à l'état dans lequel se trouvait l'Allemagne depuis la guerre. C'était un miracle que ces quatorze années de misère n'aient pas encore enfanté une révolution, ou une dictature.

« Votre taxi est libre ? demanda Mutti à un homme maigre qui fumait appuyé au capot d'une Audi cabossée.

– Permettez que je consulte mon agenda afin de m'en assurer », rétorqua le chauffeur en le fixant droit dans les yeux. *Drôle de réponse pour un chauffeur de taxi*, pensa Sauer. Peu de qualifications permettaient de trouver un emploi, sous la république de Weimar. Ce ne serait pas la première fois qu'il monterait à bord d'un taxi piloté par un homme bardé de diplômes.

« Conduisez-nous au Tiergarten. Grosser Stern. »

À ces mots, l'homme baissa les yeux et se tassa. « Tout de suite », répondit-il.

Sauer comprit en arrivant à destination pourquoi le chauffeur avait réagi de cette manière. Un cordon de SA en chemise brune attendait en cercle à cent mètres de la Grande Étoile, où convergeaient les allées du jardin aux animaux. En rang, avec leurs bottes lustrées et leurs matraques bien en vue – leurs pistolets, eux, étaient cachés sous leurs vestes hivernales –, les hommes des sections d'assaut surveillaient le public de ce qui avait tout l'air d'un rassemblement nazi en bonne et due forme, avec des dizaines de drapeaux ornés de la croix gammée et des centaines d'uniformes noirs. « Des SS, murmura Sauer.

– Bande de cafards », commenta Mutti. Puis, à l'intention du chauffeur : « Déposez-nous ici, et gardez la monnaie. »

« Qu'est-ce qu'on fait ici ? » demanda Sauer quand ils furent descendus du taxi.

Mutti le conduisit vers un bosquet à une cinquantaine de mètres du cordon de SA, d'où la vue sur les gradins en fer installés au centre du gros rond-point était parfaite.

« Il y a un défilé, ce matin. Je l'ai lu dans les journaux. Les SS ont reçu de nouveaux uniformes, qu'ils présentent officiellement à leur commandant. »

Cette nouvelle fit à Sauer l'effet d'une gifle. « Himmler ? souffla-t-il.

– En personne », confirma Mutti en lui indiquant du menton la tribune en fer.

Sauer fixa l'endroit en question, et repéra le petit homme à lunettes aux allures d'instituteur, sur qui l'uniforme faisait l'effet d'un costume de carnaval, trop grand pour lui.

« J'ai entendu une blague, poursuivit Mutti. Hitler, Himmler et Goering sont dans un avion. Comme c'est Goering qui pilote, l'avion s'écrase. Qui est sauvé ? » Il attendit un instant, puis se répondit tout seul : « Le peuple allemand. »

Sauer ne rit pas. Ses yeux étaient fixés sur l'homme qui se tenait à côté de Himmler, plus grand, plus beau, plus élégant, plus martial – une incarnation de l'idéal aryen prôné à longueur de temps par Adolf Hitler.

« Heydrich », siffla-t-il.

Le tortionnaire de Rosa, et peut-être l'assassin des Innocentes.

L'Ennemi, enfin devant lui.

« Oui, dit Mutti. C'est toujours impressionnant quand on le voit de loin. Vous vous ressemblez vraiment comme deux gouttes d'eau... »

Sauer fit la grimace. Effectivement, ils se ressemblaient, lui-même en avait été frappé les premières fois qu'il avait croisé le chef des services secrets nazis, mais cette ressemblance s'arrêtait au physique : grande taille, cheveux blonds, yeux clairs, traits fins sur un visage glabre, silhouette élancée. Pour le reste, tout les opposait, et Sauer ne supportait pas d'être comparé à cette bête féroce et cruelle.

« Dis donc, s'enquit Mutti en le toisant de la tête aux pieds. Tu t'es attifé comme ça pour qu'on ne te retrouve pas à Vienne ou pour te distinguer de lui ? Barbe, cheveux noirs, embonpoint… »

Sauer souffla. Son ancien collègue le connaissait par cœur, il l'avait toujours compris mieux que n'importe qui d'autre. C'est pour cela qu'à Munich ils avaient été comme des frères, malgré leurs secrets respectifs, qu'ils avaient passés sous silence pendant des années. « Non, j'ai juste pensé que ça m'allait bien.

– J'espère que je ne te blesserai pas trop en te disant ce qu'il en est. »

Pendant ce temps, la tribune en fer se remplissait d'hommes en uniforme couverts de décorations. Sauer reconnut deux d'entre eux : Wilhelm Frick, un des dignitaires du Parti, expert en politique économique et grand partisan de l'annulation de la dette allemande à l'égard des vainqueurs de la guerre, et Rudolf Diels, le chef de la police politique dont il avait fait la connaissance dans les cellules de l'Alex. Même à cette distance, on percevait l'intensité de son regard, pénétrant et inflexible.

« Ton ami est là, dit-il.

– Je n'ai pas d'amis, rétorqua Mutti. Pas à Berlin. De qui tu parles ? »

Sauer le lui montra du doigt.

« Ah, Diels. C'est un malin, mais je ne lui donnerais même pas mon prénom, s'il ne le connaissait pas déjà. Un homme très ambitieux, très fin, très fuyant. Personne ne sait de quel côté il est vraiment, tu imagines ? C'est le chef de la police politique, mais on ignore quelle est sa vraie tendance politique.

– Ce n'est pas un protégé de Goering ? »

Mutti balaya cette question de la main. « Qui ne l'est pas ? Il suffit d'être un ennemi de Himmler pour lui être sympathique. Si en plus tu peux lui donner un coup de main pour mettre des bâtons dans les roues de son rival, il te place sur un piédestal. Mais quand il n'a plus besoin de toi, tu t'aperçois que c'était un piédestal éjectable. »

Sauer ne s'étonna pas du franc-parler de son ami, mais de la position ambiguë depuis laquelle il s'exprimait.

« Je sais ce que tu penses, déclara Mutti en lui jetant un regard en coin. Mais je suis conscient de ma situation. Je sauterai du piédestal avant de me retrouver écrasé.

– En fait, je ne comprends pas ce que tu fais à Berlin. Pourquoi tu n'es pas parti en Pologne avec Lina et les enfants ? »

Mutti lui répondit en évitant son regard : « Au début, je n'ai pas eu le choix. Himmler et Heydrich étaient devenus menaçants et, à Munich, ils ont trop de pouvoir, ils n'auraient eu aucune difficulté à me nuire. Mais j'étais au courant de la guéguerre entre Himmler et Goering, alors je me suis dit que je pouvais en tirer profit. C'était une bonne intuition : si tu avais vu la tête de Goering quand je lui ai raconté ce que tu as découvert sur Hitler et Geli ! Si j'avais eu les preuves, à cette heure je serais riche… » Un éclat de mélancolie, et peut-être même de remords traversa ses yeux. Puis il poursuivit : « Toujours est-il qu'il m'a fait entrer dans son équipe, pour ainsi dire, et pendant six mois j'ai travaillé à entraver l'ascension du SD en Bavière. Mais ensuite, il est apparu que l'avenir des nazis était ici, à Berlin, et quand aux avant-dernières élections ils ont fait trente-sept pour cent, Goering a voulu que je le suive à la capitale pour m'infiltrer dans l'Alex et me préparer au moment où Hitler prendra le pouvoir.

– Ce n'est pas déjà fait ?

– Pour l'instant, il est chancelier, mais le poste de chancelier ne vaut pas tripette. À ce poste, ton heure de gloire c'est quand tu démissionnes. D'ailleurs, tu n'as qu'à voir : qu'est-ce qui a changé depuis un mois ? En apparence, rien. Et en réalité pas grand-chose non plus. Non, ce n'est pas encore le pouvoir, c'est son antichambre. Et Hitler n'est pas réputé pour sa patience. Ils préparent un coup depuis des mois. Ils visent les prochaines élections, mais si le 5 mars ils ne les remportent pas…

– Un coup d'État ? »

Mutti eut un sourire lugubre. « Plutôt un coup de grâce à l'État, Siggi. Weimar touche à sa fin, et l'épilogue est prêt. »

À présent, la tribune était pleine, et Himmler, rayonnant de fierté comme le père de la mariée devant l'autel, fit un signe à un officier, qui pivota sur lui-même et cria aux SS en rangs de commencer la parade. Le bruit assourdissant des talons qui claquèrent en réponse fit trembler la place.

« Diels a été mon contact et mon mentor quand je suis arrivé à Berlin, continua Mutti. C'est grâce à lui si ma famille est arrivée entière de l'autre côté de la frontière. Dans certains milieux il passe pour un diable, certains l'appellent même Lucifer, mais les choses ne sont pas si simples. Je ne dis pas que c'est un tendre, s'il y a quelqu'un à éliminer, il le fait sans scrupules, mais il est à la fois trop paresseux et trop futé pour être un bourreau. La seule chose qui le préoccupe vraiment, c'est de faire carrière pour mieux profiter de la vie. Les femmes lui plaisent et il plaît aux femmes. »

Sauer enregistra ce portrait, un peu incrédule. Le souvenir du petit marteau avec lequel Diels l'avait menacé était trop récent pour lui permettre de partager la sympathie que Mutti semblait nourrir à son égard.

« Regarde », dit-il en remarquant un mouvement dans les tribunes. Le défilé venait de commencer – il devait y avoir un millier de SS tous pareils les uns aux autres qui marchaient en cercle au milieu du Tiergarten –, mais Himmler s'était déjà levé et, après avoir rapidement salué certains de ses voisins, il descendait les gradins en direction de la sortie. Heydrich, lui, resta à sa place sans quitter des yeux le spectacle martial, qui semblait l'exalter. « Où va-t-il ?

– Aucune idée, répondit Mutti. Suivons-le. On est là pour lui.

– Et Heydrich ?

– Heydrich est un sous-fifre, on ne sait pas à quel point il est impliqué. Il a demandé la liste pour Himmler. Suivons Himmler. »

Le raisonnement tenait la route, mais Sauer était tenté de désobéir. *L'Ennemi est là, et j'ai un pistolet*, pensa-t-il, et il plongea sa main dans la poche intérieure de sa veste.

Son pistolet avait disparu.

Submergé par une vague de panique, il se mit à chercher frénétiquement son Mauser dans toutes ses poches, y compris celles de son pantalon. En vain.

Comment est-ce possible ?

« Hé, Siggi ? »

Sauer ne répondit pas, figé sur place, en quête d'une explication.

Johanna.

Hier soir.

Après qu'on s'est déshabillés.

Il ferma les yeux un instant, fou de colère et de honte.

C'est elle qui l'a pris.

« Il s'en va, Siggi. Réveille-toi ! »

Nauséeux – *un crétin, tu es un crétin, un énorme, un gigantesque crétin* –, Sauer se ressaisit et suivit son ami en direction de la tribune.

Ils se faufilèrent entre les arbres, attentifs à ne pas trop s'approcher du cordon de SA, tout en gardant leur objectif à l'œil. Celui-ci, escorté par quatre SS, se dirigeait vers une Mercedes aux vitres fumées garée non loin. Mutti jeta un coup d'œil alentour à la recherche d'un taxi et en repéra un à cent mètres. « Siggi, garde Himmler à l'œil, je vais chercher ce taxi », dit-il avant de s'éloigner de son pas claudicant.

Quel crétin, mais quel fichu crétin ! continuait de se répéter Sauer. *Voilà pourquoi elle t'a séduit. Mutti se trompe : Johanna est de leur côté, elle aussi.*

À ce moment-là, Himmler atteignit la Mercedes, et un homme en uniforme vert olivâtre descendit de la place du conducteur pour accueillir obséquieusement son commandant. Quand Sauer le vit, quand il identifia sa silhouette dégingandée et son visage, sa stupeur fut telle que même la colère et la honte de s'être fait avoir comme un débutant par Johanna s'évanouirent.

Ébahi, il s'avança de quelques pas en direction de la Mercedes, et quand l'homme en uniforme referma la portière arrière et se tourna pour regagner le volant, il vit nettement son visage et sa grosse moustache en guidon de vélo.

S'il se traitait quelques secondes auparavant de crétin, que devait-il penser maintenant ?

Le chauffeur de Himmler n'était autre que Horst Veitchen, le pensionnaire cordial et bavard de Frau Linke, sur le lit duquel il avait trouvé la liste des Innocentes la veille au soir.

49

Le taxi de Sauer et Mutti suivit la Mercedes de Himmler jusqu'à un quartier résidentiel au sud de Wittenbergplatz. À en juger par les façades des villas et des immeubles, entrecoupés par des jardins parfaitement entretenus, ses habitants devaient être des gens de la haute bourgeoisie et des notables, ce qui ne surprit pas Sauer : les nazis aimaient le luxe, ils étaient convaincus que se montrer riches et puissants ferait une impression favorable aux masses et raccourcirait la distance qui les séparait de la véritable richesse et du véritable pouvoir. Quand Sauer découvrit leur destination, un bâtiment de cinq étages en pierre sombre où le commandant des SS s'engouffra dès qu'il sortit de la Mercedes, il supposa qu'il s'agissait du siège berlinois du SD, les services secrets imaginés par Himmler et dirigés par Heydrich.

« Je connaissais cette adresse, lui confirma Mutti quand ils eurent quitté leur taxi à une cinquantaine de mètres de la porte gardée par deux SS en uniforme. Ils se sont installés ici il y a un mois, avant la nomination de Hitler au poste de chancelier. On les garde à l'œil depuis le début, même si on ignore encore quels sont leurs liens avec le sommet du Parti.

– Himmler et sa clique ? s'étonna Sauer. Himmler n'est pas le bras droit du Führer ? »

Mutti ricana. « Il aimerait bien. Non, le vrai bras droit de Hitler, c'est Hess, même si on ne le voit jamais. Son bras gauche, c'est Goebbels, qui souffre beaucoup de cette rivalité. Mais les lignes bougent en permanence. Goering se croit plus important que les autres, et puis il y a Frick, un sacré numéro, celui-là aussi. En réalité, Hitler a plus de bras que la déesse Kali, et il les laisse se battre entre eux à longueur de temps. Bref, toujours est-il que Himmler est tombé en disgrâce, ces derniers temps. Ils l'ont laissé passer l'hiver en Bavière. C'est bizarre qu'il soit là, une semaine avant les élections. Quelque chose doit être en train de se tramer.

– Et Heydrich ? demanda Sauer.

– Heydrich ne va pas aux toilettes sans demander la permission à Himmler. Il a été envoyé ici en début d'année pour préparer la victoire aux prochaines élections, si j'ai bien compris. Les nazis les appellent "les dernières élections". Si Hitler triomphe le 5 mars, le SD voudra être dans le coin pour monter sur le char. Mais pour le moment ce bon vieux Heydrich est autant en disgrâce, si ce n'est plus, que son chef.

– C'est pour ça qu'ils cherchent Rosa, conclut Sauer.

– Sans doute. S'ils la trouvent les premiers et empêchent l'attentat qu'elle prépare, ça les fera briller aux yeux du Führer. Ce n'est pas un problème pour eux de massacrer quelques Innocentes au passage. »

Sauer ne commenta pas. Aux périodes troubles, la politique se fait aussi avec le sang, et c'est toujours le sang des autres. Cependant, pour un homme comme Heydrich, tuer des innocents n'était pas un prix à payer, mais une récompense en soi.

« Bon. Comment on entre là-dedans ? Himmler a été mis au parfum de quelque chose, sinon il ne serait pas à Berlin, mais je doute que les SS nous laissent entrer sur un simple s'il vous plaît... »

Sauer scruta l'édifice. « Il doit y avoir une autre porte sur l'arrière.

– S'il y en a une, elle sera aussi surveillée que celle de devant.

– Et ta plaque ne servirait à rien, je suppose.

– À part à faire rigoler les gardes, non. »

Ils firent le tour du bâtiment, qui en réalité ne présentait pas d'entrée secondaire. Sur l'arrière, il y avait un jardin arboré, mais le mur d'enceinte était trop haut pour qu'ils l'escaladent, et leur présence dans les parages serait rapidement remarquée dans ce quartier tranquille. De retour à proximité de l'entrée, ils reprirent leur réflexion.

« On pourrait se déguiser, tenta Mutti. Ils doivent bien recevoir des livraisons, des fois.

– Oui, c'est ça, je te vois bien en laitier, tiens. Non. Ils ne laissent sans doute passer que les personnes dont ils attendent la venue, ou alors des visages co... »

Une illumination lui fit oublier de finir sa phrase.

Ils ne laissent sans doute passer que les personnes dont ils attendent la venue, ou alors des visages connus.

Les mots prononcés peu avant par Mutti lui revinrent en mémoire.

C'est toujours impressionnant quand on le voit de loin.

Vous vous ressemblez vraiment comme deux gouttes d'eau.

« Mutti, je crois que j'ai une idée.

– Attention à ne pas la perdre, c'est un bien précieux.

– Écoute-moi au lieu de plaisanter. Je crois que je sais comment on peut entrer. »

C'était une idée folle, mais plus il y pensait, plus elle lui semblait réalisable. Encore fallait-il qu'il y ait un barbier ouvert dans le quartier le dimanche.

Il disait s'appeler Hervé et se faisait passer pour un Français, même s'il avait plutôt le teint et la corpulence d'un Viking, et un accent plus tyrolien qu'alsacien. « *Et voilà* *[1] ! s'exclama-t-il quand il eut achevé, libérant Sauer de sa serviette avec un mouvement de torero. Qu'en dites-vous ? »

Mutti se mit face à Sauer et le contempla en silence pendant quelques secondes. « Impressionnant, finit-il par décréter.

– Tenez », dit Hervé en tendant un miroir à Sauer.

Oui, vraiment impressionnant, se dit ce dernier en s'observant sous toutes les coutures. Cela faisait plus d'un an qu'il ne s'était pas rasé, et le fait de se revoir blond, la teinture noire chassée par l'eau oxygénée, lui fit un choc. Il s'était habitué à son masque, et il ne put retenir un frisson de répulsion en voyant le visage de l'Ennemi dans le miroir.

« Vous avez vraiment la même tête, dit Mutti. Sauf que tu as un peu plus de rides. Par contre, tes habits ne sont pas très adaptés au rôle.

– Les habits, parlons-en, dit Sauer en se levant. Merci, ajouta-t-il à l'adresse d'Hervé, qui se saisit avec un large sourire du billet qu'il lui tendait. J'imagine que les gardes ont l'habitude de le voir en uniforme… Comment on fait ? »

Mutti se mordit les lèvres. « Il y a peut-être un magasin de déguisements nazis dans le quartier ?

– Sois sérieux, deux minutes. Ça fait une demi-heure qu'on est là. Si ça se trouve, notre homme est reparti entre-temps. Ou son sbire pourrait arriver.

– Écoute, essayons comme ça, on verra bien. Ça doit bien lui arriver de s'habiller en civil, de temps en temps, non ? »

---

1. Tous les mots en italique suivis d'un astérisque sont en français dans le texte.

Hervé, qui avait écouté leur échange avec l'air faussement embarrassé des grands fouineurs, se racla la gorge. « Si je peux me permettre... Le magasin Wertheim est à cent mètres d'ici. Achetez-vous un pardessus plus grand et un chapeau, et le tour est joué ! Il fait froid, aujourd'hui. »

Mutti regarda le barbier, puis hocha la tête. « Il a raison, dit-il à Sauer. Visage découvert et uniforme couvert. Ça peut marcher. »

Ils donnèrent quelques pièces à Hervé pour le conseil, puis se hâtèrent de se rendre chez Wertheim pour acheter un long pardessus et un chapeau, qu'ils peinèrent un peu à trouver, car le grand magasin était en cours de rénovation – barrières partout, ouvriers armés de planches, marteaux et seaux de peinture –, mais le résultat dépassa leurs espérances. Ainsi accoutré, Sauer aurait pu être nu comme un ver ou habillé en Polichinelle, personne ne s'en serait rendu compte, décréta Mutti.

De retour devant le siège du SD, ils avancèrent vers la porte d'un pas décidé. La vue du visage de Sauer rassura les SS. L'un d'eux le salua même d'un « Herr Heydrich ! » tandis que l'autre dévisageait Mutti avec curiosité.

« Il est avec moi, se hasarda à dire Sauer d'une voix traînante, dans une imitation de celle de l'Ennemi. Police politique. »

Ces mots durent éveiller un souvenir dans la tête du garde – il avait peut-être déjà vu Mutti dans une autre circonstance – et achevèrent de le convaincre. La porte s'ouvrit sur un salon réaménagé en salle d'attente. Au fond commençait un couloir bordé de bureaux, où quelques employés en bras de chemise et de blondes secrétaires étaient plongés dans des tâches administratives.

« Où on va ? susurra Mutti à Sauer, comme si ce dernier pouvait en avoir une idée.

– Premier étage ? » suggéra celui-ci en voyant un escalier sur leur droite.

Ils poursuivirent d'un bon pas, tout en tâchant de ne pas faire de bruit. Par chance, en ce dimanche matin, la plupart du personnel ne devait pas travailler.

« Herr Heydrich ! » s'exclama soudain une voix derrière eux.

Sauer se figea. Il se tourna pour voir qui l'avait salué, mais là encore la chance leur sourit : l'homme était déjà en bas de l'escalier, et portait son chapeau et son pardessus, sur le départ. « Bon dimanche ! » ajouta-t-il avec un sourire débonnaire.

Sauer lui adressa un vague geste de salut, provoquant un raidissement de l'homme qui, semblant se rendre compte d'un manquement important, tendit le bras à son tour et s'écria : « *Heil !* »

Ils doivent tous avoir peur de Heydrich, ici.

« *Heil !* répondit Sauer, puis il ajouta : Avez-vous vu Herr Himmler ?

– Il est arrivé depuis peu, répondit l'homme, craignant visiblement d'être rappelé alors qu'il allait partir. Il s'est installé dans le bureau de Lampack.

– *Heil !* » répéta Sauer pour le congédier.

Soulagé, son interlocuteur fila vers la porte sans demander son reste.

Le bureau de Lampack ne devait pas se trouver au premier étage, où toutes les portes étaient ouvertes sur des pièces inoccupées. Ils montèrent donc au deuxième. Le bruit d'une machine à écrire les attira au fond d'un couloir orné de plusieurs drapeaux avec la croix gammée.

« Le décorateur a du goût », ricana Mutti.

Sauer le fit taire, mais le bruit de la machine à écrire s'était interrompu.

« Qui est-ce ? » s'enquit une voix féminine depuis le seul bureau allumé.

À la guerre comme à la guerre, s'exhorta Sauer, et il s'avança sur le seuil. « Avez-vous vu Herr Himmler ? demanda-t-il d'un ton sec.

– Ah, Herr Heydrich, c'est vous. Il doit être au troisième étage, dans le bureau de Lampack, je pense, répondit la secrétaire d'une voix timide.

– *Heil !* fit Mutti, resté dans le couloir.

– *Heil !* fit la femme.

– Tu vas arrêter, à la fin ? Tu vas nous faire pincer ! » murmura Sauer alors qu'ils revenaient vers l'escalier.

Mutti haussa les épaules. « Il n'y a personne, et puis je ne sais pas toi, mais moi je suis un peu tendu. Ça me détend, de rire. »

Sauer secoua la tête sans rien dire. Au troisième étage, aucun des bureaux n'était occupé non plus. Ils s'approchèrent en silence de la seule porte fermée. Pas un bruit ne parvenait de l'intérieur.

« C'est là, tu crois ? chuchota Mutti.

– Possible. Je ne sais pas.

– Eh bien essayons. »

Les coups résonnèrent, profonds et menaçants, contre le bois de la porte.

« Entrez ! » les invita une voix de l'intérieur.

Mutti regarda Sauer dans les yeux – *Tu es prêt ?* – et Sauer lui répondit par un autre regard : *Non, mais allons-y.*

50

La poignée pivota, la porte s'ouvrit et le bureau, une vaste pièce rectangulaire couverte de bois du sol au plafond, se révéla devant eux, aussi chaude et obscure qu'un chalet de montagne. La porte était encadrée par deux petits canapés, il y avait un épais tapis au milieu de la salle et, vers le fond, un bureau baroque avec deux fauteuils dorés devant. De l'autre côté, une chaise au dossier en cuir noir accueillait un homme menu qui fixait Mutti et Sauer d'un air interrogatif.

Himmler, pensa Sauer en se retrouvant une nouvelle fois en face de cette expression vide du visage, de cette petite moustache qui imitait timidement celle du Führer, de cette coupe de cheveux d'instituteur pointilleux, de ces lunettes rondes sans monture et, surtout, de ce regard inquisiteur.

« Reinhard ? » fit le dignitaire d'un ton interdit. Puis il dévisagea Mutti et son front se plissa. « Mais enfin…, dit-il en bondissant sur ses pieds.

– Gare à toi si tu élèves la voix », menaça Mutti en sortant son pistolet et en le braquant sur le commandant des SS. Il fit le tour du bureau. « Un seul cri et tu es mort. »

Le visage de Himmler, déjà pâle de nature, prit la couleur d'un linge. « Tu n'es pas Heydrich. Tu es…

– Siegfried Sauer. Police de Munich. Ça faisait un bail.

– Qu'est-ce que vous faites là ? » demanda Himmler en se rasseyant. Ses mains, posées sur un opuscule illustré, tremblaient comme des feuilles.

Sauer ferma la porte à clé, puis s'installa dans un des fauteuils devant le bureau pour regarder Himmler droit dans les yeux. « On n'est pas là pour vous faire du mal.

– Ah bon ? fit Mutti.

– On cherche des informations », continua Sauer.

Himmler ne cilla pas.

« La semaine dernière, il y a eu une fête à l'ambassade russe. Le samedi 18. Vous y avez participé, sur l'invitation d'Ernst Hanfstaengl. Quelque chose s'est passé à cette fête. Nous voulons savoir quoi. »

Himmler secoua imperceptiblement la tête. « Je ne sais rien.

– Il y avait plusieurs jeunes femmes à cette soirée, âgées de vingt-cinq ans environ, toutes blondes, toutes habillées d'une manière particulière. Est-ce que vous les avez vues ? Est-ce que vous leur avez parlé ? Est-ce qu'elles ont fait quelque chose pour attirer votre attention ? »

Himmler secoua de nouveau la tête.

Sauer insista, d'un ton agacé. « Ce soir-là, quelque chose a dû se passer, et vous vous en êtes rendu compte, parce que dans les jours qui ont suivi, votre chauffeur a retrouvé ces filles les unes après les autres et il les a tuées.

– Tuées ? s'étonna Himmler, les yeux écarquillés.

– Tuées, confirma Mutti. Et si tu ne collabores pas, tu vas les rejoindre, ajouta-t-il en pressant le canon de son arme contre la nuque du commandant des SS.

– Ne tirez pas ! » s'écria ce dernier d'une voix aiguë. En dépit des airs qu'il se donnait en public, ce n'était qu'un bureaucrate dont la couardise était légendaire. « Je ne sais rien sur ces filles, c'est la vérité.

– Ben voyons… », fit Mutti.

Sauer était sidéré par l'attitude de Mutti : si vraiment Himmler et Heydrich avaient menacé les membres de sa famille et que leur sécurité ne dépendait que de la fonction de Mutti, agresser Himmler était plus que risqué. Même s'il pouvait compter sur la protection de Goering, il franchissait une limite, sans retour en arrière possible. *Tu es en train de jouer le tout pour le tout, est-ce que tu t'en rends compte ?*

« Reprenons, dit-il d'un ton impatient. Pourquoi votre chauffeur a cherché les filles de la fête ? Qu'est-ce qu'il leur voulait ? Et pourquoi devaient-elles mourir ? »

Himmler s'obstina à secouer la tête. « Je ne sais pas de quoi vous parlez. J'étais effectivement à l'ambassade, mais je n'ai fait qu'y passer, et je n'ai rencontré aucune fille, ni blonde ni brune, déclara-t-il d'une voix stridente.

– Tu mens, déclara Mutti. On a la certitude que ton chauffeur est impliqué, et plusieurs indices mettent Heydrich en cause. Le soir de la fête, tu as vu ou entendu quelque chose qui concernait une des filles sur la liste…

– Quelle liste ?

– … mais vous n'avez pas réussi à l'identifier sur le moment, et donc vous avez dû les interroger une à une. À la recherche de quoi ? demanda Sauer, même si à présent il était sûr de connaître la réponse. Et est-ce que vous avez trouvé ce que vous cherchiez ?

– Si Frick est mêlé à cette affaire, se contenta de répondre Himmler, c'est à lui qu'il vous faut parler.

– Frick ?

– Mon chauffeur.

– Nous le connaissons sous un autre nom, celui de Horst Veitchen. »

Malgré son état de tension, Himmler eut un sourire désagréable. « Vous ne m'avez pas l'air d'en savoir long. Peut-être que vous vous trompez.

– C'est ça, répondit Mutti en écartant son pistolet. On n'en sait pas long, mais on y travaille. » Puis, tourné vers Sauer : « Je crois qu'on ne tirera rien de lui.

– C'est bien ce qu'il me semble aussi, soupira ce dernier.

– Bon. » Mutti fit pivoter son pistolet, le saisit par le canon et l'abattit d'un coup sec sur la tête de Himmler, qui s'effondra sur le bureau comme un sac de pommes de terre.

51

« Mutti ! s'écria Sauer.

– Tu n'imagines pas depuis combien de temps je rêvais de faire ça, lui répondit ce dernier en lorgnant le corps immobile de Himmler d'un air satisfait.

– Tu as complètement perdu la tête ou quoi ?

– Non, répondit posément Mutti. Du moment où tu es arrivé à Berlin, j'ai compris que j'avais fait mon temps ici : tu es mouillé, je suis mouillé, et ce salaud a déjà essayé de me faire descendre par le passé. Il sait qui je suis, il sait sans doute où est ma famille. Si je pouvais, je le tuerais, mais tant qu'on n'a pas retrouvé Rosa je ne peux pas. » Il jeta encore un œil sur le corps. « Ne t'inquiète pas, il est juste assommé. Il s'en tirera avec un bon mal de crâne pendant quelques jours. » Puis il se saisit de l'opuscule que Himmler lisait quand ils étaient arrivés. Sur la couverture, une illustration représentait le Reichstag en flammes. Le titre annonçait RÉVOLUTION ! en lettres capitales.

« Qu'est-ce que c'est ? » demanda Sauer en s'approchant.

Mutti secoua la tête en lui tendant le document. « De la propagande communiste. On n'arrête pas d'en trouver. »

Sauer le feuilleta rapidement, à la recherche d'annotations ou de mots soulignés, mais ce qu'il trouva, ce fut une liste de mots écrits au crayon sur la dernière page, dont beaucoup étaient barrés :

institutions	*culture*	*transports*	*commerces*
~~ambassade~~	~~cinéma~~	~~avion~~	~~librairie~~
~~consulat~~	~~journal~~	~~tram~~	~~atelier~~
~~parlement~~	musée	~~métro~~	~~bijouterie~~
~~ministère~~	~~bibliothèque~~	~~bateau~~	grand magasin
police	~~train~~	~~restaurant~~	~~cabaret~~

« Regarde ça.

– Qu'est-ce que ça veut dire ?

– Aucune idée », répondit Sauer.

Mutti lui jeta un regard, puis il souleva l'homme évanoui par les aisselles. « Aide-moi à le ligoter, va. »

Sauer mit l'opuscule dans la poche son pardessus et aida Mutti à traîner Himmler. Ils lui retirèrent sa veste, déchirèrent ses deux manches et les entortillèrent pour en faire deux cordes improvisées. Un pan de sa chemise servit quant à lui à le bâillonner.

Une fois leur mission accomplie, Mutti repéra un grand placard qui contenait sans doute des archives. « Je fouille ça. Occupe-toi du bureau.

– Combien de temps on se donne ?

– Disons dix minutes, pas plus. »

L'oreille tendue pour s'assurer que personne n'arrivait dans le couloir, ils ouvrirent tous les dossiers qu'ils trouvèrent, parcoururent chaque document, retournèrent tous les tiroirs. Ils cherchaient un élément, n'importe lequel, concernant Rosa ou les Innocentes, mais ils ne mirent la main que sur des listes d'entreprises, des bilans, de la correspondance plus ou moins officielle et des centaines de reçus de paiement au nom du Parti. « Ce Lampack doit être une sorte de trésorier, dit Mutti.

– Ce n'était pas Schwarz, le trésorier du Parti ? dit Sauer, qui l'avait rencontré à Munich dans des circonstances dramatiques.

– Si, tu as raison. D'ailleurs, fit Mutti en examinant de plus près une quittance de paiement, on dirait des copies, pas des originaux. »

Ils se regardèrent et se comprirent sans avoir besoin de parler : des copies, pas des originaux, parce que Himmler et Heydrich ne travaillaient pas pour le Parti, mais pour eux-mêmes. Ils accumulaient des documents pour la suite.

Ils continuèrent leur recherche frénétique, sans négliger la moindre étagère, le moindre recoin, mais ils ne trouvèrent rien. Ce qui, au fond, n'était pas si surprenant, pensa Sauer, vu qu'ils n'étaient même pas dans le bureau de Himmler. « Il faudrait qu'on fouille le bureau de Heydrich, finit-il par déclarer, dépité.

– Oui, mais on n'a pas le temps, et on ne sait même pas lequel c'est, rétorqua Mutti.

– Il ne doit pas être bien loin.

– Et il doit être fermé à clé. Il faut qu'on parte, Siggi. On a eu de la chance d'entrer ici, mais si on se fait pincer avec Himmler dans cet état, fit-il en indiquant l'homme encore évanoui et ficelé comme un saucisson, ma plaque servira pour identifier mon corps. »

Mutti avait raison, mais Sauer ne supportait pas l'idée de repartir les mains vides après les risques qu'ils avaient pris. « Faisons au moins une tentative.

– Non. Je parie tout ce que tu veux que si Heydrich a un bureau ici, il n'y garde rien de bien important. Seuls les paranoïaques survivent, n'est-ce pas ? Notre seul espoir était que Himmler nous dise quelque chose, ou qu'il ait sur lui… »

Il laissa sa phrase en suspens.

« On ne l'a pas fouillé, dit Sauer, devinant la pensée de Mutti.

– Il n'y avait rien dans sa veste ni dans sa chemise. Mais c'est bien le genre de type à garder les choses importantes dans son slip. »

Ils se tournèrent vers le corps qui gisait par terre, toujours inerte. « Tu es sûr que tu ne l'as pas tué ? demanda Sauer.

– La mauvaise herbe ne meurt jamais. Fouillons ses poches. »

L'opération fut infructueuse.

« Ses chaussures, dit Mutti, s'attelant aussitôt à la tâche.

– Il n'a vraiment rien sur lui, constata Sauer.

– Je n'y crois pas. Ses papiers n'étaient pas dans sa veste. Ça m'étonnerait qu'il se balade sans. » Mutti enfila sa main dans le maillot de corps de Himmler, lequel grogna vaguement, ce qui lui valut un autre coup sur la tête.

« Mutti !

– Oups, pardon, je n'ai pas fait exprès… Oh ! » dit Mutti en extrayant, triomphant, un porte-documents en tissu léger attaché par un fin cordon autour du cou du commandant des SS. Il le palpa. « Il y a quelque chose là-dedans.

– Fais voir », dit Sauer. Il renversa le contenu par terre : quelques papiers, une liasse de billets et quelque chose qui lui glaça le sang.

« Une carte postale ? » s'étonna Mutti.

Comment est-ce possible ? se demanda Sauer qui avait immédiatement reconnu l'écriture au verso. Mutti fronça les sourcils à la vue de l'image de Munich, avec le marché aux victuailles et l'Alte Peter au premier plan. « Qu'est-ce que c'est ? » fit-il, perplexe.

Ce n'est pas possible, se dit Sauer, relisant la phrase écrite à l'encre bleue par Rosa :

Creuse une fosse et assieds-toi dedans.

Était-ce un autre exemplaire ? Combien avait-il vu de ces cartes, ces derniers jours ? La première à Vienne, la deuxième chez Bernie, la troisième dans la chambre de la pension juive, mais une seule portait un tampon sur le timbre, dont il se souvenait parfaitement.

Il vérifia sur celle-ci.

La date et le lieu d'expédition étaient les mêmes.

Aucun doute possible.

« C'est la preuve qu'il nous manquait, déclara Sauer, l'estomac chaviré par un étrange mélange de soulagement et de dégoût.

– La preuve de quoi ?

– Que Julian est un traître. »

52

« Reprends depuis le début, parce que je n'ai rien compris, dit Mutti quand ils furent assez loin du siège du SD pour appeler un taxi sans craindre d'être repérés. Qu'est-ce que Julian a à voir avec la carte postale de Himmler ?

– Quand Julian est venu me chercher à Vienne, il la portait sur lui répondit Sauer, soudain si fatigué qu'il avait l'impression d'avoir de la mélasse dans les veines. Rosa l'avait envoyée au journaliste Fritz Gerlich, qui ne pouvait pas comprendre le sens de cette phrase. Il savait seulement qu'il devait me la faire parvenir. Alors il l'a passée à Julian, qui est venu me la montrer.

– Et tu comprends le sens de cette phrase ?

– Oui. C'était un code sur lequel on s'était mis d'accord, elle et moi. Elle est tirée de la *Völsunga saga*, peu avant le moment où le dragon Fafnir apparaît et se fait tuer par Siegfried. Dans notre code, le dragon était Heydrich. Si un de nous le croisait, il devait avertir l'autre de cette manière.

– C'est un peu retors, mais je saisis. Donc ça s'est passé comme on l'imaginait : Heydrich a retrouvé Rosa et elle a écrit ce message, qu'elle a envoyé à Fritz Gerlich pour qu'il te le transmette…

– Non, répondit Sauer. Je ne crois pas. Au début, c'était ce que je pensais, mais si on y réfléchit… Heydrich connaît le visage de Rosa. L'assassin des Innocentes, non, du moins si on reste sur l'hypothèse que c'est pour retrouver Rosa qu'il les cherche.

– Veitchen, alors ?

– C'est plus probable, voire presque certain, maintenant. Sur l'ordre de Himmler.

– Et le petit mot qu'on a retrouvé sur le corps de Maria Hegel, alors ? Heydrich était pourtant le seul à pouvoir l'écrire… »

Sauer réfléchit. Il voyait tous les rouages, mais ils étaient dispersés, éloignés, mélangés. Dans quel ordre et dans quelle position fallait-il les placer pour faire fonctionner le mécanisme ? « Peut-être que Heydrich travaille avec Veitchen, mais qu'il ne sait pas que la blonde qu'ils cherchent est Rosa. Ou, en tout cas, qu'il ne le savait pas avant que j'arrive à Berlin. » *Seigneur*, ajouta-t-il dans sa tête. *Si en fin de compte c'était toi qui l'avais condamnée ?*

Mutti soupesa cette hypothèse. « Ça fait sens. À l'ambassade, il y avait Himmler, pas Heydrich. Et Himmler ne connaît pas Rosa.

– Donc, à la fête il se passe quelque chose qui met Himmler sur la piste de Rosa. Peut-être qu'il la voit faire quelque chose de suspect. Alors il essaie de l'approcher, mais elle lui échappe. Tout ce qu'il sait d'elle, c'est qu'elle est jeune et blonde. Du coup, il demande à Heydrich de la trouver, et Heydrich charge Veitchen de faire le travail, peut-être parce que lui-même est déjà occupé, ou alors parce qu'il apprécie le sadisme de son subordonné et qu'il décide de lui lâcher la bride. Veitchen parcourt la liste des invités, repère les filles qui correspondent à la description de Rosa et les enlève les unes après les autres.

– Il les torture, les interroge, découvre qu'aucune d'elles n'est la bonne et les tue, acheva Mutti. Admettons. Mais qu'est-ce que Julian a à voir avec ça ? Pourquoi tu es sûr que c'est un traître ?

– Parce qu'il est le seul à avoir pu donner cette carte postale à Himmler. Il l'a reprise après me l'avoir montrée, et je ne crois pas qu'il l'ait perdue ou qu'il se la soit fait voler, et encore moins par l'ennemi. Non, c'est lui qui l'a remise aux nazis, comme preuve de quelque chose. »

Alors qu'il parlait, une image lui apparut clairement, un souvenir récent auquel il n'avait pas spécialement prêté attention, dans la montagne d'événements qui s'étaient enchaînés ces derniers jours.

L'arrivée à Berlin.

Une petite décapotable sportive.

Moi qui demande : « C'est quelle marque ? »

Julian qui répond : « Une Fafnir. »

Et sur son porte-clé, un dragon qui crache du feu.

Sauer ferma un instant les yeux, épuisé. « Rosa m'a envoyé ce message pour me mettre en garde, et je ne l'ai pas compris. La vérité était sous mes yeux depuis le début, mon intuition me poussait dans cette direction, mais je ne l'ai pas écoutée.

– Quelle vérité ? demanda Mutti.

– Le dragon n'était pas Heydrich, mais Julian. »

Le taxi, qui arrivait sous les premiers flocons de neige, interrompit leur silence pesant. Ils montèrent à bord et demandèrent au chauffeur de les conduire au commissariat de Potsdamer Platz.

« Le dragon est Julian. Rosa a envoyé la carte postale à Gerlich pour qu'il me contacte, mais sans le savoir il a commis l'erreur de le faire par Julian, et de la sorte la dernière personne qui devait me trouver m'a débusqué à Vienne, dit Sauer. J'espère juste qu'il n'a pas tué Mann aussi. »

Mutti secoua la tête, inquiet. « Ça fait deux jours qu'il a disparu. La dernière chose qu'on sait de lui c'est qu'il rejoignait Julian. Tu vois une autre explication, toi ? Dès qu'on arrivera au commissariat, je diffuserai un mandat d'arrêt pour Julian. J'appellerai Diels et je lui dirai qu'on soupçonne son implication dans une conspiration politique. Je lui parlerai de l'attentat, de toute façon Goering lui raconte tout. Diels mettra ses agents sur le dossier et on le retrouvera, c'est sûr. Mort ou vif, d'ici à quelques jours l'inspecteur Karl Julian ne pourra plus manigancer. »

Quand ils arrivèrent au commissariat, Johanna Tegel courut à leur rencontre avec un regard de naufragé, sans même s'étonner de la présence de Sauer.

« Il y a un autre mort !

– Rosa ? demanda Sauer.

– Mann ? » demanda Mutti.

Elle secoua la tête, et quelques secondes s'écoulèrent avant qu'elle leur réponde, comme si elle n'arrivait pas à y croire ou que tergiverser pouvait changer la réalité des faits.

« Julian, finit-elle par murmurer d'une voix bouleversée. Il a été abattu dans une ruelle en bas de chez moi. »

53

« Je veux voir le corps, dit Sauer.

– Ce n'est pas possible », répondit Johanna en le prenant par le coude pour l'écarter de l'entrée du commissariat. Mutti les suivit en fouillant les alentours du regard. « Il a été mis dans une pièce gardée par deux collègues armés, mais comme il fallait une identification officielle, on m'a demandé de m'en charger.

– Je veux le voir, s'entêta Sauer. Sinon, je n'y crois pas. »

Johanna se figea. « Quel intérêt j'aurais à vous mentir ?

– Quel intérêt tu aurais à nous dire la vérité ? » rétorqua Sauer.

À cet instant, les portes du commissariat s'ouvrirent grand sur Rudolf Diels, l'air furieux, qui s'éloigna si vite de son pas martial qu'il ne remarqua pas leur présence.

« Il a été retrouvé dans la ruelle en bas de mon immeuble une demi-heure après ton départ, reprit Johanna. Avec une balle dans la tête et une autre dans la poitrine. Les coups ont été tirés à une très courte distance. Julian n'a pas eu le temps de réagir, il est mort les yeux ouverts.

– Quelqu'un qu'il connaissait, dit Mutti.

– Oui, sûrement quelqu'un qu'il connaissait. Et qui utilise une arme de calibre 7.63, comme ton Mauser, ajouta-t-elle en foudroyant Sauer du regard.

– Ce n'est pas moi. Je n'ai même pas mon pistolet. Je croyais que tu me l'avais pris… »

Johanna eut un sourire glacial. « C'est juste. Je l'ai trouvé par terre dans ma chambre, sous les draps…

– Comment ça ? s'étonna Mutti en feignant l'indignation.

– Donc ça pourrait être toi, insista Sauer.

– Pourquoi j'aurais fait ça ?

– Pourquoi tu n'aurais pas fait ça ? »

Mutti se mit à ricaner. « Vous faites une belle paire de comiques, tous les deux. Où est le corps, Johanna ?

– Au service des falsifications, répondit-elle sans détourner son regard assassin de Sauer.

– Très pertinent. Je vais voir ça, dit Mutti, et il claudiqua vers la porte.

– Tu crois vraiment que j'aurais pu tuer Julian ? reprit Johanna quand elle se retrouva seule avec Sauer.

– Non, répondit-il spontanément. Oui, se corrigea-t-il. Je n'en sais rien, conclut-il d'une voix lasse. Je n'y comprends plus rien. Il y a encore dix minutes je croyais avoir démasqué un traître, et maintenant je découvre que mon suspect est mort, sans doute abattu avec mon pistolet.

– Ça, non », fit Johanna. Elle lui tendit discrètement un paquet en tissu. « Il n'a pas l'air d'avoir servi depuis des jours. »

Sauer sortit son pistolet du tissu, soulagé.

« Des années, corrigea-t-il. Il n'a pas servi depuis des années.

– Julian est vraiment mort, reprit Johanna, la voix fêlée par le chagrin. Et tu peux me faire confiance. »

Sûrement pas.

Je ne peux même plus faire confiance à moi-même.

Mutti revint, le souffle court. « Julian est mort, confirma-t-il. Et nous, on peut revoir toutes nos hypothèses. »

Sur le ton le plus badin qu'elle réussit à improviser, Johanna demanda : « Pourquoi est-ce que vous le soupçonniez ?

– Techniquement, on le soupçonne toujours, répondit Mutti. Ce n'est pas parce qu'il est mort que ce n'était pas un traître. »

Comme de toute façon Johanna avait vu la carte postale de Munich retrouvée dans la chambre de Rosa à la pension juive, Sauer lui montra celle trouvée sur Himmler. « Le commandant des SS l'avait sur lui », lui dit-il.

Elle prit la carte et l'approcha de son visage. « C'est celle qu'on a...

– Non, c'en est une autre. Celle-ci est affranchie et tamponnée. C'est celle que Julian m'a montrée à Vienne quand il est venu me chercher. Rosa l'avait envoyée à Munich avant de disparaître, avec dessus un message pour moi. »

Johanna retourna la carte postale et relut la phrase écrite à l'encre bleue. Elle leva les yeux, l'air amer : « Donc vous pensez que c'est Julian qui l'a donnée à Himmler. »

Ils acquiescèrent.

« Comme preuve de quelque chose.

– Oui. »

Elle soupira. « Julian, un traître. Difficile à croire. Il avait beaucoup de défauts, je suis bien placée pour le savoir, mais il était fidèle à sa cause, et il n'aurait pas tourné casaque en faveur des nazis. Ce n'était vraiment pas son genre. »

Mutti ne put s'empêcher de commenter : « Ce n'était pas non plus le genre de trois millions d'ouvriers, et pourtant ils votent pour Hitler. Et des histoires comme ça, il y en a des...

– Quand il est venu chez moi ce matin, l'interrompit Johanna, mais c'était à Sauer qu'elle s'adressait, il a essayé de me convaincre que les traîtres, c'étaient Mann et toi. Je ne sais pas ce qu'il imaginait. Et je ne sais pas…

– Si Mann est toujours vivant ? compléta Mutti.

– Oui, confirma Johanna. Mais… attends un instant », ajouta-t-elle en passant son pouce sur un coin de la carte postale. Elle fronça les sourcils, approcha le papier à quelques centimètres de ses yeux et le frotta de nouveau.

« Quoi ? demanda Sauer.

– Ce tampon… dit Johanna en reniflant l'encre. Il part. »

Sauer reprit la carte et vérifia : c'était vrai. Là où Johanna avait passé son pouce, l'encre avait coulé.

« Qu'est-ce que ça signifie ? demanda Mutti, et il s'approcha.

– L'encre utilisée dans les bureaux postaux est indélébile, affirma Johanna avec assurance, comme si ces notions étaient le b.a.-ba de la formation de n'importe quel agent de police. Les tampons ont une valeur légale, il ne faut pas qu'ils s'effacent.

– Et ?

– Et ce tampon est faux. Ou plutôt, falsifié. » Elle reprit la carte et passa son index mouillé de salive sur l'encre. Les lettres et les chiffres bavaient et s'effaçaient sous les passages successifs de son doigt. « Cette carte n'a jamais été postée. Si Julian t'a raconté le contraire, il t'a menti, va savoir pourquoi. »

Ils se regardèrent en silence. Deux policiers passèrent, traînant par les bras un étudiant ivre mort, à la chemise rouge flamboyant sous son manteau noir élimé. Un train ferrailla et grinça dans le lointain. Le ciel était lourd de nuages noirs, mais une lumière sinistre et surréelle continuait de tomber sur les rues.

« Il y a une autre possibilité, finit par dire Mutti. Cette carte n'est peut-être pas celle que Julian t'a montrée à Vienne. Vous en avez trouvé d'autres, non ?

– Oui, confirma Sauer. Une dans la chambre de Rosa, et une dans une enveloppe que m'avait laissée… »

Il n'acheva pas sa phrase, renversé par l'énième souvenir flou qui n'avait pas retenu son attention.

Il y avait trois cartes postales. Une détenue par Julian. Une dans la chambre de Rosa. Et une dans l'enveloppe que Bernie m'a laissée.

Celle de Julian pourrait être n'importe où. Celle de Rosa est dans ma poche. Celle de Bernie est dans mon sac, chez Johanna.

À moins que…

Le premier soir, dans le club de Sandor.

Quand j'ai bu et perdu le défi.

Quand j'ai fini par terre.

« Tu m'aideras ? lui ai-je demandé.

– Tu sais que je le ferai », a-t-il répondu.

Puis il a sorti l'enveloppe de ma poche.

54

Dans son établissement, personne ne l'avait vu depuis deux jours. « Enfin, deux soirs », se corrigea la femme à l'air las qui se tenait à l'entrée du Blau. Cette splendide blonde platine à la tête couverte de bigoudis et au corps parfait révélé par son déshabillé s'était présentée sous le prénom de Johanna, chose qui n'aurait pas manqué d'amuser l'agent Tegel, si celle-ci n'était pas restée au commissariat pour témoigner sur la mort de Julian. « Il n'a même pas appelé, précisa la blonde.

– Son absence vous étonne ? » demanda Mutti.

La femme haussa les épaules. « Il a dû se trouver un nouveau béguin. »

Non sans peine, ils finirent par lui extorquer l'adresse personnelle de Sandor, qui se révéla être un trois-pièces loué à Scheunenviertel, non loin du Monbijoupark. Un quartier chic, où Sandor ne devait pas se vanter de l'origine de ses revenus.

« Le chef de la police habite juste en face, dit Mutti quand le taxi les déposa devant un bâtiment anonyme de Lesenstrasse. Et le maire adjoint juste à côté. S'ils connaissaient les activités de ton ami, ils en feraient tout un plat. Et ensuite ils se précipiteraient dans son club. Sans leurs femmes, bien sûr.

– Que tu es cynique », commenta Sauer en sonnant. Le portier vint ouvrir, avec l'expression altière d'un majordome anglais.

Mutti dégaina aussitôt sa plaque. « Vous désirez ? s'enquit alors l'homme, impassible.

– Est-ce que M. Baraly est chez lui ? » demanda Sauer. Il imaginait que le portier irait consulter les registres d'entrées et de sorties, mais à sa grande surprise ce dernier lui répondit aussitôt que non, M. Baraly n'était pas chez lui, et qu'il n'était pas rentré depuis deux jours.

« Est-ce qu'on peut monter quand même ? demanda Mutti. Vous avez un double des clés, j'imagine.

– Absolument, répondit le portier. Malheureusement, je ne me rappelle plus où je les ai mises.

– Oh, quel dommage. Des troubles de la mémoire ?

– Ça m'arrive.

– Même quand c'est un commissaire de police en service qui vous le demande ? »

Le portier haussa les sourcils, l'air contrit. « L'âge ne fait pas la distinction des rôles et des circonstances, vous m'en voyez bien navré.

– Bien entendu », fit Mutti d'un ton compatissant. Il laissa s'écouler une seconde, vérifia que personne ne passait dans la rue puis, s'approchant du portier au point de le toucher, il reprit : « J'ai un excellent stimulant pour la mémoire, ça vous intéresse ? »

Le portier se contenta de le regarder d'un air dubitatif.

« C'est la douleur », acheva Mutti, et il décocha un coup de genou dans l'estomac de l'homme, qui blêmit et se plia en deux. Mutti le poussa à l'intérieur et entra. « Maintenant, tâche de te souvenir où sont les clés, sans quoi je me verrai contraint de t'administrer une autre dose du Remède Miraculeux du Docteur Forster. C'est compris ? »

« Tu étais vraiment obligé ? demanda Sauer en ouvrant la porte de l'appartement de Sandor.

– Il me semble que oui. On n'a pas le temps de demander un mandat, et si ton ami a vraiment pris ta carte postale pour la donner à Himmler, il me semble pertinent de jeter un coup d'œil à son appartement. Peut-être qu'on y trouvera quelque chose d'utile. »

Ce ne fut pas le cas. À l'exception du lit, d'une table et de trois chaises, l'appartement de Sandor était plus nu que ses danseuses, et quand Sauer tourna un robinet dans la cuisine, l'eau marronnasse qui en sortit en crachotant leur confirma que Sandor Baraly ne faisait pas grand-chose d'autre que dormir dans son luxueux trois-pièces.

« Et encore, il n'y a pas dormi ces derniers temps, dit Mutti en indiquant le lit défait. Il y a de la poussière sur son oreiller.

– Il doit avoir un autre point de chute », conclut Sauer.

Il ne leur restait plus qu'à vérifier dans le sac de Sauer, chez Johanna.

« Tu penses qu'elle a terminé, au commissariat ? demanda Sauer.

– Je n'en sais rien, répondit Mutti. Si elle est la dernière personne à avoir vu Julian vivant, elle va devoir répéter son histoire à pas mal de monde. Ça pourrait prendre des heures. Mais ce n'est pas grave, parce que j'ai les clés. »

Dans le taxi qui les ramenait chez Johanna, Sauer repensa à ce qu'elle avait dit à Mutti ce matin même au téléphone : Julian avait un double des clés. *Ce n'était pas le meilleur refuge qui soit, si tout le monde a son jeu de clés*, se dit-il, agacé. De toute évidence, Johanna et Julian avaient été ensemble par le passé, et même si maintenant Julian était mort et qu'il ne savait pas exactement ce que Johanna représentait pour lui, Sauer ne pouvait se défendre d'un pincement de jalousie.

Arrivés à destination, ils aperçurent les rubans de la police à l'entrée de la ruelle où le corps de Julian avait été retrouvé, mais ils ne s'attardèrent pas.

Quand ils furent au cinquième étage, Mutti ouvrit la porte métallique de l'ascenseur, laissant passer Sauer le premier, et lui rentra dedans quand ce dernier se figea à deux pas de l'entrée de l'appartement.

« Attention, Siggi, enfin ! grommela Mutti.

– Chut ! » fit Sauer, et, sortant son pistolet de sa poche, il indiqua la porte, qui était entrouverte.

Mutti dégaina son arme à son tour, dépassa lentement Sauer et, de la pointe du pied, il poussa le battant. Ils pénétrèrent dans l'appartement à pas de loup, les oreilles tendues pour intercepter le moindre bruit et en se couvrant réciproquement, comme ils l'avaient fait mille fois à Munich. De l'entrée, ils passèrent au vestibule, puis au couloir principal, et entrèrent dans chaque pièce pour s'assurer qu'il n'y avait personne. Rien n'avait bougé depuis la veille au soir : si quelqu'un était passé par là pour fouiller ou cambrioler, c'était quelqu'un de remarquablement discret.

La dernière pièce fut le salon, où Sauer avait raconté à Johanna l'histoire de Geli. Là, en revanche, quelque chose avait changé : non seulement tous les verres du meuble-bar étaient empilés contre un mur, mais une fenêtre était ouverte, et ses rideaux oscillaient au vent glacial.

« Quelqu'un est passé par là, constata Mutti, son pistolet tendu devant lui.

– Oui, mais qui ? demanda Sauer.

– Pas un geste ! » fit une voix féminine, hélas familière, dans leur dos.

Sauer perçut la même surprise chez Mutti, la même amertume.

Quand il se retourna et la vit sur le seuil, son pistolet braqué sur eux et un éclat dur dans les yeux, il ne fut pas vraiment étonné. Après tout, seuls ceux qui se font des illusions sont exposés aux désillusions.

« Pas un geste, répéta Johanna Tegel en serrant la prise sur son Mauser. Je ne voudrais pas que quelqu'un se blesse. »

55

« Johanna ? fit Mutti. Depuis combien de temps tu es là ?

– Je viens d'arriver. Juste à temps, on dirait.

– Je croyais qu'on était du même côté, continua le commissaire. Je croyais qu'on était amis. »

Elle eut un sourire nerveux et répondit : « Évidemment qu'on l'est. Tu en doutes pour de bon ? Mon pistolet n'est pas pour vous, mais pour lui. » Elle indiqua du menton un endroit derrière Sauer, qui se retourna brusquement. « Pas un geste ! » cria Johanna, mais une ombre bougea derrière un des rideaux tirés du salon, et en sortit, un mouvement aussitôt suivi par un coup de feu.

Sauer n'eut pas le temps de réagir, ni même de voir l'action, qu'il dut reconstruire après coup. Un petit homme menu portant un pardessus beige et un chapeau beige s'élança hors de sa cachette, une arme à la main. Son but n'était pas d'ouvrir le feu, mais de trouver une issue, quelle qu'elle soit, et c'est pourquoi il tira en direction de Sauer et Mutti sans prendre le temps de viser. La balle siffla à vingt centimètres de l'oreille de Sauer, qui se jeta par terre. L'homme en beige se précipita vers la fenêtre ouverte, et il était sur la corniche au-delà de la rambarde en pierre du balcon quand un deuxième coup de feu retentit, immédiatement suivi d'un troisième. La première balle alla se ficher dans l'encadrement de la fenêtre, mais la deuxième atteignit sa cible. L'homme, déséquilibré, dodelina pendant quelques secondes, puis bascula cinq étages plus bas sans même émettre un gémissement.

Quand Sauer, Mutti et Johanna se précipitèrent pour regarder dans la rue, ils eurent du mal à en croire leurs yeux. Ils restèrent quelques secondes silencieux, regardant le corps étendu sur l'asphalte, les bras et les jambes désarticulés. « Walther », finit par souffler Johanna d'un ton incrédule.

Ils dévalèrent l'escalier pour gagner la rue. Quand ils arrivèrent aux côtés de leur collègue, une femme était penchée sur lui et lui parlait d'une voix rassurante en lui tenant la main. « Tout va bien se passer », l'entendirent-ils dire, même si un coup d'œil rapide suffisait pour savoir qu'il n'y avait rien de plus faux. Le visage de Mann présentait plusieurs fractures, ses yeux étaient comme des fissures dans un mur d'ecchymoses, et du sang coulait en abondance de son nez et de ses oreilles, mêlé à un liquide jaunâtre. Cependant, sa poitrine se soulevait encore péniblement.

« Si vous permettez, dit Mutti en s'agenouillant. Police de Berlin, ajouta-t-il. Cet homme est un collègue. Walt ? Walt, tu m'entends ?

– Laissez-moi faire, dit la femme. Pendant la guerre, j'étais infirmière.

– C'est un miracle qu'il soit encore en vie, murmura Sauer.

– Walt ! répéta Mutti en haussant la voix. Pourquoi tu as fait ça ? »

Mais Mann semblait être déjà loin, et son souffle ressemblait de plus en plus à un râle.

« Walther », lui dit à son tour Johanna, d'un ton doux. Elle prit elle aussi une main du blessé entre les siennes. Deux de ses doigts étaient cassés, la blancheur de l'os affleurait du troisième. « C'est moi. Johanna. »

Mann fronça légèrement le front.

« Tu m'entends ? Walther, ça va aller, mais il faut que tu me dises pour qui tu travailles. Il faut que tu me le dises parce que tu étais chez moi.

– J…, dit Mann d'une voix d'outre-tombe, sifflante.

– Il ne doit pas faire d'efforts, intervint l'infirmière, que Johanna foudroya du regard.

– Je quoi ? le pressa Mutti.

– Julian, souffla Mann.

– Tu travaillais avec Julian ? »

Mann ouvrit la bouche, mais aucun son n'en sortit.

« Walther, reprit Johanna. Vous faisiez équipe, c'est ça que tu veux dire ?

– Julian… », souffla encore Mann. Puis, après une très longue pause, il ajouta : « Un d'eux.

– Un d'eux ? » insista Mutti.

Mann fit un léger mouvement de tête. « Les rouges, dit-il.

– Communiste ? » s'enquit Johanna, et Mann hocha un peu la tête.

Julian communiste. Selon Sauer, c'était improbable, mais par les temps qui couraient, tout était possible. Dont le fait que Mann considère tous les antinazis comme des communistes.

« Il m'a… trompé », ajouta Mann dans un dernier effort. Sa respiration devenait intermittente, et plus haletante.

« Et toi, pour qui tu travailles ? demanda Mutti. Qui te paie ? Pour quoi faire ? »

Mann ferma les yeux.

« Non ! s'écria Mutti. Reste avec nous ! »

Comme tiré de son sommeil, Mann rouvrit lentement les yeux.

« Tu travailles pour les nazis ? C'est ça ? »

Mann le regardait avec une curiosité détachée, comme si Mutti était un drôle d'insecte jamais vu auparavant, posé sur une fleur lointaine.

« Enfin, ta femme est juive ! dit Johanna. Comment tu pouvais travailler pour eux ? »

Alors qu'aucun d'eux n'espérait plus de réponse, l'agent Walther Mann, couché dans la rue au milieu d'une flaque de sang, réussit à prononcer un dernier mot.

« Protection. »

Et il expira.

56

« Malédiction ! » cria Mutti en jetant son chapeau par terre.

Johanna se redressa, sans quitter les yeux fixes de Mann. « Tous ces morts, murmura-t-elle avec une tristesse infinie. Et aucune réponse. »

Sauer, lui, resta penché sur le corps, attendant un moment de distraction générale.

Quand la sirène de l'ambulance approcha, les autres se tournèrent dans la direction du véhicule. Alors, Sauer fouilla prestement la veste de Mann. L'enveloppe de Bernie se trouvait dans une de ses poches. Sauer l'ouvrit, trouva la carte postale de Rosa – ce n'était donc pas Sandor qui la lui avait dérobée –, et glissa l'enveloppe et la carte dans sa propre poche. « Il faut qu'on file, dit-il. Et vite fait. »

Mutti serrait les poings, hors de lui, mais il obtempéra. Il ramassa son chapeau, l'enfonça sur sa tête. « Jo », dit-il pour tirer sa collègue de son hébétude. Sans se soucier des protestations de l'infirmière, ils s'éloignèrent rapidement en direction de la station de taxis.

« Bon sang, mais qu'est-ce qui se passe dans cette ville ? finit par exploser Johanna à l'arrière de la Mercedes qui les conduisait au Tiergarten à fond de train. Je connais Mann depuis deux ans, on a passé des milliers d'heures ensemble, il ne parlait jamais de politique, il ne s'y intéressait même pas. Il disait que c'est comme la météo, qu'on ne peut pas la prévoir ni la changer. Et en fait non, il jouait un double jeu, et Julian aussi…

– Julian jouait plutôt un triple voire un quadruple jeu, apparemment », commenta Mutti. Il passa une main sur son visage, dans un geste las. « Maintenant ils sont morts tous les deux, on n'aura jamais le fin mot de l'histoire.

– Vous croyez que c'est lui qui l'a tué ? Je veux dire, que Mann a abattu Julian ? demanda Sauer.

– J'en suis sûre, répondit Johanna. C'est pour ça que je suis rentrée chez moi. Quand vous êtes partis tout à l'heure, j'ai eu une illumination. Qui était au courant pour la pension Linke ? Moi. Toi, chef. Julian. Mann. Comme Julian était mort, Mann était le seul suspect restant. Alors j'ai téléphoné à sa femme, et vous savez ce qu'elle m'a dit ? Que Mann recevait des coups de fil tous les soirs depuis une semaine. Parfois c'était Julian qui l'appelait, parfois un certain Heydrich. »

Sauer sursauta. « Heydrich ?

– C'est ce que m'a dit Martha. C'est une femme adorable, qui ne s'est jamais mêlée du travail de son mari. Ces deux noms ne signifient rien pour elle. Alors j'ai compris que le traître était Mann, et j'ai repensé à la mort de Julian, abattu par deux balles tirées par un Mauser, la marque de nos armes de service. Et ce matin, Julian m'avait dit que Mann était de mèche avec toi, Sauer. Donc il avait des soupçons sur Mann, c'est pour ça qu'il s'est fait tuer. J'ai essayé d'imaginer ce qu'il ferait ensuite : après avoir tué Julian en bas de chez moi, il a dû imaginer que Julian m'avait laissé des objets ou des documents importants avant de partir. Quand je suis arrivée et que je vous ai trouvés dans le salon avec la fenêtre et le meuble-bar ouverts, j'ai compris que mon hypothèse devait être juste. Puis j'ai vu les rideaux tirés, alors que je les avais laissés ouverts en sortant. Mann était encore là.

– Je n'en reviens pas, dit Mutti. Martha est juive. Juive !

– Protection, répéta Sauer. Il pensait peut-être qu'en s'alliant avec l'ennemi il se rendrait intouchable…

– Ce raisonnement est valable si l'ennemi a un honneur, répliqua Johanna. Mais les nazis n'en ont que dans leurs slogans. »

Le taxi entra dans le Tiergarten sous un ciel lourd de nuages. La lanterne du Reichstag brillait dans le lointain, mais sa lumière était surtout symbolique, et ne parvenait presque pas à éclairer les ténèbres du soir qui tombait.

« Et encore, ce n'est rien. Quand Hitler prendra le pouvoir pour de bon, poursuivit Johanna, amère, il ne s'agira plus de marches aux flambeaux mais de vrais incendies. Ils brûleront tout, à commencer par la République, et ensuite ils passeront au reste : communistes, socialistes, libéraux…

– Un de mes amis, Bernhard Gross, s'est suicidé parce qu'il avait peur de Hitler, dit Sauer, frappé par la véhémence de Johanna. Il était obsédé par l'idée qu'une fois au pouvoir les nazis se déchaîneraient sur les juifs, y compris ceux comme lui qui avaient fait la guerre et en étaient revenus avec une médaille. Il a été retrouvé dans le Landwehrkanal après sa nomination.

– Une autre victime de ce guignol, commenta Mutti. Quand je pense que j'aurais pu mettre fin à sa carrière… »

Johanna lui jeta un regard étonné. Sauer savait à quoi Mutti faisait allusion, mais elle ne pouvait pas l'imaginer, et il était peut-être préférable qu'elle ne le sache jamais.

« Tu n'as rien à voir avec ça, dit-elle. Tu n'es pas un bourreau, que je sache.

– Les bourreaux, c'est ceux qui tuent, répondit Mutti, mais aussi ceux qui laissent tuer sans intervenir. Tout ça aurait pu être évité.

– Il n'est peut-être pas encore trop tard », répondit Sauer. Et il comprit soudain la vraie raison de sa venue à Berlin : ce n'était pas pour sauver Rosa, mais pour sauver tout le monde. Lui compris.

Les années avaient beau passer, son expérience s'accumuler, il continuait de vivre comme un stupide idéaliste.

« Minute, dit Johanna d'une voix altérée. Comment s'appelait ton ami ?

– Bernhard Gross. C'était le propriétaire du Höllenweg. On s'est connus à la guerre, on était dans la même unité. Bernie, moi et Sandor, expliqua Sauer en jetant un coup d'œil à Mutti. On a vécu dans les tranchées ensemble pendant deux ans. On était comme des frères, et…

– Je sais qui est Bernie Gross, l'interrompit Johanna. Et je t'assure qu'il n'est pas mort suicidé. »

Un lourd silence s'abattit dans le taxi.

« Quoi ?

– Tous les suicides de Berlin passent par mon bureau, c'est le collègue assis en face de moi qui s'en occupe, et Bernie Gross est connu, même les gros bonnets de l'Alex fréquentent son cabaret. Je peux passer un coup de fil aux archives pour demander qu'on vérifie, si tu veux, mais si un homme aussi connu s'était suicidé le mois dernier, je le saurais. Qui t'a raconté cette histoire ? »

57

La façade en verre et en acier du Höllenweg reflétait les lumières de la rue, mais les néons rouge feu qui avaient frappé Sauer le premier soir étaient éteints, et la porte principale fermée. Il était cinq heures de l'après-midi, trop tôt pour les préparatifs de l'ouverture, et on était dimanche. Est-ce que les cabarets aussi restaient fermés ce jour-là ?

Sauer guida Mutti et Johanna dans la ruelle où se trouvait l'entrée des artistes. Cette fois, le gardien aux yeux charbonneux était assis sur les marches avec un collègue aussi musclé que lui. En les voyant arriver, ils les dévisagèrent et se levèrent. « L'établissement est fermé, dit le gardien de sa voix caverneuse.

– Effectivement, on s'en est douté quand on a vu qu'il était fermé, répliqua Mutti.

– On se connaît, intervint Sauer. Je suis venu jeudi, pour m'entretenir avec Herr Raum.

– Et ?

– On voudrait de nouveau discuter avec lui, répondit Mutti. Police, précisa-t-il sans montrer sa plaque.

– Herr Raum est absent, répondit l'autre énergumène d'une voix étonnamment fluette.

– Quand sera-t-il de retour ?

– Plus tard. »

Mutti haussa les épaules. « On peut l'attendre dans son bureau. J'ai souvenir d'un endroit confortable. »

Les deux hommes se placèrent devant la porte, bras croisés. « L'établissement est fermé. Revenez après dix-neuf heures. »

La tension monta brutalement, comme si le taux de testostérone ambiant avait atteint un seuil critique. Les yeux se plissèrent, les muscles se bandèrent, et le lourd silence indiquait clairement un affrontement imminent. Alors Johanna, qui s'était tenue en retrait jusque-là, avança d'un pas, s'interposant entre les deux fronts. « Nous enquêtons sur une affaire urgente, dit-elle posément. Malheureusement, nous avons peu de temps à disposition. Êtes-vous bien certains que Herr Raum ne sera pas là avant dix-neuf heures ? Il serait vraiment important que nous puissions lui parler aussitôt que possible. »

Déstabilisés par la courtoisie de Johanna, les deux hommes s'échangèrent un regard interrogatif, lequel suffit à faire comprendre à Sauer que Raum était déjà sur place. Johanna profita de cet instant d'inattention pour bondir sur les deux hommes, et leur décocher un coup juste au-dessous du sternum. Le souffle coupé, Œil-de-Charbon et son ami se plièrent en deux les mains sur l'estomac, offrant l'opportunité à Mutti de leur assener deux coups de coude dans la nuque, qui les firent s'écrouler dans un gémissement.

« C'était vraiment nécessaire ? demanda Sauer.

– À la guerre comme à la guerre, répondit Johanna, accroupie pour menotter les deux hommes.

– Allons-y », dit Mutti.

Sauer reparcourut de mémoire l'itinéraire jusqu'au bureau de Raum. Une fois arrivés, Mutti voulut baisser la poignée, mais elle résista. « Dommage, soupira-t-il. C'était une belle porte », puis il prit de l'élan et la défonça d'un puissant coup d'épaule.

Dans la vaste pièce vide, les lumières étaient éteintes à l'exception d'une, posée sur le bureau à côté de la verrière qui donnait sur la salle de danse.

« Il n'est pas là, constata Johanna.

– Tu en es bien sûre ? » demanda Mutti. Il renifla par deux fois. « Je sens de la fumée. »

Sauer acquiesça, l'odeur était légère mais perceptible, et il se dirigea vers le cendrier qu'il avait vu sur le bureau. Un mégot y fumait encore. « Il était là il y a un instant.

– Et il est peut-être encore là, répondit Mutti en sortant son arme. Johanna, allume s'il te plaît. »

Une seconde après, la lumière avait envahi toute la pièce, les meubles laqués étincelaient et les spots se démultipliaient dans le grand miroir en face du bureau. Cependant, il n'y avait aucun rideau qui aurait pu cacher un homme. « Il a dû sortir. Il n'y a pas de toilettes, ici, avança Johanna.

– Non, rétorqua Sauer. Il n'est pas sorti. La clé est sur la porte. »

À ces mots, Johanna et Sauer dégainèrent leur arme à leur tour, et tous trois se remirent à scruter chacun des recoins de la pièce.

Ils la passèrent au peigne fin, retournèrent le tapis pour vérifier qu'il ne masquait pas une trappe, et montèrent sur le bureau pour palper le faux plafond. Ils écartèrent les meubles des murs à la recherche d'une porte secrète, mais le papier peint ne présentait aucune discontinuité. Comme le placard fermé par un cadenas d'où Raum avait sorti l'enveloppe de Bernie était trop lourd pour être déplacé, Mutti et Sauer se concentrèrent sur lui, espérant y découvrir un mécanisme quelconque, un bouton qui le ferait pivoter, comme dans les romans d'aventures. Encore une fois, leur recherche s'avéra infructueuse.

« Où diable est-il passé ? » demanda Johanna, reparcourant la pièce du regard.

Le bouton, si bouton il y avait, devait être caché à portée de main, pensa Sauer. Suivant ce raisonnement, il alla s'asseoir dans le fauteuil de Raum et palpa le dessous du bureau. Rien. Ils avaient déjà regardé dans les tiroirs, et le dessus du bureau était vide. « Comment est-ce possible ? » se demanda-t-il à mi-voix.

Il se laissa aller dans le fauteuil, perplexe et découragé. C'est alors que ses yeux tombèrent sur la solution.

Raum n'arrêtait pas de jeter des regards vers le miroir, se souvint-il. *Et tu as cru que c'était par vanité.*

Mais ce n'était pas pour cela, ou pas seulement pour cela.

Et ce n'est pas seulement un miroir.

Il bondit sur ses pieds. « Mutti, appela-t-il en glissant ses doigts entre le cadre du miroir et le mur.

– Laisse tomber, lui répondit ce dernier. J'ai déjà regardé. Il est collé au mur.

– Impossible, le passage est forcément là, dit Sauer sans cesser de palper le cadre à la recherche d'une manette. Forcément.

– Essaie de pousser le verre, suggéra Johanna. Peut-être que le cadre est fixe, mais que la glace peut pivoter. »

Le conseil était sensé, bien que la surface réfléchissante ne présentât aucune empreinte. « Non, ça ne marche pas, dit-il après avoir essayé.

– Évidemment que ça ne marche pas, répondit Mutti qui étudiait la glace sur le côté, le visage écrasé contre le mur. Regardez : le verre est dans le mur.

– Il est coulissant ! dit Sauer, admiratif.

– D'accord, mais comment on le fait coulisser ? demanda Johanna en palpant frénétiquement le cadre à la recherche d'un mécanisme à pression.

– J'ai trouvé ! fit Mutti, triomphant. Poussez-vous. »

Sauer et Johanna s'écartèrent, fixant l'endroit que Mutti regardait juste avant, à la recherche de la solution qu'il avait devinée. Cependant, la solution n'était pas sur le cadre, mais dans la main de Mutti.

Avec un fracas retentissant suivi d'une cascade de bris de verre, le miroir explosa en mille morceaux sous leurs yeux, révélant une ouverture étroite dans le mur. « Rossignol universel », déclara Mutti en montrant son pistolet, un grand sourire aux lèvres. Avec le chahut qu'ils venaient de faire, les minutes étaient comptées.

Enjambant les éclats de verre acérés, Sauer passa la tête dans l'ouverture, qui se révéla être un interstice d'un mètre de profondeur et de deux mètres de haut. « C'est le début d'un couloir, informa-t-il ses acolytes. À droite c'est bouché, mais à gauche il continue sur quelques mètres. Il y a de la lumière au fond. »

Il s'engagea à tâtons, le cœur battant à tout rompre, les oreilles tendues. L'endroit d'où provenait la lumière était en réalité un tournant du couloir qui, après un angle droit, se poursuivait vers une source lumineuse plus puissante, un spot orange fixé sur un second tournant à angle droit. Après quoi, il continuait sur sept ou huit mètres avant de s'achever sur un mur tapissé d'une sorte de duvet collant, que Sauer palpa. À mi-hauteur sa main rencontra un crochet métallique.

Une poignée.

« Qu'est-ce que c'est ? demanda Mutti.

– Une porte, répondit Sauer. Insonorisée.

– Bon, dit Mutti en préparant son arme. Tu peux y aller. »

Sauer compta mentalement jusqu'à trois puis tira sur la poignée.

Il ne se passa rien.

Alors il essaya dans l'autre sens, et la porte, trop fortement poussée, s'ouvrit d'un coup. Elle pivota sur des gonds parfaitement huilés et alla claquer contre le mur.

Sauer s'élança avant même de regarder et tendit son pistolet devant lui, suivi dans la seconde par Mutti qui cria : « Pas un geste ! Police ! », puis de Johanna, elle aussi armée.

Dans la pièce carrée sans fenêtres, éclairée par une ampoule nue, six hommes et une femme les fixaient, pétrifiés et terrifiés, assis autour d'une grande table couverte de dossiers, papiers et cartes. Mais, si grande que fût leur surprise d'avoir été découverts, celle de Sauer la surpassait.

Six hommes et une femme. Parmi eux se trouvaient Raum et Sandor, mais aussi Bernie, que Sauer croyait mort, et surtout, elle.

Elle fut la première à se ressaisir.

Elle le regarda droit dans les yeux avec une expression indéchiffrable.

Elle s'élança vers lui, faisant tomber sa chaise.

Elle se jeta dans ses bras sans un mot et l'embrassa, le visage baigné de larmes.

Rosa.

58

La mémoire des hommes est un témoin trompeur, qui manipule et réécrit sans cesse le passé, l'adaptant au présent, le faisant ployer en fonction du désir du moment. Les faits trop douloureux, trop décevants ou inconvenants sont poncés dans le souvenir jusqu'à ce qu'ils atteignent la perfection : suffisamment lisses pour cesser de blesser, modelés sur l'histoire qu'on se raconte à soi-même. Mais ceux qui imaginent que la vérité disparaît font erreur. Nous possédons d'autres sens, plus profonds, qui se souviennent de tout. Rien n'est jamais effacé, et il suffit d'un instant – ou d'un parfum – pour que tout refasse surface.

Les lèvres de Rosa avaient un goût de raisin, comme lors de leur premier baiser, et comme le jour où elle l'avait quitté.

Sauf que ce n'est pas tout à fait ce qui s'est passé, dit une voix dans sa tête. *Tu t'en souviens ?*

Oui, il s'en souvenait.

Alors que Rosa l'embrassait avec un transport désespéré, cette pièce cachée dans les entrailles de Berlin se transforma en une autre pièce dans une autre ville, pour lui montrer ce qui s'était vraiment passé entre eux.

C'était en octobre, seulement quatre mois auparavant, et dans leur trois-pièces viennois il faisait encore plus froid que dehors, malgré le poêle allumé. Rosa était debout au milieu de la cuisine, lui assis à table, fixant son thé d'un air rageur.

Tu sais ce qui se passe dans notre pays, lui avait-elle dit. *Tu lis les journaux tous les matins. On ne peut pas rester ici à ne rien faire.*

Sauer n'avait pas répondu, il n'avait même pas levé les yeux.

Siegfried, je ne peux pas continuer comme ça. Je t'aime et je suis heureuse avec toi, avait-elle menti, *mais ça ne suffit pas. Je sens que je dois faire quelque chose. Je sens que je dois y retourner.*

Le thé infusait lentement, de minuscules tourbillons à peine visibles se croisaient sous la surface du liquide, et Sauer les fixait, hypnotisé, désireux de quitter le monde des hommes et de plonger dans cette tasse.

Tu m'écoutes ? Je veux y retourner. Je veux me battre avec les autres.

Avec les autres, avait répété Sauer d'une voix basse, lourde de ressentiment.

Avec toi, si tu viens. Je t'en prie. Notre vie ici n'a aucun sens. On ne connaît personne. On n'a rien.

C'était cela, la vraie raison. Et c'était cela, le plus blessant. Ne rien avoir, après tout ce temps passé ensemble, et savoir qu'ils n'auraient jamais rien.

On peut réessayer, lui avait-il dit. *Peut-être que le docteur se trompe.*

Rosa s'était mise à pleurer en silence. *Tu sais bien qu'il ne se trompe pas*, avait-elle fini par répondre, une main sur son ventre.

C'est pour ça que tu t'en vas, hein ? avait sifflé Sauer. *Tu penses que c'est ma faute, peut-être ?*

Qu'est-ce que tu racontes ?

Je raconte que ce besoin pressant de partir, cette envie d'être avec d'autres...

Tu perds la tête.

Non ! avait-il crié. Aiguillonné par la peur de la perdre et la jalousie, il avait laissé libre cours à toute la colère accumulée depuis des mois. *Non, je ne perds pas la tête. Reconnais-le, au moins. Tu veux partir parce que ici tu n'es pas bien. Ça n'a rien à voir avec le combat. Le problème, c'est nous. C'est moi. Tu ne m'aimes plus.*

Arrête de dire ça.

Tu ne m'aimes plus. Je ne sais pas depuis quand. Je ne sais pas si...

Arrête !

Je ne sais pas si tu m'as déjà aimé.

Une gifle avait interrompu sa diatribe, et il avait brièvement levé les yeux. Rosa le regardait, furibonde. *Ne répète jamais une chose pareille.*

Pourtant, sa réaction n'avait pas suffi à tarir la colère et la jalousie de Sauer.

La vérité, avait-il repris, *c'est que tu me hais à cause de ce que Heydrich t'a fait. Tu me hais parce que tu ne pourras jamais avoir d'enfants avec moi. Tu me hais parce que je t'ai fait partir de Munich. Tu aurais dû rester avec Julian, on le sait tous les deux. Alors pars. Va le rejoindre. Moi non plus je ne t'aime plus.*

Quand la porte avait claqué, Sauer avait levé la tête et s'était senti soulagé comme peu de fois dans sa vie.

Elle ne l'aimait pas.

Elle ne l'avait jamais aimé.

Sa vie serait plus belle sans lui.

Sur ce point, il n'avait aucun doute.

59

« Pardonne-moi, murmura Rosa en le serrant de toutes ses forces, comme si elle craignait qu'un vent soudain l'emporte. Je n'aurais pas dû te laisser à Vienne, c'était une erreur. »

Sauer ne savait que dire ni que faire, maintenant qu'il sentait sa tête pressée contre son cœur et son odeur familière, qui l'entraînait dans un tourbillon de souvenirs. Rosa au marché aux victuailles, Rosa dans sa mansarde, Rosa à Döbling, Rosa au piano.

Rosa à l'ambassade russe.

Rosa dans un bordel.

Il prit ses bras et, d'un geste ferme, les détacha de lui sans la regarder dans les yeux. « Qu'est-ce qu'il se passe ici ? » demanda-t-il, tourné vers les autres personnes présentes dans la pièce. « Qu'est-ce que vous faites là, vous deux ? » continua-t-il en fixant Bernie et Sandor.

« Et *vous*, comment vous nous avez découverts ? demanda Raum en retour. Karl vous a laissé entrer ?

– On peut dire ça comme ça, répondit Mutti en baissant son arme.

– Et le passage ? Vous avez trouvé le bouton derrière le tableau ?

– Ah, il était là, alors. Non, malheureusement, on ne l'a pas trouvé. On a dû improviser. J'espère que vous êtes assurés, Herr Raum. »

Alors que Raum se passait une main dans les cheveux, Bernie et Sandor s'approchèrent de Sauer, les yeux brillants du même éclat. Depuis combien d'années ne s'étaient-ils pas retrouvés ensemble, tous les trois ? Sauer essaya de faire le compte. « La dernière fois qu'on s'est vus, c'était ici, à Berlin…

– En mars 1920 », compléta Bernie d'une voix émue. Puis, après quelques instants d'embarras, il ouvrit les bras et serra son ami contre lui.

« Je te croyais mort, souffla Sauer. Ton associé m'a dit que tu t'étais suicidé.

– Je sais. Excuse-moi, sur le moment il m'a semblé que c'était le plus simple.

– N'imaginons pas le plus compliqué, alors, ironisa Sandor en donnant une bourrade à Sauer.

– Et toi, tu étais au courant et tu ne m'as rien dit ? »

Sandor haussa les épaules.

Mutti intervint avec son rictus inimitable. « Je ne voudrais pas interrompre cette charmante fête entre amis, mais quelqu'un voudrait bien faire les présentations ? Et nous expliquer quel est cet endroit et ce que vous trafiquez avec toutes ces cartes ? »

C'est Rosa qui répondit, le regard voilé d'inquiétude. « Cette histoire a commencé avec moi, alors autant que ce soit moi qui vous la raconte. Vous connaissez déjà Bernie, Sandor et Herr Raum, notre hôte. Lui, c'est Boris, ajouta-t-elle en indiquant le trentenaire aux cheveux roux flamboyant qui portait une tenue à la cosaque. C'est un de nos amis du parti communiste russe. Bast, lui, travaille pour le parti communiste allemand, dit-elle en se tournant vers un homme entre deux âges aux cheveux rares et aux joues rondes. Et lui, c'est Marinus, un camarade hollandais expert en techniques incendiaires », conclut-elle. Intrigués par cette spécialité, les nouveaux arrivés le scrutèrent plus attentivement et ne virent qu'un individu à l'allure parfaitement inoffensive, avec son épaisse chevelure blonde bouclée, son nez épaté, sa large mâchoire et ses joues glabres. Marinus ressemblait à un étudiant, au regard trop doux pour s'occuper de politique ou manipuler des combustibles et des comburants. « Enchanté », dit-il avec un accent flamand prononcé et un sourire débonnaire.

« En techniques incendiaires ? répéta Johanna en regardant Rosa d'un air sévère.

– C'est une longue histoire. Asseyez-vous, je vais tout vous expliquer. » Ils prirent place autour de la table, à part Mutti, qui resta en faction près de la porte.

Quand Raum quitta la pièce pour mesurer l'étendue des dégâts dans l'accès au passage secret, Rosa commença son récit.

« Je suis arrivée à Berlin le 13 janvier, commença-t-elle. J'ai pris une chambre dans une pension, et, ainsi que nos plans le prévoyaient, j'ai cherché un contact dans le monde de la nuit. J'avais la liste, fournie par un camarade de Wedding, de tous les établissements de nuit les plus fréquentés par les membres du parti nazi. J'avais notamment pour mission d'intercepter un certain Julius Hafner, qui est un architecte très proche de Wilhelm Frick, le ministre de l'Intérieur[1]. L'idée, j'imagine que Julian vous l'a raconté, était de faire du bruit avec une action visant une institution de la République.

1. Goering était ministre de l'Intérieur pour la Prusse et Frick pour le Troisième Reich dans son entier.

– Un attentat, traduisit Sauer d'un ton un peu méprisant.

– Un signal, le corrigea Rosa. On devait frapper à la veille des élections, le 3 mars, et tâcher de faire en sorte que la faute retombe sur les nazis. Comme ça, les Allemands auraient mieux réfléchi avant de voter, et les autres nations se seraient enfin rendu compte de ce qui se passe dans ce pays.

– Tu en parles comme si ce projet n'était plus d'actualité, fit remarquer Johanna.

– Exact, intervint Boris avec un accent allemand caricatural. Le projet est tombé à l'eau. »

Rosa soupira, baissa les yeux sur une des cartes de Berlin qui recouvraient la table, constellées d'astérisques rouges, bleus et verts. « Pour entrer en contact avec Frick, je me suis mis Hafner dans la poche, expliqua-t-elle. Et j'ai fini par obtenir une invitation à une fête de l'ambassade russe. Apparemment, le ministre apprécie tout particulièrement les blondes, et ses collaborateurs organisent souvent des soirées… spéciales, disons. »

Sauer serra les poings sous la table. « Comme celles d'Arabel, je présume. »

Rosa hocha la tête, sans paraître le moins du monde gênée. « Arabel m'a fourni une couverture parfaite, pendant quelques semaines. Je me suis fait passer pour une de ses filles, mais je pouvais choisir mes clients. Bast et Boris venaient régulièrement m'apporter des renseignements. »

Une couverture, pensa Sauer, et il se tourna vers Sandor comme pour trouver confirmation auprès de lui. Son ami répondit par une moue : *Peut-être. Je n'en sais rien.*

« Pour la soirée à l'ambassade, on m'a demandé de m'habiller d'une manière particulière et j'ai obtempéré. Ça a été ma première erreur, qui a coûté la vie à plusieurs personnes, dit

Rosa d'une voix étranglée. Mais je ne pouvais pas le savoir. Je n'ai pas réussi à séduire le ministre, mais quelqu'un s'est intéressé à moi.

– Heydrich », dit Mutti.

Rosa secoua la tête. « Il n'était pas là. En revanche, il y avait Himmler, et à un moment je me suis aperçue qu'il me fixait. Je ne savais pas pourquoi, mais il ne me lâchait pas des yeux, rien que moi, sans se soucier des autres filles qui me ressemblaient. Il avait peut-être déjà vu mon visage quelque part. Peut-être que Heydrich avait trouvé une photo de moi et l'avait fait circuler. Toujours est-il que je me suis sentie en danger et que j'ai quitté la fête avant la fin. Ça a été ma deuxième erreur. J'ai pris des précautions pour m'assurer que je n'étais pas suivie, mais j'ai été suivie quand même. Quand je suis rentrée dans ma pension, j'étais épuisée et j'avais besoin d'une douche. Celle de ma chambre ne marchait pas bien, il n'y avait pas d'eau chaude, alors je suis sortie pour utiliser celles du fond du couloir. À mon retour, ma chambre était sens dessus dessous, et ma valise avait disparu avec tous les documents que je transportais. »

La température dans la pièce se fit soudain glaciale. Sauer percevait nettement la colère et l'appréhension de ceux qui connaissaient déjà cette histoire. Cependant, le compte rendu des erreurs n'était pas terminé.

« Ces papiers comprenaient des notes qui récapitulaient notre plan dans ses grandes lignes. L'idée générale. La date du 3 mars. Et le lieu le plus probable, celui que j'essayais d'infiltrer : le palais présidentiel.

– Pourquoi cet endroit-là ? »

C'est Mutti qui répondit, comme si c'était une évidence : « Il n'y a qu'un obstacle entre Hitler et le pouvoir : Hindenburg. Le président est le seul à pouvoir former ou dissoudre un gouvernement. Sa disparition provoquerait une crise très utile pour le Parti.

– C'est ça, confirma Bast. Il me déplaît de dire ça, vu que Hindenburg est le premier ennemi du communisme, mais longue vie à lui. Le jour où il mourra, les derniers remparts tomberont.

– Nos projets n'étaient pas sanglants, précisa Rosa. On n'aurait frappé que si on avait la certitude absolue que le président et son équipe étaient absents du palais. On visait le symbole. Sauf que ça, évidemment, ce n'était pas précisé dans mes papiers.

– Si j'ai bien compris, résuma Johanna d'une voix veinée de dédain, les nazis détiennent un document rédigé de ta main qui décrit en détail un attentat contre le président ?

– Une condamnation pour haute trahison déjà signée, commenta Mutti. Ma petite, tu t'es fourrée dans de beaux draps…

– C'est pire que ça, dit Boris.

– Pire que ça ? Comment c'est possible ? »

Dans le silence qui suivit, tous les yeux se rivèrent sur Rosa, qui serra les dents. « Ce plan, répondit-elle d'une voix éteinte, a beaucoup plu à Himmler et à Heydrich. On a un homme au SD, enfin on avait un homme, parce que depuis il a été évincé, mais il a quand même réussi à nous prévenir que l'idée d'un attentat a rencontré un grand succès. Tant et si bien que les nazis ont décidé de la reprendre à leur compte. Ils frapperont la République de manière symbolique peu avant les élections, et ils feront retomber la faute sur la résistance et les communistes, en se servant de mes notes comme preuve.

– Doux Jésus, soupira Mutti en retirant son chapeau.

– Vous savez quel endroit ils visent ? demanda Sauer, accablé.

– Quels endroits, tu veux dire, répondit Rosa. Si on en croit nos informations, il y aura trois attentats. »

60

« Voilà pourquoi on consulte ces cartes, continua Rosa. Et voilà pourquoi on se cache ici. Himmler a chargé Heydrich de me retrouver, et pour une raison que j'ignore Heydrich a pris en chasse toutes les filles qui étaient avec moi ce soir-là…

– Ce n'est pas lui qui fait ça, expliqua Mutti. Il a délégué sa mission à un autre sbire qui ne te connaît pas.

– C'est pour ça que… Mon Dieu.

– Le soir où elle a été suivie, intervint Bernie, resté silencieux jusque-là, Rosa est venue me trouver. Elle savait que toi et moi on était amis, dit-il en regardant Sauer, et elle avait besoin de protection. Alors je l'ai hébergée dans cette pièce, que j'ai fait construire l'an dernier, au cas où je serais poursuivi à cause de mes origines. Puis j'ai demandé à mon associé de me couvrir et je me suis caché avec elle. L'histoire du suicide a été improvisée sur le moment. Je suis désolé.

– Ne t'inquiète pas. Je comprends la gravité de la situation.

– Et voilà que notre cachette est devenue un bastion où nous essayons de trouver un moyen d'agir pour empêcher trois attentats. Ça, expliqua-t-il en indiquant les astérisques disséminés dans le centre de Berlin, ce sont les lieux les plus probables : le siège de la police politique, le palais présidentiel, le Château Rouge, les ambassades, la colonne de la Victoire, les grands magasins, les gares ferroviaires, les musées... Et même le siège du parti nazi.

– Vous croyez qu'ils feraient ça ? » demanda Johanna.

Sandor sourit. « Ce serait un coup de génie, donc il y a peu de chances que ça arrive. Mais on ne peut pas l'exclure.

– En admettant que la date reste la même, car c'est celle écrite sur les documents de Rosa, on a une semaine pour localiser les trois cibles...

– Et s'il y en avait plus ? Mettons, cinq ? dit Mutti.

– Ce serait une catastrophe. Selon notre source, ils en prévoient trois, et nous sommes obligés de tabler là-dessus. En espérant que nous faisons bien. »

Ils restèrent penchés sur la carte pendant de longues secondes, puis Johanna demanda : « Vous avez envisagé d'en parler aux autorités ?

– Elles ne nous croiront jamais, dit le jeune Hollandais, Marinus. De toute façon, tous les échelons de la police sont infiltrés par des nazis. La prévenir, ce serait comme sortir à découvert. Ils changeraient leurs plans et on ne pourrait plus rien empêcher. »

Sauer acquiesça malgré lui. Puis il se souvint des présentations et fronça les sourcils : « Rosa a dit que tu es un expert en techniques incendiaires, dit-il, soudain écrasé par une prémonition. Quel est ton rôle dans cette affaire ? »

Marinus fit une drôle de moue, et une lueur étrange traversa ses yeux. « Je ne suis pas vraiment un expert, mais je connais bien le feu, et je suis là parce qu'on ne sait pas où les attentats auront lieu, mais on a des soupçons sur la méthode qu'ils utiliseront. Il y a une section secrète au sein des SA, dont seul le sommet du Parti connaît l'existence.

Ils se font appeler les Fils des Dragons. Ces derniers temps, ils ont commis quelques erreurs, ils en ont trop fait. Les incendies dans l'Ullstein. La synagogue brûlée à Mannheim. L'attentat raté à la colonne de la Victoire. Tous exécutés avec la même technique : du liquide au phosphore. Tu en arroses un objet, quand le liquide s'évapore, le phosphore y reste fixé, et en fait une torche potentielle.

– Vous pensez donc que c'est cette méthode qu'ils utiliseront ? demanda Johanna.

– Ils sont là, répondit Rosa. Les Fils des Dragons ont été vus à Berlin il y a quelques jours. Ils se préparent. »

Toutes les personnes présentes dans la pièce s'échangèrent de longs regards, se communiquant par les yeux le message que leurs bouches n'arrivaient pas à articuler : un message d'angoisse, d'inquiétude, d'urgence, de rancœur. Et le pire restait à venir.

« Que personne ne bouge ! tonna une voix masculine à l'entrée de la pièce. Vous êtes tous en état d'arrestation ! »

Sauer se tourna vivement et vit le chef de la police politique qui, immobile sur le seuil, les fixait, un large sourire sur son visage balafré.

« Diels », fit Mutti, stupéfait.

61

En un clin d'œil, leur refuge se remplit de policiers en uniforme, mais Sandor fut plus rapide qu'eux : il bondit sur ses pieds, s'empara de la table et la jeta contre la porte. Bernie, quant à lui, se précipita vers un coin de la pièce et écarta le rideau sombre qui le masquait.

Un autre passage, pensa Sauer, et il eut à peine le temps de l'entrevoir avant que deux agents de Diels lui sautent dessus et le fassent tomber par terre. La dernière chose qu'il vit, ce fut Sandor qui rejoignait Bernie et disparaissait dans le passage, tirant la porte derrière lui. Les trois agents de police qui s'élancèrent à sa suite découvrirent, furieux, que la porte était dépourvue de poignée.

« Ne laissez pas les autres s'enfuir ! » brailla Diels, blafard. Son ordre était inutile : Bast et Boris étaient déjà menottés, Marinus était maintenu au sol par deux agents, et Rosa encerclée.

« Diels…, commença Mutti, mais celui-ci le fit taire d'un geste impérieux.

– Emmenez-les tous. Le commissaire Forster et l'agent Tegel viendront avec vous. Vous, par contre, ajouta-t-il en jetant un regard brûlant à Sauer, vous restez ici avec moi. On a des choses à se dire. »

Un mouvement de tête et les deux agents qui tenaient Sauer le conduisirent à la table, entre-temps remise en place. Les cartes avaient été prises par les hommes de Diels, et il ne restait qu'une longue corde épaisse, qui fut utilisée pour attacher Sauer à sa chaise.

« Votre bras gauche sur la table », lui ordonna Diels. Un des agents sourit. Sur un geste de son supérieur, il attacha l'avant-bras et le poignet du prisonnier à la table.

« Herr Sauer, dit Diels en s'asseyant en face de lui. Vous vous souvenez sans doute de la promesse que je vous ai faite lors de notre dernière entrevue ? »

Sauer s'en souvenait parfaitement. Un frisson parcourut son corps.

Diels glissa une main dans la poche intérieure de sa veste. « Dans mon métier, notre parole ne vaut pas grand-chose. Nous sommes des espions, des spécialistes du double jeu, des traîtres professionnels. Il y a un seul cas où nous devons tenir nos promesses. C'est quand nous menaçons de punir. »

Mutti et Johanna fixaient la scène les yeux écarquillés. Bien conscient de la présence de ces spectateurs, Diels sortit le petit marteau de sa poche et le posa en évidence sur la table.

« Vous pouvez partir, dit-il ensuite sans se retourner. Pour vous épargner ce qui va suivre. »

Sauer leva les yeux vers Mutti et Johanna, dont il ignorait le rôle dans cette affaire. À l'expression de son visage, bouleversée, sauvage, on pouvait croire qu'elle ignorait tout mais, s'il avait eu de l'argent à parier, Sauer l'aurait gardé pour une autre occasion.

« Je suis désolé, dit Diels quand ils se retrouvèrent seuls, d'une voix dépourvue de tout remords. Une promesse est une promesse. »

Il s'empara du marteau et l'abattit de toutes ses forces sur la main liée.

Le hurlement de Sauer explosa dans la pièce insonorisée.

62

« Désolé, répéta Diels en rangeant son marteau. J'étais obligé. Vous me comprenez, n'est-ce pas ? »

Ligoté à sa chaise, ruisselant de sueur, le souffle coupé par la peur, la main contractée et douloureuse à l'endroit où la corde s'était tendue au point de mordre sa chair, Sauer regardait, hébété, l'endroit de la table où Diels avait abattu son coup, creusant un cratère profond dans le bois.

S'il avait vraiment visé ma main, ne cessait-il de se répéter, *elle serait réduite en bouillie.*

« J'imagine votre inquiétude, continua Diels d'un ton tranquille et un peu amusé, mais il fallait bien que je leur donne quelque chose. Maintenant, je peux vous libérer. »

Il détacha les nœuds qui tenaient Sauer attaché à la table et à la chaise avec des gestes précis et délicats, puis il lui laissa le temps de se ressaisir, de se lever, de se masser le poignet, en profitant pour promener son regard curieux et scrutateur sur la pièce, comme s'il s'agissait d'une *Wunderkammer* baroque. « Alors comme ça, Mlle Weiss s'est cachée ici pendant tout ce temps… »

En l'entendant appeler Rosa par son vrai nom de famille, Sauer resta interdit. Il adressa un regard suspicieux à Diels, qui sourit.

« Il n'est pas si difficile de trouver certaines informations, si on sait où les chercher. Vous avez de la chance, car Himmler, lui, ne sait pas où chercher, même s'il est convaincu du contraire.

– Pour qui travaillez-vous ? Goering ?

– Oui, répondit Diels. Et non. Hermann est un ami, un véritable ami, pour autant qu'on puisse l'être dans notre milieu. Il me protège depuis longtemps, et moi je le protège aussi. Malheureusement, il a commis une erreur, il y a quelques années de ça… Asseyez-vous. Discutons.

– Je préfère rester debout, répondit Sauer, réticent à se rasseoir à la table où il avait failli perdre une main. Quelle erreur Goering a-t-il commise ? »

Diels soupira. « Avec ses talents, son savoir-faire, ses connaissances, Hermann était un homme politique parfait pour Weimar. Mais après la guerre, il a choisi le mauvais camp.

– Le Parti, vous voulez dire ?

– Oui.

– Eh bien, je n'ai pas l'impression que cela lui nuise tant que ça. Président du Reichstag, et maintenant ministre de l'Intérieur…

– Dans le mauvais camp, répéta Diels. Savez-vous comment il a fait son choix ? Avec un froid calcul. Une opération mathématique. Quand le moment de décider est arrivé, il ne s'est pas demandé en quoi il croyait, ni ce qui pouvait être utile à son pays. Il s'est demandé : dans quel parti j'ai le plus de chances de faire carrière ? Il avait besoin d'un mouvement jeune, inexpérimenté, mais avec un gros potentiel de développement, un cadre dans lequel il se distinguerait par son charisme et son intelligence. Ça n'a jamais été une question d'idées, juste d'opportunisme. En fin de compte, il a choisi le NSDAP parce qu'il pensait pouvoir gravir les échelons en peu de temps. Il rêvait de devenir un leader incontesté. Voilà son erreur.

– Il n'avait pas tenu compte de Hitler », dit Sauer.

Diels sourit : « Qui tenait compte de lui ? Si je vous montrais son dossier aux archives politiques centrales, vous auriez envie de rire, ou de pleurer. Fin 1931, il n'y avait encore que neuf pages dans son dossier. Neuf pages, vous imaginez ? Cet homme est passé de 3 à 33 % en huit ans presque sans se faire remarquer. C'est incroyable.

– Pourquoi me racontez-vous cela ?

– Parce que vous me l'avez demandé. Je travaille pour Goering, mais pas pour Hitler. Plus tôt on se débarrassera de ce clown, mieux ce sera. Tout le monde le sous-évalue, même maintenant qu'il est chancelier, mais les clowns savent faire leurs tours, et ce sont toujours eux qui rient les derniers. »

Sauer finit par s'asseoir. « Mutti est au courant ?

– De quoi ?

– De votre orientation politique.

– J'espère bien que non.

– Et Johanna ?

– Vous plaisantez ? Un simple agent, et une femme en plus… Non, personne n'est au courant.

– Alors pourquoi me la révélez-vous ?

– Parce que de toute façon vous ne sortirez pas vivant de cette pièce », répondit Diels, changeant soudainement d'expression. Puis il se détendit et sourit à nouveau. « C'est cela que vous vouliez entendre ? »

Sauer repensa à sa terreur quand Diels avait brandi son marteau au-dessus de sa main et l'avait abattu comme une guillotine. « Si vous aviez voulu me frapper, vous l'auriez déjà fait, vous avez eu deux occasions.

– Exact, répondit Diels.

– Pourquoi toute cette mise en scène ?

– Pour mes hommes. Pour Forster et l'agent Johanna Tegel, qui sont maintenant au-dessus de tout soupçon. Et pour vous. Pour vous couvrir avec ce qui va arriver. La situation se corse, Herr Sauer. Dans quelques jours, les élections assureront une large majorité à Hitler, et la liste des hommes à abattre est prête depuis longtemps. Goering m'a chargé, avec quelqu'un d'autre, de la mettre à jour. Communistes, socialistes, bureaucrates, juifs… Des milliers de noms, avec des adresses précises où aller les chercher, et des instructions sur le sort qu'il faut leur réserver. Demain, une circulaire sera envoyée à tous les postes de police de la nation, pour les prévenir qu'une tentative de putsch communiste se prépare, et que la répression doit être impitoyable. Les policiers qui refuseront de tirer à vue seront jugés en cour martiale. Qu'est-ce que cela vous évoque ? »

Sauer serra les dents. « Le Parti prépare son action.

– Oui, bien plus tôt que prévu.

– Les élections auront lieu la semaine prochaine », dit Sauer, se souvenant du plan de Rosa.

Diels réprima un éclat de rire. « Oubliez les élections. Himmler prépare un gros coup avant cette date. Si je vois juste, il voudra éviter la tenue d'élections. Pour renverser l'État de droit. Un geste fort, décisif, qui puisse le promouvoir aux yeux du Führer, et lui donner un avantage définitif sur Goering.

– Quand, alors ?

– Précisément, je l'ignore, répondit Diels. Mais j'ai un soupçon. Savez-vous où se trouve Hitler, actuellement ?

– Quelque part dans la Saxe ? Je sais qu'il n'arrête pas de faire le tour du pays.

– Exact. La campagne électorale la plus coûteuse de l'histoire. Il prend jusqu'à trois avions par jour. Un programme impressionnant, qui se déroule depuis des semaines et ne s'achèvera qu'à la veille des élections. Avec une seule exception, qui mérite d'être soulignée.

– Laquelle ?

– Demain et après-demain. J'ai eu accès à son agenda : le 27 et le 28 février, rien n'est prévu. Hitler regagnera Berlin et y restera pendant quarante-huit heures d'affilée, sans aucun rendez-vous officiel. »

Sauer haussa un sourcil. « Pas même en tant que chancelier ?

– Non. En pleine campagne électorale, après avoir sillonné le pays en long en large et en travers comme un fou, il s'est réservé deux jours de vacances absolues à Berlin. Suspect, non ? »

Très suspect, pensa Sauer, mais les autres explications n'étaient pas à exclure. « Il veut peut-être se reposer avant la dernière ligne droite.

– Peut-être. Ou peut-être pas. En tout cas, la date est significative : le 27 février est un jour particulier pour les nazis, vous devez le savoir. »

La gorge de Sauer s'assécha. Diels était donc au courant de son passé dans les rangs des SA.

« À sa sortie de prison, Hitler a refondé le NSDAP lors d'une cérémonie solennelle à Munich. Le 27 février 1925. Il y a huit ans de ça. Vous vous en souvenez ? »

Sauer s'en souvenait. Il s'en souvenait parfaitement.

« Alors ? conclut Diels en le regardant dans les yeux avec un sourire démoniaque. Croyez-vous que le fait que le 27 février 1933 Hitler s'accorde une pause dans sa campagne électorale pour revenir à Berlin soit une simple coïncidence ? »

Ils quittèrent la pièce par le passage utilisé par Bernie et Sandor – le mécanisme pour l'ouvrir était caché sous le tapis, comme ils le découvrirent bien vite – et se retrouvèrent dans une ruelle que Sauer ne connaissait pas. L'automobile de Diels était garée non loin. Ils la rejoignirent en prêtant attention à ne pas être repérés.

« Dans deux jours votre corps sera retrouvé dans une carrière, dit Diels sans entrer dans les détails. D'ici là, vous ne devez pas vous montrer à la ronde.

– Et Rosa ? Et les autres ?

– Ils sont à l'Alex. Ils seront interrogés par mes hommes. Je les ai prévenus que la fille nous sert vivante. Quant aux trois hommes, je ne peux pas répondre de leur santé. Il faut bien que quelqu'un y laisse des plumes, si on veut rester crédibles. Baissez la tête », conclut-il en démarrant.

Il conduisit pendant un quart d'heure, bifurquant fréquemment, et Sauer fut très vite désorienté. Quand, finalement, la voiture s'engagea dans une ruelle plus sombre et s'arrêta devant un petit bâtiment gris à la façade maculée de taches d'humidité, Sauer aurait été incapable de dire où ils se trouvaient. Ils pouvaient tout aussi bien être à Friederichshain, à Moabit, à Kreuzberg ou à Wilmersdorf. N'importe où dans un rayon de cinq kilomètres autour du cabaret de Bernie.

« Nous y sommes, déclara Diels en descendant de la voiture avec un air circonspect. Attendez ici », et il s'éloigna. Sauer, recroquevillé sur la banquette arrière, fut vaguement tenté de s'échapper, mais cela lui parut vain.

« C'est bon, annonça Diels en revenant. Sortez. »

Sauer obtempéra et le suivit dans l'immeuble. Ils montèrent trois étages et, arrivés au quatrième, ils s'engagèrent dans un long couloir où se succédaient des portes closes, ébréchées, tachées et couvertes de messages injurieux. « Où sommes-nous ?

– Chez des amis », répondit Diels en s'arrêtant devant la porte la plus mal en point de toutes. Il frappa trois coups discrets, suivis de trois coups forts, et encore de trois coups discrets. « Préparez-vous à une surprise », ajouta-t-il, les yeux pétillants.

Au point où on en est, pensa Sauer, *je ne vois pas ce qui pourrait encore me surprendre.*

La porte s'ouvrit, et il dut revoir ses opinions.

63

L'appartement était modeste, une pièce carrée avec un espace cuisine aménagé dans un recoin, un lit d'appoint et une porte vitrée qui devait ouvrir sur la salle de bains. Sous la seule fenêtre, donnant sur la cour d'un ensemble d'immeubles résidentiels, une table ronde accueillait une carte de Berlin couverte de signes au stylo et au feutre. Sauer avait déjà vu une carte semblable dans la cachette de Bernie, et il avait déjà vu aussi l'homme qui était en train de l'étudier, assis sur une chaise à la peinture écaillée. Le contraste entre l'endroit où il s'était entretenu avec lui la veille et celui où il le retrouvait à présent était si vif que Sauer avait l'impression de rêver.

« Herr Sauer, dit l'homme en levant les yeux de la carte. Nous nous revoyons plus tôt que prévu.

– Herr Goering », répondit Sauer.

Le ministre de l'Intérieur était en uniforme, son chapeau posé sur ses énormes cuisses. Même s'il savait que c'était impossible, Sauer se demanda s'il pouvait avoir grossi depuis la veille.

« J'ai appris que vous avez découvert la cachette des terroristes, dit Goering en baissant de nouveau les yeux sur la carte. Des communistes et des juifs, si j'ai bien compris. Rien de surprenant à cela. »

Sauer déglutit sans rien dire.

« Vous avez attrapé la fille aussi, n'est-ce pas ?

– Oui, répondit Diels. Pour le moment, je la garde au commissariat. Cependant, il semblerait que son rôle était secondaire, ajouta-t-il en jetant un regard à Sauer. Enfin, peu importe. Ce qui compte, c'est d'avoir étouffé leur projet dans l'œuf. »

Goering acquiesça énergiquement. Ses doigts boudinés couverts de bagues couraient sur la carte entre les différents noms soulignés et entourés, comme dans ce jeu pour enfants où il faut relier tous les points sans jamais relever le stylo de la feuille. « Quelle était la date prévue ?

– Le 3 mars », répondit Diels du tac au tac.

Sauer ne comprit qu'alors ce qui se passait sous ses yeux. *Ce jeu de miroirs n'en finira-t-il donc jamais ?*

« Comme je l'imaginais, dit Goering. Et quelle était la cible ?

– Sur ce point, nous avons moins de certitudes. Ainsi que vous pouvez le constater, plusieurs lieux étaient envisagés. À ce stade, l'endroit précis n'avait pas été arrêté. Peut-être qu'ils avaient quelques préférences, nous le découvrirons bientôt avec leurs interrogatoires.

– La gare, la poste centrale, le métropolitain d'Alexanderplatz..., lut Goering. Uniquement des lieux publics. Ils voulaient faire un massacre.

– Et dire que les communistes se présentent comme des amis du peuple », commenta Diels en adressant un nouveau regard malicieux à Sauer.

Allons bon, tu n'étais pas de son côté ? se demanda ce dernier. *Pourquoi est-ce que tu lui mens ?*

« Herr Sauer, s'exclama Goering. La nation vous doit beaucoup. En retrouvant Mlle Rach, vous avez permis d'éviter une série de terribles événements dont les conséquences auraient été affreuses. Maintenant, avec les preuves que nous avons rassemblées, nous sommes en mesure de décocher le premier coup à l'ennemi rouge. Tout est prêt, Diels ?

– Oui, monsieur le ministre.

– Alors fais ce que tu as à faire.

– Maintenant ? demanda Diels, surpris.

– Bien sûr. Pourquoi voudrais-tu attendre ?

– Il serait peut-être plus stratégique de laisser le temps à mes hommes d'obtenir un aveu écrit de la part des conspirateurs que nous avons arrêtés...

– Tu veux dire les sous-fifres de Torgler et Dimitrov ? »

Diels hocha la tête. « Réfléchissez-y. Deux hommes si proches d'un député allemand et d'un envoyé soviétique... Si leur implication était prouvée de manière irréfutable, cela justifierait la nécessité des mesures que nous prenons auprès de la communauté internationale. »

Goering médita quelques instants sur les propos de son protégé. Il était manifestement partagé. Il devait assez peu apprécier de recevoir des conseils de ses subalternes, mais celui de Diels était plus que sensé. Alors il trouva un moyen de le faire sien : « Après tout, c'était ce que nous avions à l'esprit depuis le début, tu te souviens ? Agir au moment de notre anniversaire. Un geste symbolique. Un nouveau départ. Bien, attendons mardi. Mais pas plus. Mars doit marquer le début d'une nouvelle ère. Le premier du mois, je veux que tous nos ennemis soient derrière les barreaux. » Une pensée lui traversa l'esprit, et ses yeux brillèrent d'un éclat rusé. « Avec ça, Himmler et Heydrich vont se retrouver sur la touche jusqu'à la fin des temps.

– C'était bien là notre objectif, répondit Diels. Votre manœuvre s'est parfaitement déroulée.

– Fort bien, dit Goering en se levant, satisfait. Mon travail ici est terminé. Et le vôtre aussi, dit-il en tendant la main à Sauer. N'ayez crainte, je saurai m'acquitter de ma dette auprès de vous l'heure venue. »

Espérons qu'elle ne viendra jamais, pensa Sauer en lui serrant la main, aussi molle qu'une motte de beurre laissée à l'air libre.

64

Mutti et Johanna arrivèrent une minute après le départ des deux hommes, comme si leurs entrées et sorties respectives avaient été organisées à l'avance. Diels avait salué Sauer avec un regard mystérieux, lui promettant qu'ils se reverraient bientôt, ce qui avait assez peu inquiété Sauer, trop occupé à essayer de digérer la quantité d'informations qu'il avait entendues lors de ce court entretien avec Goering. Plusieurs rouages tournaient dans son cerveau – un ministre qui prend la peine de se déplacer dans un taudis, le chef de la police politique qui lui ment sur les détails d'un attentat –, mais l'un d'eux ne cessait de se bloquer, et Sauer s'efforçait en vain de comprendre pourquoi.

La gare, la poste centrale, le métropolitain à Alexanderplatz, avait dit Goering en lisant la carte.

La gare, la poste centrale, le métropolitain à Alexanderplatz.

Pourquoi ces mots l'obsédaient-ils ?

Le fil de ses pensées fut interrompu par l'arrivée de ses deux acolytes, qui apportaient des nouvelles peu réconfortantes.

« Ils sont entre les griffes de Mannheimer », annonça Mutti d'une voix sombre en franchissant le seuil.

Ce dernier nom ne disait rien à Sauer, qui lui répondit par un regard interrogateur.

« Un ancien collègue, spécialisé dans les interrogatoires. Il a pris sa retraite l'an dernier, ce qui en a soulagé plus d'un. Ses méthodes sont très efficaces, mais un peu extrêmes.

– Il a été rappelé pour l'occasion, expliqua Johanna, l'air écœuré.

– Et Rosa ? » s'enquit Sauer.

Mutti s'appuya lourdement à la chaise où Goering était assis peu avant. « Elle est juste en garde à vue.

– Vous l'avez vue ?

– Non, mais ça doit aller pour elle. Mieux que pour les autres, du moins. Diels a ordonné qu'elle ne soit pas interrogée avant son retour. »

Sauer hocha la tête. *Sur ce point au moins, il a dit la vérité.* « On peut lui faire confiance ? demanda-t-il.

– Bien sûr que non, répondit Mutti. C'est le chef de la police politique, et ce n'est pas en faisant preuve d'honnêteté qu'on arrive à des postes pareils.

– Je l'ai entendu parler avec Goering. Il lui a raconté des tas de mensonges et de demi-vérités, par exemple que Rosa est peu impliquée dans l'attentat. » *Et qu'il était prévu pour le 3 mars, alors qu'à moi il a dit demain*, ajouta-t-il dans son for intérieur.

« Tiens, tiens. Diels balade Goering, fit Mutti. Il travaille pour quelqu'un d'autre, lui aussi ? Ou alors il ne se fie même pas à son protecteur ?

– En tout cas, conclut Johanna, on ne peut pas rester ici. Il faut qu'on trouve un endroit où passer la nuit. »

Mutti acquiesça. « Je sais où on peut aller. Un endroit où personne ne pensera à venir te chercher.

– Et ensuite ? demanda Sauer.

– Ensuite, on prendra la poudre d'escampette. Berlin devient trop dangereux. » Puis il fixa son ami d'un autre œil et ajouta : « Je l'ai trouvé. »

Sauer n'eut pas besoin de demander qui ou quoi. Il avait saisi au vol. « Dans les archives ? »

Mutti opina. « J'ai pensé au nom qu'a mentionné Himmler, “Frick”, et à partir de là j'ai resserré les recherches. Tu avais raison, Siggi. Veitchen avait déjà frappé. Jeune, quand il était encore seulement Wernher Frick, neveu du ministre de l'Intérieur, si tu veux tout savoir. Il a été associé à un meurtre à Hambourg. Une prostituée enlevée, droguée, massacrée et défigurée à l'acide. La police est remontée jusqu'à lui, mais les preuves ont miraculeusement disparu. Et par la suite le chef de la police locale a fait carrière dans le Parti.

– Ils cherchaient Rosa et ils ont lancé un sadique à ses trousses, murmura Sauer.

– Chiens, souffla Johanna.

– Tout est clair, maintenant, conclut Mutti. On est les gentils, Himmler et ses sbires sont les méchants, l'attentat a été empêché. Il ne nous reste plus qu'à récupérer Rosa et à filer d'ici aussitôt que possible.

– Oui », approuva Sauer tandis que le dernier rouage – *la gare, la poste, le métropolitain d'Alexanderplatz* – se débloquait soudain, lui permettant de voir l'intégralité du mécanisme. « Tout est clair, maintenant. »

Il se laissa emmener à l'endroit où ils passeraient la nuit, et quand ils arrivèrent il comprit que Mutti avait raison : personne ne penserait à venir les chercher ici, dans la pension abandonnée de Frau Linke. Traumatisée par la découverte du corps de Maria Hegel chez elle, la veuve avait quitté les lieux. L'appartement désert était plongé dans la pénombre, et une vague odeur de sang semblait encore flotter dans l'air.

« Il y a assez de chambres, dit Mutti en ouvrant avec un double des clés qu'il avait subtilisé à la veuve la veille au soir. Prenons-en une chacun et relayons-nous pour monter la garde. »

La neige avait recommencé à tomber. Ils allumèrent le feu dans la cuisine et mirent de l'eau à bouillir pour réchauffer leurs lits. Dans le garde-manger, ils trouvèrent du pain rassis mais pas encore moisi qu'ils se partagèrent, avec un bout de fromage et un bocal de cornichons du Spreewald. « C'est frugal », se plaignit Mutti, mais quand il découvrit une bouteille de jus de pomme son humeur s'améliora.

On ne pouvait pas en dire autant de celle de Johanna, qui n'avait pas décroché un mot de tout le trajet et évitait soigneusement le regard de Sauer. Celui-ci n'imaginait que trop bien pour quelle raison, mais pour l'heure il n'avait pas l'énergie de s'occuper d'elle : le mécanisme qu'il avait découvert tournait vertigineusement devant ses yeux, et à chaque tour de nouveaux détails s'ajoutaient, confirmant son fonctionnement et l'urgence de l'interrompre, s'il était encore temps.

Cependant, il devait d'abord se reposer : la journée avait été affreusement longue et compliquée. Alors il demanda à faire le premier tour de garde, de vingt-deux heures à une heure du matin. Il espérait ainsi pouvoir ensuite dormir six heures d'affilée et, au réveil, en meilleure forme, il saurait quoi faire.

Mais garder les yeux ouverts s'avéra plus difficile que prévu. Le feu dans le poêle, la neige qui tombait, légère et régulière, de l'autre côté de la fenêtre, l'obscurité au-delà de la porte de la cuisine, le réveil métallique qui tictaquait sur une étagère : tout conspirait à accroître sa torpeur, dont les ronflements de Mutti, qui lui parvenaient depuis le fond du couloir.

Il était épuisé, terriblement épuisé, et la tiédeur du poêle l'enveloppait comme une couverture. La tentation de poser sa tête sur la table était immense, et il mobilisait le peu d'énergie qui lui restait à résister à cette envie. Il devait se trouver une occupation, une chose sur laquelle se concentrer. L'opuscule. Il allait relire l'opuscule dérobé à Himmler.

Il avait oublié qu'il l'avait dans sa poche jusqu'à ce que la phrase de Goering le lui rappelle. Il l'ouvrit à la dernière page, où quelqu'un avait écrit des mots au crayon à papier.

institutions	*culture*	*transports*	*commerces*
~~ambassade~~	~~cinéma~~	~~avion~~	~~librairie~~
~~consulat~~	~~journal~~	~~tram~~	~~atelier~~
~~parlement~~	musée	~~métro~~	~~bijouterie~~
~~ministère~~	~~bibliothèque~~	~~bateau~~	grand magasin
police	~~train~~	~~restaurant~~	~~cabaret~~

La gare, la poste centrale, le métropolitain d'Alexanderplatz, avait dit Goering. Des cibles possibles. Des lieux publics très fréquentés.

Ce n'étaient pas ceux-là, se dit Sauer en étudiant la liste. *Ce ne sont pas ceux-là.*

Police.

Musée.

Grand magasin.

Que faisait cette liste entre les mains de Himmler ?

Il passa de longues minutes à y réfléchir sans trouver de réponse. Puis il s'endormit.

« Qu'est-ce que tu lis ? » demanda une voix féminine dans son dos.

Sauer ouvrit instantanément les yeux, et le sentiment de culpabilité lui donna un coup de fouet.

« Quoi ? » dit-il pour gagner du temps et essayer de reprendre ses esprits.

Johanna se saisit de l'opuscule. « Tu l'as trouvé ici ?

– Oui, mentit Sauer. Dans un tiroir. C'est de la propagande.

– Frau Linke est communiste. Julian me l'avait dit. »

Johanna parcourut l'opuscule, mais elle s'interrompit avant de voir la liste à la dernière page et le reposa sur la table. « Quelle heure est-il ? demanda-t-il.

– Onze heures et quart, répondit Johanna. Tu t'étais déjà endormi ?

– Non, dit Sauer. Peut-être, se corrigea-t-il. Je ne sais pas. »

Elle lui adressa un sourire doux et s'assit en face de lui. « Il faut qu'on parle », déclara-t-elle en le regardant droit dans les yeux pour la première fois depuis cet après-midi.

« Qu'on parle de quoi ? répondit Sauer, feignant l'innocence.

– D'elle. De vous. Et de nous. »

Un ange passa.

« Tu l'aimes encore, reprit-elle.

– C'est une question ?

– C'est un constat.

– Un constat erroné, alors.

– J'ai vu comme elle te serrait contre elle. Comme elle t'embrassait. Elle est encore amoureuse.

– C'est elle qui m'a quitté, à Vienne.

– Elle le regrette, visiblement. »

Sauer ne savait pas quoi répondre. Il se contenta de hausser les épaules.

« Elle t'aime et tu l'aimes.

– Non.

– Tu crois que non, mais en fait si. Les femmes sentent ce genre de chose.

– Les femmes peuvent se tromper.

– Tu es venu jusqu'à Berlin pour la chercher. Tu risques ta vie pour elle.

– Pas par amour. »

Johanna resta silencieuse un instant. « Pourquoi alors ? »

Par instinct ? Gratitude ? Sens du devoir ? « Je ne sais pas. »

Ils ne dirent plus rien, se contentant de se regarder dans les yeux dans la lumière chaude des flammes.

« Tu sais comment la libérer ? finit par murmurer Johanna.

– Non. Mais on trouvera un moyen.

– Et après vous partirez ?

– Et après on partira. »

Cette réponse déplut à Johanna. Son regard se durcit et elle serra les dents.

« Tu peux venir avec moi, si tu veux », ajouta Sauer.

Il ne savait pas pourquoi il avait dit cela. Par instinct ? Gratitude ? Sens du devoir ? Mais c'était ce qu'il fallait dire, car elle lui sourit. Elle tendit une main pour serrer la sienne, puis se leva et le regarda longuement. « Je retourne me coucher. Demain va être une rude journée. »

Elle se pencha pour l'embrasser, un baiser léger et furtif, puis se tourna et quitta la pièce.

Dix minutes après, Sauer était devant la porte de Johanna, l'oreille collée contre le bois pour savoir si elle dormait déjà. Quand il entendit sa respiration régulière, il sut qu'il était l'heure de passer à l'action.

Il traversa le couloir obscur avec ses chaussures à la main puis, arrivé à la porte d'entrée, il fit doucement tourner la clé dans la serrure, baissa lentement la poignée et sortit de l'appartement.

Quand il quitta l'immeuble, les cloches de la Gedächtniskirch sonnaient minuit.

LUNDI 27 FÉVRIER 1933

65

Malgré l'heure tardive et le froid, les rues étaient encore animées : les voitures et les trams fusaient dans toutes les directions, les passants emmitouflés se hâtaient vers leur domicile ou, plus souvent, vers leur brasserie de prédilection. La métropole, fidèle à sa réputation, n'avait pas l'intention de dormir, malgré l'obscurité et les températures glaciales de cette fin février.

Maintenant, il faut que je trouve un endroit où me réfugier avant de m'évanouir en pleine rue.

Quitter la pension Linke dans la nuit sans objectif précis et avec beaucoup de temps à tuer avant de passer à l'action n'avait peut-être pas été une idée très sage mais, depuis qu'il était à Berlin, Sauer était constamment en proie à une sensation d'oppression et de danger. Était-ce pour cela qu'il continuait de fuir à la première occasion ? Qu'il mentait sans cesse à ses compagnons ?

Il l'ignorait. En revanche, il savait que la seule manière de sortir d'un labyrinthe de miroirs, c'est regarder son reflet et s'en remettre à la logique. Et la logique lui disait à présent qu'il avait plus de chances de voir son plan aboutir s'il agissait seul.

Au bout du Ku'damm, il se résolut à prendre un taxi, à qui il donna l'adresse la plus sûre qui lui vint à l'esprit pour attendre le matin : la pension juive Aish Tamid. Si le sort lui était favorable, il trouverait à l'accueil le même réceptionniste que lorsqu'il s'y était rendu avec Mann et Johanna, et peut-être qu'il pourrait dormir dans la chambre de Rosa, payée jusqu'à la fin du mois.

Six heures de sommeil, puis tu t'occuperas du plan de Himmler.

Il se méprenait peut-être, mais en croisant les informations obtenues ces dernières heures, il lui semblait voir se dessiner une image précise.

Croyez-vous que le fait que le 27 février 1933 Hitler s'accorde une pause dans sa campagne électorale et revienne à Berlin soit une simple coïncidence ? avait dit Diels.

Si on en croit nos informations, il y aura trois attentats, avait dit Rosa.

Et trois mots n'avaient pas été barrés dans la liste de Himmler.

Police.

Musée.

Grand magasin.

Des cibles parfaites pour faire retomber la faute sur les communistes.

Un taxi s'arrêta enfin.

Six heures de sommeil, se dit encore Sauer en se frottant les joues, *puis je devrai trouver un moyen pour éviter trois attentats en plein centre de Berlin.*

Une explosion sur la gauche, à quelques mètres. Une pluie de terre. Un sifflement. Une explosion sur la droite.

Sauer courait à perdre haleine, équipé de son casque, de son fusil et de son masque à gaz trop grand, qui cognait son visage à chaque pas. Il courait et il criait de toutes ses forces. Le monde s'était réduit à un nuage de fumée et de cendre. Une seule chose comptait : atteindre la tranchée ennemie.

La rafale d'une mitrailleuse fit jaillir la terre à quelques centimètres de ses pieds, il trébucha mais conserva l'équilibre.

Il continua de courir et de crier, la tranchée ennemie était à cent mètres.

Quatre-vingt-dix.

Quatre-vingts.

Soixante-dix.

Soudain, à ses côtés, une silhouette, un autre homme équipé d'un masque et d'un casque qui courait, tête rentrée dans les épaules.

Bernie. Bernie ne l'avait pas abandonné. Il était là, il courait avec lui.

Soixante mètres.

Cinquante.

Un tir de mortier sur leur parcours, l'onde de choc qui faisait sauter un homme à leur gauche – *Kaufman !* –, la fumée se colora de rouge pendant un instant, mais Sauer ne ralentit pas, et Bernie non plus. Ils couraient et ils criaient.

Quarante mètres.

Trente.

« Les bombes ! » hurla Sandor derrière eux, et la seconde suivante il les avait rejoints – trois soldats, trois amis, qui s'élançaient ensemble vers la mort. Pendant des mois ils avaient observé la tranchée française de l'autre côté du no man's land, pendant des mois ils avaient attendu ce moment. Ils ne feraient pas machine arrière.

Vingt mètres. Sauer décrocha une grenade de sa ceinture, Bernie et Sandor firent de même.

Une dernière rafale de balles, un cri.

Bernie est touché !

Sauer le vit tomber, la grenade roula par terre.

« En avant ! » cria Sandor. Arrivé à dix mètres de la tranchée française, il se jeta par terre, dégoupilla sa grenade et la lança de l'autre côté du parapet.

Pas Sauer : il s'était arrêté pour s'assurer que Bernie était encore vivant. Celui-ci lui indiquait quelque chose de son doigt ensanglanté.

La première explosion fit sauter trois soldats français.

Sauer hocha la tête, ramassa la grenade de Bernie, puis il couvrit au pas de course les quelques mètres qui le séparaient de Sandor et se coucha à côté de lui. « Maintenant ? demanda-t-il.

– Maintenant », confirma Sandor. La seconde d'après, ils avaient franchi le parapet et ils lançaient leurs dernières grenades.

Deux explosions assourdissantes, les cris des ennemis – ces cris, oh, ces cris – avant qu'une balle atteigne Sauer à l'abdomen et le projette au sol.

« Non ! cria Sauer en s'asseyant brusquement dans son lit. Non ! » Son front et son cou étaient trempés de sueur.

« Du calme, Siggi, dit une voix familière dans la pénombre. Ce n'est qu'un cauchemar. »

Sauer avait les yeux ouverts mais il n'y voyait rien, aveuglé par son rêve qui refusait de le quitter.

« Tout va bien », dit une autre voix, familière elle aussi, tandis qu'une main se posait sur son bras pour l'apaiser.

Sauer referma les yeux. Le rythme de son cœur se calma peu à peu. Il rouvrit les yeux, et cette fois il réussit à identifier l'endroit où il se trouvait : il n'était pas dans le no man's land dans la Somme pendant l'été 1918, mais dans une chambre dépouillée, éclairée par une lumière tamisée.

La chambre de Rosa, se dit-il. *La pension.* Son arrivée en pleine nuit, l'accueil soupçonneux du réceptionniste, ses mots rassurants pour pouvoir dormir dans cette chambre, et le lit, où il s'était effondré sans prendre la peine de se déshabiller, lui revinrent en mémoire.

« Tu es de retour parmi nous ? demanda la première voix, que cette fois Sauer reconnut.

– Sandor ?

– Il est de retour parmi nous, commenta ce dernier, adressé à l'autre homme présent dans la chambre.

– Bernie », dit Sauer. Puis son cerveau recommença à fonctionner à plein régime. « Qu'est-ce que vous faites là ?

– On t'a suivi, répondit Bernie en s'approchant du lit. Quand tu es sorti de mon cabaret avec Diels, on était cachés non loin. Sandor vous a repérés, il a hélé un taxi et on vous a collé au train jusqu'à un bâtiment de Scheunenviertel.

– La tanière de Goering, dit Sauer.

– C'est ça, répondit Sandor en s'asseyant sur le lit à côté de lui. On a attendu que vous ressortiez, et là, imagine notre surprise quand on a d'abord vu sortir Diels et Goering, puis ton ami commissaire et sa jolie collègue entrer…

– De là, on vous a suivis jusqu'à la pension. On pensait entrer discrètement pour venir te récupérer, mais voilà que tu sors, en pleine fugue solitaire.

– Ça te fait des journées bien remplies, hein, Siggi ? dit Sandor en lui donnant une tape sur l'épaule.

– Alors c'est moi qui vous ai conduits jusqu'ici, récapitula Sauer en se passant une main dans les cheveux. Mais pourquoi vous ne vous êtes pas manifestés immédiatement ? Et comment vous êtes entrés dans cette chambre ?

– J'ai ma technique, ricana Sandor.

– On attendait d'être sûrs que tu n'étais pas suivi par quelqu'un d'autre, expliqua Bernie. On est restés en bas toute la nuit. Comme on n'a vu personne et que l'aube approche, on est montés.

– Je rêvais de vous, dit Sauer. L'assaut final. Quand on a repris la tranchée. »

À l'évocation de ce jour lointain et pourtant toujours présent, un silence s'abattit sur la pièce.

« Tu as dû sentir qu'on était là, finit par dire Bernie. Ton inconscient a fait le reste. »

Sauer hocha la tête, même s'il ne croyait pas à l'inconscient, mais plutôt au destin, aux signes.

« Siggi, les hommes de Diels tiennent Rosa et les autres, dit Sandor. Est-ce que tu sais où ils les ont emmenés ?

– À l'Alex, répondit Sauer en se levant. Pour les interroger.

– On doit les libérer.

– Comment tu veux entrer dans le Château Rouge ? Ce n'est pas une pension, tu sais. Et puis Bast et Boris ont des contacts importants dans leurs partis. Bast travaille avec Torgler, le député, et Boris est un homme de Dimitrov.

– Le dirigeant du Komintern ? s'enquit Sandor, surpris.

– En personne. »

Sandor poussa un sifflement. « Ils sont dans de beaux draps. Les nazis rêvent d'attraper des gros bonnets du communisme impliqués dans des projets subversifs…

– Vous n'arriverez pas à entrer, répéta Sauer. Notre seul espoir, c'est Diels.

– Diels travaille pour Goering. C'est un des leurs.

– Diels est un drôle d'oiseau. Il protège Rosa, à l'Alex. Et il m'a laissé partir, vous l'avez vu.

– Il doit avoir une idée derrière la tête, dit Bernie.

– Qui n'en a pas ? rétorqua Sandor en haussant les épaules.

– C'est Diels qui m'a parlé d'aujourd'hui », relança Sauer. En quelques mots, il fit part à ses deux amis du programme électoral de Hitler, de l'étrange trou dans son agenda, à Berlin, les 27 et 28 février, et de l'anniversaire particulier qui tombait le 27, c'est-à-dire le jour même.

« La refondation du Parti, réfléchit Bernie. Intéressant.

– Tu le crois, toi ? demanda Sandor.

– Croire, c'est un grand mot, répondit Sauer. Mais je détiens plusieurs informations qui convergent vers cette hypothèse. »

Il s'interrompit. *Es-tu vraiment sûr de vouloir t'ouvrir à eux ? Crois-tu que ce soit une bonne idée de confier ta théorie à quelqu'un* ? se demanda-t-il.

Il repensa à la farandole de mensonges, trahisons et révélations de ces derniers jours, si vertigineuse qu'il avait plusieurs fois fini par douter de lui-même et de la raison de sa présence à Berlin : sauver Rosa ou lui-même ? Éviter un attentat ou trois ? Les quelques certitudes qui lui avaient permis de tenir au début étaient parties en fumée, l'empêchant de s'appuyer sur la logique et le livrant à l'instinct à l'état pur, qu'il savait peu fiable.

Tu dois bien faire un choix, s'exhorta-t-il. *Combien de fois t'es-tu enfui ces derniers jours ? Mutti disait : Ne fais confiance à personne. Mais seul tu n'iras nulle part.*

« D'après Diels, expliqua-t-il, se décidant enfin à miser sur la confiance, le Parti prépare quelque chose pour aujourd'hui. Et d'après Rosa, Heydrich ne projette pas un attentat, mais trois. Et d'après cette liste, conclut-il en sortant l'opuscule de Himmler de sa poche, ces trois objectifs seront un musée, la police et un grand magasin. »

Bernie prit l'opuscule et étudia la liste. « Qui l'a écrite ?

– Himmler, je crois.

– Tu crois ?

– Je n'en suis pas sûr. Je ne sais pas grand-chose, dit Sauer. Mais sur la carte qu'il y avait dans ta cachette, les musées et les grands magasins étaient signalés, non ?

– Et aussi les commissariats les plus importants, intervint Sandor.

– Quand je l'ai vu, hier, Goering étudiait une carte qui ressemblait à la vôtre. Il a évoqué trois objectifs lui aussi. Devant moi, il a mentionné la gare, la poste centrale et le métropolitain d'Alexanderplatz, mais il se peut qu'il l'ait fait exprès pour me lancer sur une fausse piste. Diels dit qu'ils ont déjà préparé une liste de personnes à arrêter, et qu'aujourd'hui même il donnera la consigne à toute la police du pays de se préparer à une attaque communiste. L'ordre est de tirer à vue.

– Dieu du ciel, dit Bernie en tendant l'opuscule à Sandor. Donc tu penses que…

– … qu'en fait Himmler et Goering sont de mèche. Qu'ils préparent trois attentats qu'ils imputeront aux communistes. Que les cibles sont un musée, un commissariat et un grand magasin. Et que la date prévue n'est pas le 3 mars, comme dans les plans de Rosa, mais aujourd'hui, récapitula Sauer. On ne peut rien faire pour Rosa ni pour les autres pour le moment, mais on peut essayer d'empêcher les attentats. S'ils ne sont pas déjà en cours, il est peut-être encore temps.

– Même en admettant que tu aies raison, reprit Sandor en tournant entre ses mains l'opuscule avec le Reichstag en flammes sur la couverture, tu sais combien il y a de musées, de commissariats et de grands magasins dans cette ville ? Et encore, on n'est même pas sûrs que seules des cibles berlinoises soient visées.

– Si, répondit Sauer. Hitler a suspendu sa campagne électorale pour revenir ici, Himmler est venu de Munich, et Goebbels, Goering, Heydrich et Hanfstaengl sont en ville eux aussi. Il n'en manque pas un. Ce ne peut pas être un hasard.

– Je me fie à tes intuitions, intervint Bernie. Mais on est trois, et il y a des dizaines de cibles potentielles. Je ne saurais même pas par où commencer. »

Alors Sauer esquissa un sourire en repensant à Johanna, à une colonnade aux allures antiques, à des rayons de soleil sur une série d'affiches qui annonçaient un concert inaugural aux passants.

« Moi si, répondit-il. Je crois savoir où un des attentats aura lieu. »

66

Lundi 27 février

Grande réouverture

Après les récents travaux de rénovation
l'Alte Nationalgalerie rouvre ses portes au public
avec une exposition sur

Karl Schinkel et le symbolisme

À l'honneur la célèbre série

L'Île des morts d'Arnold Böcklin

(avec l'aimable autorisation du Kunstmuseum de Bâle)

Ouverture des portes à 10 h
Concert inaugural à 18 h

Entrée gratuite

Un vent glacial soufflait le long du fleuve, sifflant et grondant comme une mer tempétueuse, mais les trois hommes collés contre le mur en brique n'y prêtaient pas attention, concentrés comme ils l'étaient sur l'entrée de l'Alte Nationalgalerie, le musée d'art le plus important de Berlin. Autour d'eux, l'île aux Musées était traversée par un flux incessant de trains, voitures et gens pressés, qui se rendaient à leur bureau comme tous les lundis matin.

« Tu es bien sûr que c'est une des cibles ? demanda Bernie en observant la grande façade de la vieille Galerie nationale, avec ses deux escaliers qui conduisaient à l'entrée néoclassique, un hommage au Parthénon athénien en plein cœur de la capitale prussienne.

– Oui », répondit Sauer, et il indiqua à son ami l'affiche qu'il avait remarquée quelques jours auparavant, quand il était passé là avec Johanna, après leur visite au Damenparadies.

Sandor s'approcha de l'affiche et l'arracha pour la rapporter à ses camarades.

« Une cible bien choisie, commenta Bernie après l'avoir lue. L'art antique, par opposition à l'art contemporain et dépravé que Hitler n'arrête pas de dénoncer.

– Et il y aura du monde, ajouta Sandor. Il risque d'y avoir des morts.

– *L'Île des morts*, souffla Sauer. Ce doit être ça, leur cible. Les nazis aiment les symboles.

– Si le concert est à dix-huit heures, on est très en avance, dit Bernie. D'ailleurs, il n'est même pas dit qu'ils frappent à cette heure. Peut-être qu'ils veulent seulement faire des dégâts pendant cette journée importante. Obtenir de la visibilité.

– C'est juste, reconnut Sauer.

– Qu'est-ce qu'on fait ? On reste là toute la journée ? On attend que les auteurs de l'attentat arrivent et on essaie de les arrêter ? s'interrogea Bernie.

– Et les autres cibles, alors ? demanda Sandor.

– Commençons par celle-ci, intervint Sauer. D'une certaine manière, c'est l'attentat le plus facile à déjouer. Si les nazis ont l'intention de frapper un lieu public à ses heures d'ouverture mais sans se faire remarquer, ils ont dû préparer leur coup à l'avance, non ?

– Oui, évidemment. Ils ne pourront pas agir à la dernière minute. Le musée ne va plus tarder à ouvrir, il va y avoir du monde tout le temps.

– Sans doute qu'ils sont déjà venus, renchérit Bernie. Si ce que disait Marinus est vrai, ils ont déjà répandu du phosphore là où ils veulent frapper.

– Donc, poursuivit Sauer, on ne peut pas empêcher les préparatifs, seulement éviter qu'ils aboutissent.

– Alors il faut qu'on empêche l'inauguration d'avoir lieu, suggéra Sandor.

– Impossible, objecta Bernie en consultant sa montre. Les portes ouvrent dans une heure, on n'aura jamais le temps de mettre au point une stratégie d'ici là.

– Effectivement, abonda Sauer. En revanche, je parie que le gros du public arrivera dans l'après-midi, ou pour le concert, ce qui nous laisse une bonne marge de manœuvre. »

Ils furent parmi les premiers à entrer, peu après dix heures, et étudièrent les lieux : l'escalier d'accès, la série de colonnes doriques, les trois portes en bois noir ornées de panneaux de bronze – des scènes mythologiques et des épisodes glorieux de l'histoire prussienne –, le vaste hall, le grand escalier d'honneur qui conduisait à l'exposition permanente… Chaque espace et chaque détail fut scruté d'un œil critique, à la recherche d'une idée. Le dispositif de surveillance était important, des dizaines de gardiens étaient répartis dans l'immense bâtisse, mais après ces mois de fermeture, ils avaient tous l'air un peu dépaysés, et si contents de retrouver leur public qu'ils se montraient presque trop attentionnés. C'était là le premier point faible que Sauer remarqua.

Le deuxième, évidemment, était les tableaux.

L'Alte Nationalgalerie, née de la collection personnelle du vieil empereur et enrichie par les butins des guerres menées par Bismarck, était devenue au cours du temps un des musées d'art moderne les mieux fournis d'Europe, avec des œuvres de presque tous les grands maîtres des derniers siècles, depuis Goya jusqu'à Friedrich, depuis Le Greco jusqu'à Klimt, et il était aussi le premier à abriter plusieurs toiles des impressionnistes. Ainsi, vu la richesse de ses collections, la visite durait des heures, et il était compliqué de garder à l'œil tous les chefs-d'œuvre les plus connus, bien trop nombreux et trop dispersés. Quand il s'en rendit compte, Sauer se mit à réfléchir à un plan d'attaque. Et, quand il en fit part à ses amis, il fut heureux de s'apercevoir que ces derniers avaient le même genre d'idée en tête.

« Dans les trois dernières salles il n'y a que trois gardiens, commença-t-il.

– Et une trentaine de visiteurs, ajouta Bernie. Qui ont tous des questions.

– Le personnel est très sollicité, commenta Sandor. Mais aussi excité, un peu éparpillé, distrait. »

Tout en parlant, ils gagnèrent la vaste salle centrale du premier étage, consacrée aux œuvres de grandes dimensions. Aussitôt, Sauer sentit l'odeur de peinture fraîche, légère mais tenace, signe que la pièce avait été récemment repeinte. Un coup d'œil à ses compagnons lui confirma qu'ils se posaient la même question que lui : était-il possible de mélanger le phosphore à la peinture ? Et ce mélange restait-il aussi inflammable ?

La salle avait été préparée pour un événement particulier : au milieu, sur douze rangées séparées par un couloir central, étaient alignées plus de cent chaises en bois et velours rouge, toutes tournées vers une estrade rectangulaire, où six chaises accompagnées de pupitres faisaient face aux autres.

Le concert aura lieu ici, pensa Sauer. Puis il tourna la tête et vit le tableau rectangulaire qui occupait seul le mur du fond.

L'Île des morts.

Les trois amis en eurent le souffle coupé. Comme tout le monde en Allemagne, ils avaient vu cette image des dizaines, voire des centaines de fois dans leur vie, mais c'était la première fois qu'ils se trouvaient dans la même pièce que l'original, et cette pensée les bouleversa. Certes, il existait depuis longtemps des méthodes pour reproduire et diffuser les œuvres d'art à l'infini, mais l'émotion de contempler la véritable œuvre restait unique.

Ils traversèrent la salle pour mieux l'admirer. Deux gardiens surveillaient le tableau, et un ruban tendu entre les murs tenait les visiteurs à distance. Ainsi, le public ne pouvait pas s'approcher de l'œuvre d'art, mais bien que les dimensions de cette dernière soient relativement modestes – un mètre sur un mètre et demi environ –, elle exerçait un tel pouvoir sur l'observateur qu'elle paraissait immense.

« Quelle émotion », chuchota Bernie en fixant la fameuse scène : une île rocheuse au centre d'une lagune immobile, de hauts cyprès inquiétants tout autour et un muret au ras de l'eau, vers lequel se dirigeait une barque, seulement occupée par un nocher assis à la poupe et par une silhouette représentée de dos, aussi claire et mélancolique que l'aube. Il émanait de cette image si simple quelque chose qui apaisait les pensées, allégeait l'esprit et invitait au silence.

Une paix éternelle, se dit Sauer. *La fin de toutes les souffrances.*

Il découvrit soudain un détail qui lui avait échappé toutes les fois où il avait vu une reproduction du tableau – qui était peut-être le plus copié depuis des décennies, encadré et accroché dans tous les salons de la bourgeoisie allemande. Curieux, il s'approcha jusqu'au cordon de sécurité et se concentra sur la forme de la barque. Alors il comprit pourquoi elle avait retenu son attention. La proue n'était pas orientée vers l'île, mais dans la direction opposée. Le nocher et sa passagère – pour une raison mystérieuse, Sauer avait toujours tenu pour une évidence qu'il s'agissait d'une femme – n'étaient donc pas sur le point de toucher à l'île, mais ils venaient juste de la quitter.

Voilà pourquoi tu es si mélancolique, pensa Sauer, comme s'il s'adressait au tableau.

Ta paix n'est pas un lieu d'abordage.

C'est un exil.

Les trois amis passèrent de longues secondes devant cette image douce-amère, oubliant brièvement la raison de leur présence en ces lieux.

« J'imagine que ce n'est pas le bon tableau, finit par déclarer Sandor.

– Il y a trop de gens, il attire trop l'attention. Il faut quelque chose de plus confidentiel, renchérit Bernie.

– Et peut-être de plus petit », ajouta Sauer.

Ils quittèrent la salle centrale et continuèrent leur visite, relevant plusieurs éléments d'intérêt : un passage de service caché derrière un rideau, un escalier qui descendait au sous-sol, une série de petites salles rondes, un laboratoire interdit au public. Ce n'est qu'à l'avant-dernière salle qu'ils trouvèrent l'œuvre parfaite.

Aucun d'eux ne connaissait Karl Schinkel, mais ils comprirent que c'était un artiste renommé, puisqu'on lui consacrait une exposition, entre les Espagnols du XVIIe siècle et les Français de la fin du XIXe siècle – une sorte de collection dans la collection, qui comprenait presque cent œuvres : tableaux, dessins et esquisses. Aucun autre peintre n'était autant représenté dans le musée. Quand Sauer lut la brochure qui lui était consacrée, prise sur un présentoir à l'entrée, son intuition se confirma : Schinkel était présenté comme le peintre phare du musée.

Sauer échangea un regard complice avec Bernie et Sandor, et ils passèrent à l'action.

La salle était déserte, à l'exception d'un gardien, un sexagénaire rubicond assis sur sa chaise. Bernie et Sandor firent mine d'admirer une série d'esquisses afin de s'interposer entre le gardien et Sauer qui, à l'autre bout de la salle, cachait la vue d'un tableau avec sa stature. Il s'agissait d'une fantaisie aztèque intitulée *Le Temple*, qu'il avait choisie pour des questions pratiques – c'était l'œuvre la plus adaptée en raison de ses dimensions, et accrochée à la bonne hauteur pour un homme de sa taille –, mais en l'observant de plus près, il s'aperçut que le sujet était pertinent lui aussi : le temple était entouré par les flammes, et la nuance bleu sombre de l'ensemble laissait supposer que quelque chose de terrible était sur le point d'advenir.

Soudain il entendit des cris derrière lui.

« Va-t'en, sale juif ! siffla Sandor.

– Ne me touche pas ! » répliqua Bernie.

Sauer ne se retourna pas, mais les bruits qui suivirent lui suffirent pour imaginer la scène : une bousculade, un coup d'épaule, le début d'une bagarre, le gardien qui se levait et essayait d'intervenir – « Messieurs ! Messieurs, arrêtez ! » –,

Bernie et Sandor qui quittaient la pièce en se tapant dessus, suivis par le gardien.

Maintenant, se dit Sauer, et en un éclair il s'empara de l'œuvre de Schinkel, la décrocha du mur et la glissa sous sa veste, coincée entre son bras et sa poitrine. Puis il passa à la salle voisine, où Bernie et Sandor se roulaient par terre, écarlates, tandis que deux gardiens essayaient de les séparer, sous les yeux effarés d'un troisième. « Salaud ! Usurier ! » criait Sandor, et Bernie serrait ses mains autour de son cou en l'insultant en yiddish.

Dans cette salle se trouvait le passage de service. D'un regard furtif, Sauer vérifia que personne ne regardait dans sa direction, puis il écarta le rideau et s'engouffra dans le couloir étroit, qui devait sans doute conduire à une autre salle du musée, et tira la porte derrière lui. Il n'avait pas l'intention de quitter le musée avec le tableau, seulement de semer la panique. En étudiant les lieux, il finit par trouver ce qu'il lui fallait : une trappe dans le plafond. Il se hissa sur la pointe des pieds et parvint à l'ouvrir : une cachette parfaite.

Quand Sauer ressortit du couloir délesté de son larcin, Sandor n'était plus dans la salle. Bernie, contrit et humilié, expliquait aux deux gardiens qu'il n'avait rien fait de mal, il était venu pour admirer les tableaux, mais ce fou l'avait agressé sans raison et l'avait traité de juif.

« Mais vous l'êtes ? demanda le plus jeune gardien.

– Oui, et alors ? »

L'autre ne dit rien, ce qui était une réponse plus qu'éloquente.

Sauer tourna le dos à la scène et regagna l'entrée, salua la jeune femme à l'accueil, puis sortit et rejoignit calmement la colonnade devant le musée.

Sandor était déjà là, et Bernie ne tarda pas, arborant le sourire satisfait d'un comédien après une représentation triomphale. « Bien joué, dit-il en donnant une bourrade à Sandor.

– Tu n'y es pas allé de main morte, quand même, le rabroua ce dernier.

– Il fallait entendre tes insultes, aussi.

– C'était pour les besoins de la scène. C'est bon pour toi avec le tableau ? demanda Sandor à Sauer.

– Oui. On n'a plus qu'à téléphoner. »

Ils trouvèrent non loin une cabine téléphonique et demandèrent au central d'être mis en relation avec l'accueil de l'Alte Nationalgalerie.

« Allô ? Comment puis-je vous être utile ? s'enquit la jeune femme de la billetterie que Sauer avait saluée peu avant.

– Bonjour, répondit Sandor en forçant son accent. Aujourd'hui, nous allons voler trois tableaux dans votre musée. Le premier, c'est déjà fait, et ça s'est passé sous vos yeux. Le deuxième se volatilisera dans dix-huit minutes. Le troisième, ce sera *L'Île des morts.* » Et il raccrocha.

Quelques minutes après, l'Alte Nationalgalerie évacuait tout le public sans explications et annonçait une fermeture pour raison de force majeure. Le concert prévu en fin de journée était annulé.

67

« Et maintenant ? » demanda Sauer sans arrêter de regarder autour de lui dans le petit café sur Unter den Linden où ils s'étaient réfugiés après le désordre qu'ils avaient provoqué au musée. L'horloge accrochée derrière le bar indiquait 11 h 35 : le compte à rebours avait débuté, et aucun d'eux ne savait à quelle heure il s'achèverait.

« Il nous reste les commissariats et les grands magasins, répondit Bernie avec une assurance que Sauer lui envia.

– Si ma théorie est bonne, précisa Sauer.

– Pourquoi elle ne le serait pas ?

– Pourquoi elle devrait l'être ? »

Bernie ne se démonta pas. « Il me semble que plusieurs éléments vont dans ton sens. Le musée était sans doute une cible, tout concordait : la date, le concert, le tableau… Tu savais que Hitler l'adore ?

– *L'Île des morts* ? demanda Sandor.

– Oui, une vraie fixette. Il a même embauché un ami à moi qui est marchand d'art pour qu'il convainque le propriétaire de le lui vendre. Il voulait le payer avec l'argent du Parti, évidemment. Mais le propriétaire, c'est un Suisse, ne veut pas en entendre parler. On peut imaginer que son projet était de mettre le feu au musée pendant le concert et de profiter du désordre pour voler le tableau.

– Risqué, commenta Sauer.

– Nazi, rétorqua Bernie en haussant les épaules. De toute façon, si ta théorie n'est pas la bonne, on n'a aucune piste. Si c'est la bonne, on a une chance de les arrêter. Il me paraît clair qu'il faut parier là-dessus. »

Sandor ricana et secoua la tête : « Voilà pourquoi vous, les juifs, vous dirigez le monde... »

Bernie esquissa une révérence ironique et poursuivit son raisonnement : « Donc, si, comme on peut l'espérer, c'était le seul musée qu'ils visaient, l'affaire est réglée. Les commissariats sont hors de notre portée, on aura besoin d'un coup de main de tes collègues, dit-il en se tournant vers Sauer.

– J'aimerais autant les tenir à l'écart tant que leur intervention n'est pas indispensable.

– Sage idée. Ce qui nous laisse les grands magasins. Il y en a plusieurs à Berlin, mais si vous vouliez faire un gros coup d'éclat, lequel vous frapperiez ?

– Un de ceux du centre-ville, répondit aussitôt Sandor. Un de ceux à la mode. »

Bernie approuva avec conviction. « Moi aussi. Mettre le feu à une boutique de la périphérie, ce ne serait pas pareil. Si tu veux te faire remarquer, tu vises l'Alte Nationalgalerie, l'*Île des morts*.

– Wertheim ? hasarda Sandor. Le KaDeWe ?

– Oui, ou Tietz, fit Bernie. Ce sont les trois plus grands.

– Ils appartiennent tous les trois à des juifs, non ?

– Sandor, tu m'as l'air un peu obsédé par ça. Je dois commencer à me faire du souci ?

– Ce sont les seuls grands magasins importants ? intervint Sauer.

– Au centre-ville, oui. Les autres ne sont pas assez connus pour frapper l'opinion publique s'ils sont visés pour des raisons politiques.

– Pourtant, les communistes ne reprochent rien aux juifs, non ?

– Les communistes, non. Par contre, les Russes, par le passé…, répondit Bernie. Et puis, dans ce cas, ce qui compte, c'est qu'il s'agit d'entreprises capitalistes. Himmler est malin, il a bien fait son choix : l'art bourgeois, les temples du commerce, le bras armé du gouvernement… Si j'étais un terroriste communiste, je viserais les mêmes objectifs.

– Le problème, intervint Sandor, c'est que Wertheim, Tiez et KaDeWe, ça fait trois endroits. Il faut qu'on se sépare.

– Je ne crois pas que ce soit une bonne idée, réagit instinctivement Sauer.

– Tu en as de meilleures ? »

Un court silence suivit, puis Sandor reprit : « On en choisit un par tête, et on fait comme au musée : on trouve un point faible, on provoque un petit dommage sans conséquence, puis on passe un coup de fil anonyme. Grand magasin fermé, attentat évité.

– Ou, au moins, attentat sans victimes. Bon, entendu, on se sépare. Vous avez des préférences ? » demanda Sauer en consultant l'horloge au mur. Il était 11 h 50. Était-ce trop tard ? Trop tôt ?

« Moi oui ! s'exclama Sandor, le visage rayonnant. J'ai une amie qui travaille chez KaDeWe. Je pense qu'elle sera contente de recevoir ma visite, après tout ce temps…

– Tu es vraiment impayable… », souffla Bernie.

Une demi-heure plus tard, Sauer était devant le Wertheim. Il traversa le hall, couvert par une grande coupole de verre multicolore, et se dirigea vers l'escalier central. Le premier et le deuxième étages étaient consacrés aux vêtements féminins, le troisième aux accessoires et à la parfumerie, le quatrième aux vêtements masculins. L'accès à plus de la moitié de l'espace était interdit par des barrières, le sol couvert de bâches et de tréteaux, où des planches récemment peintes étaient en train de sécher. L'odeur de peinture était encore plus forte que dans la grande salle de l'Alte Nationalgalerie, et Sauer espéra que ce point commun entre les deux lieux était un signe favorable. Se pouvait-il qu'il ait la chance de déjouer le deuxième attentat ?

Il déambula entre les portants, feignant de s'intéresser à la coupe des costumes et à la qualité des tissus. Les ouvriers, sans doute partis pour la pause déjeuner, avaient laissé tous leurs outils sur place. Les clients, une douzaine en tout, ne prêtaient pas attention à lui. Les vendeurs, un quinquagénaire et une femme un peu plus jeune, bavardaient dans un coin. S'étant assuré que personne ne regardait dans sa direction, Sauer franchit les barrières.

Il se dirigea tout droit sur quelques pots de peinture fermés. Sur l'un d'eux était posé un pinceau, taché de la même peinture jaune que sur les murs : ce pot avait été utilisé récemment. D'un geste vif, Sauer déplaça le pinceau, ouvrit le pot, plein aux trois quarts, et approcha son visage. Aussitôt, ses yeux piquèrent, et il renifla plus fort, sans savoir ce qu'il cherchait. Quelle odeur pouvait bien avoir le phosphore, s'il en avait une ?

Soudain, il eut une idée. Il repéra un pot encore fermé, et, en se servant du manche du pinceau comme levier, il réussit à l'ouvrir après plusieurs tentatives infructueuses. Il huma la peinture, puis revint au premier pot pour comparer. L'odeur était différente.

Son cœur se mit à battre la chamade. Il y avait quelque chose dans le premier pot de peinture. Peut-être qu'il avait raison, que c'était bien là que le phosphore avait été ajouté.

Peut-être que tu as visé juste. Peut-être que cette fois tu as eu de la chance.

À ce moment précis, il entendit des pas dans son dos, qui arrivaient droit sur lui. Tous ses doutes sur sa chance s'évaporèrent aussitôt.

68

« Te voilà ! chuchota Johanna en s'accroupissant à côté de lui. Qu'est-ce que tu trafiques ? »

Sauer la regarda, bouche bée. « Johanna ? »

Elle lui fit signe de parler doucement. « Chut, les vendeurs sont juste derrière. Qu'est-ce que tu fais avec cette peinture ?

– Comment tu m'as trouvé ? »

Johanna eut un sourire orgueilleux. « C'est le commissaire Forster. Quand il a appris pour le vol à l'Alte Nationalgalerie, il a compris que tu étais sans doute derrière cette histoire. C'est vrai ? »

Sauer acquiesça.

« Il m'a dit que vous avez trouvé une liste de noms de lieux sur Himmler, mais que tous étaient barrés, sauf trois ou quatre.

– Trois.

– Il ne se souvenait que de deux : musée et grand magasin. Il a dit que, te connaissant, tu reviendrais ici, où tu es déjà allé avec lui. »

Sauer écouta cette explication avec stupeur, bien qu'il sût que Mutti était doté d'une mémoire d'éléphant. À Munich, il était capable d'identifier au premier coup d'œil n'importe quel criminel fiché.

« C'était un des trois attentats ? demanda encore Johanna. À l'Alte Nationalgalerie, je veux dire.

– Nous pensons que oui.

– Vous ? demanda Johanna en regardant autour d'elle.

– C'est une longue histoire. Sens ça. »

Un peu perplexe, Johanna approcha son nez du pot de peinture que Sauer venait d'ouvrir.

« Et maintenant, celui-là. »

Johanna plissa les yeux. « Elle ne serait pas toxique ?

– Ils l'utilisent pour les murs. Tu sens une différence ?

– Je ne sais pas... Peut-être. Attends, laisse-moi sentir de nouveau. » Elle répéta l'opération puis hocha la tête. « Elles sont différentes. Le pot entamé a une odeur plus... métallique.

– C'est du phosphore. Comme le disait Marinus. »

Johanna s'apprêtait à répondre quelque chose quand elle vit Sauer lever la tête et écarquiller les yeux.

« Arrêtez-vous ! » s'écria-t-il, puis il bondit sur ses pieds pour se lancer à la poursuite de quelqu'un.

Johanna eut à peine le temps de voir un homme en bleu de travail s'enfuir à toutes jambes. Alors, elle s'élança à sa poursuite elle aussi.

« Stop ! » cria encore Sauer.

L'homme en bleu de travail se précipita dans l'escalier et rentra dans une femme qui palpait une fourrure à l'entrée du troisième étage, sans toutefois ralentir. Sauer continua à sa suite, bientôt rattrapé par Johanna. L'ouvrier bifurqua brusquement vers un coin du rayon des accessoires, et disparut derrière deux grands portants qui exposaient des ceintures de cuir coloré.

Une porte se cachait derrière, que le fugitif franchit sans hésiter. Quand Sauer et Johanna y arrivèrent à leur tour, ils découvrirent un escalier nu, aux marches en ciment et aux murs en brique peints en blanc. Johanna dépassa Sauer et bondit par-dessus la rampe pour gagner un étage.

« Arrêtez-vous ! » cria-t-elle à son tour, en vain. Sauer la rejoignit en descendant les marches quatre à quatre. Il atteignit le deuxième étage au moment où Johanna, qui avait de nouveau sauté par-dessus la rampe, atterrissait sur le fugitif. Il y eut un bruit horrible – os fêlés et choc mouillé, comme un fruit écrasé par un marteau –, suivi par un cri sauvage quand Johanna tordit le bras de l'homme et planta un genou dans son dos.

« Je vous ai dit de vous arrêter », fit Johanna en augmentant la pression de son genou. L'homme poussa un nouveau cri et cessa de se débattre.

« Tourne-le », dit Sauer. Johanna s'exécuta, utilisant le bras de l'homme pour le manipuler comme un pantin.

« Aïe ! Salope !

– Qui es-tu ? Pourquoi tu t'es enfui en nous voyant ? demanda Sauer, excédé par l'insulte que l'ouvrier venait de lancer à Johanna.

– Je t'ai pris pour quelqu'un à qui je dois de l'argent », répondit l'homme à terre avec un petit sourire malgré la douleur.

Sauer prit une inspiration et fit un signe à Johanna, qui tordit plus violemment le bras de l'homme.

« Aïe ! cria-t-il à nouveau, les yeux exorbités.

– Reprenons. Qui es-tu ? Qu'est-ce que tu faisais avec cette peinture ?

– Je peignais.

– Qu'est-ce qu'il y a dans cette peinture ?

– De la peinture. »

Autre torsion du bras, autre cri bestial.

« C'est du phosphore, hein ? Tu couvrais tout de peinture inflammable. »

L'homme ne répondit pas, mais son front plissé, comme s'il se demandait comment il s'était trahi, parla pour lui.

« Tu agissais seul ? Est-ce que d'autres hommes comme toi sont à l'action chez KaDeWe et Tietz ?

– Je ne sais pas de quoi vous parlez.

– Vous allez frapper un commissariat aussi, on le sait, reprit Sauer. Dis-moi lequel et tu t'en tireras sans fracture du bras. »

L'homme ne répondit pas, il se contenta de regarder Johanna d'un air railleur.

« Parle ! » cria-t-elle. L'air railleur se transforma en grimace de douleur.

« Vous ne les arrêterez jamais, finit par dire l'homme, les yeux luisant d'une lueur de folie. Ils sont plus intelligents que vous. Cette nuit, la République brûlera, et vous ne pourrez rien faire. »

La rage envahit Sauer. Les dents serrées, il braqua son arme sur le bras de l'homme.

« Tu n'as pas les couilles, pauvre flic.

– Détrompe-toi », répliqua Sauer en pressant sur la détente.

69

« Joli bluff, commenta Mutti quand il entendit le récit.

– Bluff inutile, répondit Sauer en regardant les policiers emmener son prisonnier.

– Au moins, tu as essayé. Maintenant, charge ton pistolet, hein. Il pourrait te servir pour de bon avant la fin de la journée. » Ensuite, il lui raconta qu'il s'était rendu chez KaDeWe et qu'il était tombé sur Sandor, assis sur le corps d'un autre faux ouvrier évanoui qui avait arrosé toutes les fenêtres avec un vaporisateur. « Du phosphore », avait déclaré Sandor en le remettant à Mutti. Après quoi, ils avaient rejoint ensemble Bernie au Tietz, et avaient trouvé le grand magasin fermé pour cas de force majeure. Les clients et le personnel étaient rassemblés sur le trottoir gelé depuis que le courant avait sauté, plongeant tout le bâtiment dans le froid et l'obscurité. « Là-bas, pas d'ouvriers, mais au rayon parfumerie l'odeur de peinture était effarante. Il ne fait aucun doute que l'incendie serait parti de là. »

Comprenant que le projet de Himmler avait plus d'ampleur qu'ils n'avaient imaginé, Sauer secoua la tête. « Pas un, mais les trois plus grands magasins ensemble. Ça aurait été un massacre.

– Aucun doute là-dessus, répondit Mutti. C'est pour ça qu'on a demandé à tous les musées de la ville de fermer cet après-midi. Si les nazis ont préparé des attentats ailleurs qu'à l'Alte Nationalgalerie, on perdra peut-être des objets ou des bâtiments, mais au moins les vies seront sauves.

– Où sont Bernie et Sandor, maintenant ? intervint Johanna.

– Je les ai fait emmener au commissariat de Potsdamer Platz. Là-bas, on a une carte détaillée de tous les postes de police de Berlin, et on a besoin d'une équipe nombreuse pour travailler là-dessus. »

Sauer hocha la tête, l'air sombre. « Il faut peut-être envisager le pire.

– Qu'ils veuillent tous les frapper ?

– Oui. »

Mutti soupira. « Dans ce cas, on ne pourrait pas les en empêcher. Tu le sais mieux que moi : la police n'est pas impartiale. Il y a beaucoup de sympathisants du Parti dans la profession. Il suffit que Himmler et Heydrich aient infiltré un de leurs hommes dans chaque poste de police pour que leur plan aboutisse. »

Soucieux, ils quittèrent le Wertheim et montèrent à bord d'une voiture de police, en direction de Potsdamer Platz. Cette journée réservait le pire, et pourtant, la ville poursuivait, inconsciente, sa vie quotidienne, les hommes et les femmes se pressaient vers leurs petites priorités. Sauer repensa à la Main Invisible qui, selon certains économistes, gouvernait le monde : elle n'était pas le produit d'un dessein conscient, promu par quelques stratèges éclairés, mais la somme imprévisible de millions de volontés, l'expression de désirs aveugles et limités, qui finissaient par pousser l'Histoire dans une direction plutôt qu'une autre.

Et toi, qui es-tu pour l'empêcher ? se demanda Sauer pour la énième fois. *Qui es-tu pour espérer que tes actions changent le cours des événements ?*

Il était peut-être stérile de se démener pour déjouer les attentats organisés par Himmler et Heydrich. Peut-être même qu'essayer de les arrêter finirait par aboutir à l'effet inverse. Sauer avait déjà vu cela advenir dans sa vie, et il savait qu'il était erroné de qualifier de malchance l'échec d'une action bien intentionnée. Dans les affaires humaines, les intentions comptent peu : ce qui compte, c'est la capacité de comprendre à l'avance le résultat qu'elles produiront.

Une vague de lassitude s'abattit sur lui.

Laisse tomber, il est inutile de poursuivre dans ce sens. Tu as fait ce que tu pouvais. Maintenant, laisse les choses se faire.

Mais il ne pouvait pas. Il n'y arrivait pas. Il avait grandi dans une époque confuse et décadente, et la seule stratégie vitale qu'il avait réussi à construire lui interdisait de se dérober devant son devoir. Mettre de l'ordre, même si c'était dans un recoin limité du monde, telle était la seule voie qu'il connaissait, et maintenant qu'il s'était lancé, il n'avait plus qu'à aller jusqu'au bout.

« Pourquoi tu as filé, hier soir ? lui demanda Mutti alors qu'ils approchaient du commissariat.

– Je ne voulais pas vous obliger à me suivre, répondit Sauer. Vous êtes des policiers. Vous avez un rôle officiel. Vous devez obéir aux ordres.

– Ça, ça dépend de nos supérieurs », répondit Mutti.

Sauer sourit. « Votre supérieur, c'est Goering. Et maintenant je suis convaincu que Goering fait seulement semblant de s'opposer à Himmler, en tout cas dans cette affaire.

– À cause de la scène de la carte de Berlin ?

– Oui. Pourquoi il était dans cet appartement, sinon pour brouiller les pistes ? Il savait qu'on avait entendu parler de l'histoire des trois attentats, et peut-être aussi qu'on avait l'opuscule de Himmler. Il voulait m'orienter vers les mauvais objectifs.

– Ça se peut, répondit Mutti. Mais tu oublies quelque chose. »

La voiture s'arrêta à l'arrière du commissariat.

« Quoi ? demanda Sauer.

– Qu'en réalité, mon supérieur, c'est Diels. Et que Diels a une autre idée derrière la tête pour ces attentats. »

Ils montèrent dans le bureau de Mutti par un escalier dérobé et retrouvèrent Bernie et Sandor qui scrutaient une immense carte de la ville accrochée à un mur. Une forêt de pointes jaunes indiquait ce que Sauer imagina être les postes de police – plus de cinquante, à vue de nez –, et une dizaine de pointes rouges indiquaient les commissariats. L'Alex, lui, avait droit à une pointe violette, qui attirait le regard.

« Siggi ! » s'exclama Sandor. Il avait une vilaine ecchymose sur la joue gauche et sa chemise présentait un petit accroc, mais il n'avait pas l'air d'avoir perdu sa bonne humeur. Bernie, lui, détourna à peine les yeux de la carte à leur arrivée.

« Messieurs, fit Mutti. Des idées ?

– Moi je dis qu'ils frapperont le Château Rouge, déclara Sandor en indiquant la pointe violette. Après l'Alte Nationalgalerie et les trois grands magasins, ils ne s'abaisseraient pas à s'en prendre à un poste de police quelconque. Les nazis tiennent au décorum.

– Non, répliqua Bernie. Alexanderplatz, ce n'est pas possible.

– Et pourquoi ?

– Je ne sais pas. Mais ce n'est pas possible. »

Mutti se laissa tomber dans un fauteuil élimé en face de la carte. « Moi non plus je ne crois pas à l'hypothèse de l'Alex, dit-il. D'un côté, c'est une cible évidente, presque obligée. Les communistes y ont perdu des dizaines de camarades, et s'il y a bien un symbole de la police à Berlin, c'est le Château Rouge.

– Mais ? demanda Johanna, appuyée à l'encadrement de la porte.

– Mais il est trop difficile d'y entrer et d'en sortir sans se faire remarquer. Si c'étaient de vrais communistes qui voulaient faire des dégâts et se fichaient d'être attrapés, pourquoi pas. Mais là, on a affaire à de faux communistes. Le cœur du plan de Himmler, c'est de faire retomber la faute sur d'autres. Donc les personnes chargées de sa mise en œuvre ne peuvent pas se faire pincer. »

Un silence suivit, puis ils hochèrent tous la tête, convaincus par cet argument.

« Où, alors ? demanda Sandor en reculant d'un pas pour mieux embrasser du regard la série de pointes jaunes. Quel autre objectif serait à la hauteur ?

– Ici ? avança Sauer. C'est bien le deuxième commissariat de Berlin, non ?

– Oui, confirma Mutti. Mais est-ce que tu attaquerais les seules personnes qui s'y attendent ? Tous mes hommes les plus fiables sont informés. Les entrées sont surveillées, il y a des rondes en permanence. Et j'ai fait sortir tous les matériaux inflammables du bâtiment. S'ils pensent faire une attaque incendiaire, conclut-il en montrant l'extincteur à côté de la porte, il leur faudra trouver une autre solution.

– Où, alors ? répéta Sandor en retirant la pointe violette de l'Alex et la pointe rouge de Potsdamer Platz.

– Si on exclut ces deux commissariats, les autres se valent, dit Johanna. Un poste de police dans un quartier rouge ? Celui à côté du palais présidentiel ? Ou alors celui de Charlottenburg ?

– Pourquoi ceux-là ? demanda Sauer.

– Tous les agents qui y travaillent sont membres du Parti, expliqua Mutti.

– Non, dit Bernie. Ce n'est pas possible.

– Pourquoi ? demanda encore Sandor, d'un ton agacé.

– À cause de la symétrie », rétorqua Bernie. Sauer s'approcha. Son ami tenait à la main une carte où il avait tracé des lignes pour relier les différents sites d'attaque possibles. Le résultat ressemblait à un de ces vieux planisphères sillonnés de routes maritimes qui se croisaient, formant des infinités de triangles. « Vous voyez où est l'Alte Nationalgalerie ? Et les trois grands magasins ? L'Alex déséquilibre le dessin, expliqua-t-il en suivant du doigt une ligne qui coupait le fleuve vers l'est. Potsdamer Platz le déséquilibre aussi. Aucun des commissariats ne permet de créer une figure sensée.

– Et donc ? demanda Mutti d'un ton curieux.

– Et donc je ne sais pas, répondit Bernie en secouant la tête, mais à mon avis ça ne va pas.

– Bon, on sait que Hitler voulait être architecte, dit Sandor, sardonique. Mais de là à chercher des figures parfaites pour l'emplacement des trois attentats…

– C'est comme ça qu'ils réfléchissent, se contenta de rétorquer Bernie avant de se pencher à nouveau sur sa carte.

– D'autres idées ? » demanda Sauer en jetant un regard à la ronde.

L'horloge du bureau affichait quatre heures. « Il nous reste peu de temps, nous devons passer à l'action sans tarder. »

Encore fallait-il savoir où et comment. Ils repensèrent les termes : et si, par « police », les nazis désignaient l'escorte d'un personnage important ? Ou alors le *chef* de la police, qui avait déjà été pris pour cible par le passé ? Et si le nom de l'objectif était à prendre au sens large, s'agissait-il du monument dédié aux forces de police qui se trouvait en centre-ville ?

Une demi-heure passa sans qu'ils réussissent à avoir les idées plus claires. Alors Johanna demanda à Sauer à voir l'opuscule de Himmler.

Sauer le lui tendit, ouvert à la dernière page, sur la liste au crayon :

institutions	*culture*	*transports*	*commerces*
~~ambassade~~	~~cinéma~~	~~avion~~	~~librairie~~
~~consulat~~	~~journal~~	~~tram~~	~~atelier~~
~~parlement~~	musée	~~métro~~	~~bijouterie~~
~~ministère~~	~~bibliothèque~~	~~bateau~~	grand magasin
police	~~train~~	~~restaurant~~	~~cabaret~~

« Non, je ne vois pas, finit-elle par dire après l'avoir étudiée pendant de longues secondes. Vu ce qui s'est passé à l'Alte Nationalgalerie et aux grands magasins, le doute n'est pas permis : la troisième cible est la police. »

Un silence accablé s'ensuivit dans le bureau.

« Je suis désolée, conclut Johanna en refermant l'opuscule pour le rendre à Sauer.

– Tu n'y es pour rien », lui dit ce dernier en tendant la main pour le récupérer.

Mais soudain Johanna se crispa, les doigts serrés autour de l'opuscule et les yeux fixés sur la couverture.

« Qu'y a-t-il ? lui demanda-t-il.

– Cette nuit la République brûlera, susurra-t-elle. C'est ce que le faux ouvrier du Wertheim a dit, tu te souviens ?

– Oui, dit Sauer. Qu'est-ce que ça veut dire, à ton avis ? »

Elle leva la tête, lui adressant un regard vide, absorbée dans ses pensées. « La police, ce n'est pas la République », dit-elle, et elle brandit la couverture de l'opuscule.

L'attention de tous s'arrêta enfin sur cette image : le bâtiment du Reichstag, siège du Parlement et cœur de la république de Weimar, dévoré par les flammes.

70

Ils laissèrent Bernie et Sandor au bureau pour qu'ils continuent d'étudier d'autres hypothèses, bien que celle de Johanna soit la plus convaincante, et se rendirent au Reichstag en voiture, parcourant des rues gelées et balayées par un vent cinglant dans la nuit qui tombait déjà. Mutti était confiant dans la possibilité d'entrer dans le Reichstag par une entrée secondaire, comme il l'avait fait en compagnie de Sauer, mais il dut revoir ses plans à la vue des deux énergumènes à la mine patibulaire qui la gardaient, vêtus de marron de la tête aux pieds et portant au bras gauche le brassard rouge avec une croix gammée sur fond blanc que l'on voyait maintenant partout dans Berlin. C'étaient des membres des SA, la milice nazie récemment élevée au rang de police auxiliaire par un décret de Goering. Leur présence ne laissait rien présager de bon.

« Malédiction, grogna Mutti, faisant signe à Johanna de repartir. Fais le tour du bâtiment. On ne va pas pouvoir entrer par ici. »

L'entrée nord n'était pas envisageable non plus, car Mutti était en mauvais termes avec le gardien du Reichstag qui gardait cet accès « pour des histoires de femmes », et l'entrée principale sur la Platz der Republik était réservée aux personnes détenant des charges parlementaires. Restait l'entrée est, qui se trouvait dans la rue entre le Parlement et la demeure officielle du président du Reichstag.

Encore Goering, pensa Sauer. *On est cernés.*

Ils l'étaient véritablement : le long de la façade sur Ebertstrasse, depuis toujours protégée par des barrières pour tenir les passants à distance du bâtiment, des dizaines de policiers et de miliciens formaient un cordon impénétrable, comme si la menace de l'attentat imminent était parvenue aux oreilles des autorités.

Ébahi, Mutti demanda à Johanna de ralentir, puis de s'arrêter au niveau d'un officier de sa connaissance. « Lehrer ! » l'interpella-t-il. Quand ce dernier le reconnut, il se détacha du cordon, et Mutti lui demanda ce qui se passait.

« Il y a une manifestation communiste, répondit l'homme, sans doute commissaire lui aussi, vu la familiarité avec laquelle il échangeait avec Mutti. Comme ils n'ont plus de siège, ils ont décidé de manifester à Pariser Platz. On est là au cas où la situation dégénérerait. »

Au loin, de l'autre côté de la porte de Brandebourg, on entendait effectivement le brouhaha de la manifestation.

« Je dois entrer, dit Mutti. Je peux passer par ici ? »

Lehrer secoua la tête. « Cet accès est barré, et je crois que les trois autres aussi. Qui est-ce que tu dois voir ?

– Je dois tenir Goering au courant sur l'affaire des Innocentes.

– Ah bon ? Tu sais que la brigade des mœurs a classé le dossier ce matin ?

– Comment ça ? demanda Mutti.

– Ils sont remontés à un forgeron de Wilmersdorf mêlé à un circuit de pornographie extrême. En gros, il filmait des scènes, sauf qu'après les filles étaient assassinées. Il paraît qu'il y a un marché pour ce genre d'horreurs... Nos hommes ont des aveux signés. Bon, de toute façon, Goering n'est pas là, je l'ai vu sortir il y a une demi-heure à bord de son automobile officielle, avec son escorte. Maintenant, je suis désolé, mais il va vous falloir partir d'ici, conclut-il en reculant d'un pas et en faisant signe à Johanna de circuler.

– Entendu, merci, dit Mutti, et il remonta sa vitre. C'est quoi cette histoire de pornographie ? grommela-t-il à l'intention de Johanna et Sauer.

– Une fausse piste voulue comme telle, répondit Johanna, en se dirigeant vers le croisement avec le Tiergarten, où elle tourna à droite pour revenir vers l'entrée principale du Reichstag.

– Certes, dit Sauer, mais pourquoi ?

– Je ne sais pas, dit Mutti, l'air sombre. Mais le résultat, c'est qu'on n'a plus d'affaire officielle ni d'accès au Parlement. Et il est déjà dix-sept heures. »

Leur voiture passa lentement devant le majestueux tympan néoclassique au-dessus de l'entrée du bâtiment.

« Tu ne peux pas essayer par ici ? Tout le monde te connaît, dit Johanna.

– Non, ils ne feront pas d'entorse au règlement. Ils sont très à cheval sur les consignes. Et puis tu as entendu Lehrer : Goering n'est pas là, je n'ai même pas de prétexte.

– Je me demande où il est allé », dit Sauer. Il n'avait plus de doute quant à son implication dans cette histoire, mais il ne l'imaginait pas avec une allumette à la main, ni avoir besoin d'un alibi.

« Bon, qu'est-ce qu'on fait, alors ? » demanda Johanna.

Mutti réfléchit quelques secondes. Pendant ces instants de silence, une chanson bien connue résonna jusque dans la voiture, malgré la distance et les vitres remontées : les manifestants communistes entonnaient *L'Internationale* tous en chœur.

Sans raison apparente, Sauer repensa à sa visite à l'intérieur du Reichstag, et un détail qu'il avait jusque-là négligé lui revint soudain en mémoire. « Ils étaient emballés, murmura-t-il, le regard perdu dans le vide.

– Quoi ? demanda Johanna.

– Dans le bureau de Goering au Parlement... Tous ses tableaux et ses bibelots précieux étaient emballés. Pour son déménagement dans son nouveau bureau, il a dit. Mais en fait...

– ... c'était pour les mettre à l'abri de l'incendie, compléta Mutti, qui avait compris. À ce stade, un seul homme peut nous aider. » Il se tourna vers Sauer, qu'il regarda dans les yeux, comme à la recherche de son approbation.

« Diels ? demanda ce dernier.

– Oui.

– On peut se fier à lui ?

– Bien sûr que non, répondit Mutti. Mais on n'a pas trop le choix. »

Il soupira. « Ce n'est pas ce que tu m'as appris, fit remarquer Sauer.

– Voilà où mes leçons nous ont menés : moi je suis boiteux, toi tu es traqué par les nazis, Rosa est aux mains de la police politique et Berlin est sur le point de brûler. J'en conclus qu'on peut changer d'approche », conclut Mutti avec une grimace.

Ils s'arrêtèrent à la première cabine qu'ils trouvèrent pour appeler le bureau de Diels à l'Alex. Ils n'espéraient pas vraiment réussir à le joindre si facilement – pas avec une manifestation communiste en plein centre et des mesures extraordinaires pour défendre les institutions –, mais ils furent chanceux : le chef de la police politique était de retour dans son bureau depuis peu, et il avait demandé à l'accueil de lui transmettre immédiatement tout appel de Mutti. Ce qui n'était pas bon signe.

« Diels, c'est Forster.

– Enfin ! Où étais-tu passé ? C'est le bazar, ici.

– Tu veux dire l'affaire des Innocentes ? Le commissaire adjoint Lehrer m'a raconté que…

– Je me fiche des Innocentes, rétorqua Diels. La situation est en train de basculer. Où es-tu ? Les autres sont avec toi ? »

Mutti coula un regard interrogatif à Sauer et Johanna, pressés contre lui dans la cabine pour entendre la conversation.

On continue ? signifiait ce regard.

On continue, répondirent de conserve Sauer et Johanna par un hochement de tête.

« On vient de quitter le Reichstag, répondit Mutti. On pense que…

– Heydrich est passé par ici, l'interrompit Diels d'une voix vibrante de colère et de frustration. Il a embarqué Rosa et le Hollandais, Marinus van der Lubbe.

– Quoi ? fit Mutti, stupéfait.

– Tu as bien entendu. Je ne sais pas où il les a emmenés. »

Un rideau de ténèbres s'abattit sur le champ de vision de Sauer. Quelques instants plus tôt, il pensait encore que la situation ne pourrait pas être pire – un attentat imminent, lié de manière évidente à Rosa, qui était en prison –, mais il faisait erreur. Il existait un scénario pire encore, celui qui se réalisait à présent.

Mutti poussa un profond soupir : « Je crois savoir où il les a emmenés. Il faut qu'on se voie tout de suite. »

Après une seconde de silence, Diels lui fit une proposition :
« À l'orgue de Sauer ?

– À l'orgue de Sauer, dans une demi-heure, répondit Mutti.

– J'y serai. »

Mutti raccrocha et jeta un regard à Johanna pour s'assurer qu'elle avait compris.

« La cathédrale, dit-elle en hochant la tête.

– Je ne comprends rien, dit Sauer.

– Ne t'inquiète pas, on t'emmène dans un bel endroit, répondit Mutti. Tu ne savais pas que tu étais déjà célèbre à Berlin ? »

71

La cathédrale de Berlin. C'était la troisième fois en quelques jours que Sauer se retrouvait devant cet édifice, avec sa coupole vert d'eau et son architecture massive allégée par le jeu de sculptures dans le marbre. En revanche, c'était la première fois qu'il était amené à y entrer. Et il n'avait jusque-là jamais entendu parler du célèbre orgue à cent tuyaux construit presque trente ans auparavant par l'un des meilleurs artisans allemands, Wilhelm Sauer. Ce nom de famille était plutôt répandu et, autant que Sauer sache, ils n'avaient pas de liens de parenté.

Arrivé le premier, le chef de la police politique les attendait au pied du grand instrument, absorbé dans la contemplation de la quantité de tuyaux métalliques qui le composaient, attirant le regard du spectateur vers les voûtes de la petite nef, dont les ornements étaient étrangement décolorés et comme piquetés par la grêle. *Peut-être qu'il s'agit de la grêle de notes qui se sont élevées au cours du temps*, pensa Sauer, pour qui la musique n'avait jamais été un art immatériel.

« Vous en avez mis du temps, leur reprocha Diels sans détacher ses yeux de l'orgue. Les heures sont comptées.

– Cette ville est trop grande, répliqua Mutti. Et ses rues sont trop petites.

– Je croyais que vous étiez au Reichstag. Ce n'est pas si loin.

– On a dû faire un détour à cause de la manifestation. »

Diels hocha la tête, pensif. « La manifestation, l'anniversaire du Parti, la réouverture de l'Alte Nationalgalerie, les directives pour les postes de police, Hitler en ville..., énuméra-t-il, l'air pensif. Comme je vous le disais, Herr Sauer, si quelque chose doit se passer, ça se passera aujourd'hui...

– Nous le savons, répondit ce dernier. Et nous savons aussi quoi. Nous savons pourquoi Heydrich a enlevé Rosa et Marinus. »

Ils mirent Diels au courant de leur théorie sur un attentat au Parlement, insistant sur le cumul d'indices pour lui démontrer sa pertinence. Quand ils eurent fini, l'expression de Diels leur indiqua qu'ils avaient su se montrer convaincants. « C'est pour ça que Goering a changé les gardes du Parlement et qu'il était si pressé de déménager au ministère. » Un sourire admiratif se dessina sur ses lèvres.

« Tu penses donc que c'est plausible, toi aussi ? demanda Mutti.

– Très plausible. Ça ressemblerait bien à Hermann : mettre le feu à son propre palais, comme Néron.

– S'il est de mèche avec Himmler, dit Sauer, alors Heydrich conduira ses prisonniers dans le Reichstag et il fera en sorte qu'ils soient tenus pour responsables de l'attentat. » *Il les fera abattre et laissera leurs corps dans les décombres*, ajouta-t-il en son for intérieur, incapable de formuler cette pensée à voix haute.

« C'est probable, effectivement. Himmler est adepte des sacrifices humains : ils permettent de s'attirer les faveurs des dieux, dit Diels. Vous avez une idée de l'heure à laquelle l'attentat devrait avoir lieu ?

– Peut-être à six heures, répondit Johanna, comme le concert à l'Alte Nationalgalerie…

– C'est impossible, décréta Diels. Les activités du Parlement sont suspendues jusqu'aux élections de dimanche, mais les députés peuvent travailler dans le bâtiment jusqu'à huit heures du soir. Les communistes se servent des bureaux comme base, depuis que leur parti n'a plus de siège.

– Alors c'est parfait, non ? demanda Mutti. S'ils sont déjà à l'intérieur et qu'il se passe quelque chose, il sera facile de leur attribuer la faute. »

Diels secoua la tête. « Jusqu'à huit heures, tout fonctionne : il y a les secrétaires, les gardiens, tous les employés… Que des témoins potentiels. Ça se passera forcément après. »

Mutti consulta sa montre. « On a donc une heure et demie pour les arrêter.

– Comment ? dit Sauer. Si on ne peut pas entrer…

– On n'a qu'à faire comme pour le musée, dit Johanna. On passe un coup de téléphone pour prévenir qu'un attentat est imminent. »

La bouche de Diels se tordit dans un sourire sardonique. « Vous imaginez combien de coups de téléphone dans ce genre on reçoit tous les jours ?

– Ils vérifieraient, quand même, non ?

– Ils ne trouveraient rien, et concluraient que c'était encore une fausse alerte.

– On ne peut pas en être sûrs.

– On ne peut pas prendre le risque non plus. »

Sauer opina. « Il a raison, dit-il. Si Heydrich est déjà à l'intérieur, il attendra caché jusqu'à ce qu'il soit sûr de pouvoir passer à l'action, il a dû tout prévoir.

– Donc on ne peut rien faire ? demanda Johanna, exaspérée.

– On ne peut rien faire *de l'extérieur*, répondit Diels.

– On ne peut pas entrer non plus, répliqua Mutti. À moins qu'avec ton grade ils ne te laissent passer par l'entrée principale ?

– Ça m'étonnerait.

– Mais si les SA te reconnaissent…

– Les SA et moi n'avons pas de très bons rapports, répondit Diels. Je pourrais demander à Nebe, mon adjoint, mais je crains qu'il ne soit impliqué dans ce complot. C'était lui qui était en charge de la fille à l'Alex. Si elle s'est fait enlever, c'est sans doute qu'il est complice.

– Alors on ne peut rien faire », répéta Johanna.

Une lueur diabolique traversa le regard de glace de Diels. « Le Parlement, on peut y entrer par la manière officielle. Ou par la manière officieuse. »

Sauer se souvint soudain de quelque chose que Sandor lui avait dit le soir où il était allé le voir dans son club, et l'espoir renaquit en lui.

Quand elle trouvait la solution à un problème retors, sa mère avait coutume de dire : « Voilà la lumière au fond du tunnel. »

Peut-être que, cette fois, la lumière serait le tunnel.

72

La manifestation communiste devait être terminée car, à leur retour dans Ebertstrasse, Sauer et les autres ne trouvèrent pas trace du cordon de police et de miliciens qui, une heure auparavant encore, barrait l'accès au Reichstag. L'ombre d'un instant, Sauer eut même l'illusion que l'entrée était de nouveau accessible, ce qui leur faciliterait grandement la tâche. Mais deux SA armés de matraques débouchèrent du coin du bâtiment, et leurs yeux attentifs, qui cherchaient à débusquer tout mouvement suspect alentour, lui indiquèrent qu'ils faisaient la ronde autour du palais.

Une nouvelle étrangeté. Une nouvelle confirmation.

Le palais présidentiel, qui abritait le bureau du président du Parlement, se dressait de l'autre côté d'Ebertstrasse, à quelques dizaines de mètres du Reichstag, mais l'entrée, elle, se trouvait dans une rue transversale, vingt mètres plus haut. Johanna tourna à droite et arrêta la voiture devant des bureaux qui faisaient face à la guérite des gardes présidentiels. Il était maintenant sept heures, et les deux hommes transis de froid qui avaient veillé toute la journée à la sécurité du président allaient bientôt être remplacés. Pour accéder au palais, Diels comptait à la fois sur son grade et sur leur fatigue. « Goering ne dort jamais ici, avait-il expliqué à ses compagnons pendant le trajet. Et aujourd'hui, ça nous arrange. S'il est impliqué dans l'attentat et qu'il m'a menti pendant tout ce temps, il ne me laissera pas entrer.

– Donc tu entres et tu nous ouvres une fenêtre, récapitula Mutti. Et puis ?

– Et puis je vous conduis au tunnel qui va au Reichstag. Avec un peu de chance, on prendra Heydrich par surprise.

– Et si le tunnel est gardé ? demanda Mutti.

– On forcera le passage, répondit l'autre sans ciller. Vous êtes tous armés ? »

Sauer et Johanna hochèrent la tête.

« Mmh, fit Mutti. Je n'aime pas trop ça. Tu dis que vous avez découvert l'existence de ce tunnel pendant une perquisition. Et si un de tes agents l'avait raconté aux nazis ?

– Si tu vas par là, Goering a de toute façon reçu un rapport officiel à ce sujet. Il sait parfaitement qu'un passage secret relie sa demeure au Parlement. Il est même probable qu'il l'ait déjà utilisé. C'est le genre de chose qui le rend heureux comme un gosse. »

Sauer repensa au passage secret qui, à Munich, reliait le bureau de Goering et un garage de la Braunes Haus, le quartier général du Parti. Il frissonna. *Des gosses en uniforme*, se dit-il, *qui jouent avec le destin des hommes comme si c'étaient des soldats de plomb.*

« Je n'aime pas trop ça, répéta Mutti. Mais je reconnais que je n'ai pas de meilleure idée.

– Tu es en manque de bière ? » fit Diels, sarcastique, avant de quitter la voiture.

« Quel homme charmant, fit Johanna d'un ton acide.

– C'est un malin, répondit Mutti. Et derrière sa façade, il est plus complexe qu'il n'en a l'air.

– Je ne comprends pas pourquoi il fait tout ça, dit-elle. S'opposer à Himmler, c'est son métier. Mais à Goering ? Je croyais que Diels était son protégé.

– Si ton protecteur commet un crime contre l'État, tu te retrouves dans de beaux draps toi aussi.

– Tu ne disais pas qu'il a peut-être des sympathies communistes ? demanda Sauer sans détacher ses yeux de Diels, qui discutait avec les deux gardes à une trentaine de mètres de la voiture.

– Peut-être, répondit Mutti. On m'a raconté qu'il a souvent collaboré avec eux. Ça changerait la donne, non ?

– Il revient », les prévint Johanna.

À l'expression de Diels, Sauer comprit que les nouvelles n'étaient pas bonnes.

« Fichu Goering ! s'exclama effectivement Diels en ouvrant brutalement la portière. Il a tout prévu.

– Il a donné l'ordre de ne laisser entrer personne ? »

Diels hocha la tête, l'air sombre. « Il est au ministère ce soir. Pour des questions de travail urgentes. Et personne ne peut accéder au palais parce qu'il a des hôtes de marque. Même pas le chef de la police politique.

– Hanfstaengl ! s'exclama Johanna, prise d'une illumination. Il nous l'a dit, tu te souviens ? dit-elle à Sauer. Goering devait l'héberger en attendant qu'il s'installe dans sa nouvelle maison. »

Sauer s'en souvenait, tout comme il se souvenait de l'implication de l'homme dans l'affaire des Innocentes.

« Hanfstaengl ? répéta Diels.

– Lui-même. »

Diels réfléchit un instant, puis marmonna : « Ils font ça comme il faut.

– Qu'est-ce que tu veux dire ? demanda Mutti.

– Hanfstaengl s'occupe des relations du Parti avec la presse, nationale et étrangère. À votre avis, c'est un hasard qu'il dorme dans le palais présidentiel à côté du Reichstag précisément aujourd'hui ? »

Personne ne répondit.

« On doit trouver un autre accès au Reichstag, conclut Diels. Sinon, demain, notre échec fera la une des journaux du monde entier. »

73

« Il pourrait y avoir d'autres tunnels ? demanda Johanna.

– Pas à ma connaissance, répondit Diels.

– Qui a cette information ? intervint Sauer. Les gardiens du Reichstag, peut-être ? »

Diels réfléchit. « Oui, peut-être. Quand on est entrés l'autre fois, un technicien nous a guidés. Heimann ou Heinemann, quelque chose comme ça.

– Comment on peut le contacter ? » demanda Mutti.

Diels fouilla dans ses souvenirs. « Je crois que c'est Scranowitz, qui supervise l'entretien du Reichstag, qui nous l'a envoyé.

– Appelle-le !

– Inutile, je sais où il habite, et c'est tout près. Ce sera plus rapide de passer directement chez lui. » Diels donna les indications à Johanna.

Une minute après, ils étaient devant l'immeuble où habitait Scranowitz, à deux pas de la Sprée, d'où l'on apercevait une partie du Reichstag.

« Qui est-ce ? demanda une voix méfiante de l'autre côté de la porte quand Diels sonna.

– Diels, police politique. Herr Scranowitz, c'est vous ? »

On entendit le bruit métallique d'une porte blindée qui s'ouvrait, puis un sexagénaire, aussi maigre qu'un mineur de la Ruhr, vêtu d'une robe de chambre rouge, apparut sur le seuil, l'air inquiet.

« Herr Diels. Que faites-vous ici à cette heure ? Il s'est passé quelque chose ? »

Pas encore, répondit mentalement Sauer.

« Pardonnez cette intrusion, Herr Scranowitz, mais nous avons besoin d'une information cruciale et hautement confidentielle. »

La phrase tapa dans le mille : il existe deux genres de personnes, celles qui ont peur des secrets et celles qui sont fières d'être mises dans la confidence. Par chance, Scranowitz appartenait à la seconde catégorie. « Entrez, je vous en prie. Nous serons plus à l'aise pour parler dans mon bureau. »

Superviser l'entretien du Reichstag devait être rentable, ou alors Scranowitz était issu d'une famille riche. Sa demeure, sur deux niveaux, était aménagée avec raffinement, avec des meubles d'antiquaires, et ses murs étaient décorés par des tableaux qui avaient tout l'air d'être des originaux. Sauer fut surtout frappé par une toile représentant une ville dévastée par un séisme et en proie aux flammes – Lisbonne, peut-être ? « Installez-vous, les invita le maître des lieux quand ils furent entrés dans un bureau tapissé de livres, où trônait une grande table.

– Nous avons peu de temps, dit Diels en restant debout, et nous ne voulons pas vous en faire perdre.

– Je serai ravi de vous aider.

– Merci. Nous avons une question sur le Reichstag.

– Je m'en doutais, sourit Scranowitz.

– Vous savez que, récemment, nous avons éventé un complot communiste qui prévoyait l'utilisation du tunnel entre le palais présidentiel et le Parlement.

– Absolument. Vous avez demandé à être accompagné par un de mes techniciens pour la visite des lieux.

– Exact. Quel est son nom, déjà ?

– Kurt Heimann.

– Est-ce que Herr Heimann connaît bien les souterrains du bâtiment ?

– Mieux que quiconque.

– Alors nous devons lui parler. Rapidement.

– Je crains que ce ne soit impossible, j'en suis désolé, dit Scranowitz. Kurt s'est marié la semaine dernière, et il est actuellement en voyage de noces en Pologne. »

Cette nouvelle accabla Sauer. « Et il n'y a pas moyen de le contacter ? »

Scranowitz se tourna vers lui : « Je crains que non. Mais je peux peut-être vous aider, moi. Kurt s'occupe de l'entretien sous le niveau de la chaussée, mais il me rapporte tout, et j'ai moi-même travaillé pendant un temps dans les conduits et les fondations. De quelle information avez-vous besoin, précisément ? »

Diels prit ses précautions : « Vous comprenez bien que je vous adresse là une demande officielle.

– Je comprends, répondit l'autre, se raidissant.

– Et que personne, en aucune circonstance, ne devra savoir que nous vous avons rendu visite ce soir. Il en va de la sécurité nationale.

– Bien entendu, répondit l'autre, la voix rendue aiguë par l'émotion.

– Bien. Il est sur le point de se passer un événement inouï, que nous voulons empêcher, mais personne ne devra savoir que cette conversation a eu lieu, quel que soit le cours que prendront les événements. »

Scranowitz se contenta de hocher la tête avec ferveur.

« Les communistes sont sur le point de frapper encore, déclara le chef de la police politique. Nous avons de bonnes raisons de croire que leur attaque est imminente et qu'ils se serviront d'un tunnel, comme dans le projet que nous avons déjoué l'an dernier. Nous devons savoir combien il y en a et d'où ils partent. »

Scranowitz hocha de nouveau la tête, fier de connaître la réponse.

« Il y a un seul tunnel, affirma-t-il, solennel. Celui que vous connaissez déjà. »

C'était la pire réponse qu'il pouvait leur donner et, même s'il s'était préparé à cette éventualité, Sauer se sentit écrasé par la déception et le découragement.

« On ne peut donc accéder au Parlement que par le palais présidentiel, dit Diels. Il n'y a pas d'autres passages secrets.

– Pas selon les cartes, répondit Scranowitz. Si vous voulez, je peux vous les montrer.

– Et nous conduire à l'intérieur du Reichstag ? » demanda Mutti.

L'homme ne s'attendait pas à cette question. « Moi ?

– Oui. Vous avez sans doute le droit d'entrer à n'importe quelle heure.

– Pas vraiment. Le Parlement est le bâtiment le plus sécurisé de toute l'Allemagne. Il y a des protocoles rigoureux, auxquels on ne peut déroger qu'en cas de force majeure.

– C'en est un. »

Scranowitz soupira. « Si vous n'avez pas une demande signée de la main de Herr Goering, je ne peux rien faire. Mais ce que vous avez dit n'est pas tout à fait exact, précisa-t-il en se tournant vers Diels.

– Quoi donc ?

– Le tunnel. Il conduit au Parlement, mais il y a deux accès externes, et non un seul. Celui sous le palais présidentiel, et un autre, dans le local des chaudières. Regardez », dit Scranowitz en s'emparant d'un dossier sur une étagère derrière le bureau. Il déplia une carte sous les yeux impatients de son assistance. « Voilà le Reichstag, et là c'est le palais présidentiel. Ici, derrière le palais, il y a le local des chaudières. Comme vous pouvez le voir, le tunnel relie ces trois endroits. »

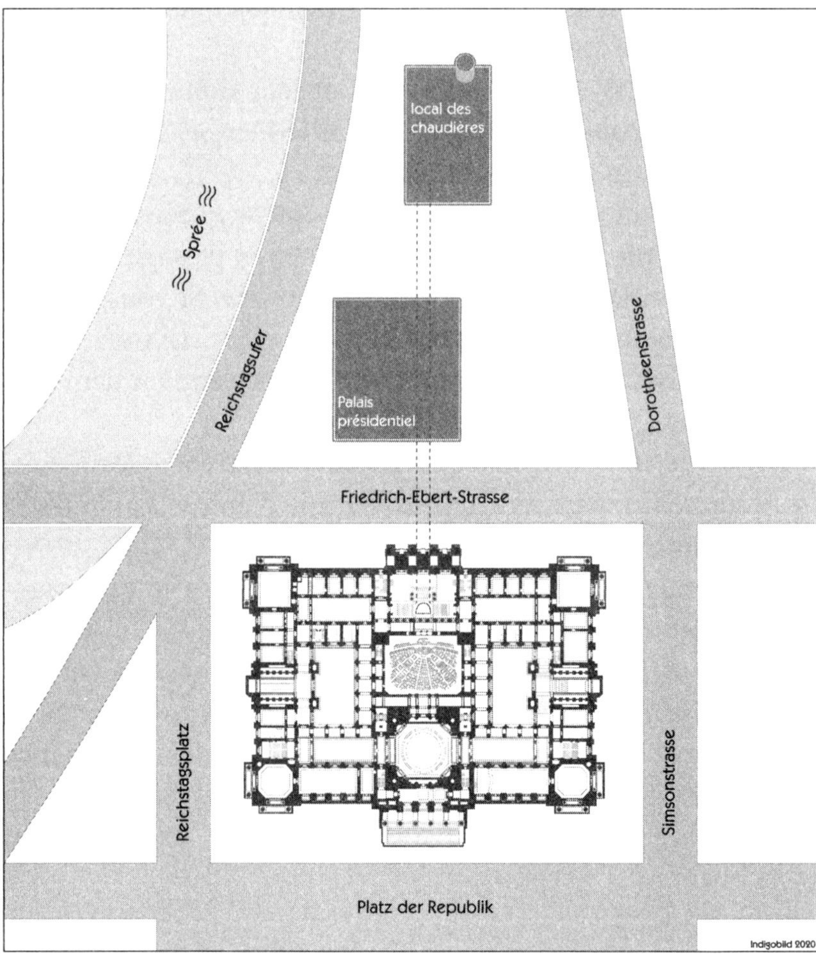

Cinq minutes après, Diels, Mutti, Johanna et Sauer fonçaient en voiture à l'adresse que Scranowitz leur avait fournie, avec un jeu de clés pour accéder aux chaudières. Cependant, ils surent au premier coup d'œil qu'elles leur seraient inutiles.

Devant la porte en acier du local – un petit bâtiment équipé d'une cheminée et entouré d'arbres et de buissons –, deux SS en uniforme montaient la garde. Les têtes de mort luisaient sinistrement sur leur casquette, et ils tenaient leur pistolet à la main, comme s'ils attendaient quelqu'un.

74

Cachés dans les buissons, ils étudièrent la situation. Diels était déjà prêt à ouvrir le feu sur les deux SS pour dégager la voie quand Johanna prit l'initiative. « Arrache ma manche », dit-elle en tendant un bras à Mutti.

Celui-ci comprit en un clin d'œil. « Comme à Wannsee ? »

Elle hocha la tête.

« Dommage pour ta veste.

– Elle est vieille. De toute façon, j'avais prévu d'en racheter une. »

Mutti tira si fort qu'il déchira presque toute la manche, et Johanna fit sauter deux boutons de son chemisier. Puis elle ébouriffa ses cheveux et étala son rimmel autour de ses yeux, comme si elle avait pleuré. « Compte jusqu'à trois et suis-moi », dit-elle. Après quoi, elle sortit en courant des buissons, allant droit vers les SS.

« À l'aide ! cria-t-elle. Au secours ! »

« Un », dit Mutti.

« Je vous en prie ! » hurla Johanna en se retournant pour voir si elle était suivie.

« Deux. »

Johanna se tourna à nouveau vers les SS, qui la regardaient, perplexes.

« Il me suit ! » cria Johanna, maintenant à quelques mètres d'eux.

« Trois », dit Mutti, et il sortit des fourrés à son tour, aux trousses de Johanna.

En le voyant, les SS braquèrent leur arme sur lui. « Hé ! cria l'un des deux. Qu'est-ce qu'il se passe ? »

Une seconde après, Johanna attrapait le bras d'un des SS d'une main tremblante. « Aidez-moi, dit-elle en larmes. Il m'a agressée. »

Mutti continuait d'avancer. De là, Sauer ne pouvait pas voir son visage, mais il imaginait parfaitement l'expression sadique que son ami, ce comédien-né, devait afficher.

« À l'aide », gémit Johanna, serrant plus fort le bras du SS.

« Plus un geste ! » cria l'autre en braquant son pistolet.

Qu'est-ce que tu attends ? dit une voix dans la tête de Sauer.

À côté de lui, Diels retira la sécurité de son pistolet, prêt à entrer en action, mais ce fut inutile.

Mutti fit un pas de plus, le SS mit son doigt sur la gâchette, puis un bruit sourd, suivi d'un autre semblable, et les deux hommes en uniforme s'écroulèrent par terre.

« Tu aurais pu te presser un peu plus ! reprocha Mutti à Johanna, l'air secoué.

– Ne me dis pas que tu as eu peur, fit cette dernière en rengainant son arme, avec laquelle elle avait frappé les SS à la nuque.

– De ceux-là, il y en a des milliers, fit Mutti. Des Mutti, il n'y en a qu'un. »

Sauer et Diels les rejoignirent au pas de course. « Qu'est-ce qu'on fait d'eux ? demanda Sauer.

– Il faut qu'on s'en débarrasse », dit Diels avec son calme coutumier. Accroupi à côté des deux hommes, il sortit son petit marteau et fit basculer du pouce l'extrémité du manche métallique, révélant une lame. « On ne peut pas prendre le risque qu'ils nous suivent ou donnent l'alarme, dit-il en tranchant leur jugulaire avec des gestes rapides et précis. C'est une guerre », conclut-il comme pour se justifier. Puis il se releva et alla ouvrir la porte du local aux chaudières.

Avant d'entrer, il se tourna vers les autres, et un rayon de lune jeta une lumière froide sur ses cicatrices. « On y va ? » demanda-t-il comme un Virgile maudit à la porte de l'Enfer. Puis il se pencha pour s'emparer d'un des corps qu'il traîna avec lui dans l'obscurité.

75

L'entrée du tunnel était une trappe dans le local, lequel consistait en un cube nu occupé par quatre énormes chaudières allumées. La seule source de lumière provenait des flammes qui dansaient derrière les portes en fonte, projetant sur les murs un carrousel de lueurs inquiètes, orange et rouges, comme une lanterne magique habitée par des esprits incendiaires.

Diels s'engagea le premier dans l'escalier, suivi par Mutti et Johanna. Sauer mit quelques secondes à les rejoindre, car il avait aperçu un téléphone à demi caché par les sacs de charbon. « Mutti ! appela-t-il.

– Quoi ? demanda celui-ci en faisant demi-tour.

– Donne-moi le numéro de Potsdamer Platz, demanda Sauer en lui indiquant le téléphone.

– Tu veux commander le dîner ?

– Je veux appeler des renforts. »

Mutti le regarda comme s'il avait perdu la tête.

« Sandor et Bernie, expliqua Sauer. On va avoir besoin d'aide.

– Mmh », fit Mutti. Il haussa les épaules et donna à Sauer le numéro de son bureau.

« Allô, Bernie ?

– Siggi.

– Bernie, on entre dans le Reichstag. Tout est confirmé, il faut que vous nous rejoigniez.

– D'accord, mais par où on passe ? »

Sauer le lui expliqua et lui demanda de se dépêcher. « On n'a pas le temps de vous attendre. Soyez prudents et venez armés. »

Il raccrocha, vérifia que la porte du local était entrouverte, puis s'engouffra à son tour dans le tunnel.

Celui-ci était étroit, et si bas que Sauer devait rester courbé. Mais il était bien éclairé et, apparemment, sain. Le carrelage clair du sol démultipliait la lumière des ampoules accrochées au plafond. Sur les murs couraient deux tuyaux enveloppés dans un matériau spongieux sombre. Sauer en toucha un : il était brûlant. *L'eau qui sort des chaudières*, se dit-il.

« Siggi ! l'interpella Mutti, vingt mètres devant lui. Dépêche ! »

Dépêche, s'exhorta Sauer, qui n'avait jamais avoué à son ami sa répugnance pour les espaces exigus. Il n'aimait pas l'idée de se trouver sous terre, et encore moins celle d'avancer vers le palais présidentiel et le Reichstag, où Heydrich et ses sbires l'attendaient. Mais Rosa était là-bas aussi, ainsi que ce pauvre Hollandais, Marinus. Ils étaient plus à plaindre que lui.

Dépêche, se répéta-t-il, et il accéléra le pas. Le tunnel était nu, à l'exception d'un tableau électrique et d'un extincteur. Mutti, qui le devançait, s'arrêta brusquement. L'espace s'élargissait. Un escalier en colimaçon montait sur une vingtaine de mètres.

« L'accès au palais présidentiel, dit Diels. On est passés par là, l'autre fois. »

Ces mots éveillèrent les soupçons de Sauer. *Et tu ne te souvenais pas que le tunnel partait dans deux directions ?*

« Continuons », dit Diels, et il reprit son avancée dans le tunnel qui ne cessait de s'élargir.

Au bout de deux cents mètres supplémentaires, ils se retrouvèrent devant une porte en acier où était fixé un panneau menaçant : ATTENTION ! ACCÈS RÉSERVÉ. GARDES ARMÉS. INTERDICTION D'ENTRER !

« Zut, dit Mutti. On ferait peut-être mieux de rebrousser chemin.

– Forster, tu n'arrêtes donc jamais de faire le bouffon ? fit Diels en posant la main sur la poignée.

– Je ne vois pas pourquoi je devrais. Certains sont devenus chanceliers en agissant comme ça. »

Diels ignora sa réplique et leva la main pour attirer l'attention de ses trois compagnons, puis il dégaina son arme, aussitôt imité par les autres. Il baissa tout doucement la poignée et tira la porte vers lui. Il passa prudemment la tête de l'autre côté : « Il n'y a personne », chuchota-t-il.

Mutti hocha la tête et s'engagea le premier, suivi de Johanna puis de Sauer. Diels entra le dernier, laissant ouvert derrière lui.

Ils parcoururent quelques mètres dans la pénombre, dans une sorte de couloir qui montait, puis passèrent un rideau et pénétrèrent dans une grande pièce de dix mètres sur dix avec un plafond voûté et des dizaines de lustres suspendus au-dessus d'autant de tables. Le seul qui était allumé suffisait pour mettre en évidence que l'endroit était désert.

« Où sommes-nous ? demanda Mutti.

– Dans la salle des sténographes », je crois, répondit Diels en regardant autour de lui. La plupart des tables étaient encombrées de dossiers et d'encriers. « Elle est au rez-de-chaussée, juste en dessous du Parlement.

– On est dans le Reichstag, alors, dit Johanna d'une voix un peu émue.

– Oui. Et il devrait y avoir un accès direct à la salle des séances », dit Diels. Il continua de scruter la pièce jusqu'à ce qu'il trouve une porte en bois à double battant dans le coin gauche. « Par ici. »

Une déception les attendait : la porte était fermée.

« Espérons qu'il y a d'autres sorties, dit Sauer. Par là, peut-être ? » fit-il en indiquant le côté opposé de la pièce.

Effectivement, cette porte était ouverte. De l'autre côté, ils montèrent quelques marches, franchirent une autre porte pour se retrouver dans une sorte de hall, où une plaque en laiton indiquait deux directions : à droite, le premier étage, à gauche, l'entrée principale.

« Où peuvent-ils être ? dit Mutti.

– Va savoir, répondit Diels. Le Reichstag est immense.

– Séparons-nous, proposa Johanna. Deux à gauche, deux à droite.

– Non, dit Sauer. S'ils ont laissé deux SS en faction, il se peut qu'il y en ait d'autres à l'intérieur. Mieux vaut rester groupés.

– Alors prenons une direction au hasard, dit Mutti.

– Gauche ?

– Gauche. »

Une dizaine de mètres plus loin, le couloir sombre qu'ils parcouraient se poursuivait le long de grandes fenêtres, qui donnaient sur une cour intérieure éclairée par la lune. « Le bureau de Goering est là-haut, dit Mutti en indiquant une fenêtre en face. Dernier étage, deuxième et troisième fenêtres. »

Sauer regarda à son tour : les lumières étaient éteintes. « Tu penses qu'ils y mettraient le feu ? »

Mutti n'eut pas le temps de répondre, car au coin du couloir, tout près d'eux, un bruit soudain se fit entendre.

Ils s'immobilisèrent, les sens aux aguets, retenant leur souffle.

« Mais quel imbécile ! s'exclama une voix masculine.

– Alors que toi qui es un génie…, répliqua un autre homme d'un ton vexé.

– Chut ! » les fit taire quelqu'un.

Puis un bruit de pas, deux, trois, peut-être quatre autres personnes.

« Qu'est-ce qu'il se passe ici ? Ramassez tout ! ordonna une voix sèche, habituée à donner des ordres. Vous avez une demi-heure pour vous occuper de cet étage et des tours. Vous n'avez pas intérêt à me décevoir.

– Oui, chef !

– Oui, chef ! »

En entendant cette voix, le cœur de Sauer se mit à battre à tout rompre, assenant comme des coups de maillet profonds et douloureux dans sa poitrine et ses oreilles.

Dans la pénombre du couloir, il chercha le regard de Mutti, qui était posé sur lui.

Tu l'as reconnu ?

Je l'ai reconnu.

C'est lui. Il est ici.

Mutti acquiesça, l'air sombre.

Heydrich.

76

Ils étaient là pour l'arrêter et ils n'avaient pas l'intention de perdre de temps. Quatre ennemis comme vingt pouvaient se cacher derrière le coin du couloir, mais Sauer et ses camarades avaient l'avantage de la surprise. Un regard échangé suffit pour que Sauer se place en tête, pistolet braqué, et s'avance.

« Quelle heure est-il ? entendit-il Heydrich demander.

– Huit heures trente et une, lui répondit-on.

– Parfait. Nous sommes dans les temps. »

Sauer s'élança en avant, tâchant de repérer immédiatement la position de son ennemi. « Pas un geste ! » cria-t-il. Quelques mètres plus loin, Heydrich s'était tourné vers lui. « Jetez vos armes. »

Le sbire de Himmler et les trois SS qui l'accompagnaient plantés au milieu d'un couloir. À leur gauche, un mur couvert de bois luisant, où s'ouvraient une dizaine de portes. À droite, une sorte de salle d'attente, avec des canapés et des fauteuils style Empire alignés contre les murs.

« Tiens tiens, qui voilà ? » dit Heydrich sans paraître le moins du monde surpris.

Mutti rejoignit Sauer : « Jetez vos armes, les mains en l'air ! » cria-t-il comme à l'époque où ils faisaient équipe à Munich.

Cependant, son ordre ne fut pas suivi d'effet.

« Vous, vous feriez mieux de baisser vos armes, rétorqua Heydrich avec un sourire moqueur. À moins que vous ne vouliez tout faire sauter ? »

C'est alors que Sauer remarqua l'odeur, légère mais pénétrante, qui flottait dans la pièce. Et c'est alors également qu'il distingua ce que Heydrich et ses hommes tenaient à la main. Non pas des armes, mais des bidons.

« Il y a du phosphore sur tous les murs et sur tous les rideaux. Et nous avons dans nos bidons assez de kérosène pour faire décoller un avion. Si vous tirez, *boum* ! On y passera tous », expliqua Heydrich.

Diels et Johanna, qui avaient dû faire le tour, apparurent dans son dos.

« Posez les bidons ! ordonna Mutti pour gagner du temps.

– Tu sais, je ne croyais pas qu'on se reverrait un jour, dit Heydrich à Sauer, sur le ton badin de la conversation. J'imagine que tu ne vas pas me croire, mais je suis bien content de te recroiser. D'abord Rosa, puis toi, comme la dernière fois. »

Sauer bouillait de rage et devait fournir un effort immense pour se retenir d'appuyer sur la gâchette et de faire exploser ce rictus satisfait. Sa ressemblance physique avec Heydrich, leur statut de presque sosies, rendait la chose encore plus désirable.

« Posez ces bidons et rendez-vous, dit-il à son tour, tandis que Diels et Johanna approchaient à pas de loup.

– Vous, rendez-vous ! » rétorqua un des SS, avant d'ouvrir son bidon et de répandre du kérosène autour de lui dans un geste méprisant. Il n'avait visiblement pas anticipé que, quelques secondes après, il serait par terre, assommé par le coup de crosse que venait de lui assener Johanna. Diels voulut faire de même avec l'autre SS, mais il ne fut pas assez prompt. L'homme lui sauta dessus et le fit rouler au sol.

Alertés par le tapage, deux autres SS arrivèrent au pas de course d'un couloir latéral, et se jetèrent contre Sauer et Mutti. Johanna, elle, était aux prises avec le troisième SS, qui l'avait désarmée.

À quelques mètres, Diels essayait d'échapper aux assauts de son adversaire, qui voulait le frapper avec un bidon de kérosène. Le premier coup s'abattit violemment à l'endroit où la tête de Diels se trouvait encore un instant auparavant. Le second coup, porté au niveau de son menton, ne fit que l'effleurer, mais il déstabilisa son assaillant, qui lâcha le bidon. Celui-ci alla s'écraser contre une des portes, et une rigole de kérosène se répandit sur un tapis.

Entre-temps, Sauer s'était libéré du SS qui l'attaquait en lui décochant un coup de coude au visage et avait accouru au secours de Mutti, en difficulté face à son adversaire, plus jeune et plus dynamique que lui. « Ne t'occupe pas de moi ! grogna Mutti. Trouve Rosa ! »

Sauer eut une seconde d'hésitation, laquelle suffit pour que Heydrich l'envoie valser contre un mur d'un coup d'épaule. Malgré la violence de l'impact, Sauer réussit de justesse à esquiver la lame d'acier qui allait s'abattre sur lui. Une série d'esquilles vola de la boiserie derrière lui.

Une épée ! Où a-t-il trouvé une épée ?

La réponse se trouvait au-dessus d'un des canapés, où une collection d'armes blanches était exposée sur une étagère. Une des deux épées croisées au-dessus de l'étagère en question avait disparu.

Sauer eut à peine le temps d'aller au bout de sa réflexion. Heydrich, penché au-dessus de lui, tenta de lui porter un second coup, manqué de peu cette fois encore. Personne ne pouvait l'aider. Conscient de sa situation désespérée, Sauer se traîna à reculons par terre, et finit par se retrouver adossé à un mur.

« Je termine toujours ce que je commence », fit Heydrich en le rejoignant. Puis il brandit son épée et l'abattit de toutes ses forces sur lui.

77

Comme Sauer avait fermé les yeux, il entendit seulement le bruit d'une collision à quelques centimètres de son visage, suivi d'un gémissement et d'un son de chute.

« Siggi ! Ça va ? » demanda une voix familière tandis qu'il se sentait soulevé par les aisselles.

Alors il ouvrit les yeux et découvrit Bernie, qui le regardait, soucieux.

« Il t'a touché ? »

Sauer secoua la tête, puis chercha Heydrich des yeux. Il était par terre, engagé dans un corps à corps avec Sandor. Le Hongrois, qui l'avait sauvé en se jetant sur l'Ennemi, était maintenant en position de faiblesse.

« Bernie », alerta Sauer avec un filet de voix. Son ami se retourna et vit la scène. Il lâcha Sauer pour se précipiter vers les deux hommes au moment même où Heydrich réussissait à repousser brutalement Sandor, qui atterrit sur Bernie. Déséquilibrés, ils roulèrent au sol. L'Ennemi profita de ce laps de temps pour récupérer son épée.

« Vous êtes qui, vous ? rugit-il en se préparant à l'attaque.

– Des amis à moi », rétorqua un homme derrière lui.

Heydrich se tourna, et une expression de stupeur s'afficha sur son visage. Debout derrière lui, la deuxième épée serrée dans son poing, Diels haletait, hagard et furieux, une mèche de cheveux collée sur le front.

« Toi, souffla seulement Heydrich d'une voix rageuse.

– Moi », répondit Diels, sur un ton où le mépris se mêlait à la satisfaction.

Ils se mirent en position de duel.

« Enfin, dit Heydrich. J'ai longtemps attendu ce moment.

– Je n'ai jamais compris ces gens qui sont si pressés de mourir, rétorqua Diels. En garde ! »

Sauer voulut s'approcher d'eux, mais une fois encore Mutti lui lança la même injonction : « Trouve Rosa !

– On s'occupe d'eux », dit Sandor, en désignant les nazis.

Alors, Sauer s'élança dans le couloir sombre d'où ils étaient arrivés. Il dépassa la plaque qui indiquait le premier étage et, une dizaine de mètres après, il trouva une porte ouverte. Derrière la porte, un escalier montait. Il le gravit quatre à quatre et déboucha sur un palier où, sur trois portes, une seule était ouverte. Elle donnait sur une longue pièce, éclairée par des suspensions en forme de globe. Il y avait contre les murs une vingtaine de fauteuils et de petits canapés, chacun accompagné d'une petite table où reposaient des piles de journaux et des cendriers.

Il traversa la pièce à grands pas, et se retrouva dans un autre couloir sombre qui donnait sur une cour intérieure. En s'approchant d'une fenêtre, Sauer vit que les lumières d'en face étaient allumées : c'était là qu'il devait se rendre.

Au bout du couloir, il entra dans un grand espace au plancher précieux et au plafond haut. C'était peut-être une salle de réception. Du coin de l'œil il aperçut une bibliothèque par les portes ouvertes sur sa droite.

Quant à la grande salle suivante, il l'avait déjà vue. D'ailleurs, qui en Allemagne ne l'avait jamais vue ? La Wandelhalle était un des lieux emblématiques de la république de Weimar, témoin d'innombrables événements historiques, dont la naissance même de la République quatorze ans auparavant. Se retrouver à cet endroit précis en ce moment de péril suscita une étrange inquiétude chez Sauer, démultipliée par l'écho de ses pas. *Un intrus*, disait l'écho. *Un imposteur.*

Il devait trouver Rosa et Marinus, et le temps était compté. Alors il traversa d'un pas plus assuré cette vaste caverne toute de marbre, et aperçut une pièce occupée par des tables dressées, probablement le restaurant du Reichstag. Il allait poursuivre son chemin lorsque quelque chose l'interpella : l'air était saturé de cette odeur douceâtre qu'il avait sentie chez Wertheim le matin même, quand il avait ouvert le pot de peinture.

Du phosphore.

Galvanisé par cette confirmation, Sauer passa le restaurant, traversa le salon à grandes enjambées, et franchit la porte du fond. Elle donnait sur un troisième couloir au-dessus de la cour. Il le traversa au pas de course, guettant le moindre bruit, fouillant l'espace des yeux à la recherche de signes du passage de Rosa. La pièce suivante, annoncée par une plaque indiquant SALLE BISMARCK, longue et étroite, était remplie de bureaux, certains couverts de livres, d'autres vides. L'odeur de phosphore persistait.

Heydrich avait dit quelque chose à propos des tours. Était-ce là qu'il lui fallait chercher Rosa ?

Au fond de l'énième couloir, il vit une porte entrouverte, sur la gauche. Quand Sauer la poussa, il fut aveuglé par une lumière intense, et frappé par l'odeur, si forte et si âcre que ses yeux se mirent à larmoyer.

Au pied des rideaux cramoisis, le sol était couvert d'un long tapis rouge. Quand Sauer y posa le pied, il sentit qu'il était imbibé de liquide, sans doute identique à celui qui gouttait des glands dorés des embrasses.

Du kérosène.

Puis il entendit le bruit, un peu plus loin sur sa droite. Se courbant par réflexe, la main sur son arme bien que l'environnement imprégné de liquide inflammable lui interdise de tirer, Sauer avança jusqu'à une porte en bois luisant. Il tira un battant d'un geste brusque et entra.

Dans l'hémicycle du Parlement, toutes les lumières étaient allumées. Instinctivement, il leva les yeux – ce fut là sa première erreur – vers la splendide coupole en verre et fer forgé qui tenait la nuit à distance. Il savait qu'au milieu, invisible depuis l'endroit où il se trouvait, se dressait la lanterne de pierre qui était l'emblème de la République.

Puis il baissa les yeux, et vit deux corps au pied de la table réservée au président. « Rosa ! » s'écria-t-il sans réfléchir, et il bondit dans sa direction – sa seconde erreur.

Il ne remarqua pas l'homme caché dans l'hémicycle avant de l'avoir dépassé, ce fut comme un flash, un signal incongru dans le coin de son champ de vision. Il sentit seulement un coup puissant dans ses côtes quand un objet contondant les frappa. Il se plia en deux sous le choc et perdit l'équilibre. Égaré et endolori, il s'effondra contre un pupitre et sa tête cogna contre un angle.

La vue embrumée, les oreilles bourdonnantes, il sentit un liquide chaud couler le long de son front et de son nez.

Une ombre se pencha au-dessus de lui. Un visage familier, souriant.

« À l'aide », grogna Sauer, qui y voyait flou.

Le sourire de l'homme s'élargit.

« À l'aide. »

L'homme secoua la tête, et approcha un chiffon des yeux de Sauer. Et, tenu dans son autre main, un objet plus petit, brillant.

Un briquet.

L'homme acquiesça, comme pour confirmer la pensée de Sauer, qui finit par l'identifier dans le brouillard.

« Veitchen. »

Le briquet produisit une petite flamme qui, approchée du chiffon, l'incendia instantanément.

« Il fait frisquet, hein ? dit Veitchen. On va un peu réchauffer l'atmosphère. »

Puis il recula d'un pas et assena un coup de pied à la tête de Sauer, qui perdit aussitôt connaissance.

78

Te souviens-tu de notre fuite de Munich ? Te souviens-tu de la première chose que tu m'as dite quand tu t'es réveillée à Vienne ?

Oui, bien sûr. Bien sûr que je me souviens.

Tu avais dormi pendant deux jours. La drogue que Heydrich t'avait administrée était puissante. Je finissais par craindre que tu ne t'en remettes jamais. Mais le troisième jour tu as ouvert les yeux et tu m'as regardé.

Oui.

Et tu m'as dit que tu m'aimais.

Et tu m'as répondu la même chose.

Oui.

Tu seras toujours là pour moi, n'est-ce pas, Siegfried ? Quoi qu'il arrive.

Je serai toujours là, Rosa. Quoi qu'il arrive.

79

Il ouvrit brusquement les yeux. De la fumée flottait tout autour de lui. Il s'assit en toussant – douleur, douleur atroce – et se toucha la tête. Il saignait. Son front était moite. Ses tempes palpitaient, prêtes à exploser. Mais il était vivant.

Rosa, se dit-il. *La table.*

Il se tourna péniblement et s'agenouilla avec précaution. Il avait comme des éclats de verre plantés dans les nerfs, tout son corps le faisait souffrir, mais il parvint à se redresser en s'appuyant sur un pupitre en bois.

La nausée tourbillonnait dans sa poitrine. Il ne voyait plus que d'un œil. Mais il était vivant.

« Rosa ! » Il se dirigea vers là où il l'avait vue, et enregistra confusément la présence des flammes autour de lui : sur le bureau du président, sur les rideaux derrière lui, sur au moins deux rangées de l'hémicycle.

La salle des séances est en feu.

La fumée le faisait tousser, et il avait dû se casser quelque chose, car une douleur lancinante remontait sa jambe à chaque pulsation.

Où est Veitchen ?

Faisant appel à toutes ses forces, il se traîna jusqu'à deux mètres de la table. Et il les vit.

Rosa et Marinus, étendus par terre côte à côte.

Il s'agenouilla et tendit une main tremblante vers elle.

« Rosa ! » Il tâtonna à la recherche de sa jugulaire.

Elle était vivante. L'espoir ruissela en lui comme de l'eau fraîche.

« Rosa ! » Il la secoua doucement.

Elle ne répondit pas, ne réagit pas. Mais elle était vivante.

Sauer se consacra à l'autre corps. Le jeune homme semblait dormir du sommeil paisible de l'enfance. Était-il mort, lui ?

Non. Le cœur de Marinus battait encore, lui aussi.

« Réveille-toi ! » lui cria Sauer, la gorge enrouée par la fumée.

Il lui administra une gifle, puis une autre.

« Réveille-toi, bon sang ! » répéta-t-il en le secouant comme un pantin.

Marinus s'agita.

D'abord une grimace, puis il se mit à tousser convulsivement.

« Allez ! » cria Sauer.

Le jeune homme ouvrit les yeux.

« On doit partir d'ici », lui dit Sauer. Mais Marinus eut encore besoin de quelques instants. Son regard balaya l'hémicycle, où les flammes remontaient rangée après rangée, rideau par rideau. Le plafond en verre était masqué par une couche noirâtre. « On n'a pas beaucoup de temps. Aide-moi ! »

Marinus hocha légèrement la tête et se saisit de la main que Sauer lui tendait.

« Tu es blessé ? lui demanda Sauer.

– Ce n'est rien. Comment va Rosa ?

– Elle respire, mais elle ne se réveille pas. Il faut qu'on l'emmène dehors. Je ne vais pas y arriver seul. »

Un grincement sinistre se fit entendre au-dessus de leurs têtes. La chaleur ne cessait d'augmenter.

« Vite ! dit Sauer.

– Alors on laisse tout brûler ? demanda Marinus.

– On sort Rosa d'ici, puis on appelle les secours. »

La jeune fille ne pesait pas bien lourd, mais, diminués par leurs blessures, Sauer et Marinus peinèrent à la transporter jusqu'au couloir, dans cette chaleur de plus en plus vive, cette fumée de plus en plus épaisse.

Dès qu'ils eurent franchi la porte et l'eurent refermée derrière eux, la température baissa sur-le-champ, et Rosa ouvrit enfin les yeux.

« Rosa », l'appela Sauer. Elle cligna des paupières et le regarda.

« Siegfried ? »

Sauer se sentit submergé par l'émotion, mais l'heure n'était pas aux sentiments. Le salut était encore loin.

Ils la déposèrent sur un canapé du couloir.

« Tu es capable de te lever ? De marcher ? »

Rosa mit quelques secondes à répondre. « Je crois que oui. » Sa voix semblait fragile, comme fêlée.

« Allons, essaie », dit Sauer, l'aidant à se redresser.

Une rumeur sourde provint de la salle des séances.

« Le plafond, dit Marinus. Il commence à céder. »

Rosa vacillait légèrement, mais elle tenait sur ses jambes.

« Partons, dit Sauer. Les nazis sont peut-être encore dans le bâtiment.

– Partez, vous, moi je reste ici, dit Marinus.

– Quoi ?

– Je vais essayer d'éteindre l'incendie », répondit Marinus en indiquant un rideau sur le côté de la porte.

Sauer vit qu'il cachait une bouteille métallique peinte en orange. Un extincteur. « C'est trop tard, dit-il. On va appeler les pompiers.

– Je peux au moins ralentir l'avancée des flammes. Cherchez un téléphone et donnez l'alarme. Je vous rejoindrai, insista Marinus. Je sais ce que je fais.

– C'est une folie ! Le plafond va tomber d'un instant à l'autre, la fumée va t'intoxiquer.

– Je sais ce que je fais, répéta le jeune homme en s'emparant de l'extincteur.

– Et si les pompiers te trouvent ici ? demanda Rosa. Qu'est-ce que tu leur diras ? »

Un grand sourire éclaira le visage de Marinus.

« Vous ne comprenez pas ce qui se passe. Si le Reichstag brûle, l'Allemagne brûlera aussi. Si on ne l'empêche pas, les communistes seront accusés, et Hitler n'attend que ça.

– Alors, ils ont déjà gagné, rétorqua Sauer. Ça ne sert à rien que tu risques ta vie.

– Je peux essayer de ralentir la progression de l'incendie et de vous faire gagner du temps. Et si je n'y arrive pas, je pourrai toujours endosser la responsabilité. Seul. Pas le parti communiste, mais un homme isolé », dit le jeune homme avec une candeur désarmante. Puis, sans attendre la réaction de Sauer et Rosa, il ouvrit la porte de la salle des séances et s'élança dans l'enfer.

80

« Non ! s'écria Rosa. Il faut qu'on l'arrête, dit-elle, implorante.

– On ne peut pas, répondit Sauer, à regret. Personne ne sait que la salle des séances brûle. On doit chercher de l'aide. C'est sa seule chance de s'en sortir. »

Aussi vite que leur condition le leur permettait, ils descendirent l'escalier qui conduisait à la Wandelhalle et poursuivirent vers le restaurant. Ensuite, Sauer décida de prendre l'escalier de service pour rejoindre Mutti et les autres, espérant les retrouver au rez-de-chaussée.

Une scène particulièrement confuse les attendait : le duel entre Diels et Heydrich avait repris, tandis que Mutti, Bernie, Sandor et les autres SS étaient toujours en train de se battre. Johanna et Veitchen n'étaient pas là, ce qui alerta Sauer, mais il n'eut pas le temps d'y penser plus longtemps. Son arrivée avait provoqué un changement instantané des équilibres : en le voyant, Mutti eut un élan d'enthousiasme qui se traduisit par un formidable crochet décoché à la mâchoire de son adversaire. Le SS s'effondra, bientôt suivi par son collègue qui se battait avec Sandor.

Il restait deux SS et Heydrich, qui essayait de donner l'estocade finale. Mais Diels était particulièrement habile, et rendait coup pour coup. « Rends-toi, dit-il quand il vit que son équipe avait pris le dessus. Vous avez perdu.

– Perdu ? répondit Heydrich. Nous avons gagné avant même de commencer. Grâce à vous. »

Comme pour souligner ces mots, un bruit de verre cassé résonna derrière Diels. Sa distraction ne dura qu'une seconde, mais elle suffit à Heydrich pour tenter d'atteindre son visage. Diels recula vivement, et le coup qui aurait pu l'éborgner lui entama modestement la joue. Cependant, la douleur et la surprise lui firent lâcher son épée. Heydrich se lança épaule en avant sur lui, et le fit à nouveau tomber.

Il aurait eu tout le loisir de l'achever – Diels était à terre, désarmé –, mais il avait une autre idée en tête. Il se dirigea vers Sauer, qui soutenait Rosa. « Avance, lui dit-il. Ramasse l'épée et bats-toi contre moi.

– Tu es fou, dit Sauer.

– Tu radotes. »

Sauer jeta un coup d'œil à Diels, qui s'était relevé et étudiait la situation, mais il était trop loin de son arme et deux SS lui barraient le passage. « Le Reichstag brûle et toi tu veux te battre en duel ?

– Je trouve que c'est un bel épilogue. Les deux adversaires qui règlent leurs comptes en public, dans un décor en flammes. Une belle revanche après notre dernière entrevue à Munich. »

C'est alors que Johanna apparut à une dizaine de mètres derrière lui, avançant en silence.

Il fallait gagner du temps. Avec une lenteur exagérée, Sauer se pencha pour ramasser l'épée et se mit en garde. « D'abord, je veux savoir qui a tué les filles. Veitchen, n'est-ce pas ? Sur l'ordre de Himmler.

– Sur mon ordre, répliqua Heydrich d'un ton satisfait. Veitchen dépend de moi. »

Johanna était maintenant à cinq mètres. Il ne s'était pas rendu compte de sa présence.

« Pourtant, tu connaissais Rosa. Si c'était toi qui l'avais cherchée, tu n'aurais pas eu besoin de tuer toutes ces innocentes. »

Heydrich haussa les épaules. « J'avais autre chose à faire. Et puis ça nous arrangeait de faire diversion. »

Soudain, la situation bascula. Sauer allait s'élancer contre Heydrich et Johanna avait presque rejoint les deux SS quand une explosion lointaine fit trembler le bâtiment et l'esplanade devant lui se remplit de lumière. Les vitres des fenêtres explosèrent vers l'intérieur, cassées par des dizaines de cailloux qui roulèrent sur le sol, et la nuit se remplit de sirènes et de cris.

« Les pompiers ! » grogna Heydrich. « Tu t'en tires à bon compte cette fois encore, dit-il à Sauer, mais on se retrouvera. » Puis il prit la fuite, suivi par ses hommes.

« Poursuivons-les ! cria Mutti.

– Non, dit Diels. C'est fini. Vous devez partir. Si les pompiers sont déjà là, la police ne va pas tarder. Il ne faut pas qu'on vous trouve dans le bâtiment, ou alors tout ce qu'on a fait n'aura servi à rien.

– Marinus est dans l'hémicycle, fit Rosa.

– Quoi ?

– Il voulait ralentir l'incendie. »

Diels se passa une main dans les cheveux, l'air indécis pour la première fois. « Bon. Je vais le chercher. Vous, partez. Passez par le tunnel et tâchez de ne pas vous faire attraper. Compris ?

– Et s'ils t'attrapent, toi ? demanda Mutti.

– Je suis un des leurs, j'inventerai quelque chose. Par contre, s'ils vous arrêtent, ne comptez pas sur moi. Tôt ou tard, il faut choisir son camp, et si j'y suis obligé je choisirai celui des vainqueurs. »

Une autre explosion, lointaine mais plus forte que la première.

« La coupole de l'hémicycle…, dit Sandor, en levant les yeux vers le plafond.

– Elle va se transformer en cheminée, dit Bernie. Ça va accélérer la combustion.

– Filez ! » cria encore Diels, puis après leur avoir jeté un dernier regard, il partit en courant vers l'escalier.

81

Le tunnel partait de la salle des sténographes, juste en dessous de la salle des séances. Quand Sauer et ses amis l'atteignirent, la température montait là aussi, et le plafond avait commencé à noircir. « Ce doit être l'enfer, là-haut », dit Bernie, et ils pensèrent tous à Marinus.

Heydrich et ses hommes avaient dû passer par un autre chemin, car toutes les portes étaient ouvertes, le tunnel était vide et l'accès au palais présidentiel fermé. La trappe dans le local des chaudières n'avait pas été touchée non plus, et les corps des deux SS égorgés par Diels gisaient encore dans le recoin sombre derrière les sacs de charbon.

Ils sortirent à l'air libre. Le ciel au-dessus de Berlin était aussi clair qu'en plein jour, signe que les pompiers n'arrivaient pas à maîtriser l'incendie du Parlement. Ils prirent la voiture de Bernie, garée une centaine de mètres plus loin, où ils se serrèrent tous les six.

« Où allons-nous ? demanda Rosa.

– La ville est trop dangereuse pour vous, répondit Sandor. On va vous déposer à la gare.

– Vous prendrez le premier train qui quitte le pays, compléta Bernie. Vous aviserez plus tard de l'opportunité de revenir, et quand. »

Sauer ne dit rien. Il s'était rendu à Berlin pour retrouver Rosa, et Rosa était dans ses bras. À présent, il voulait seulement mettre la plus grande distance possible entre Heydrich et eux.

« Je pars avec vous, déclara Mutti. C'est trop risqué de rester pour moi. Il est temps que je rejoigne Lina et les enfants.

– Tu vas perdre ton travail », fit remarquer Johanna d'un ton dur. Sauer avait remarqué les regards qu'elle jetait à Rosa et lui, mais il ne savait que faire.

« Mon travail, c'est de remédier aux injustices. D'attraper les coupables et de leur faire payer, répondit Mutti. Je trouverai d'autres moyens pour continuer. »

Ils passèrent devant le Reichstag. La place grouillait de Berlinois qui avaient accouru pour voir leur Parlement en feu, un spectacle hypnotique rendu encore plus terrible par la quantité de machines et d'hommes qui essayaient de dompter les flammes : des dizaines et des dizaines de camions de pompiers, deux navires spéciaux affrétés sur la Sprée, des kilomètres de lances et un déluge qui arrosait la façade comme une cascade, dans l'espoir de sauver le squelette du bâtiment, dont les entrailles étaient déjà perdues. La lanterne de pierre étincelait entre les flammes, la coupole qui la soutenait avait perdu toutes ses vitres et commençait à se déformer, léchée par des langues de feu implacables. L'odeur de brûlé, d'une intensité insoutenable, remplit l'esprit de Sauer de visions apocalyptiques : toute la ville, toute la nation réduite en cendres, un monde de braises sur lequel aucune vie ne repousserait.

Deux berlines noires arrivèrent à pleine vitesse. Elles s'arrêtèrent devant l'entrée principale à proximité des camions-citernes, et Sauer vit deux silhouettes en descendre, une petite et menue avec un chapeau sur la tête, l'autre plus grande, tête nue, avec une moustache reconnaissable même à cette distance. Puis un troisième homme, plus corpulent et gesticulant. La scène fut arrosée d'une pluie de flashs.

« Accélère, fit Mutti en posant une main sur l'épaule de Bernie. Nous n'avons plus rien à faire ici. »

82

Au moins il n'y a pas eu de victimes, pensa Sauer en entrant dans le hall de la gare, qui grouillait encore de gens à cette heure. *Au moins on a empêché les autres attentats.* C'était une maigre consolation. Le Parlement était la proie des flammes, et ils fuyaient.

« Voie numéro 7 ! s'exclama Bernie, les yeux fixés sur le tableau des départs.

– Poznań ? s'étonna Sandor en entendant le nom de cette ville polonaise.

– Le train part dans dix minutes, c'est parfait. »

Ils n'avaient pas le temps d'acheter des billets, mais la plaque de Mutti et Johanna suffirait à amadouer les contrôleurs. Ils se hâtèrent vers le train sans y réfléchir à deux fois. Les derniers passagers étaient encore sur le quai, embrassant leurs amis et leurs familles.

« Alors on se dit au revoir ? dit Sauer, tourné vers ses deux vieux amis. Peut-être que tu devrais venir avec nous, ajouta-t-il à l'intention de Bernie.

– J'ai des affaires à boucler ici, répondit ce dernier. Je partirai après. Il souffle un vent mauvais à Berlin. Et dans toute l'Allemagne, d'ailleurs. Hier, la vitrine d'un de mes amis médecin a été brisée à Schöneberg, et son cabinet arrosé de tracts antisémites. Sauf qu'il n'est pas juif et, pour le prouver, il s'est empressé de prendre sa carte au Parti. Au lieu de porter plainte.

– Fais attention à toi, mon vieux.

– Faites attention à vous, fit Sandor en prenant Sauer par l'épaule avec un regard solennel. Et une fois que tu seras à l'abri, écris-moi. Je resterai en ville. Considère que je suis ton homme à Berlin.

– Merci, Sandor. Merci pour tout.

– Je t'enverrai la facture. »

Un sifflement leur indiqua que le train allait partir.

Rosa serra Bernie contre elle et accepta le baisemain de Sandor. Mutti les salua en portant deux doigts à son chapeau, puis il prit Rosa par le bras et la conduisit dans le wagon. Seule Johanna, qui n'avait pas dit un mot depuis qu'ils avaient quitté le Reichstag, resta immobile sur le quai.

« Tu viens ? » lui demanda Sauer, et tout le non-dit entre eux se condensa dans un regard. *Viens*, aurait-il voulu lui dire. *Viens avec moi*, mais il ne pouvait pas. Il ne voulait pas la forcer. C'était à elle de choisir.

Et elle choisit. Les dents serrées, les yeux pleins de tristesse, ou de colère, elle secoua la tête. « Je reste. Ma vie est ici. Adieu. »

Puis, sans lui laisser le temps de répondre ou de faire un geste, elle pivota sur ses talons et s'éloigna.

Sauer rejoignit Mutti et Rosa dans le compartiment vide qu'ils avaient trouvé au milieu de la voiture, et vit qu'elle pleurait à chaudes larmes, le visage enfoui dans l'épaule de Mutti.

Julian. Elle ne le savait pas encore. Elle a dû demander de ses nouvelles, et Mutti lui a tout raconté.

Debout sur le seuil du compartiment, Sauer sentit brutalement tout le poids de ces derniers jours s'abattre sur ses épaules. Quand, après un dernier sifflement, le train se mit en mouvement, il vacilla.

Puis il rassembla ses forces et entra.

« Rosa », fit-il.

Elle se tourna, le visage ravagé par un immense chagrin.

« Je suis désolé », se contenta-t-il de dire. Il s'assit à côté d'elle et passa un bras autour de ses épaules.

Ils restèrent silencieux pendant de longues minutes, alors que le train quittait la gare et traversait les faubourgs de la capitale en direction de l'est, de la frontière polonaise, d'un avenir que Sauer ne pouvait ni, peut-être, ne voulait imaginer.

83

« Au moins, il n'y a pas eu de victimes, finit par dire Mutti, faisant écho aux pensées de Sauer. Au musée, aux grands magasins… Au moins, on a empêché une tragédie.

– Oui, acquiesça Sauer en continuant de caresser le dos de Rosa. C'est toujours ça.

– Ce n'est pas dit, répliqua un homme depuis le couloir. Vous avez vos billets ? »

Sauer reconnut aussitôt cette voix, mais sa fatigue était telle qu'il ne réagit pas avec la vivacité requise. Quand il se tourna, Veitchen était déjà dans le compartiment, son pistolet braqué sur eux.

« Surprise ! fit-il. Vous ne pensiez pas me revoir, pas vrai ? Je veux la fille. »

Rosa regardait cet inconnu, comme paralysée.

« Enfin, c'est Heydrich qui la veut, reprit-il. Il y tient beaucoup, mais il n'a pas précisé s'il la voulait morte ou vive. C'est comme vous voulez. »

Une secousse, le train prenait de la vitesse en sortant de la ville.

« Allez, lève-toi, ordonna Veitchen en pointant son arme sur Rosa.

– Ne l'écoute pas, dit Sauer.

– Écoute-moi ou je mets une balle dans la tête de tes deux amis.

– Il nous tuera de toute façon », dit Mutti.

Rosa se dégagea des bras de Sauer et se leva.

« C'est bien, ma jolie. Viens là, maintenant. Et vous, haut les mains. Je sais que vous êtes armés. »

Mutti et Sauer obtempérèrent.

C'est alors que Johanna apparut dans le couloir et planta le canon de son Mauser dans le dos de Veitchen. « Ne bouge pas ou tu es mort. »

Cette menace n'obtint pas l'effet escompté. L'homme bondit vers Rosa, la prit par le bras et se tourna, avec Rosa comme bouclier. « Jette ton arme ou je la descends », dit-il à Johanna.

Comprenant qu'il n'y avait pas d'issue, elle écarta les bras et laissa tomber son pistolet.

Veitchen eut un sourire avide, celui d'un vieux loup qui tient sa proie, et tira Rosa vers la porte du compartiment en contournant Johanna, veillant à rester dos contre le mur. Quand il eut gagné le seuil, il susurra à Rosa avec un rictus : « Tu étais sur ma liste, ma jolie.

– Tu ne sortiras pas vivant de ce train, dit Sauer.

– Non, c'est Forster et toi qui n'en sortirez pas vivant », rétorqua Veitchen en s'apprêtant à tirer, le bras tendu.

Une autre secousse du train le déstabilisa un instant, et Rosa se saisit de l'opportunité pour lui donner un coup avec l'arrière de sa tête.

Johanna s'élança sur lui, mais une balle partit, l'empêchant d'atteindre son but.

Veitchen avait eu le temps de faire feu.

84

La balle traversa Rosa, et vint se planter dans le corps de Johanna, toute proche.

« Non ! s'écria Sauer en s'élançant pour retenir Johanna tandis que Rosa s'effondrait.

– Siggi ! hurla Mutti. Il s'enfuit ! »

Johanna regardait le plafond d'un air incrédule, et le trou dans sa poitrine émettait un gargouillis terrifiant. Rosa, elle, était assise par terre, la tête abandonnée sur un siège, aussi pâle qu'une poupée, le regard dans le vide.

« Va chercher de l'aide ! » cria encore Mutti. Sauer se reprit et bondit hors du compartiment.

« À l'aide ! Un docteur, vite ! » criait-il en passant de compartiment en compartiment. Il eut de la chance : dans le wagon, il y avait un médecin, qui était sorti dans le couloir en entendant le coup de feu. Quand il vit Sauer, il attrapa à la hâte une mallette en cuir.

« Où ? demanda-t-il.

– Là-bas. Deux femmes », répondit Sauer, pris d'un regain d'espoir.

Peut-être que tout n'était pas perdu. Peut-être que Rosa et Johanna s'en tireraient.

Mais Veitchen s'était enfui, libre de faire d'autres victimes. Alors, mesurant que sa présence auprès de Rosa et Johanna n'apporterait rien de plus, Sauer sortit son arme et courut dans la direction où il avait vu Veitchen partir.

Il traversa un, deux, trois, quatre wagons, sans trouver trace de son ennemi. Cinq, six, puis le wagon-restaurant, où un serveur ramassait des verres cassés par terre.

Il est passé par ici.

Après le restaurant venaient les wagons de première classe, presque déserts, puis le vide : le train s'achevait brusquement sur une porte ouverte sur un marchepied. En dessous, les rails défilaient dans la nuit. Sauer s'arrêta, haletant, et leva la tête vers le ciel piqué d'étoiles où il lui semblait encore percevoir le rougeoiement de l'incendie.

Il n'eut pas le temps de s'absorber dans sa contemplation car un coup sur la nuque lui fit perdre l'équilibre et l'envoya cogner contre le garde-fou. Il lâcha son pistolet, qui rebondit deux fois sur le marchepied et disparut dans le noir.

Un autre coup en bas du dos, puis un coup de coude entre les omoplates qui lui coupa le souffle pendant de longues secondes, tandis que son adversaire l'attrapait par les chevilles et essayait de le faire basculer par-dessus le garde-fou. Mais Sauer était lourd, et il profita de la difficulté de Veitchen pour se tourner et lui envoyer un coup de coude dans la tête avec toute la force qu'il avait. Le bruit qui suivit fut terrible. Sauer fit volte-face et vit Veitchen par terre, la tête entre les mains.

Tue-le, lui chuchota une voix, mais il secoua la tête. *Non.* Il devait l'attacher, le menotter. Avec quoi ?

Il tourna la tête et vit le rideau de la dernière fenêtre au fond du wagon. Il tendit le bras et l'arracha d'un coup sec sans quitter Veitchen des yeux.

« Je vais te remettre à la police, lui dit-il. Tu ne t'en sortiras pas comme ça. Tu as tué ces filles, puis tu as brûlé leurs visages à l'acide. Mais ce n'était pas seulement pour nous compliquer la tâche, pas vrai ? C'est ta signature. Ce n'était pas la première fois. On sait pour la prostituée à Hambourg, et je parie qu'on trouvera d'autres cas dans les archives. Tu paieras pour tout ça. Tu paieras pour les Innocentes et toutes tes autres victimes. »

Veitchen ne réagit pas, recroquevillé, les mains toujours sur la tête. Quand il eut entortillé le rideau pour en faire une corde artisanale, Sauer se pencha sur l'homme pour attraper ses chevilles.

Mais alors Veitchen roula sur le côté et frappa Sauer d'un coup de pied derrière les genoux. Sauer s'écroula, la tête dans le vide.

« Je vais te tuer ! » cria Veitchen en le coinçant entre ses jambes. Ses yeux étincelaient de haine. « Puis je tuerai ton acolyte et tes petites copines. Je vais tous vous massacrer ! » exulta-t-il, et il lui assena un coup de poing en pleine figure. Puis un autre. Et un autre encore. « Même sans acide, personne ne vous reconnaîtra ! »

Cette dernière phrase électrisa Sauer. Dans un flash, il revit toutes les Innocentes que son adversaire avait tuées et défigurées : Anna Pozl, Klara Schatten, Heike Prenzlauer, Maria Hegel. Des vies uniques, irremplaçables, réduites à des noms sans visage.

Il fut débordé par une rage immense.

Toutes ces années, toutes ces occasions. Même quand sa vie avait été en danger, même quand un collègue avait été en danger, Sauer s'était toujours retenu. Il n'était jamais allé jusqu'au bout, parce qu'il ne voulait pas tuer. Il n'était pas un assassin. Les tranchées étaient du passé, et la guerre est la guerre, les soldats n'en sont pas responsables. Mais, depuis lors, il n'avait plus jamais tué quelqu'un, plus jamais cédé à la colère.

Jusque-là.

« Je vais vous tuer, tu entends ! Tous autant que vous êtes ! braillait Veitchen en continuant de le couvrir de coups que Sauer ne sentait même plus.

– Non », souffla-t-il seulement. Et d'un coup de reins il envoya Veitchen taper contre le garde-fou.

Puis il se leva lentement. « Tu ne feras plus de mal à personne », déclara-t-il et, avant que l'autre puisse répondre, il se pencha, employa toutes ses forces à le soulever, et le jeta sur les rails.

Quand le corps de Veitchen heurta le tronc d'un arbre de plein fouet, le choc fut couvert par le ferraillement du train, mais sa tête s'ouvrit comme une bûche sous une hache affilée, maculant la neige de rouge.

Veitchen était mort, et c'était Sauer qui l'avait tué.

Alors que le train continuait sa course implacable vers l'est, Sauer fixa le vide qu'il laissait derrière lui, pareil à celui qui l'habitait.

La guerre n'était jamais finie.

Une petite foule s'était rassemblée à la porte du compartiment pour assister à l'agonie de la jeune femme. Quand Sauer arriva, il comprit qu'il n'y avait plus rien à faire. Le médecin avait essayé tout ce qu'il avait pu, mais la blessure était trop grave, et elle avait perdu trop de sang. Si l'arrêt suivant avait été plus proche, peut-être qu'une transfusion l'aurait sauvée. Mais le train filait en rase campagne.

Il se pencha au-dessus d'elle. Mutti l'avait couchée par terre, sur sa veste, et lui tenait la main en répétant comme une berceuse : « Ce n'est rien, ce n'est rien », les yeux embués.

« Rosa », fit Sauer en prenant son autre main.

Son visage s'éclaira en entendant sa voix. « Siegfried.

– Ne dis rien. Garde tes forces. On sera bientôt à la gare.

– Je suis déjà arrivée, moi, répondit-elle. Je meurs.

– Tu vas t'en sortir.

– Non, je meurs, et j'ai quelque chose à te dire. » Elle reprit son souffle. « J'ai été idiote, continua-t-elle d'une voix presque inaudible. J'aurais dû rester avec toi. À Vienne.

– Tu avais une mission », lui rappela Sauer.

Elle secoua imperceptiblement la tête. « Ma mission, c'était toi. Mais je ne le comprenais pas. » Elle lui fit un tout petit sourire. « Maintenant que je comprends, c'est trop tard.

– Tu vas t'en sortir, répéta Sauer en s'efforçant de retenir ses larmes.

– Je suis contente que tu sois venu me chercher. Tu as sauvé beaucoup de vies. »

Mais pas la tienne, se dit-il. *Pas la tienne.*

« Promets-moi, continua Rosa en serrant sa main, que tu ne t'arrêteras pas. Que vous ne vous arrêterez pas », dit-elle en regardant Mutti et Johanna, qui assistait hébétée à la scène, depuis la banquette, la poitrine et l'épaule bandées. « Promets-moi que vous vous battrez pour moi aussi. Quoi qu'il arrive.

– Tu vas t'en sortir, répéta machinalement Sauer. Tu seras avec nous.

– Quoi qu'il arrive », répéta-t-elle.

Alors il hocha la tête, la gorge serrée. « Quoi qu'il arrive. »

Rosa eut un petit sourire, puis son regard repartit vers le plafond.

« Je suis arrivée », souffla-t-elle. Et elle mourut.

Un sifflement lugubre s'éleva de la locomotive, et le train s'engagea dans la nuit d'un tunnel, long, interminable.

Quand reverraient-ils la lumière ?

NOTE HISTORIQUE

Le Reichstag, siège du Parlement allemand et lieu de naissance de la république de Weimar, prit feu le 27 février 1933 aux alentours de neuf heures du soir. Les bureaux étaient fermés en raison des élections imminentes et, en théorie, le bâtiment était vide. Alertée par un passant qui avait entendu un bruit de verre brisé, la police accourut immédiatement sur les lieux et vit les premières flammes. En une demi-heure, des dizaines de camions-citernes étaient à l'œuvre pour maîtriser l'incendie, qui avait détruit la salle des séances et minait la stabilité de la grande coupole en fer et en verre qui la couronnait. Quand, autour de minuit, les dernières flammes furent éteintes, le Reichstag tenait encore debout grâce à sa structure en pierre, mais il était inutilisable.

Quelques heures après, dans la nuit du 27 au 28 février, les opposants au nazisme furent arrêtés par centaines à leurs domiciles berlinois et emmenés dans des prisons improvisées dont, souvent, ils ne ressortirent jamais. Les listes d'arrestations utilisées par les SA et les SS étaient prêtes de longue date, et Rudolf Diels, chef de la police politique et premier directeur de la Gestapo, les avait actualisées les jours précédents, sur l'ordre du ministre Goering, le seul dignitaire nazi à avoir reconnu son implication dans ce mystérieux incendie. « Le seul qui sait vraiment quelque chose sur le Reichstag, c'est moi, car c'est moi qui y ai mis le feu ! » aurait-il déclaré par la suite. En tout cas, il est sûr que les nazis furent les seuls à en tirer avantage. Même s'ils parvinrent à faire retomber la faute sur d'autres, rares furent leurs contemporains qui crurent à la version officielle.

Toujours est-il que le mal était fait : dès le matin qui suivit l'incendie, le président Hindenburg fut incité à signer des mesures d'urgence « pour la protection du peuple et de l'État ». Le « décret sur l'incendie du Reichstag » autorisait le gouvernement à restreindre comme bon lui semblait les libertés individuelles, la liberté d'expression, de la presse, de rassemblement, le respect de la vie privée et le droit à la propriété des citoyens. Grâce à ce décret, renouvelé plusieurs fois au fil des ans et considéré comme le socle juridique de l'Allemagne hitlérienne, les nazis purent arrêter les dirigeants du parti communiste, alors puissant, accusé d'avoir organisé l'attentat pour lancer l'insurrection, et remportèrent, de peu, les élections du 5 mars.

Le 24 mars, moins d'un mois après l'incendie, Hitler avait démocratiquement gagné le pouvoir. À ce titre, il présenta au Parlement une loi « de réparation de la détresse du peuple et du Reich » – aujourd'hui connue comme « loi des pleins pouvoirs » – qui l'autorisait à gouverner par décrets et à nouer des accords internationaux sans l'aval du Parlement, privé de toute autorité. Le passage de la démocratie à la dictature fut parachevé par une troisième loi « contre la reconstitution des partis », promulguée le 14 juillet, anniversaire de la Révolution française.

Le Troisième Reich, l'empire aryen qui, dans les intentions de son fondateur, devait conquérir le monde et durer au moins un millénaire, naquit de la sorte. Quand, douze ans plus tard, l'Armée rouge en marqua la fin en occupant les ruines de Berlin, le drapeau soviétique symbolisant la victoire fut hissé sur les ruines du Reichstag.

NOTE DE L'AUTEUR

Bien que presque quatre-vingt-dix ans se soient écoulés depuis l'incendie qui a marqué le tournant décisif dans l'ascension du nazisme – un événement majeur de l'histoire contemporaine, le 11 Septembre du XXe siècle –, à ce jour personne ne sait ce qu'il s'est véritablement passé entre les murs du Parlement allemand le soir du 27 février 1933. Les hypothèses, témoignages et documents sont légion, mais en fin de compte on peut seulement supposer, et non savoir, ce qu'il est advenu durant ces heures terribles.

La communauté internationale a immédiatement imputé la faute aux chemises brunes, et pendant des décennies cette thèse n'a pas été remise en question, à part, bien entendu, parmi les sympathisants du nazisme, et on en trouve toujours. Puis, dans les années 1960, de nouvelles lectures des événements furent faites, selon lesquelles les hommes de Hitler n'auraient pas pu être à l'origine de l'incendie, quoi qu'ils se soient montrés extraordinairement prompts à en tirer avantage. Aujourd'hui, cette théorie, reprise par d'éminents historiens, est discutée, par exemple dans *Burning the Reichstag*, de Benjamin Carter Hett, à qui ce livre doit beaucoup. L'essai de Hett, qui trace un cadre précis et détaillé de la question, forme un excellent point de départ pour quiconque s'intéresse à ce sujet. Néanmoins, il n'élucide pas non plus complètement cette histoire : le débat autour de cet événement se poursuit, ce qui prouve combien il a pesé lourd, et il y a peu de chances qu'il cesse en l'absence de révélations sensationnelles.

Comme *Les Démons de Berlin* est un roman et non un essai, il peut se permettre d'aller plus loin et de prendre position : non pas raconter la vérité de ce qui advint cette nuit-là, mais imaginer un scénario vraisemblable qui recompose et explique de manière narrative l'ensemble des faits apparemment contradictoires qui ont conduit à l'incendie. Il le fait en respectant les sources existantes – c'est la première règle d'un bon roman historique – et n'invente que lorsque les sources se taisent, sans jamais renoncer à la cohérence et à la vraisemblance.

Pour faire la distinction entre les faits confirmés et les faits hypothétiques, on peut recourir à la bibliographie présente à la fin de cet ouvrage, mais voici quelques exemples : il est vrai que Putzi Hanfstaengl se trouvait dans le palais présidentiel le soir de l'incendie (c'est même lui qui prévint Hitler et la presse) ; il est vrai qu'un tunnel permettait d'aller au Parlement depuis le palais présidentiel et depuis un local à chaudières extérieur ; il est vrai que les nazis disposaient d'une équipe spéciale qui se servait d'armes au phosphore pour déclencher des incendies dont ils accusaient leurs adversaires ; il est vrai que Rudolf Diels, personnage diabolique qui se tira indemne de la fin du nazisme, nourrissait des sympathies rouges (le secrétaire du parti communiste en témoigna en personne). Il est également vrai que Himmler détenait un fichier dont il se servait pour faire du chantage, que Heydrich était arrivé à Berlin quelques jours avant l'incendie, que Goering les craignait tous les deux et essayait de leur faire obstacle par tous les moyens, que Hitler – et c'est la donnée la plus intrigante – choisit d'interrompre sa tournée électorale pour rentrer à Berlin précisément le 27 février, date symbolique pour le Parti. Hitler et Goebbels, qui était avec lui ce soir-là, nièrent tous deux avoir eu connaissance d'un projet d'attentat visant le Reichstag chez leurs hommes, mais les circonstances restent suspectes, et le romancier est libre de s'en faire une opinion personnelle.

Surtout, il est vrai que, dans les flammes du Reichstag, la police arrêta un homme mystérieux destiné à devenir l'accusé principal et le bouc émissaire de l'incendie : un jeune Hollandais récemment arrivé à Berlin, dont le nom devint célèbre pendant un temps : Marinus van der Lubbe. On en sait peu sur son compte, et ce peu nous provient des pièces du procès qui lui fut fait dans les mois qui suivirent son arrestation, en même temps que celle de deux importants représentants du communisme allemand et international. Ces derniers furent finalement acquittés, un acquittement en partie dû à leurs connaissances juridiques, qui les aidèrent à triompher sur leurs accusateurs au tribunal. En revanche, Marinus fut jugé coupable, et ne manifesta durant les débats qu'une acceptation hébétée de sa destinée, semble-t-il facilitée par la drogue versée dans ses repas, qui le rendait docile et enclin à collaborer. Même si les lois de l'époque ne prévoyaient pas la peine de mort pour incendie criminel ou haute trahison, et bien qu'aucune preuve écrasante ne jouât contre lui – les experts appelés au procès soulignèrent au contraire qu'un homme seul, avec le temps dont il disposait, n'aurait jamais pu causer un incendie aussi rapide et dévastateur –, Marinus van der Lubbe fut exécuté trois jours avant ses vingt-cinq ans, et son corps ne fut jamais rendu à sa famille.

C'est à Marinus, seule véritable victime de l'incendie, injustement tué puis oublié, que ce roman est dédié. Son histoire, même si elle est abordée de manière périphérique, peut tenir lieu de témoignage et de réparation du tort qu'il subit, et peut-être aussi d'avertissement pour le présent : le Reichstag brûla en un soir, mais il fallut douze ans et soixante millions de morts pour éteindre l'incendie. Bien que cette histoire puisse aujourd'hui paraître très lointaine et presque dénuée d'importance, ses flammes continuent de couver sous la cendre. Notre époque n'est pas si différente – le court XXe siècle n'a pas été court du tout, à la vérité nous sommes encore dedans –, et l'on a parfois la sensation qu'aujourd'hui encore il suffirait de bien peu pour passer de la démocratie la plus évoluée à un cauchemar totalitaire : un incident, un prétexte, une petite distraction.

Alors, gardons les yeux bien ouverts.

Ne baissons pas la garde.

Marinus van der Lubbe
(1909-1934)

PERSONNAGES

Vienne

Peter Rach (Siegfried Sauer)	ancien commissaire de police
Ytzak Nettel	tailleur
Greta Honecker	écolière
Karl Julian	inspecteur de police
Rosa Rach (Rosa Weiss)	membre de la résistance
Fritz Gerlich	journaliste à Munich

Berlin

Edda Linke	propriétaire de la pension Linke
Horst Veitchen	pensionnaire
Bernhard Gross (Bernie)	propriétaire du cabaret Höllenweg
Herbert Raum	associé de Bernie
Sandor Baraly	propriétaire du club de nuit Blau
Walther Mann	sergent de police
Johanna Tegel	agent de police
Wolfram Meingast	médecin légiste
Georg Kucher	indicateur
Anton Karazan	secrétaire à l'ambassade russe
Arabel	tenancière
Geli Raubal	nièce de Hitler morte à Munich

Ernst Gennat	directeur dans la police
Helmut Forster (Mutti)	commissaire de police
Rudolf Diels	chef de la police politique
Franz Bauer	voisin d'Anna Pozl
Ute Görlitz	serveuse au cabaret Höllenweg
Janus Perelman	secrétaire d'Ernst Hanfstaengl
Boris Lukin	communiste soviétique
Bast Regensburger	communiste allemand
Marinus van der Lubbe	communiste hollandais
Rainer Scranowitz	responsable de l'entretien du Reichstag

Le Parti

Joseph Goebbels	conseiller de Hitler
Ernst Hanfstaengl	porte-parole de Hitler
Hermann Goering	président du Reichstag
Reinhard Heydrich	chef du SD, les services secrets nazis
Heinrich Himmler	chef de la SS, la garde de Hitler
Wilhelm Frick	ministre de l'Intérieur

Les Innocentes

Klara Schatten
Anna Pozl
Elfriede Moabit
Heike Prenzlauer
Lotte Erhard
Maria Hegel

BIBLIOGRAPHIE

Les ouvrages fondamentaux sont en gras

Allen William Sheridan, *Une petite ville nazie*, Paris, Robert Laffont, 1967.

Barth Rüdiger et Friederichs Hauke, *Die Totengräber : Der letzte Winter der Weimarer Demokratie*, Francfort-sur-le-Main, Fischer, 2018.

Bettauer Hugo, *La Ville sans juifs*, Paris, Belfond, 2017.

Cerrato Olga, *La Berlino degli italiani*, Florence, Le Lettere, 1997.

Chapoutot Johann, *La Loi du sang. Penser et agir en nazi*, Paris, Gallimard, 2014.

Corni Gustavo, *Storia della Germania. Da Bismarck a Merkel*, Milan, il Saggiatore, 2017.

Corni Gustavo, *Weimar. La Germania dal 1918 al 1933*, Rome, Carrocci, 2020.

Dallera Ovidio et Brandmair Ilsemarie, *Fritz Gerlich. Un giornalista contro Hitler*, Milan, Mursia, 2008.

Die Weimarer Republik, Hambourg, Gruner + Jahr, 2015.

Döblin Alfred, *Berlin Alexanderplatz*, Paris, Gallimard, 2009.

Evans Richard J., *Le Troisième Reich*, Paris, Flammarion, 2009.

Fest Joachim, *Hitler*, Paris, Gallimard, 1973.

Friedrich Otto, *Before the Deluge. A Portrait of Berlin in the 1920s*, New York, Harper Perennial, 1995.

Fritzsche Peter, *Hitler's First Hundred Days*, New York, Basic Books, 2020.

Gerwarth Robert, *Hitler's Hangman*, New Haven et Londres, Yale University Press, 2012.

Ginzberg Siegmund, *Sindrome 1933*, Milan, Feltrinelli, 2019.

Goebbels Joseph, *Tagebücher (1924-1945)*, https://archive.org/details/JosephGoebbelsTagebucher.

Haffner Sebastian, *Histoire d'un Allemand : souvenirs 1914-1933*, Arles, Actes Sud, 2005.

Hanfstaengl Ernst, *The Unknown Hitler*, Londres, Gibson Square, 2005.

Hawes James, *The Shortest History of Germany*, Londres, Old Street Publishing, 2017.

Heiden Konrad, *Adolf Hitler*, Paris, Grasset, 1936.

Heiden Konrad, *The Fuhrer*, Londres, Robinson Publishing, 1999.

Hett Benjamin Carter, *Burning the Reichstag*, New York, Oxford University Press, 2014.

Hett Benjamin Carter, *The Death of Democracy*, New York, Henry Holt & Company, 2018.

Il dossier Hitler, Milan, UTET, 2017.

Isherwood Christopher, *Adieu à Berlin*, Paris, Grasset, 2014.

Kellerhof Sven Felix, *The Reichstag Fire*, Stroud, The History Press, 2016.

Kershaw Ian, *Hitler (1889-1936)*, Paris, Flammarion, 1999.

Larson Erik, *Dans le jardin de la bête*, Paris, Le Cherche Midi, 2012.

Longerich Peter, *Goebbels*, Paris, Héloïse d'Ormesson, 2013.

Longerich Peter, *Himmler*, Paris, Héloïse d'Ormesson, 2013.

Marabini Jean, *La Vie quotidienne à Berlin sous Hitler*, Paris, Hachette, 1985.

Metcalfe Philip, *1933*, New York, Permanent Edition, 1988.

Ohler Norman, *L'Extase totale. Le IIIe Reich, les Allemands et la drogue*, Paris, La Découverte, 2016.

OSS Hitler Sourcebook, https://archive.org/details/OSSHitler-Sourcebook

Payne Robert, *Vie et mort d'Adolf Hitler*, Paris, Buchet/Chastel, 1974.

Read Anthony, *The Devil's Disciples*, Londres, Jonathan Cape, 2003.

Richie Alexandra, *Faust's Metropolis : A History of Berlin*, New York, Basic Books, 1998.

Roth Joseph, *À Berlin*, Paris, Les Belles Lettres, 2013.

Schürer Norbert, *Berlin : A Cultural Guide*, Northampton (Ms), Interlink Pub Group, 2013.

Shirer William L., *Le Troisième Reich des origines à la chute*, Paris, Stock, 1962.

Toland John, *Adolf Hitler*, Paris, Pygmalion, 2011.

Ullrich Volker, *Adolf Hitler, une biographie. L'ascension : 1889-1939*, Paris, Gallimard, 2017.

Vidotto Vittorio, *Hitler e il Nazismo*, Bari-Rome, Laterza, 2012.

Weitz Eric D., *Weimar Germany*, Princeton, Princeton University Press, 2018.

Williamson David G., *The Third Reich*, Londres, Longman, 2002.

Winkler Heinrich August, *Weimar 1918-1933. Die Geschichte der ersten deutschen Demokratie*, Munich, Beck, 1993.

REMERCIEMENTS

À Francesca Canovi, *mein liebste Frau.*

À Saul et Nial Massimi : voilà vos *Diables de Merlin.*

À Alessio Batella et Afrodite Massimo Balbi, frères sous un autre nom de famille.

À Giuliana Lasorte, Angela Pacillo, Vincenza Menichelli, Fiorella Bertani et Renato Massimi, les voix qu'il faut toujours écouter. À Alessia Massimi, qui m'écoute depuis une éternité. À Gianni Canovi, qui m'a offert un refuge dans la grande tempête. À Asia Labbozzetta et Emma Barr, qui m'ont offert de la joie à l'état pur.

À Sara Vallefuoco, Andrea Galla, Cataldo Cazzato et Salvatore Lecce : avis, conseils, courage, amitié.

À Carmen Prestia, Valentina Alferj et Lorenza Ventrone, agents du bien.

À Cristina De Stefano, inlassable conseillère.

À Cristina Foschini et Stefano Mauri, parfaits maîtres de maison.

À Giuseppe Strazzieri et Fabrizio Cocco, qui m'ont guidé d'une main sûre (et avec leur mélange habituel et impénétrable de sérieux et d'ironie).

À Antonio Moro, qui a mis son œil bionique à ma disposition. À Raffaella Roncato, Diana Volonté et Ernesto Fanfani, qui ont donné leur voix à l'*Ange.* À Alessia Ugolotti, Patrizia Spinato, Silvia Marchesi et Lucia Bonanomi, qui l'ont protégé des erreurs.

À Elena Pavanetto, Giulia Tonelli et Giacomo Lanaro, qui l'ont fait voyager. À Nathascia Severgnini et à sa petite Penelope. À Graziella Cerutti et à son grand compliment.

À mes éditeurs et traducteurs au-delà des frontières, pour l'honneur.

À Donato Carrisi, Ilaria Tuti, Andrea Vitali et Mirko Zilahy, pour l'accueil.

Enfin, à toi qui lis. Tout cela est pour toi. Merci de m'avoir confié de ton temps.

DU MÊME AUTEUR

Aux Éditions Albin Michel

L'ANGE DE MUNICH, 2021

Retrouvez toute l'actualité des éditions Albin Michel
sur notre site albin-michel.fr
et suivez-nous sur les réseaux sociaux !
Instagram : editionsalbinmichel
Facebook : Éditions Albin Michel
Twitter : AlbinMichel

Composition Nord Compo
Impression CPI Black Print (Barcelone) en janvier 2023
Éditions Albin Michel
22, rue Huyghens, 75014 Paris
www.albin-michel.fr
ISBN : 978-2-226-46866-6
N° d'édition : 24699/01
Dépôt légal : février 2023
Imprimé en Espagne